Ingrid Geiger

Hefezopf im Buchcafé

Ingrid Geiger

Hefezopf im Buchcafé

ROMAN

Silberburg-Verlag

Ingrid Geiger, geboren 1952 in Reutlingen. Ihre Jugend- und Studienzeit verbrachte sie in Köln. Nach ihrer Heirat kehrte sie nach Baden-Württemberg zurück. Sie lebt heute mit ihrer Familie in einer ländlichen Gemeinde am Fuß der schwäbischen Alb. Ab 1988 veröffentlichte sie zunächst Kinderbücher, dann Gedichte in schwäbischer Mundart und heitere Familienromane.

1. Auflage 2011

© 2011 by Silberburg-Verlag GmbH,
Schönbuchstraße 48, D-72074 Tübingen.
Alle Rechte vorbehalten.
Umschlaggestaltung: Christoph Wöhler, Tübingen.
Coverfoto: © Mehmet Salih Guler – istockphoto.
Druck: Gulde-Druck, Tübingen.
Printed in Germany.

ISBN 978-3-8425-1111-8

Besuchen Sie uns im Internet
und entdecken Sie die Vielfalt
unseres Verlagsprogramms:
www.silberburg.de

*Dieses Buch ist in liebevoller Erinnerung
all denen gewidmet,
die mein Leben auch von dort oben
wohlwollend begleiten.*

I

Umsonscht isch dr Tod
und der koscht's Lebe.

»A schöne Leich war's«, sagte Paula im Brustton der Überzeugung.

Obwohl Franziska im Ländle aufgewachsen war und wusste, dass mit »dr schöne Leich« nicht die Verstorbene, sondern die Trauerfeier gemeint war, berührte sie dieser Ausdruck wie immer seltsam. Aber es stimmte schon, sofern man eine Beerdigung überhaupt schön nennen konnte, hatte der Abschied von Thea diese Bezeichnung verdient. Alles war so gewesen, wie sie es sich gewünscht hatte: ein Dankfest für ein langes, erfülltes Leben. Der Sarg und die Trauerhalle waren mit bunten Sommerblumen geschmückt, so wie Thea sie zu Lebzeiten geliebt hatte. »Großer Gott, wir loben dich« hatte sie sich als Musik ausgesucht und sich ausbedungen: »Aber nicht auf dem asthmatischen Harmonium gespielt, sondern mit jubilierenden Bläsern.« Typisch Thea, bis zuletzt hatte sie sich bewahrt, was sie ein Leben lang ausgezeichnet hatte: ihre Eigenwilligkeit und ihren Humor. Trotz ihrer Direktheit, mit der sie manchmal angeeckt war, war sie wegen ihrer Herzlichkeit und der Anteilnahme, die sie ihren Mitmenschen entgegenbrachte, sehr beliebt gewesen. Das zeigte sich auch bei ihrer Trauerfeier. Die Trauerhalle war bis auf den letzten Platz besetzt gewesen.

»Franzi, bisch no dran?«, fragte Paula am anderen Ende der Leitung.

»Ja, ich denke gerade nach. Da ist eine seltsame Sache passiert. Ich bin auf dem Heimweg noch mal am Friedhof vorbeigegangen. Die Totengräber waren gerade dabei ...«

»Hoißed die wirklich immer no Totegräber?«, unterbrach Paula sie. »I han denkt, da hätt mr sich inzwische au ebbes Eleganters eifalle lasse, so wie Raumpflegerin statt Putzfrau, Bestattungshelfer zum Beispiel oder ebbes in der Art.«

»Keine Ahnung, wie die heißen. Also jedenfalls waren die Männer gerade dabei, das Grab zuzuschaufeln. Und als ich nach der Urne von Konrad fragte, da sagt doch der eine zu mir: ›Ja, ja, die zwoi Urne sin au wieder drin.‹ Verstehst du das? Zwei Urnen? Ich denke die ganze Zeit darüber nach, aber ich kann's mir nicht erklären.«

»Moment mal, d' Thea war doch a Erdbestattung, also im Sarg, bloß dr Konrad war a Urnebeisetzung. Also des macht nach Adam Riese oin Sarg und oi Urne, oder net?«, kombinierte Paula.

Genauso war's oder hätte es zumindest sein sollen. Thea hatte sich eine Erdbestattung gewünscht und es war beschlossene Sache gewesen, dass die Urne von Konrad, ihrem verstorbenen Mann, nach ihrem Tod bei ihrem Sarg ihren Platz finden sollte.

»Eben. Aber von wem ist dann die zweite Urne?«

»Vielleicht von seiner Frau aus erschter Ehe. Du hasch doch mal verzählt, dass dr Konrad gschiede war«, vermutete Paula, aber das hielt Franziska für ausgeschlossen. Die beiden hatten schon seit Jahren keinen Kontakt mehr gehabt, und soviel Franziska wusste, hatte Konrads geschiedene Frau bei Bonn in der Nähe ihrer Söhne gelebt.

»Ach woisch, eigentlich isch's doch au egal. I moin, in dem Grab hättet doch locker no a paar Urne meh Platz.«

»Jetzt hör aber auf!« Der Gedanke empörte Franziska. »Möchtest du vielleicht dein Grab mit irgendjemandem teilen, den du gar nicht kennst?«

»Also mir wär des ziemlich egal«, bemerkte Paula lakonisch. »Mit meim Bett, da bin i scho eige, des däd i net mit jedem teile, aber bei meim Grab, also da wär i net so heikel.

Warum hasch denn net gfragt, von wem die Urne isch? I moin, wenn's die Totegräber, oder wie die hoißed, net wissed, na vielleicht 's Friedhofsamt. I kenn mi ja da net so aus, aber vielleicht isch an so ra Urne a Nummer dra und na könned die feschtstelle, wer des isch und ob se die Urne vielleicht falsch zugstellt hen. So ebbes kann ja mal vorkomme. Mir hat dr Briefträger au scho mal d' Poscht von Schulzes in Kaschte gsteckt. Irre isch menschlich, bis ins Grab.«

An die Möglichkeit nachzufragen hatte Franziska auch schon gedacht. »Und was ist, wenn ich schlafende Hunde wecke? Wenn Thea die Urne absichtlich zu Konrad ins Grab geschmuggelt hat, weil es jemanden gab, dem sie dort einen Platz geben wollte, ohne dass es einer erfährt?«

Franziska hörte Paulas glucksendes Lachen durchs Telefon. »Und an wen hasch da denkt? An die Leich aus ihrem Keller vielleicht? Oder an en heimliche Liebhaber?«

»Was weiß ich, keine Ahnung, Möglichkeiten gibt's viele.«

»Oh, Franzi, mit dir geht mal wieder d' Fantasie durch. Lass es, wie's isch. Anscheinend vermisst den zwoite Urnebewohner ja koiner. Und wenn der sich in dr Hausnummer g'irrt hat, na lass en halt bei dr Thea und beim Konrad bleibe und gieß en a bissle mit. Du woisch, d' Thea hat immer a offes Haus ghett, i glaub, die däd's net störe.«

»Meine Güte, Paula, du sprichst über diese Dinge, als würd's ums Kuchenbacken gehen, so ... so ... pietätlos.«

»Ach woisch, i find, mir sodded mit em Sterbe viel normaler umgange, des ghört zum Lebe. Han i dir eigentlich scho mal die Gschicht verzählt von dere Urne von meiner Tante Josefine aus Lindau? Net? Na pass auf. Also, als mei Tante Josefine gstorbe isch, da sin meine Eltern zsamme mit mir nach Lindau gfahre, um ihr Zimmer auszuräume, und mit em Bestatter hen se ausgmacht, dass se na au glei ihr Urne mitnehmed. ›Däd dir des ebbes ausmache?‹, hat mei Mudder mein Vadder gfragt. Und der hat gsagt: ›Koi bissle. I han doch d' Tante Josefine scho öfters im Auto mitgnomme.‹ Also war die Sach abgmacht. D' Tante Josefine hat nämlich bei uns auf em Friedhof beigsetzt werde solle, weil's in Lindau niemand gibt, der nach em Grab gucke kann. Mir also nunter, 's Zimmer gräumt, en Haufe Kruscht ins Auto packt, d' Urne beim Bestatter abgholt und ab Richtung Heimat. Unterwegs hen mr a Kaffeepause eiglegt, und da muss mei Vater vergesse han, des Auto richtig abzschließe. Als mr vom Kaffeetrinke zrückkomme sin, war die Tür jedenfalls offe, dr Kruscht isch no fascht vollständig im Auto gwese, bloß zwoi Sache hen gfehlt: dr Tante Josefine ihr heißgeliebte Kuckucksuhr und d' Tante Josefine selber, also besser gsagt der Karton mit ihrer Urne drin. Des Gsicht von dem Dieb hätt i für mei Lebe gern gsehe, wo der den Karton uffgmacht hat. Mei Mutter hat a Riesegschrei agfange: ›Am Freitag isch Beerdigung, alles isch bstellt, d' Blume und dr Pfarrer und 's Lokal, und d' ganze Verwandtschaft kommt, und mir hen koi Tante Josefine zum Beerdige. Was solle mr denn jetzt mache?‹«

»Und was habt ihr gemacht?«, wollte Franziska wissen.

»Kennsch doch mein Vadder, den bringt so schnell nix aus dr Ruh. Der isch schnurstracks zrückgfahre zu dem Bestatter und hat erklärt, die blaue Urne däd uns jetzt doch besser gfalle als die grüne und mir däded se gern umtausche. Der Bestatter hat sich furchtbar gwunde und viel von Pietät gschwätzt und dass mr so ziemlich alles umtausche könnt, aber halt leider koi Urne. Der hat ja net wisse könne, dass uns des grad recht war, weil mir ja gar koi Urne zum Umtausche meh ghett hen. Jedenfalls sin mr zehn Minute später mit unsrer blaue Urne Richtung Heimat gfahre. Mei Mutter hat gjammert, mir könntet doch koi leere Urne beisetze, aber mei Vadder hat se beruhigt und gsagt, des däded mr ja au net, und hat drhoim a bissle Sand in die Urne gfüllt. So, wie der Träger bei dr Beerdigung guckt hat, hat sich's doch a bissle anders agfühlt mit dem Sand drin, aber des war uns egal, von dr Verwandtschaft hat koiner ebbes gmerkt. 's war trotz allem a schöne Feier. Und wo immer d' Tante Josefine na letztendlich glandet isch, i glaub, sie hat scho gwisst, dass sie gmoint isch und net des bissle Sand da unte, wenn oiner an ihrem Grab gstande isch.«

»Mein Gott, Paula, was für eine makabre Geschichte, gib zu, dass du die gerade eben erfunden hast«, lachte Franziska. »So was gibt's doch gar nicht.«

»Jedes Wort isch wahr, i schwör's beim Grab von dr Tante Josefine, kannsch meine Eltern frage. Noi, besser net, die däded alles abstreite. Aber von wege makaber, wer hat denn mit dem Thema agfange? I vielleicht?«

Durch den Telefonhörer hörte Franziska lautes Geschrei im Hintergrund.

»Franzi, i muss Schluss mache. Dr Leon haut em Jonas mit em Kochlöffel auf de Kopf. Und der hat als Helm die Rührschüssel von meiner Küchewaag auf. Die letschde hat drbei an Sprung kriegt, und die Schüssel krieg i nemme nach.«

Franziska war heute eigentlich ganz und gar nicht nach lachen zumute, aber Paula schaffte es schon das zweite Mal innerhalb weniger Minuten, sie zum Lachen zu bringen.

»Na, dann lauf und grüß die beiden von mir, und Julia natürlich auch.«

Julia war Paulas Älteste, ihre einzige Tochter und Franziskas Patenkind. Ein zierliches blondes Mädchen, das ihrer Mutter im Gegensatz zu ihren Brüdern gar nicht ähnlich sah. An Paula war alles kräftig und dunkel, vom Haar bis zur Stimme. Man hätte sie für eine Südländerin halten können, aber nur so lange, bis sie den Mund aufmachte, dann gab es keinen Zweifel mehr, wo sie zu Hause war.

Franziska und Paula kannten sich, seit sie vor Jahren Nachbarinnen geworden waren. Franziskas Tochter Sarah war zehn gewesen, als Paulas Tochter geboren wurde, genauso alt also wie Julia heute. Sie hatte in ihr einen Ersatz für die kleine Schwester gefunden, die sie sich vergeblich gewünscht hatte, und begeistert Babysitterdienste geleistet. Paula hatte das dankbar angenommen und war Franziska ihrerseits eine große Hilfe gewesen, als deren Ehe in die Brüche ging. Seit Franziska weggezogen war, musste die Telefonleitung das tägliche Schwätzchen über den Gartenzaun ersetzen, aber da Franziska eine Wohnung im gleichen Ort gefunden hatte, konnten sie und Paula sich nach wie vor ohne großen Aufwand zu einer Tasse Kaffee mit regem Gedankenaustausch und ihrem wöchentlichen Waldlauf treffen.

Das Leben war ungerecht. Nach Franziskas Weltbild hatten gute Menschen schön zu sein und schlechte hässlich. So wäre es, wenn Franziska die Welt erschaffen hätte. Das Problem war, dass viele Menschen dachten, genauso sei die Welt beschaffen, und das machte die Sache erst richtig ungerecht: Sie hielten die Schönen für netter, besser, klüger und verschafften ihnen damit einen zusätzlichen Vorteil. Hübsche Kinder bekamen mehr Zuwendung, schöne Erwachsene die besseren Posten und höheren Gehälter. Theas Neffe war für Franziska das beste Beispiel dafür, dass in einem schönen Körper durchaus eine hässliche Seele wohnen konnte. Er saß groß und schlank, elegant gekleidet mit Anzug und Krawatte, das dichte, dunkle Haar mit Gel nach hinten gekämmt, lässig, aber nicht nachlässig, auf dem Stuhl neben ihr. In der Zeit vor Karl-Theodor zu Guttenberg hatte Franziska gegeltes Haar bei Männern albern gefunden, aber in dieser Beziehung hatte sie ihre Meinung inzwischen geändert. Sie hatte Mühe, ihre Augen auf den Notar zu richten, der sehr viel netter war als Theas Neffe Stefan, aber bei Weitem nicht so gutaussehend.

Sie wusste auch gar nicht, was sie hier bei der Testamentseröffnung sollte. Theas Schwester war vor einigen Jahren gestorben, und so war Stefan Theas einziger Verwandter, es war also klar, wer alles erben würde. Aber vielleicht war Thea so freundlich gewesen, Franziska ihren hübschen Schreibsekretär zu vererben oder ihr ein Wohnrecht in dem Haus einzuräumen, das in den nächsten Minuten in den Besitz ihres Neffen übergehen würde.

Es war ein Glücksfall gewesen, dass Franziska damals nach ihrer Scheidung die Wohnung in Theas Haus mieten konnte. Franziska war froh gewesen, eine hübsche, erschwingliche Wohnung mit Gartenblick und einer liebenswürdigen Vermieterin zu finden, Thea hatte sich über die Gesellschaft im Haus gefreut, und es hatte nicht lange gedauert, da waren die beiden Frauen trotz des Altersunterschieds Freundinnen geworden.

Über ihren Neffen hatte Thea nie viel gesprochen. Franziska wusste, dass er als Kind in den Ferien regelmäßig bei Thea zu Besuch gewesen war und die beiden sich gut verstanden hatten. Aber später war ihm wohl der berufliche Erfolg zu Kopf gestiegen, und als Thea, die nie ein Blatt vor den Mund nahm, es wagte, ihm von einer Ehe mit seiner Verlobten abzuraten, führte das zum endgültigen Bruch zwischen den beiden. Stefans Ehe scheiterte nach nur zwei Jahren, und Thea unternahm mehrere Versuche, sich mit Stefan zu versöhnen – vergeblich. Franziska wusste, dass Thea bis zuletzt auf seinen Besuch gewartet hatte. Sie hatte sogar daran gedacht, mit Stefan Kontakt aufzunehmen, aber Thea hatte ihr klar zu verstehen gegeben, dass sie das nicht wünschte. Bei der Beerdigung hatte Franziska Stefan das erste und bisher einzige Mal gesehen, wenigstens so viel Anstand hatte er besessen, wenig genug.

»... vermache ich mein Haus zu gleichen Teilen meinem Neffen Stefan Buchholz und meiner langjährigen Freundin Franziska Glück.«

Vermachen, das hieß nicht nur ein Wohnrecht, das hieß ...

»Mein Neffe Stefan soll das obere Stockwerk erhalten, Franziska das Erdgeschoss mit dem Garten.«

Nun verstand Franziska gar nichts mehr. Nicht nur, dass sie das halbe Haus erben würde, sie sollte auch vom ersten Stock ins Erdgeschoss umziehen. Nun, verglichen mit der Aussicht, von Stefan vor die Tür gesetzt zu werden, falls Thea ihm das ganze Haus vererbt hätte, war das allerdings ein kleines Übel.

»Ich werde dieses Testament anfechten! Ich bin der einzige Verwandte von Tante Thea und teile mir das Haus doch nicht mit einer Erbschleicherin!«

Stefan war aufgesprungen, der Zorn hatte seine Gesichtszüge nicht zu seinem Vorteil verändert, wie Franziska mit einer gewissen Genugtuung feststellte.

»Herr Buchholz, bitte nehmen Sie wieder Platz und seien Sie vorsichtig mit dem, was Sie sagen. Frau Glück könnte Sie sonst wegen Beleidigung verklagen. Ihre Tante hat dieses Testament hier in meinem Büro im Vollbesitz ihrer geistigen Kräfte abgefasst. Als Neffe haben Sie keinen Anspruch auf einen Pflichtteil, wie das beispielsweise bei Kindern der Fall ist. Ihre Tante hätte Sie auch leer ausgehen lassen können. Und man hätte es ihr nicht verdenken können. Das sage ich jetzt als ein Freund von Thea, nicht als ihr Notar. Übrigens habe ich hier einen Brief Ihrer Tante, den ich Ihnen aushändigen soll und der erklärt ...«

»Den können Sie sich an den Hut stecken! Sie hören wieder von mir!« Die Tür fiel hart hinter Stefan ins Schloss.

Franziska saß völlig verdattert auf ihrem Stuhl und brachte kein Wort heraus.

»So, wie Sie aussehen, können Sie jetzt einen Cognac vertragen, habe ich recht?«

Der Notar wartete ihre Antwort gar nicht erst ab, sondern erhob sich, öffnete ein Fach in der breiten Schrankwand hinter ihm und entnahm ihm eine Flasche Cognac und zwei Gläser. Er schenkte großzügig ein und reichte ihr eins der Gläser.

»Zum Wohl! Auf Ihren Hausbesitz!«

»Nun, da ist das letzte Wort ja wohl noch nicht gesprochen«, seufzte Franziska und kippte den Cognac wenig damenhaft in einem Zug herunter, was nicht ungestraft blieb, sondern einen heftigen Hustenanfall auslöste.

»Keine Angst, Theas Neffe hat keine Möglichkeit, das Testament anzufechten. Ich bin sicher, das weiß er auch, und wenn nicht, dann wird es ihm sein Anwalt schon sagen«, beruhigte sie der Notar.

»Und wie geht's jetzt weiter?«

»Wir lassen Ihre Haushälfte auf Sie übertragen, Sie ziehen aus dem ersten Stock ins Erdgeschoss und warten, was der Neffe mit seiner Hälfte vorhat. Ich rechne nicht damit, dass er selbst in das Haus einziehen will. Thea hat mir erzählt, dass er eine schicke Villa in München besitzt. Sicher hat er keine Lust, sich in einem schwäbischen Kaff niederzulassen, noch dazu in einem Haus, das zur Hälfte einer Erbschleicherin gehört«, lachte er. »Vermutlich wird er das obere Stockwerk vermieten. Wenn Sie mich fragen, dann wäre es klug gewesen, wenn Thea das ganze Haus Ihnen vererbt hätte, das habe ich ihr auch gesagt, aber das wollte sie nicht. Sie war der festen Überzeugung, dass ein guter Kern in ihrem Neffen steckt, der irgendwann wieder zum Vorschein kommen wird. Ach ja, für Sie habe ich übrigens auch noch einen Brief von Thea. Der wird sicher einiges erklären.«

Seit zwei Tagen lag der Brief nun schon ungeöffnet auf dem Sideboard in Franziskas Wohnzimmer. Sie brachte es einfach nicht über sich, ihn zu lesen. Theas Schrift zu sehen, ihre Worte in ihrem Kopf zu hören, jetzt, wo sie nicht mehr lebte – allein der Gedanke daran machte Franziska Angst. Aber einmal musste es ja sein.

Sie hatte sich eine Tasse Tee aufgebrüht und saß nun an ihrem Küchentisch, den Briefbogen mit Theas charakteristischer Handschrift vor sich:

Meine liebe Franziska,

ich weiß, dass Du heute aus allen Wolken gefallen bist. Jemand anderes als Du hätte vielleicht darauf spekuliert, etwas von mir zu erben, Du nicht, da bin ich mir sicher.

Du wirst Dich wundern, dass ich Dir die untere Hälfte des Hauses vererbt habe und nicht das obere Stockwerk, in dem Du jetzt wohnst. Aber das hat seine Gründe: Erstens liebst Du meinen Garten und ich weiß, dass Du ihn gut und ganz in meinem Sinn pflegen wirst.

Zweitens erinnerst Du Dich sicher daran, dass wir immer davon geträumt haben, zusammen ein kleines Bücher-Café zu eröffnen. Ich kann es leider nicht mehr, nun sollst Du diesen Traum für uns beide wahr werden lassen. Ich möchte, dass Leute in meinen Büchern blättern, dass sie Kuchen essen und Kaffee trinken, im Winter auf meinem Sofa und im Sommer auf meiner Terrasse sitzen, dass sie sich wohlfühlen und mein Haus mit Leben und guten Gedanken füllen. Deshalb möchte ich, dass auch in Zukunft in meinen Regalen nur Bücher stehen, die es wert sind, gelesen zu werden. Ich habe keinen Zweifel, dass Du die richtige Wahl treffen wirst. Du liebst Bücher genauso wie ich und Du backst die besten Kuchen der Welt, Du bist also wie geschaffen für unser kleines Bücher-Café. (Meine Kuchenrezepte findest Du übrigens in meinem Schreibsekretär oben links.)

Sag jetzt bitte nicht, dass Du das nicht kannst, jetzt, wo ich nicht mehr da bin – Du kannst! Frag Trudi, sie wird Dir begeistert helfen, denn sie hat mit mir ihre letzte gute Freundin verloren und braucht dringend eine Aufgabe. Und wenn's mal klemmt, dann ist sicher auch Paula bereit, einmal einen Kuchenteig zu rühren.

Ich hoffe sehr, dass Du mit Stefan keine Schwierigkeiten bekommst. Ich habe es einfach nicht fertiggebracht, ihn leer ausgehen zu lassen. Nenne es Sentimentalität, aber ich sehe immer noch den liebenswerten kleinen Jungen in ihm, der er einmal war, und ich hoffe sehr, dass der doch noch einmal zum Vorschein kommen wird, auch wenn ich es nicht mehr erlebe.

Vielleicht wirst Du mich für dieses Erbe verfluchen, Du weißt ja: Aller Anfang ist schwer. Aber ich bin ganz sicher, dass Du Deine Sache gut machen und mit Deinem – unserem – kleinen Café sehr glücklich werden wirst.

Ich wünsche Dir alles Glück der Welt, natürlich auch den richtigen Mann dazu, denn Glück allein, das ist nur die halbe Miete; mal sehen, vielleicht kann ich von dort oben ein wenig Ausschau halten und Dir den Richtigen vorbeischicken. Du warst für mich wie die Tochter, die ich mir immer gewünscht habe. Ich weiß nicht, wie ich die Zeit nach Konrads Tod und auch die letzten Monate ohne Dich überstanden hätte. Dafür danke ich Dir von ganzem Herzen.

*In Liebe
Deine Thea*

Franziska wischte sich die Tränen aus dem Gesicht und blieb noch ein paar Minuten still sitzen. »Blöde Sterberei!«, schimpfte sie dann, zog energisch die Nase hoch, stand auf und ging zum Telefon. Sie hatte es schon in der Hand, um Paula die Neuigkeiten mitzuteilen, als sie es sich anders überlegte. Sie kannte Paula und wusste, dass die versuchen würde, ihr die Sache mit dem Café auszureden. Sicher war es besser, sie zusammen mit Trudi einzuladen, denn von dieser Seite erhoffte sich Franziska Unterstützung. Andererseits – war sie selbst denn so überzeugt davon, dass es richtig war, dieses Café zu eröffnen? Mit Thea davon zu träumen war eine Sache, es nun ganz allein in die Tat umzusetzen, etwas ganz anderes. Nun, die beiden einzuladen und die Angelegenheit mit ihnen durchzusprechen, konnte zumindest nicht schaden. Vielleicht sah sie dann klarer. Und die Planung des Cafés lenkte sie wenigstens von ihren trüben Gedanken ab.

Franziska stand am Fenster ihres Schlafzimmers und ließ ihren Blick in die Ferne schweifen, wo er an der graublauen Bergkette der schwäbischen Alb hängen blieb. Dann schaute sie nach unten. In Theas Garten standen die Rosen in voller Blüte und hinten in der schattigen Ecke blühten in rosa, blau und weiß die Hortensien, die Thea so geliebt hatte. Es waren die einzigen Blumen, die Franziska kannte, die auch in verblühtem Zustand attraktiv aussahen, und insofern passten sie wunderbar zu Thea: Auch sie hatte trotz ihres Alters gut ausgesehen. Franziska freute sich, dass Thea ihr ihren Garten anvertraut hatte. Trotzdem würde sie ihre Wohnung vermissen, die vertrauten, heimeligen, schrägen Wände und den Blick aus den Fenstern. Außerdem fühlte sie sich in Theas Zimmern noch immer wie ein Eindringling. Das Gefühl, Thea müsse jeden Moment um eine Ecke biegen und sagen: »Franziska, schön, dass du kommst«, ließ sie nicht los.

Das Telefon schellte.

»Hallo Franzi, na, was treibsch?«, klang ihr Paulas gut gelaunte Stimme ans Ohr.

»Nicht viel«, gestand Franziska. »Ich versuche seit einer Stunde, mich aufzuraffen und in Theas Wohnung mit dem Entrümpeln anzufangen. Ich schaff's einfach nicht.«

»Des verstand i. Isch mr bei meiner Oma damals au so gange. An jedem Stück, des de in d' Hand nimmsch, klebed Erinnerunge. Später sin's schöne, aber am Afang dud's oifach bloß weh. Soll i komme? I bin zwar grad am Putze, aber du woisch ja, i bin froh für jede Ausred, wenn's da drum goht!«

O ja, das wusste Franziska. Paula war eine wunderbare Freundin und eine tolle Mutter, aber das Putzen hatte sie nicht erfunden, und es sah in ihrem Haushalt immer ein wenig chaotisch aus.

»Tut mir leid«, lachte Franziska. »Da kann ich gerade leider nicht mit dienen. Aber falls du heute Nachmittag Zeit hast, würde ich mich freuen.«

»Zwische viere und halb sechse sin d' Bube im Training, da ging's.«

»Prima, also dann bis vier. Und bring Kaffeehunger mit.«

»Koi Problem, den han i immer, woisch doch. Isch mr sozusage angebore. Also bis dann, schaff's gut!«

Franziska hoffte, dass auch Trudi Zeit haben würde, und ging in die Küche, um einen Apfelkuchen zu backen.

2

Berg und Tal kommed net zsamme,
aber d' Leut.

Trudi kam pünktlich um vier und drückte Franziska zur Begrüßung ein in Alufolie eingewickeltes Päckchen in die Hand. »I han dr a Stückle Hefezopf mitbracht, den magsch doch so gern.«

Das stimmte. Franziska kannte keinen besseren Hefezopf als den von Trudi. Sie hatte sich deshalb schon einmal das Rezept von ihr geben lassen, aber obwohl sie alles so gemacht hatte, wie es da geschrieben stand, und auch alle Tricks beherzigt hatte, die Trudi ihr verraten hatte, schmeckte er einfach nicht so wie bei ihr.

»Für an gute Hefezopf braucht mr drei Sache«, hatte Trudi ihr erklärt, »Zeit, Geduld und Erfahrung, und da drmit hapert's manchmal bei euch junge Leut. Da hilft bloß oins: übe, übe, übe.«

Franziska hatte beschlossen, stattdessen lieber den von Trudi gebackenen Hefezopf zu essen. Sie mochte ihn am liebsten mit Butter und Marmelade, während Trudi die schwäbische Variante bevorzugte: eingetunkt in Kaffee.

Auch bei Theas Leichenschmaus hatte es Hefezopf gegeben, so, wie es im Ländle üblich war.

Paula erschien wenig später, und als alle gemütlich um den Kaffeetisch versammelt waren, ließ Franziska die Katze aus dem Sack und erzählte von Theas Brief und ihrer Absicht, ein Büchercafé zu eröffnen.

»Franzi, glaub mr, des mit dem Café isch a Schnapsidee. Aber dei Apfelkuche, der schmeckt wie immer super«, sagte Paula und holte sich das dritte Stück Kuchen auf den Teller. »I moin, wer geht denn in Neubach ins Café?«

»Na, dann geh mal durch Göppingen und schau, wie viele Leute da schon am hellen Vormittag im Café sitzen.«

»Ja, in Göppinge, des isch ebbes anders. Aber wenn mi d' Frau Kötzle am helle Dienstagvormittag gemütlich beim Cappuccino und dr Butterbrezel beim Café Berner verwischt, na sag i oifach, i hätt an Termin beim Doktor ghett und hätt nüchtern komme müsse. Da hat jeder Verständnis. Aber jetzt stell dr vor, d' Frau Kötzle sieht mi bei dir im Café sitze, ha, die verreißt sich doch 's Maul. ›Ja, hat die nix zum Schaffe?‹, hoißt's na glei. Unser pietistische Vergangeheit hängt uns halt immer no a. ›Freuen und Müßiggang bei Strafe verboten!‹ Wenn scho, na wenigstens mit ma schlechte Gwisse. Da hasch na au koi rechte Freud dra. Und na au no a Bücher-Café! Also i sag meine Kinder immer: ›Beim Esse wird net glese.‹ Was moinsch denn, wie die schöne Bücher von dr Thea bald aussehe däded!«

Dass man den Kuchen mit der Gabel aß und nicht mit den Fingern oder dass man ein Buch auch nach dem Kaffeetrinken lesen konnte, ließ Paula nicht gelten.

»Ja super. Des isch na wie bei dere Eierfrau, wo d' Kundschaft a halbe Stund g'ratscht hat. Die hat gsagt: ›Für zwoi Euro Eier verkauft und für zehn Euro gschwätzt.‹ So isch's na bei dir au. Für vier Euro Kaffee trunke und für zwanzig Euro 's Sofa gwärmt. Des bringt doch koin Umsatz, wenn d' Leut ewig bei ra Tass Kaffee und oim Stückle Kuche hocked und nebebei in dr Thea ihre Bücher schmökred. Trudi, jetzt sag du doch au amol ebbes und sitz net bloß da wie drei Pfund Schnitz.«

Trudi hob erschrocken den Kopf von ihrem Kuchenteller. »Wenn d' Thea des vorgschlage hat, na wird's scho recht sei.«

»Ja, i woiß, du wärsch au bei zehn Grad minus splitterfasernackig in de Neckar gsprunge, wenn's d' Thea gsagt hätt.«

»Des isch jetzt gemein«, beschwerte sich Trudi. »Des hätt d' Thea nie von mir verlangt. Die hat ja gwisst, dass i net schwimme ka.«

Franziska und Paula lachten. Im selben Moment klingelte Paulas Handy. Aus ihren Antworten war es nicht schwer zu entnehmen, dass es Julia war, die eine gute Mathematikarbeit zu vermelden hatte.

»A Eins in dr Mathearbeit? Bisch a echts Käpsele, i sag's ja immer ... Wart mal, d' Franzi sagt grad ebbes ... An Gruß, sie gratuliert dr und lädt dich nächste Woch zur Belohnung ins Kino ei.« »Koi Ahnung, wie i zu so ra gscheite Dochter komm«, sagte sie, als sie das Gespräch bedendet hatte.

»Mei Eugen hat in so ma Fall immer gsagt: ›Des hasch du re vererbt, i han mein Verstand no‹«, warf Trudi ein.

Paula hatte sich gerade einen Bissen Kuchen in den Mund geschoben, als ihr Handy schon wieder klingelte.

»Was däded d' Leut au bloß ohne Handy?«, fragte Trudi.

Franziskas Antwort kam prompt: »In Ruhe Kaffee trinken.«

Diesmal schien es sich um eine weniger erfreuliche Nachricht zu handeln.

»Verletzt? Isch's schlimm? Komm, gib mr mal de Klaus!«

Klaus war der Trainer der Jungs.

»I komm glei, in zehn Minute bin i da.« »Tut mr leid«, sagte sie dann zu Franziska und Trudi und griff nach ihrer Handtasche, die über der Stuhllehne hing. »Dr Leon hat sich beim Training am Fuß verletzt, i gang besser mit em zum Arzt. Des isch aber au so an Pechvogel, all Naslang hat der ebbes. Den hätt i besser beim Harfekurs als beim Fußballtraining agmeldet.«

»Keine Chance, Paula«, warf Franziska ein. »So, wie der Junge gebaut ist, würde er sich bestimmt die Finger zwischen den Saiten einklemmen.«

»Da hasch au wieder recht«, gab Paula zurück, die die ständigen Verletzungen, Krankheiten und Unglücksfälle ihrer Familienmitglieder mit stoischer Ruhe ertrug. Es verging keine Woche, in der die Familie Eberle nicht eine Katastrophe zu vermelden hatte.

»I find, mir sodded langsam Mengerabatt beim Doktor kriege.«

»Ich glaube viel eher, ihr kriegt Hausverbot«, lachte Franziska. »Jetzt, wo die Ärzte pro Patient und Quartal nur noch eine Pauschale kriegen.« Sie öffnete eine Schublade, nahm eine Tafel Schokolade heraus und drückte sie Paula in die Hand. »Hier, nimm dem armen Verletzten noch ein Trösterle mit. Ich hoffe, es ist nicht allzu schlimm. Lass von dir hören, wenn du weißt, was los ist.«

»Mach i. Bleib sitze, i kenn ja de Weg.«

Als Franziska mit Trudi allein war, nutzte sie die Gelegenheit, sie ein wenig über Theas Vergangenheit auszufragen. Sie hatte etwas ganz Bestimmtes im Sinn. Trudi erzählte, wie Thea damals als Flüchtling aus dem Osten in die Gärtnerei ihrer Eltern gekommen war, zusammen mit ihrer älteren Schwester.

»D' Thea, die hat schaffe könne, die war sich für koi Arbeit z' schad, obwohl se a blitzgscheits Mädle war. Da war ihr Schwester, d' Renate, aus ma andre Holz. Die hat sich d' Händ net gern dreckig gmacht. Hübsch war se, des muss mr sage, aber des hat se au gwisst. Alle Kerle hat se de Kopf verdreht. Und wo na ihr späterer Ma komme isch, da isch se glei mit em mit nach München. Der hat sei Geld mit Schwarzmarktgschäfte gmacht. Aber na später hat 'r sich verspekuliert und fast alles verlore, d' Renate au, die hat sich lieber wieder an Reiche gsucht, der ra Pelzmäntel und Schmuck geschenkt hat, und isch mit em ab nach Amerika. Und de Stefan, den hat se bei ihrem Ma glasse, da war der Bua grad acht. D' Thea hätt en gern zu sich gnomme, sie hat ja selber koine Kinder ghett und sie hat de Stefan arg möge, aber des hat ihr Schwager net erlaubt. So isch der Kerle na bei Kindermädle und Haushälterinne und ma strenge, verbitterte Vadder groß worde. Da muss mr sich doch net wundre, was aus dem worde isch. Des hat dr Thea schwer zum Schaffe gmacht.«

»Sag mal, gab's da nicht auch einmal einen Verlobten?«, glaubte Franziska sich zu erinnern.

»Scho, aber des war, bevor d' Thea zu uns komme isch, des war no in ihrer alte Heimat.«

»Ist er gefallen?«, fragte Franziska neugierig und schenkte sich noch eine Tasse Kaffee ein.

»Net direkt. Er isch im Krieg verwundet worde und da dra isch er au gstorbe, aber erscht im Lazarett, da hat en d' Thea au no mal bsucht. Er war ihr ganz große Liebe.«

»Dann liegt er also nicht auf irgendeinem Soldatenfriedhof, sondern wurde in der Heimat beerdigt?«

»Soviel i woiß, scho, aber warum willsch denn des wisse? Des sin doch uralte Gschichte.«

»Das sind manchmal die interessantesten«, sagte Franziska, während sie gedankenverloren in ihrer Tasse rührte. »Hör mal, Trudi, ich erzähl dir jetzt was, aber das muss unser Geheimnis bleiben, wegen Thea, du darfst keinem etwas davon sagen. Versprochen?«

»Versproche«, sagte Trudi und bekam vor Neugier große runde Augen.

Und dann erzählte Franziska ihr die Sache mit den beiden Urnen in Theas Grab.

»Verstehst du?«

»Noi, koi Wort. Was hat denn des jetzt mit dem Verlobte von dr Thea zum do?«

»Du hast mir doch gesagt, dass dieser Verlobte ...«

»I glaub, der hat Joachim ghoiße.«

»... also dieser Joachim Theas große Liebe war. Nimm mal an, es war eine Urnenbestattung ...«

»I woiß net, ob des damals scho üblich war ...«, warf Trudi ein.

»Nur mal angenommen. Und dann musste Thea auf die Flucht gehen und sich von ihrem Liebsten trennen. Da könnte es doch sein, dass sie die Urne mitgenommen hat.«

»Du moinsch ausbuddelt und na mit uff d' Flucht gnomme? Niemals!« Trudi schüttelte ihren Kopf.

»Warum denn nicht? Ich weiß von Leuten, die haben damals Heimaterde mitgenommen.«

»Des isch jetzt net dei Ernst. Woisch du, wie überfüllt die Züg damals wared, da hasch 's Allernödigschde mitgnomme, a bissle Wäsch und ebbes zum Esse, a paar Wertsache vielleicht, aber doch koi Urne.«

»Ach Trudi«, seufzte Franziska, »du bist genauso unromantisch wie Paula. Was gibt es denn Wertvolleres im Leben als den Liebsten? Erinnerst du dich an den Spruch, den Thea sich für ihre Trauerkarten ausgesucht hat? ›Ich gehe zu denen, die mich liebten, und warte auf die, die mich lieben.‹ Das ergibt doch einen Sinn, gemeinsam im Grab mit den beiden großen Lieben ihres Lebens. Ich finde diese Vorstellung wunderschön.«

»Na glaub halt dra, wenn d' es so schee findesch«, sagte Trudi großzügig. »Aber i glaub's im Lebe net. Wo hätt se denn ihren Joachim nado solle so lang, bis dr Konrad gstorbe wär? In de Wäscheschrank?«

»Zum Beispiel«, sagte Franziska.

»Also, alles, was recht isch, d' Thea däd sich im Grab umdrehe, wenn die uns jetzt zuhöre könnt.«

»Würde sie nicht«, entgegnete Franziska überzeugt. »Im Zweifelsfall würde sie lachen. Sie hat immer Humor gehabt, auch wenn es um sie selbst ging, und ein Faible für gute Geschichten.«

»Findesch du die Gschicht gut?« Trudi sah Franziska ungläubig an und es war nicht zu übersehen, dass sie in dieser Hinsicht ganz anderer Meinung war. »I net, i find se ziemlich verrückt. Aber i bin ja au bloß a oifache Frau und verstand des vielleicht net. Aber dei Apfelkuche, der isch jedenfalls gut, und deshalb isch des mit dem Café vielleicht gar koi so dumme Idee. Probiere könnted mr's ja mal, au wenn d' Paula nix drvo hält. Die woiß schließlich au net alles. Und des, was d' Thea dir da aufgschriebe hat, des nennt mr doch a Vermächtnis, oder net?«

»Könnte man so sagen«, bestätigte Franziska.

»Siehsch, und a Vermächtnis muss mr erfülle, des woiß sogar i.«

»Darauf trinken wir ein Glas Sekt zusammen. Einverstanden?«

»Eiverstande!«

Am Tag zuvor hatte Franziska ein Schreiben des Maklerbüros *Berger und Partner* erhalten. Sie seien von Stefan beauftragt worden, die Renovierung und Vermietung ihrer Wohnung in die Hand zu nehmen. Franziska solle ihre Wohnung bis zum Ersten des kommenden Monats räumen und in der nächsten Zeit mit Interessenten zur Wohnungsbesichtigung rechnen. *Berger und Partner* würden sich diesbezüglich kurzfristig mit ihr in Verbindung setzen. »Mit freundlichen Grüßen ...«

Nun wurde es also ernst. Noch immer hatte Franziska nicht mit der Entrümpelung von Theas Wohnung begonnen, feige hatte sie es immer wieder aufgeschoben. Und auch heute wird nichts daraus werden, dachte Franziska, froh für die Ausrede, denn angesichts zu erwartender Wohnungsinteressenten sollte sie zunächst einmal im oberen Stockwerk Klarschiff machen. Die Vorstellung, dass wildfremde Menschen in alle Ecken und Winkel ihres Privatlebens schauen würden, behagte Franziska gar nicht, aber was sollte sie machen. Sie hatte gerade den Staubsauger aus der Abstellkammer geholt, als das Telefon klingelte. »Paula« stand auf dem Display.

»Hallo Franzi, kannsch du Unterstützung brauche?«, kam die gleich zur Sache.

»Aber klar. Ich schiebe die Sache mit Theas Wohnung schon seit Tagen vor mir her. Zu zweit macht's bestimmt mehr Spaß, sonst steh ich doch bloß rum und heul mir die Augen aus. Aber seit wann reißt du dich um so was?«

»Seit dr Uli drhoim uff em Sofa liegt und de sterbende Sklavetreiber spielt.«

Uli war Paulas Mann. Ein Bär von einem Mann, sanftmütig, geduldig und liebevoll, aber leider mit zwei großen linken Händen ausgestattet.

»Uli ein Sklaventreiber? Das kann ich mir nicht vorstellen.«

»Darfsch dr gern selber a Bild mache, wenn d' es net glaubsch. Der hat sich im Garte verlupft und dr Arzt hat em a Spritz gebe und en für die Woch krankgschriebe, und seither goht des in oiner Tour: ›Paula, mach mal 's Fenschter auf‹, ›mach d' Tür zu‹, ›i han Durscht‹, ›bring mr d' Zeitung‹, ›mach mr's Radio a‹, ›mach's a bissle leiser‹ – i sag dr, i werd schier verrückt. Der isch schlimmer wie drei Kinder mit Masern. Und na au no die vorwurfsvolle Blick. Er hat den blöde Busch ja net ausgrabe welle, des war schließlich mei Idee. Franzi, wenn i net wenigstens für oi Stund nauskomm, na könned 'r mi demnächscht in dr Klapse eiliefre. I han em Uli gsagt, dass i versproche han, dir beim Räume z' helfe. Des passt em zwar net, aber da drgege kann 'r nix sage. Er predigt ja immer, mr soll hilfsbereit sei.«

»Kannst du ihn denn allein lassen?«

»I muss«, stöhnte Paula. »Des isch a Überlebensfrag, sonsch erschlag i heut no jemand, und 's könnt ja au oins von de Kinder treffe.«

Wenn etwas die katastrophengestählte Paula derart aus der Ruhe brachte, dann musste es wirklich schlimm sein.

»Na, dann setz dich ins Auto und komm, ich setze schon mal den Kaffee auf«, lachte Franziska. »Und grüß Uli von mir. Ich wünsche ihm gute Besserung.«

»Dei Wort in Gottes Ohr«, seufzte Paula.

Thea hatte vor ihrem Tod alles vorbereitet, so gut es ging. Sie hatte Franziska die Telefonnummer einer Frau Schmelzle hinterlegt, die bei der Kirche arbeitete. Die erzählte Franziska von den Seniorenwohnungen »In den Pfarrgärten«, einfache Wohnungen zu erschwinglichen Mietpreisen, in die oft auch Russlanddeutsche einquartiert wurden.

»Die kommed meistens mit nix und sin dankbar für alles«, erklärte Frau Schmelzle, »Möbel, Kleidung, alles, vom Kochlöffel bis zum Sofa. Richtet Se die Sache oifach zsamme und na rufed Se a und mir mached an Termin aus, wo i Ihne meine Bube vorbeischick, also unsre Zivis, moin i. I woiß net, wie des gange soll, wenn se demnächst de Wehrdienst und damit au de Zivildienst abschaffed. 's war scho a Katastroph, dass die Zivis immer kürzer da wared.«

Zusammen mit Paula ging Franziska das Räumen recht schnell von der Hand. Und Paula wusste wieder einmal die passende Geschichte dazu.

»A Tante von dr Marion, die hat au in ra Wohnung ›In de Pfarrgärte‹ gwohnt, und da han i dr Marion mal gholfe, die Wohnung auf Vordermann z' bringe, als ihr Tante im Krankehaus war. Mir wared grad mitte im Deig und d' Marion hat ziemlich aufglöst ausgseh, a Kittelschürz von dr Tante bloß gschwind über Slip und BH zoge, weil's so heiß war, da schellt's an dr Tür. ›Gang du‹, hat d' Marion gsagt, ›i kann so net aufmache.‹ I mach also d' Tür auf und da steht drauße dr Nachbar von dr Marion ihrer Tante, den hen mr beim Reikomme im Flur troffe. Krebsrot im Gsicht streckt der mir a Flasch mit Sonneöl entgege und sagt: ›Däded Sie mir bitte de Buckel eiöle, sonsch krieg i no an Sonnebrand.‹

»Und, hast du?«, lachte Franziska.

»Ha, was hätt i denn mache solle? Alles andre wär verweigerte Hilfeleistung gwese, so rot wie der jetzt scho war. Eigentlich hätt der sich mit Quark eischmiere solle und gar nemme in d' Sonne gange. Unte uff em Bänkle im Garte sin mindestens fünf Fraue gsesse, die hättet des bestimmt liebend gern gmacht, aber da war koine jünger wie siebzig, und dr Herr Schreivogel hat bestimmt scho de ganze Tag gwartet, bis endlich mal ebbes Weiblichs auftaucht, des no jenseits dr

Wechseljahr isch. So gschwind, wie der sei Hemd auszoge hat, die Gelenkigkeit hätt i dem gar net zutraut. Und na han i em Herr Schreivogel unter dr Haustür sein Buckel eigschmiert, während i drin hinterm Küchefenster d' Marion gluckse ghört han. Die hat nämlich alles mitkriegt, aber mi hat se vorgschickt, die feige Nuss. Mir hen vielleicht glacht. Und wenn i heut d' Marion treff, na brauch i bloß sage: ›Woisch no, dr Sonnebrand vom Herr Schreivogel?‹, na fanged mr a z' lache wie die Blöde.«

Während Franziska lachend den nächsten Karton mit Theas Wäsche füllte, ertappte sie sich bei dem wenig freundlichen Gedanken, dass sie dem Schicksal für Ulis Rückenprobleme sehr dankbar war.

»Wie lange, sagst du, ist Uli krankgeschrieben?«
»Die Woch auf alle Fäll no. I hoff, net länger.«
»Prima«, meinte Franziska, »bis Ende der Woche sind wir hier bestimmt fertig. Dann kann's oben weitergehen.«

Noch immer konnte Franziska sich nicht vorstellen, wie es sein würde, in Theas Zimmern zu wohnen. Aber sie hoffte darauf, dass die andere Einrichtung Wirkung zeigte. Hoffentlich würden nette Mieter ins Haus einziehen.

3

*'s gibt sodde und sodde,
aber meh sodde als sodde.*

Herr Berger von *Berger und Partner* ließ es sich nicht nehmen, persönlich mit den ersten Mietinteressenten vorbeizukommen. Als es klingelte, beförderte Franziska die Kleidungsstücke, die noch von gestern auf dem Stuhl in ihrem Schlafzimmer lagen, mit einem schnellen Griff in ihren Kleiderschrank. Sie würde sie nachher aufräumen, jetzt war keine Zeit.

Vor der Tür standen ein jüngeres, leger gekleidetes Ehepaar mit einem kleinen Jungen und Herr Berger in Anzug und Krawatte.

»Das ist das Ehepaar Buchele, Frau Glück«, stellte Herr Berger vor und wartete Franziskas Aufforderung, ihre Wohnung zu betreten, gar nicht erst ab. So, als sei er hier zu Hause, schob er sich an ihr vorbei und öffnete ungeniert die Küchentür.

»Hier hätten wir erst mal die Küche, wie Sie sehen, schön geräumig.«

»Bleibt die drin?«, wollte Herr Buchele wissen und meinte damit offensichtlich die Einbauküche.

Eingedenk Paulas Ermahnungen: »Sag bloß net glei, dass die Kücheschränk drin bleibed, sonsch wirsch im Preis runterghandelt«, ließ Franziska ein unbestimmtes »Ich weiß noch nicht, vielleicht« hören.

»I woiß net«, mischte sich jetzt Frau Buchele ein und schaute sich mit einem skeptischen Blick in der Küche um. »Eiche gfällt mr eigentlich net so arg, des isch so dunkel und altmodisch, des hat mr doch heut au gar nemme. Da gibt's jetzt Küche mit Glasfronte in alle mögliche Farbe, des sieht super aus, richtig schick.«

Währenddessen war Buchele junior dabei, seinen Lutscher mit der Zunge von der linken in die rechte Backentasche zu befördern und sich mit seinen klebrigen Fingern auf Franziskas frisch geputzter Backofentür zu verewigen.

»Erst hat mir das dunkle Holz auch nicht so gut gefallen, aber es ist sehr pflegeleicht. Es nimmt das Fett vom Kochen auf und ist überhaupt nicht empfindlich, gerade mit Kindern, die ja gern alles anfassen«, warf Franziska mit einem kritischen Blick auf den kleinen Herrn Buchele ein.

»Deshalb sagt mr ja au ›er-fassen‹ und ›be-greifen‹«, bemerkte Herr Buchele und ließ ein kurzatmiges, stoßweißes Lachen ertönen, offenbar stolz auf seine kluge Bemerkung und seinen Sprössling. »Aber Sie hen scho recht, pflegeleichter isch so a Holzküche bestimmt.«

Offensichtlich war es Herrn Buchele wichtiger, seine Frau vom teuren Kauf einer neuen Küche abzuhalten, als einen Punkt im Poker um den Übernahmepreis für die eingebauten Küchenschränke zu verschenken.

»Nun, ich denke, was die Kücheneinrichtung angeht, da werden Sie sich im Zweifelsfall sicher einig werden«, warf Herr Berger ein und ging weiter in Richtung Schlafzimmer.

»Hier das Schlafzimmer«, sagte er, indem er die Tür öffnete. »Frau Glück lebt ja allein, aber Sie sehen, hier ist genug Platz, um auch ein breites Ehebett zu stellen.«

»Sin des Eibauschränk? Bleibed die drin?«, fragte Herr Buchele und hatte schon eine Schranktür geöffnet, ausgerechnet die, in die Franziska in aller Eile die Kleidung von gestern gestopft hatte.

»Also hören Sie mal, Sie können doch nicht einfach meine Schränke aufmachen«, empörte sich Franziska und kämpfte gleichzeitig gegen ihre Verlegenheit an.

»Ha, wenn die Schränk drinbleibed, na muss i doch sehe, wie geräumig die sin«, verteidigte sich Herr Buchele.

Auch Herr Buchele junior war sehr am Innenleben von Franziskas Schrank interessiert. Soeben zog er an Franziskas BH und breitete ihn für alle sichtbar auf dem Boden aus. Leider war es nicht Franziskas schickes Ausgehmodell mit der schwarzen Spitze, sondern das hautfarbene Auslaufmodell, das sie gestern zum Räumen angehabt hatte, und das leicht angegilbt darauf wartete, demnächst entsorgt zu werden.

»Kevin, was machsch denn da?«, rief Frau Buchele ihren Sprössling zur Ordnung, während Herr Buchele stolz bemerkte: »Ha, der Kerle wird recht, bis d' Knöpf dra sin«, und wieder sein seltsames asthmatisches Lachen ertönen ließ.

Neulich hatte Franziska einen Zeitungsartikel über Vornamen und ihre Beurteilung durch Grundschullehrer gelesen. Eine Lehrerin hatte bemerkt, Kevin sei kein Name, sondern eine Diagnose. Franziska hatte damals geschmunzelt, die Aussage aber doch gemein gefunden, denn schließlich konnte kein Kind etwas für den Namen, den seine Eltern für es ausgesucht hatten. Nun war Franziska geneigt, dieser Lehrerin recht zu geben.

Kevin war inzwischen bäuchlings unter ihrem Bett verschwunden.

»Kevin, komm sofort da vor«, befahl Frau Buchele, und Franziska stellte verwundert fest, dass Kevin der Aufforderung unverzüglich Folge leistete, wünschte jedoch im gleichen Moment, er hätte es nicht getan, denn zusammen mit Kevin kam der Staub von Wochen ans Tageslicht. Unter ihrem Bett saugte Franziska nur in größeren Abständen.

»Kevin, jetzt guck, was de gmacht hasch. Du bisch ja ganz voller Wollmäus!« Frau Buchele war mit kräftigen Handbewegungen eifrig bemüht, die Flusen von Kevins Kleidung zu entfernen.

»Mäus?« Kevin schaute entsetzt an sich herunter.

»Koine lebendige«, beruhigte sein Vater. »Wollmäus, des sin bloß Staub und Fluse. Des gibt's, wenn in ma Eck net richtig putzt isch.«

»Oder unterm Bett«, stellte Kevin fest.

Am liebsten hätte sich Franziska selbst unters Bett verkrochen, auch wenn sie sich dabei ebenfalls ein paar Wollmäuse eingefangen hätte.

»Die Fenster gehen nach Osten, also ganz optimal für ein Schlafzimmer.«

Herr Berger überging die Peinlichkeit, und Franziska war ihm fast dankbar, obwohl sie wirklich nicht behaupten konnte, dass Herr Berger ihr besonders sympathisch war.

Ach Thea, tu doch was, schickte Franziska einen Stoßseufzer nach oben. Du weißt, dass ich Kinder mag, aber nicht dieses Kind. Und seine Eltern mag ich auch nicht. Und du kannst doch nicht wollen, dass diese Leute in dein schönes Haus einziehen!

Sie waren inzwischen im Wohnzimmer angelangt und Herr Berger pries gerade die große Fensterfront nach Süden und den Balkon. Frau Buchele interessierte dagegen eine ganz andere Frage:

»Isch's weit zum Kindi?«

Wie immer, wenn sie dieses Wort hörte oder las, verspürte Franziska ein leichtes Frösteln. »Kindergarten«, ein so wunderschönes, klangvolles, bildhaftes Wort, in dem für Franziska die Vorstellung von Liebe und Behütetsein vereinigt war, ein Wort, so gelungen, dass es sogar ins Englische Aufnahme gefunden hatte, hatte der gehetzte, moderne Mensch in ein hässliches »Kindi« oder auch »Kiga«, passend zur verwandten »Kita«, abgekürzt.

»Oh nein, der Kindergarten ist gleich zwei Straßen weiter, etwa fünf Minuten zu Fuß«, gab Franziska zur Antwort, und als hätte Thea ihren Hilferuf vernommen, hatte sie plötzlich eine wunderbare Eingebung. »Allerdings ...«

»Ja?«

»Na ja, also es gibt Leute ... Zum Beispiel eine Freundin von mir ... Die sagt, ihr gehe es da zu streng zu. Die hat ihre Kinder wieder abgemeldet und fährt sie jetzt immer in den

Kindergarten in der Mörikestraße. Das sind mit dem Auto auch nur fünfzehn Minuten.«

Franziska schämte sich nicht, zehn Minuten dazugemogelt zu haben. Es handelte sich um einen eindeutigen Fall von Notwehr.

»Wir haben aber nur ein Auto«, warf Herr Buchele ein, und es war offensichtlich, dass er nicht bereit war, mit dem Bus zur Arbeit zu fahren, um seiner Frau den Wagen zum Kindertransport zu überlassen. Umso besser.

»Na ja, manche Leute machen heute auch ein fürchterliches Getue um ihre Kinder«, lenkte Franziska scheinheilig ein und hoffte, dass sie das Ehepaar Buchele richtig einschätzte. »Ich meine, wir sind früher schließlich auch nicht in Watte gepackt worden, und hat es uns geschadet?«

»Mir hen aber au no a Tochter, die isch grad bei dr Oma, und die kommt demnächst au in Kindi«, erklärte Frau Buchele. »Und unser Angelina, des isch so a sensibels Kind, die plärrt scho, wenn mr se bloß schief aguckt. Und dr Kevin isch au sensibel, dem merkt mr des bloß net so a.«

Nein, Kevin war ganz offensichtlich ein Meister der Tarnung, stellte Franziska fest, vielleicht sollte er später einmal zum Geheimdienst gehen, das Spionieren in verbotenen Ecken hatte er auch schon gut drauf.

»Also ich habe noch nichts Negatives über den Kindergarten ›Villa Kunterbunt‹ gehört«, versuchte Herr Berger zu retten, was zu retten war. »Es gibt immer und überall Leute, denen etwas nicht passt. Und ein so nettes Kind wie Kevin, der wird doch keine Schwierigkeiten bekommen, den muss man doch einfach mögen.«

Herr Berger zog wirklich alle Register, er streichelte Kevin sogar über den Kopf, was die Eltern Buchele veranlasste, um die Wette zu strahlen.

»Und wie isch's mit em Eikaufe?«, wollte Frau Buchele jetzt wissen.

Franziska fing einen Blick von Herrn Berger auf, der wohl besagen sollte: Sag jetzt bloß nichts Falsches! Das hatte Franziska nicht vor.

»Ein kleiner Laden ist auch gleich um die Ecke«, erklärte Franziska und lächelte falsch. »Und ich unterstütze ihn, wo ich kann. Es gibt natürlich Leute, die fahren lieber zum großen Supermarkt auf der grünen Wiese, weil's da ein paar Cent billiger ist und es statt zwei Sorten Joghurt gleich zwanzig gibt. Aber wo kommen wir denn da hin? Irgendwann trägt sich so ein Laden dann nicht mehr und dann gibt es ein Riesengeschrei, und an die alten Leute und die, die kein Auto haben, denkt keiner. Nun, und was die anderen Geschäfte angeht, die Apotheke zum Beispiel, das können Sie ja gut am Abend oder am Samstag zusammen mit Ihrem Mann erledigen.«

In Klartext übersetzt: Hier gibt's nur einen kleinen Laden, der ist teuer und hat nicht viel Auswahl und wird wohl über kurz oder lang ganz dichtmachen, und andere Geschäfte sind ohne Auto sowieso nicht zu erreichen. Franziska war stolz auf sich und leistete im Stillen dem gar nicht so kleinen und gut sortierten Supermarkt um die Ecke Abbitte.

»Und ruhig isch's ja da sicher au?«, wollte Frau Buchele noch wissen.

»Und ob«, bestätigte Franziska und erntete ein dankbares Lächeln von Herrn Berger – zu früh. »Manchmal fast zu ruhig. Die jungen Frauen arbeiten heute ja fast alle.« Franziska hatte durch einen aufgeschnappten Gesprächsfetzen mitbekommen, dass Frau Buchele nicht berufstätig war. »Früher, als meine Tochter klein war, da hat man andere Mütter auf dem Spielplatz getroffen und konnte sich mit ihnen zum Kaffeetrinken verabreden. Aber heute? Man sieht ja tagsüber kaum noch ein Kind auf der Straße. Die paar, die's hier gibt, sind im Kindergarten oder in der Tagesstätte. Aber es fährt ja dreimal am Tag ein Bus in die Stadt, wenn man Abwechslung sucht. Und ruhig ist es hier wirklich, inzwischen wohnen hier überwiegend ältere Leute, die sind froh, wenn's ruhig ist. Wenn ich nur an das Ehepaar gegenüber denke, wenn da mal ein Kind schreit, dann machen die gleich ein Riesentheater. Dabei haben sie selbst einen Enkel, der oft bei ihnen zu Besuch ist. Den müssten Sie mal hören. Und ein Raufbold ist das ...«

Offensichtlich wollte Herr Berger verhindern, dass Franziska noch weitere erfundene Horrorgeschichten zum Besten geben konnte, denn er beendete die Wohnungsbesichtigung nun, so schnell es die Höflichkeit zuließ, nicht ohne Franziska noch einen unfreundlichen Blick zuzuwerfen, den diese fast als Auszeichnung empfand. Sie hoffte sehr, dass ihre Rechnung aufging und das Ehepaar Buchele eine Wohnung am Ende der Welt mit geräuschempfindlichen Nachbarn, wenigen, dafür aber streitsüchtigen Spielkameraden und einer strengen Kindergärtnerin nicht unbedingt mieten wollte. Franziska war jedenfalls sehr zufrieden mit sich, brühte sich zur Belohnung eine Tasse Kaffee auf und griff zum Telefonhörer, um sich Paulas Lob abzuholen.

Es schellte.

Noch hatte Franziska sich nicht an den Klingelton in Theas Wohnung gewöhnt. An vieles hatte sie sich noch nicht gewöhnt. Was sie genoss, war die Tatsache, die Terrassentür öffnen und den Garten in ihr Leben mit einbeziehen zu können.

Frau Schmelzles Buben hatten gute Arbeit geleistet. Sie hatten Theas Wohnung schnell geräumt und alles in einen kleinen Laster verladen. Und gegen ein gutes Taschengeld waren sie am Wochenende noch einmal gekommen und hatten Franziskas Möbel vom oberen Stockwerk nach unten befördert. Auch Uli hatte seine Mithilfe angeboten, aber Franziska war froh, dass sie seinen gerade erst geheilten Rücken ins Feld führen konnte, um ihn davon abzuhalten. Ulis Bärenkräfte vereint mit seiner Tollpatschigkeit, das ergab eine explosive Mischung, die ihre Möbel auf dem Weg durch das enge Treppenhaus wohl kaum unbeschadet überstanden hätten. Einige von Theas Möbeln hatte Franziska behalten, den Schreibsekretär im Wohnzimmer, die Couchgarnitur, Theas Ohrensessel und die geschmackvollen Esszimmermöbel aus Kirschholz.

Franziska war dabei, Kartons auszuräumen, und nicht begeistert über die Störung. Wer jetzt wohl klingelte?

Auf diesen Besucher wäre sie ganz sicher nie gekommen: »Stefan, ich meine Herr Buchholz!« Für Franziska war er als Stefan abgespeichert, weil Thea immer so von ihm gesprochen hatte.

»Hallo, Frau Glück. Ich war gerade in der Gegend und da dachte ich mir, ich schau mal vorbei und sehe mir die Wohnung an. Jetzt, wo sie leer ist, kann man besser feststellen, was renoviert werden muss.«

»Ich dachte, dass *Berger und Partner* ...«

»Schon«, fiel Stefan ihr ins Wort, »aber ich mache mir von den Dingen lieber selbst ein Bild.« Es entstand eine Pause, bis Stefan die Hand ausstreckte und sagte: »Der Schlüssel. Hätten Sie mir vielleicht den Schlüssel?«

»Oh, natürlich.«

Kaum war Stefan auf dem Weg nach oben, da sauste Franziska ins Schlafzimmer, um ihre ausgebeulte Jeans gegen eine gut sitzende und das ausgeleierte T-Shirt gegen ihr neues rotes zu tauschen. Dann fuhr sie sich im Bad durch die zerzausten Haare und legte etwas Lippenstift auf. »Hör auf zu grinsen!«, sagte sie dann, denn sie hatte das Gefühl, als stünde Thea neben ihr und lächelte sie im Spiegel an. »Ich zeige mich Leuten nicht gern in derangiertem Zustand, selbst wenn es sich um einen wie Stefan handelt.« Auch Stefan war heute leger gekleidet, aber leger von der feinen Sorte, mit einer Designerjeans und einem Poloshirt mit Krokodil.

»Na ja«, meinte Stefan, als er ihr den Schlüssel zurückbrachte, »gestrichen werden muss auf alle Fälle, die Fenster auch, das Parkett lasse ich auch gleich frisch versiegeln und ins Schlafzimmer einen neuen Teppichboden legen.«

Wie gut, dass in Franziskas Mietvertrag stand, dass für alle Renovierungskosten der Wohnungsbesitzer aufkommen musste. Danke, Thea.

»Sie wissen, dass die Renovierungskosten ...«

»Ja, ich weiß.« Es schien Stefans Angewohnheit zu sein, seine Gesprächspartner mitten im Satz zu unterbrechen. »Tante Thea hat ihrem Brief eine Kopie des Mietvertrags beigelegt.«

Er hatte den Brief also doch noch gelesen.

»Ich würde Sie ja gern hereinbitten, aber ich bin noch mitten im Umzug«, entschuldigte sich Franziska. Sie war der Meinung, dass man gerade im Umgang mit unhöflichen Menschen selbst die Formen wahren sollte.

»Ach, das stört mich überhaupt nicht. Ich bin seit heute morgen unterwegs und habe seit dem Frühstück nichts gegessen. Gegen eine Tasse Kaffee hätte ich wirklich nichts einzuwenden«, sagte Stefan und schob sich schon an Franziska vorbei in die Wohnung, während die völlig überrumpelt unter der Tür stehen blieb. Sie konnte sich nicht erinnern, ihm einen Kaffee angeboten zu haben.

»Da steht ja noch Tante Theas Sekretär«, hörte sie Stefan jetzt aus dem Wohnzimmer. Der Kerl tat so, als sei er hier zu Hause. »An dem habe ich oft als Kind gesessen. Es war für mich das höchste der Gefühle. Ich kam mir dann immer sehr erwachsen vor. Mal war ich der Kapitän eines großen Überseedampfers, mal der Funker auf dem Schiff, mal der Reeder im Kontor ... na ja.« Er wandte sich um und der eben noch verträumte Ausdruck in seinem Gesicht war im Nu verschwunden.

»Die See hat es Ihnen wohl angetan?«

»Als Kind, ja. Wovon man als Kind halt so träumt. Von der großen, weiten Welt.«

Und einer Fahrt zur Mama nach Amerika vielleicht, dachte Franziska.

»Hier hat sich wirklich nicht viel verändert in all den Jahren«, sagte Stefan mit einem Blick in den Garten. »Nur die Schaukel im Apfelbaum fehlt inzwischen.«

»Waren Sie oft hier?«, wollte Franziska wissen.

»Eine Zeitlang in allen Ferien. Aber lassen wir die Vergangenheit ruhen und wenden wir uns der Gegenwart zu. *Berger und Partner* sagen mir, dass Sie mir hier alle Mieter vergraulen.«

Das war ein abrupter Themenwechsel, den Franziska nicht erwartet hatte. »Ich setze mal eben den Kaffee auf«, wich sie aus.

Stefan folgte Franziska unaufgefordert in die Küche. »Also?«

»Das ist Unsinn«, verteidigte sich Franziska, während sie Kaffeepulver und Wasser in die Maschine füllte. »Die Leute stellen mir Fragen und ich gebe ihnen ehrliche Antworten.«

»Ehrliche Antworten, soso. Zum Beispiel, dass der Supermarkt um die Ecke nur zwei Sorten Joghurt hat und demnächst wegen mangelnder Kundschaft dichtmachen wird. Ich war eben in Maiers Aktiv-Markt. Gut, er ist nicht der allergrößte, aber er ist gut sortiert. Bei der vierzehnten Joghurtsorte habe ich aufgehört zu zählen, und an der Kasse standen zwei lange Schlangen.«

»Sie waren dort?«

»Ja, war ich. Und ich habe auch einige junge Mütter und Väter nach dem Kindergarten befragt. Die wissen alle nur Gutes zu berichten.«

»Tatsächlich?«

»Tatsächlich.«

»Nun, dann habe ich mich wohl getäuscht.«

»Nein, Frau Glück, Sie haben sich nicht getäuscht. Sie verbreiten hier absichtlich Lügen, um mögliche Mieter abzuschrecken. Oder wollen Sie wirklich behaupten, dass in diesem Haus jede Woche eine große Kehrwoche stattfindet, die von den beiden Parteien abwechselnd durchgeführt werden muss? Eine alte Frau mit Arthrose soll alle vierzehn Tage auf dem Speicher die Fenster putzen, den Mülleimer auswaschen und die Waschküche herauswischen? Haben Sie das Frau Hartmann erzählt oder nicht?«

O ja, das hatte Franziska, weil sie Frau Hartmann gleich richtig eingeschätzt hatte. Sie gehörte zu der Kategorie alter Leute, die hinter der Gardine lauerten und sofort bei der Polizei anriefen, wenn jemand sich auf ihren Parkplatz stellte, auch wenn der eigentlich immer leerstand, weil sie selbst kein Auto besaßen und sie auch niemand besuchen kam. Aber es war ihr gutes Recht, also nahmen sie es auch selbstgefällig in Anspruch.

»Ich habe die Kehrwoche nicht erfunden, und ich kann auch nichts dafür, dass Frau Hartmann alt ist und Arthrose hat. Soll ich etwa ständig für sie mitputzen?«, gab Franziska ärgerlich zurück.

»Nun, wie Herr Berger mir berichtet hat, klebt Ihnen die Auszeichnung ›Schwäbische Hausfrau des Jahres‹ ja nicht unbedingt auf der Stirn.«

Bei Stefans süffisantem Grinsen lief Franziska rot an – die Wollmäuse.

»Also, wenn Sie keine Schwierigkeiten bekommen wollen, dann sollten Sie solche Aktionen in Zukunft unterlassen. Es kann ja wohl nicht sein, dass Sie an jedem möglichen Mieter etwas auszusetzen haben.«

»Es waren ja erst drei Interessenten da.«

»Ich denke, wir haben uns verstanden. Übrigens ist der Kaffee fertig«, stellte Stefan mit Blick auf die Kaffeemaschine fest.

Franziska stellte energisch Geschirr, Kaffee, Zucker und Milch auf ein Tablett und trug es zum Couchtisch. Kekse würde sie dem arroganten Schnösel nicht auch noch anbieten. Sollte er ruhig hungrig von dannen ziehen. Das geschah ihm nur recht. Alles hatte seine Grenzen.

Ach, Thea, was hast du mir nur angetan?, dachte Franziska. Nun lass mal deinen guten Einfluss spielen und bring den Kerl zu Verstand, damit er mir nicht noch mehr Schwierigkeiten macht!

»Wie ich sehe, kochen Sie Ihren Kaffee noch auf die altmodische Art«, bemerkte Stefan.

»Konservativ, ich nenne es lieber konservativ.«

Stefan grinste schon wieder herablassend.

»Erstens«, fuhr Franziska fort, »kann ich mir so eine teure neumodische Kaffeemaschine nicht leisten und außerdem finde ich sie unpraktisch.«

»Eine kluge Taktik«, bemerkte Stefan, »sich eine Sache schlecht zu reden, wenn man sie sich nicht leisten kann.«

Konnte dieser Mensch eigentlich auch einmal etwas Freundliches sagen?

»Ich finde es wirklich unpraktisch. Neulich war ich zum Kaffee eingeladen. Wir waren acht Frauen und die Gastgeberin zeigte uns ganz stolz ihre neue Kaffeemaschine. Ihre hoffnungsvolle Frage, welche der Damen denn Tee trinke, wurde leider abschlägig beschieden, und so war die arme Frau den ganzen Nachmittag zwischen Wohnzimmer und Küche unterwegs, um den anwesenden Damen den Kaffee tassenweise zu servieren. Als die letzte ihre Tasse bekommen hatte, hatte die erste ihre schon wieder leergetrunken. Ich glaube, an diesem Nachmittag hat sich der wöchentliche Waldlauf für unsere Gastgeberin erledigt. Beim nächsten Kaffeeklatsch stand wieder die gute alte Thermoskanne auf dem Tisch. Der Kaffee aus der Kanne hatte zwar kein Schaumkrönchen, aber er schmeckte wunderbar und es war ein unvergleichlich gemütlicher Nachmittag, an dem sich auch unsere Gastgeberin lebhaft und ganz entspannt an der Unterhaltung beteiligen konnte und nicht ständig auf Achse war. Nicht alles, was alt ist, ist automatisch schlecht.«

»So habe ich das noch nie gesehen«, gab Stefan zu und schlürfte offensichtlich mit Genuss seinen altmodisch aufgebrühten Kaffee. »Es liegt vielleicht daran, dass ich Kaffee immer nur für mich allein koche, und da ist so eine Maschine ganz praktisch.«

Das konnte Franziska sich denken, dass er seinen Kaffee allein trank. Wer hatte schon Lust, mit dieser missgelaunten, streitsüchtigen Spaßbremse Kaffee zu trinken?

4

Die spricht vier Sprache:
hochdeutsch, schwäbisch,
durch d' Nas und über d' Leut.

»Du wirsch trotzdem net drumrumkomme, dir so a Maschin z' kaufe, wenn de tatsächlich dei Café eröffne willsch«, stellte Paula fest, als Franziska ihr von dem Gespräch mit Stefan erzählte.

Aber da war Franziska ganz anderer Meinung. Sie hatte in den vergangenen Tagen gründlich über ihre Pläne nachgedacht. Ihr Café würde ein anderes Café sein, nicht nur, weil man beim Kaffeetrinken lesen konnte. Nein, man würde auch nicht an kleinen Tischen und Stühlen sitzen, sondern gemütlich auf Sesseln und Sofas Platz nehmen. Franziska hatte ganz bewusst Theas schwere alte, mit dunkelgrünem Samt bezogene Couchgarnitur behalten. Das Wohnzimmer war groß genug, so dass auch ihre eigene leichte, moderne Couchgarnitur in der anderen Ecke Platz fand. Zuerst war Franziska skeptisch gewesen, wie diese verschiedenen Einrichtungsstile zusammenpassen würden, aber sie fand, dass Alt und Neu wunderbar harmonierten und einen ganz besonderen Reiz hatten. Außerdem plante sie, noch ein zusätzliches Regal zu kaufen, das sie als Raumteiler zwischen die beiden Sofaecken stellen und mit Büchern füllen wollte. Neben Theas Sofaecke stand ihr Sekretär, an der Wand gegenüber Theas Bücherschrank mit den Glastüren, auf der anderen Seite Franziskas Bücherregal.

Einen Tisch mit Stühlen gab es nur in Theas Esszimmer. Den runden Tisch konnte man doppelt ausziehen, dann passten bis zu zwölf Personen daran. Dieses Zimmer wollte Franziska für geschlossene Gesellschaften anbieten, Geburtstagsfeiern zum Beispiel. Vor ihrem inneren Auge sah sie eine Gruppe adrett gekleideter älterer Damen dort sitzen, in angeregter Unterhaltung. Franziska könnte ihnen vor dem Kaffee Sekt aus Theas handgeschliffenen Sektgläsern aus Murano anbieten. Sie dachte an nette Damen, die es genossen, in gepflegter Umgebung ihren Kaffee zu trinken, nicht in der Plastikatmosphäre eines Coffee Shops zwischen lauten jungen Leuten, sondern ganz für sich, gemütlich und ungestört, fast so wie zu Hause.

Franziska hatte auch nicht vor, ihren Kaffee in Tassen oder Kännchen zu servieren. An jedem Platz würde schon eine leere Tasse für den Gast bereitstehen, und dann würde Franziska mit der Kaffeekanne herumgehen und einschenken. Bei ihr würde es keinen Kaffee mit Vanille und Karamell und zwanzig anderen Aromen geben, sondern nur zwei Sorten: mit und ohne Koffein, und vielleicht auf Wunsch auch einmal einen Rüdesheimer Kaffee oder einen Pharisäer. Und statt süßem, klebrigem *American Cheese Cake*, der die Konsistenz von weicher Knetmasse hatte und schwer wie ein Backstein im Magen lag, würde sie ihren wunderbar lockeren Käsekuchen mit dem Schnee von sechs Eiern servieren. Ihr Café würde anders sein, altmodisch, gegen den Zeitgeist, so wie es Thea gefallen würde.

»Und deshalb«, sagte Franziska, »brauche ich auch keine neue Kaffeemaschine. Ich brauche überhaupt nicht viel. Ein einfaches Geschirr vielleicht für die Gäste im Wohnzimmer, Kaffeelöffel und Kuchengabeln, ein paar Tortenheber, ja und natürlich einige Milchkännchen. Denn Milch gibt es bei mir bestimmt nicht portionsweise abgepackt in kleinen Plastikbehältern. Und für die Terrasse draußen noch ein paar Tische und Stühle. Nicht die hässlichen, stapelbaren Plastikdinger, versteht sich, sondern was richtig Hübsches. Die werde ich mir im Sommerschlussverkauf besorgen, aber das war's dann auch schon.«

»I seh scho, du wirsch dich net drvo abhalte lasse«, schnaufte Paula, die in flottem Schritt neben Franziska durch den Wald trabte. »Des war's na wohl au mit unserm wöchentliche Waldlauf, wenn du morgens Kuchen backe und nachmittags Leut bewirte willsch.«

»Quatsch«, sagte Franziska, »ein bisschen Zeit will ich schon noch für mich haben. Wenigstens anfangs werde ich das Café nur an drei Tagen in der Woche aufmachen. Ich muss ja erst mal schauen, wie es läuft. Und für meinen Haushalt und den Garten brauche ich auch etwas Zeit. Wenn die Gäste in meinem Garten sitzen, dann muss er immer picobello sein, Thea soll sich schließlich nicht für mich und ihren Garten schämen müssen.«

Ein älterer Mann kam ihnen entgegen und grüßte Paula schon von Weitem mit seinem Walking-Stock.

»Kennst du den?«

»Des isch dr Herr Fröschle. Sei Sohn isch an Kollege vom Uli.«

Sie hatten sich inzwischen getroffen und hielten an, um sich ein wenig zu unterhalten.

Eigentlich, berichtete Herr Fröschle auf Paulas Frage, gehe es ihm gut, aber er sei gerade ein wenig genervt. Er sei auf der Suche nach einer Wohnung und es wolle einfach nicht klappen. »Mir sin drei alte Freund und welled zsammeziehe. Dr Ernscht isch an alter Junggsell, und dr Hugo und i, mir sin Witwer. Jetzt hen mr uns denkt, 's wär doch nett, so a Alters-WG aufzmache, aber des isch anscheinend net so oifach. Erschtens brauched mir vier Zimmer, oi gemeinsams Wohnzimmer und oi eiges Zimmer für jeden. Aber 's größere Problem isch, dass mir net bloß Freund sin, sondern scho seit Jahre zsamme Musik mached. I spiel Saxophon, dr Ernst Geig und dr Hugo Klavier. Die oine Vermieter welled uns net, weil se Angscht hen, drei Männer dädet net ordentlich putze, und die andre mached an Rückzieher, wenn se höred, dass mir Musik mached. Aber 's hat doch au koin Wert, wenn mr's net saged, na fliegad mr irgendwann naus.«

Man wechselte noch ein paar Worte, dann ging jeder in seiner Richtung weiter.

»Kennst du die anderen beiden?«, erkundigte sich Franziska.

»Noi. I han scho ghört, dass se a Supermusik mached, sie treted au manchmal no auf, aber kenne du i bloß de Herr Fröschle und den net arg gut. Warum fragsch?«

Franziska hatte den vagen Verdacht, dass Thea ihr Herrn Fröschle über den Weg geschickt hatte, nicht als Heiratskandidaten, wie sie es Franziska in ihrem Brief in Aussicht gestellt hatte, sondern als Mieter. Herr Fröschle suchte eine Vierzimmerwohnung und in Franziskas Haus war eine zu vergeben.

»Und die Musik däd dich net störe?«, wollte Paula wissen.

»Wenn sie gut spielen, warum denn? Ich meine, sie sollten nicht unbedingt üben, wenn nachmittags das Café offen ist, aber darüber kann man ja reden. Und andererseits können sie sich dann nicht an dem Krach stören, den es vielleicht durch die Cafébesucher gibt. Je nachdem, wer da oben einzieht, könnte das nämlich durchaus ein Problem geben. Und ich glaube, Stefan wird mir die Hölle heiß machen, wenn ich seine Mietinteressenten noch länger vergraule, obwohl ich gestehe, dass es mir fast schon Spaß macht.«

Paula fand die Idee nicht schlecht und versprach, Herrn Fröschle anzurufen. Man könne sich ja einmal ganz unverbindlich zu einem Kaffee treffen, um sich zu beschnuppern. Und sollte die Chemie stimmen, dann würden die Herren sich mit *Berger und Partner* in Verbindung setzen und Herr Berger würde sich vermutlich wundern, dass Franziska diesmal gar nichts einzuwenden hatte, obwohl die Herren mit drei Instrumenten einzogen. Aber im Zweifelsfall würde er das auf Stefans Besuch und dessen Warnungen zurückführen.

»Heidenei«, stellte Herr Fröschle fest, »isch der Zwetschgekuche gut, so an gute han i zletscht bei meiner Mutter gesse, aber des isch inzwische über zwanzig Jahr her. Da könned Se sich ebbes druff eibilde. Mit dem könned Se mit em beschte Café konkurriere.«

Franziska gestand, dass sie genau das vorhatte. »Ich sag's Ihnen lieber gleich. Es könnte lebhaft werden hier im Haus und manchmal vielleicht auch ein bisschen laut.«

»Des macht mir nix«, beruhigte Herr Fröschle. »Na komm i oifach runter und ess a Stückle Kuche mit.«

»Das glaube ich sofort«, lachte Herr Carstens. »Aber wenn du das jeden Tag machst, wirst du schon bald die nächste Hosengröße brauchen.«

Im Gegensatz zu Herrn Fröschle war Hugo Carstens groß und schlank, ein gutaussehender Mann.

Herr Fröschle schaute an sich herunter. »An Ma ohne Bauch isch an Krüppel. Woisch des immer no net?«

»Sie stammen aber nicht von hier?«, wandte sich Franziska an Herrn Carstens.

»Des stimmt, aber mir sin großzügig, mir lassed en trotzdem mitmache«, erklärte Herr Blickle, der Dritte im Bunde, als handle es sich bei Herrn Carstens um einen Spielkameraden.

Herr Carstens erzählte, dass er aus Norddeutschland stamme und nach dem Musikstudium die ganze Welt bereist hatte, von Helsinki bis Rom und von Paris bis St. Petersburg. Er hatte sich sein Geld verdient, indem er in Hotels als Barpianist spielte. Dann hatte er in Stuttgart seine spätere Frau kennengelernt und gleichzeitig durch einen Bekannten seiner Frau ein Angebot bekommen, beim damaligen SDR zu arbeiten. Er war sesshaft geworden, hatte eine Familie gegründet und war später ins Haus seiner Schwiegereltern nach Neubach gezogen.

»Das ist aber ein harter Absturz, nach den Metropolen der Welt ausgerechnet in der Provinz in Neubach zu landen«, lachte Franziska.

»Ha no, des will i aber jetzt net ghört han«, mischte sich da Herr Fröschle ein. Er war in Neubach geboren, hatte die

Schreinerei seines Vaters übernommen und nie den Wohnort gewechselt. Das Saxophonspielen hatte er im örtlichen Musikverein gelernt. »I bin ja au scho a bissle in dr Welt rumkomme, aber schöner wie im Ländle han i's no nirgends atroffe.«

»›Als‹«, warf da Herr Blickle ein, »des hoißt ›schöner als‹. Des versuch i dir jetzt seit dreißig Jahr beiz'bringe.«

»Na gib's halt endlich auf, des lern i sowieso nemme. Und i will's au gar net lerne. I schwätz schwäbisch und uff schwäbisch hoißt des ›wie‹ und net ›als‹.«

»Dr Ernscht isch unser Schulmoischter«, erklärte Herr Fröschle, »der kann's halt net lasse, andre zum verbessre, obwohl 'r scho lang im Ruhestand isch. Aber er moint's net bös, 's däd mr inzwische glatt ebbes fehle, wenn 'r's net däd. Aber Sie kommed au net aus em Ländle, stimmt's?«

Franziska erklärte, dass sie zwar hier aufgewachsen war, ihre Mutter aber gebürtige Berlinerin sei und sie die Mundart deshalb nicht spreche. »Aber ich verstehe alles. Und wenn ich auf einen Eingeborenen treffe, der mich absolut nicht verstehen will, dann kann ich's ihm im Zweifelsfall auch in der Landessprache erklären.«

»Mached Se sich nix draus, mir möged Sie trotzdem«, meinte Herr Fröschle und prostete ihr mit der Kaffeetasse zu.

»Aber saged Se mal, hättet Sie net vielleicht lieber a ruhigs älters Fräulein mit Kanarievogel als Mieterin statt uns drei Chaote mit unsre laute Instrument?«, wollte Herr Blickle jetzt wissen. Er war der »Mittlere« des Trios, was seine Größe, seine Statur und die Hingezogenheit zum Schwäbischen anging.

Franziska winkte ab. Sie erzählte von Thea und dem herzlichen Verhältnis, das sie gehabt hatten. »Da würde sich jede andere schwertun, ich würde sie immer mit Thea vergleichen, und ihr könnte so schnell keine das Wasser reichen.«

»Des muss ja a ganz bsondere Frau gwese sei«, meinte jetzt Herr Fröschle. »So a richtig tüchtige Schwäbin halt.«

»Da muss ich Sie enttäuschen«, stellte Franziska richtig. »Thea war Ostpreußin und kam nach dem Krieg eher per Zufall ins Ländle.«

»Macht ja nix«, meinte Herr Fröschle großzügig, »mir hen nix gege Ausländer. Da gibt's au rechte Leut, gell, Hugo?«

Nach dem Kaffee gingen die vier ins obere Stockwerk, um sich Franziskas ehemalige Wohnung anzuschauen.

»Den Esstisch holt meine Tochter am übernächsten Wochenende ab«, erklärte Franziska mit Blick auf den Tisch und die Stühle, die einsam in ihrer leergeräumten Wohnung standen. »Ich habe Theas Esszimmereinrichtung übernommen, und Sarah kann den Tisch gut in ihrer Studenten-WG gebrauchen.«

»Sie haben eine Tochter, die schon studiert?«, fragte Herr Carstens ungläubig. »Sind Sie einem Kinderschänder in die Hände gefallen?«

»Aber Hugo, so kannsch doch net von dr Frau Glück ihrem Mann schwätze«, warf Herr Blickle ein.

»Exmann«, verbesserte Franziska.

»Oh, das tut mir leid.«

»Mir auch. Es ist nicht besonders schön, gegen ein neueres Modell ausgetauscht zu werden. Aber inzwischen sehe ich es etwas gelassener. Ich denke, wir waren damals einfach zu jung zum Heiraten. Sarah war unterwegs und ... na ja.« Franziska öffnete die Schlafzimmertür und wechselte damit das immer noch unerfreuliche Thema. »Das sogenannte Elternschlafzimmer ist etwas größer als die anderen beiden Schlafzimmer. Das ist vielleicht ein Problem für Sie.«

»Überhaupt nicht«, meinte Herr Carstens. »Das nehme ich. Ich habe das größte Instrument.«

»So siehsch aus«, warf Herr Fröschle ein. »Dei Klavier kommt ins Wohnzimmer. Des große Zimmer nemm i, i han de gröschte Bauch, und den ka mr net in a anders Zimmer stelle wie dei Klavier.«

»Nix für ungut«, mischte sich jetzt Herr Blickle ein, »aber i bin au drfür, dass des Zimmer dr Karle kriegt. Net wege seim Bauch, sondern weil 'r schnarcht.«

»Ja wie, wird man dafür jetzt auch noch belohnt?«, wollte Herr Carstens wissen.

»Des net. Wenn du Wand an Wand mit em Karle schlafe willsch, na nemm i gern des große Zimmer. I han oimal mit em Karle zsamme in oim Zimmer übernachtet, damals im Schwarzwald, als es net gnug Einzelzimmer gebe hat. Des war die längste Nacht meines Lebens, nie meh!«

»I erinner mi«, sagte Herr Fröschle. »Morgens beim Frühstück han i zu dir gsagt: ›I han träumt, du hättsch mi trete‹, und du hasch g'antwortet: ›Des hasch net träumt.‹«

»Sei froh, dass i di bloß trete han. I war nemme weit von ma Mord entfernt. Bestimmt hätt i mildernde Umständ kriegt. Schnarche ghört nämlich als bsonders grausame Foltermethode in d' Genfer Konvention aufgnomme. Aber um no mal auf des Zimmer zrückzukomme, zwische dem große Schlafzimmer und de andre zwoi liegt 's Bad, und deshalb bin i aus purem Eigenutz drfür, dass dr Karle des Zimmer nimmt. Wand an Wand mit ma Schnarcher, des isch no schlimmer als im Bett nebedra, da kannsch nämlich net amol numtrete.«

»Na gut, wenn ihr moined, na nehm i euch z'lieb halt des große Zimmer«, sagte Herr Fröschle, so, als erhalte er keine Vergünstigung, sondern bringe ein Opfer. »I bin au gern bereit, a bissle meh Miete zu zahle.«

»Da werden wir uns schon einig werden«, sagte Herr Carstens versöhnlich.

Nachdem sie ihren Rundgang beendet hatten, sah Herr Carstens die beiden anderen an. »Und, was meint ihr? Also ich finde die Wohnung prima, nicht zuletzt wegen der netten Mitbewohnerin im Erdgeschoss.«

Herr Fröschle und Herr Blickle nickten zustimmend.

»Also ganged mr nachher zu *Berger und Partner*, bevor uns no oiner zuvorkommt.«

»Aber nicht vergessen, wir haben uns noch nie vorher gesehen, und die Wohnung ist Ihnen auch ganz neu«, erinnerte Franziska. »Sonst machen uns Herr Buchholz und *Berger und Partner* womöglich einen Strich durch die Rechnung, nur um mich zu ärgern.«

»Koi Angst«, beruhigte Herr Blickle. »Sie glaubed ja gar net, wie blöd mir uns stelle könned.«

»Vor allem du«, meinte Herr Fröschle. »Du brauchsch dich doch da gar net verstelle. Wissed Se, im Blödsei isch dr Ernscht a Naturtalent, des isch dem sozusage agebore.«

Franziska hoffte sehr, dass es klappen und das lustige Trio im oberen Stockwerk einziehen würde.

5

Kendermache isch koi Kunst,
aber 's Verhebe.

Franziska freute sich auf Sarahs Besuch. Es war ihr schwergefallen, als Sarah vor einigen Monaten ausgezogen war, um ihr Studium in Tübingen aufzunehmen. Aber damals hatte Thea noch gelebt und es war nicht ganz still im Haus gewesen. Außerdem hatte Sarah in den ersten Monaten oft angerufen und sie hatten lange Gespräche miteinander geführt. Aber seit einigen Wochen meldete sie sich kaum noch, und Franziska war zu stolz, um bei ihr anzurufen.

»Was regsch dich auf«, hatte Paula zu ihr gesagt, »des isch doch a Zeiche, dass de alles richtig gmacht hasch. Sie kann auf eigene Füß stande und braucht dich nemme.«

»Na toll. Soll das die Belohnung dafür sein, dass ich meine Tochter richtig erzogen habe, dass sie sich nicht mehr bei mir meldet?«

Franziska war der festen Überzeugung, dass Sarahs Schweigen einen Grund hatte. Immer wieder hatte sie überlegt, ob sie etwas Falsches zu ihr gesagt hatte, aber es wollte ihr nichts einfallen. Sarah war am Telefon in letzter Zeit auch seltsam ausweichend gewesen, während sie ihr früher jede Kleinigkeit anvertraut hatte.

Auch Julia freute sich auf Sarahs Besuch. Sie hatte Sarah immer angehimmelt. Wenn Sarah etwas sagte, dann war es das Amen in der Kirche. Sarahs Auszug hatte auch Julia traurig gemacht.

»Sarah kommt? Super!«, jauchzte Julia ins Telefon.

Mit Franziska sprach Julia Hochdeutsch. Paula hatte sie sehr darin bestärkt.

»Na lernt se glei spreche«, hatte sie zu Franziska gesagt.

»Sprechen« stand in diesem Zusammenhang im Gegensatz zu »schwätzen«. Ein Kind, das schwätzte, sprach schwäbisch, eins, das sprach, gebrauchte die Schriftsprache.

»Mr sagt doch immer, wie gut des isch, wenn a Kind zweisprachig aufwächst«, bemerkte Paula.

Franziska hatte Julia schon immer sehr gemocht, aber seit Sarah ausgezogen war, war sie ein wenig zur Ersatztochter für sie geworden. Und Julia genoss es, bei Franziska sozusagen Einzelkind zu sein und sich die Aufmerksamkeit nicht mit den Brüdern teilen zu müssen. In letzter Zeit beklagte sie sich, die beiden würden ihr vorgezogen.

»Ich soll immer vernünftig sein und helfen. Jonas und Leon müssen nie helfen. Mama sagt immer, sie seien noch klein, aber als ich sechs war, da hab ich auch schon die Spülmaschine ausgeräumt und den Tisch gedeckt. Und neulich hat der Jonas einen Teller fallen lassen, mit voller Absicht, damit er nicht mehr abtrocknen muss.«

Paula dagegen beschwerte sich, dass Julia seit einiger Zeit bockig und widerborstig sei, obwohl sie doch bisher ein so pflegeleichtes Kind gewesen sei.

»Julia kommt in die Pubertät, da ist das ganz normal«, versuchte Franziska zu erklären.

»In d' Pubertät, mit zehn?«

»Heute sind die Kinder mit allem früher dran.«

»Des halt i im Kopf net aus«, jammerte Paula. »Jetzt han i net bloß zwoi halbwilde Chaote im Haus und an Mann mit Midlife-Krise, jetzt kommt au no mei Dochter in d' Pubertät. Des isch meh, als an Mensch aushalte kann.«

»Uli hat eine Midlife-Krise?«

»Der wird doch dies Jahr vierzig und des verschafft 'r net. Jedesmal, wenn i des Thema Geburtstagsfeier aschneid, dreht 'r schier durch. 's gäb koi Feier, er däd verreise, und so weiter und so fort. Wie wenn 'r net vierzig werde däd, wenn 'r den Tag net zur Kenntnis nimmt. Männer sin manchmal scho komisch. Und jetzt macht au no d' Julia Zicke.«

Franziska versuchte, bei Paula ein wenig Verständnis für Julia zu wecken, aber das erwies sich als schwierig. So nahm sie sich stattdessen vor, ein wenig mehr für Julia da zu sein. Bei ihr war sie so nett und umgänglich wie eh und je, aber Franziska war ja auch nicht ihre Mutter, und Julia hatte sie ganz für sich allein. Franziska war ihre Patentante, nicht die von Jonas und Leon, nur ihre ganz allein.

Sarah hatte ihren Besuch für Samstagnachmittag angekündigt. Sie würde noch einen jungen Mann mitbringen, der den geliehenen Lieferwagen fahren und beim Tragen helfen sollte. Nein, nicht Jens, wie Franziska auf Nachfrage erfuhr, und der junge Mann würde auch nicht zum Übernachten bleiben, Sarah dagegen schon. Sie würde am Sonntagabend mit dem Zug zurück nach Tübingen fahren.

Jens war Sarahs Freund. Sie kannten sich von der Schule und waren seit der elften Klasse zusammen. Als es mit dem gemeinsamen Studienort nicht geklappt hatte, waren bei Sarah viele Tränen geflossen. Jens studierte in Freiburg. Vielleicht war ja das der Grund, dass Sarah sich so selten meldete. Sicher führte sie jeden Tag lange Gespräche mit Jens, besprach ihre Alltagsfreuden und -nöte mit ihm und hatte danach kein Bedürfnis mehr, mit Franziska zu telefonieren. Sarah nabelte sich ab, und Franziska würde lernen müssen, sich damit abzufinden.

Es war ein gutes Gefühl, Sarah wieder einmal im Arm zu halten, und Sarah erwiderte ihre Umarmung so herzlich, dass Franziskas Zweifel verflogen. Über Sarahs Schulter hinweg konnte sie den jungen Mann sehen, der Sarah begleitet hatte und der auf den zweiten Blick gar nicht so jung wirkte.

»Das ist Thomas«, stellte Sarah vor. »Meine Mutter.«

»Freut mich«, sagte Thomas und überreichte Franziska einen Strauß mit bunten Sommerblumen.

»Oh, vielen Dank, das wäre aber nicht nötig gewesen. Schließlich tun Sie uns einen Gefallen, wenn Sie Sarah beim Umziehen helfen.«

Bisher war Franziska nicht mit Blumensträußen verwöhnt worden, wenn Sarah Freunde mit nach Hause brachte.

»Na, dann kommt mal rein. Ich habe deinen Lieblingskuchen gebacken, gedeckten Apfelkuchen. Ich hoffe, den mögen Sie auch, Herr ...«, wandte Franziska sich an Thomas, dessen Nachnamen Sarah ihr bisher verschwiegen hatte.

»Oh, sagen Sie ruhig Thomas zu mir, das ist in Ordnung.«

Ob Franziska sich in seinem Alter täuschte? Er schien ungefähr so alt zu sein wie sie, aber sie hatte keine Lust, ihm ebenfalls das Du anzubieten. Nun, diesen Nachmittag würden sie wohl auch so überstehen, notfalls würde sie eben »goisterle«, wie die Schwaben das nannten, also ein Gespräch führen, ohne eine Anrede zu benutzen.

Sarah sah sich ein wenig scheu in Theas Wohnung um. »Es ist komisch, dass du jetzt hier wohnst. Für mich ist das immer noch Theas Wohnung. Aber warum hast du beide Couchgarnituren im Wohnzimmer stehen, Theas und deine?«, wollte Sarah wissen, und Franziska erzählte ihr von ihren Plänen.

»Du willst ein Café eröffnen? Hier in deinem Wohnzimmer? Mama, du bist verrückt!«

»Nun, zum einen hat Thea das so gewünscht ...«, versuchte Franziska zu erklären.

»Du kannst doch nicht andere Leute über dein Leben bestimmen lassen, noch dazu jemanden, der gar nicht mehr lebt!«, ereiferte sich Sarah.

»Das ist ja auch nur der eine Grund. Der andere ist, dass mir die Decke auf den Kopf fällt, seit du ausgezogen bist und Thea gestorben ist. Ich brauche wieder eine Aufgabe. Ich kann nicht den ganzen Tag das Haus putzen und die Schränke umräumen.«

»Aber warum muss es denn unbedingt ein Café sein? Mach doch was anderes!«

»Und was? Eine abgebrochene Medizinstudentin, zweiundvierzig, die zwanzig Jahre lang Hausfrau war und nebenbei ihrem Mann ein wenig bei der Buchhaltung und an der Anmeldung seiner Praxis geholfen hat, glaubst du, auf so jemanden warten die auf dem Arbeitsamt?«

»Na ja, finanziell hast du es ja nicht unbedingt nötig zu arbeiten, Papas schlechtem Gewissen sei Dank. Du könntest also auch etwas Ehrenamtliches machen, grüne Dame im Krankenhaus oder Sterbebegleitung zum Beispiel«, schlug Sarah vor.

»Besten Dank. Das habe ich gerade hinter mir. Ich habe in den letzten Wochen und Monaten bei Thea genug Zeit im Krankenhaus zugebracht, ich kann kein Krankenhaus mehr sehen, und mit dem Sterben hab ich's zurzeit auch nicht so.«

»Dann wären doch Kinder genau das Richtige«, schlug Thomas vor. »Es gibt inzwischen in fast jeder Stadt Dienste, die Omas und Opas vermitteln.«

Das wurde ja immer besser.

»Also dazu fühle ich mich ehrlich gesagt noch ein wenig zu jung.«

Als Franziskas gekränkter Blick ihn traf, wurde Thomas rot und fing an herumzustottern. Aber seine hilflosen Versuche, seinen Fauxpas wieder gutzumachen, ihr jugendliches Aussehen zu loben und damit die Situation zu retten, machten die Sache nur noch peinlicher. Franziska beschloss, das Thema zu wechseln und erzählte von den Mietern der oberen Wohnung. Bald saßen Sarah und Thomas lachend vor ihren Kuchentellern und hatten das Thema Café wenigstens für den Moment vergessen.

Das Altherren-Trio hatte die obere Wohnung zwei Tage zuvor zusammen mit Herrn Berger besichtigt. Herr Berger hatte Franziska verwundert angesehen, als sie ihm den Wohnungsschlüssel mit den Worten überreichte: »Sie kennen sich ja aus. Ich habe gerade etwas auf dem Herd stehen. Falls die Herren noch Fragen haben, stehe ich natürlich gern zur Verfügung.«

Herr Berger sah aus verständlichen Gründen diesbezüglich keinen Bedarf und hinter Herrn Bergers Rücken sah Franziska drei grinsende Gesichter, so dass sie Mühe hatte, ernst zu bleiben.

Nach Besichtigung und Vertragsabschluss stand einem Einzug nun nichts mehr im Weg. Die drei hatten sich entschlossen, gemeinsam mit einem Umzugswagen umzuziehen, der nacheinander die drei aufzulösenden Haushalte anfahren sollte.

Herr Blickle hatte alles akribisch geplant. »Stelled Se sich amol des Chaos vor, wenn da glei drei Umzugswage auf oimal aufkreuzed und sich die Packer na gegeseitig auf de Füß romstanded.«

Herr Carstens sah das größte Problem bei diesem Umzug allerdings in einer ganz anderen Sache. »Ich habe wirklich keine Ahnung, wie ich meinen kompletten Hausstand auf ein Zimmer reduzieren soll.«

»Warum soll's dir besser gange wie uns«, meinte Herr Fröschle und wurde gleich wieder von Herrn Blickle verbessert: »Also Karle, des hoißt ›als‹ und net ›wie‹. Wann lernsch du des endlich?«

»Des sag i doch bloß dir z'lieb«, behauptete Herr Fröschle grinsend. »Stell dr mal vor, i däd plötzlich ›als‹ sage, da käm ja dei ganzes Weltbild ins Wanke.«

Nach dem Kaffee trugen Thomas und Sarah den Tisch und die Stühle nach unten und verstauten sie im Auto. Thomas verabschiedete sich und bedankte sich artig für Kaffee und Kuchen, Franziska ihrerseits für die Blumen und die Hilfe.

»Geh ruhig schon rein«, forderte Sarah Franziska auf. »Ich hab noch kurz was mit Thomas zu besprechen.«

Tja, da gingen sie hin, Franziskas Esszimmermöbel. Nicht dass der Ikea-Tisch besonders schön gewesen wäre, aber er war ein Stück ihrer Vergangenheit mit Sarah und Thea, von der sie gerade Stück für Stück wehmütig Abschied nahm.

»Und, wie findest du ihn?«

Franziska hatte Sarah nicht hereinkommen hören und fuhr erschrocken aus ihren Gedanken auf. Sie war dabei, das Geschirr in die Spülmaschine zu räumen und hatte Sarah den Rücken zugedreht.

»Du meinst Thomas? Er ist nett. Ist er ein Kommilitone von dir?«

»Nein, er ist mein Dozent in angewandter Psychologie.«

Das erklärte den Altersunterschied.

»Das finde ich aber nett, dass dein Dozent dir beim Umziehen hilft.« Franziska klapperte mit den Tellern.

»Na ja, wenn man befreundet ist, hilft man sich.«

Als Sarah merkte, dass Franziska offensichtlich immer noch nicht verstanden hatte, was Sache war, fügte sie fast trotzig hinzu: »Wir sind seit sechs Wochen zusammen.«

Fast wäre Franziska ein Kuchenteller aus der Hand gerutscht, als sie sich heftig umdrehte. Sie hatte nichts bemerkt, keinen verliebten Blick, keine zärtliche Geste, nichts. Wahrscheinlich hatte Sarah sie deshalb ins Haus geschickt, sicher hatte sie sich von Thomas verabschieden wollen, ohne dabei von Franziska beobachtet zu werden. »Und, wie findest du ihn?« An diesem Satz hätte Franziska es merken müssen. Das hatte Sarah bei jedem neuen Verehrer gefragt, mit jenem um Anerkennung heischenden, hoffnungsvollen Ausdruck in den Augen, der Franziska jedes Mal daran gehindert hatte, ihre wahre Meinung kundzutun. Als Sarah damals ihren ersten Freund mit nach Hause brachte, konnte sie doch nicht sagen: »Vergiss ihn, er ist ein Milchbubi, der an Selbstüberschätzung leidet. Er wird dich mit seinem dummen Geschwätz schon bald zu Tode langweilen.« Er war ein blasser, pickeliger Jüngling, der sich gebärdete, als könne die am Abgrund stehende Welt nur durch sein kluges Eingreifen vor dem Untergang gerettet werden. »Der moint, er wär dr Käs, drbei stinkt 'r bloß«, pflegte Paula in einem solchen Fall zu sagen. Nur bei einem war Franziskas Antwort bisher ehrlich ausgefallen, bei Jens: »Das ist ein netter Junge. Ich finde, ihr passt richtig gut zusammen.« Über diese Freundschaft hatte Franziska sich ehrlich gefreut.

»Ihr seid zusammen? Du meinst, so ganz richtig?«

Was für eine Frage!

»Und Jens?«

»Das ist vorbei. Mama, ich kenne Jens, seit ich siebzehn bin. Das war eine Jugendliebe.«

»Sieht Jens das auch so?«, wollte Franziska wissen.

»Na ja, im Moment jedenfalls nicht. Ich dachte, wir könnten Freunde bleiben, ich mag Jens ja, aber ich liebe ihn eben nicht mehr. Jens sagt, zurzeit kann er das nicht, vielleicht später mal. Keine Ahnung.«

Sarah zuckte mit den Achseln. Der Abschied von Jens schien ihr nicht sehr nahezugehen.

»Jens ist ein Junge und Thomas, der ist eben ein richtiger Mann. Ich kann mit diesen jungen Typen einfach nichts anfangen. Sie sind so unreif.«

Hört, hört, dachte Franziska. »Wie alt ist Thomas denn?«, fragte sie dann.

Sarahs Gesichtsausdruck wurde abweisend und ihre Stimme klang gereizt, als sie sagte: »Was spielt denn das für eine Rolle? Es gibt so viel über Thomas zu sagen: Dass er nett ist und charmant, klug und witzig, belesen und hilfsbereit. Aber alles, was dich interessiert, ist sein Alter. Aber wenn du's unbedingt wissen willst: Er ist dreiundvierzig.«

»Dreiundvierzig? Dann ist er ja ein Jahr älter als ich. Er könnte dein Vater sein!« Ihre Stimme klang Franziska viel zu laut und schrill in den Ohren.

»Ich wusste, dass du das sagen würdest. Er ist es aber nicht. Und ich habe wegen eurer Scheidung auch keinen Vaterkomplex, falls du das meinst. Und apropos Scheidung: Die zeigt ja wohl, dass es auch keine Garantie für immerwährende Liebe gibt, wenn die Partner gleich alt sind. Ich geh mal 'ne Runde spazieren, vielleicht hast du dich bis nachher beruhigt und wir können vernünftig miteinander reden.«

Franziska empfand Sarahs Antwort als frech und unangemessen. Immerhin war sie Sarahs Mutter und sie erwartete Respekt, auch wenn Sarah das, was sie gesagt hatte, nicht passte. Aber bevor Franziska etwas erwidern konnte, hatte Sarah die Küchentür vernehmlich hinter sich geschlossen.

Deshalb also hatte sie sich in den letzten Wochen so rar gemacht. Sie konnte sich denken, wie Franziska reagieren würde.

Ach Thea, was sagst du denn dazu? Wenn Thea doch noch lebte! Sie wüsste sicher Rat. Paula ... Paula hatte zwar nicht die Lebensweisheit von dreiundachtzig Jahren, aber sie besaß eine praktische Lebensklugheit.

»Also, wenn de willsch, dass dei Tochter dich gar nemme aruft und dich aus Anstand und Pflichtgefühl no oimal im Jahr zu Weihnachte bsucht, na mach so weiter«, sagte Paula, nachdem sie Franziska geduldig zugehört hatte. »Klar, i däd au net hurra schreie, wenn d' Julia oin bringe däd, der zwanzig Jahr älter isch, aber d' Sarah isch net dumm. Die merkt des schon no selber, dass des net 's Richtige isch. Nächschtes Semeschter kommed neue Studentinne, na isch d' Sarah vielleicht scho abgmeldet. Oins muss mr sage, an beneidenswerter Beruf isch des scho, Professor an dr Uni, da kommt jedes halbe Jahr a neus Angebot an hübsche junge Fraue, des isch besser als jede Partnervermittlung. Und kostelos isch's au no. Bloß verheiratet möcht i mit so ma Kerle net sei.«

Franziska fuhr der Schreck in die Glieder. »Mein Gott, Paula, daran hab ich ja noch gar nicht gedacht, der ist womöglich auch noch verheiratet, hat vielleicht sogar Kinder!«

»Franzi, jetzt steiger dich net in ebbes nei!«

»Nein, im Ernst, da war heute diese Sache mit dem Telefon.«

Thomas hatte seine Brieftasche im Flur liegen lassen. Als Sarah hereinkam und es bemerkte, war Thomas schon weg. Sie hatte ihn auf dem Handy angerufen, aber nur seine Mailbox erreicht. Das sei immer so, hatte sie dann Franziska erklärt, Thomas gehe nie an sein Handy, wenn es klingle. Er höre seine Mailbox ab und rufe dann irgendwann später zurück.

»Ich hab gedacht: Endlich mal einer, der sich nicht von seinem Handy tyrannisieren lässt. Aber jetzt sieht die Sache natürlich ganz anders aus. Mit dieser Angewohnheit kommt nie ein Verdacht auf, weder bei Sarah noch bei seiner Frau. Nie platzt ein verräterisches Gespräch in die Unterhaltung mit der anderen. Thomas kann telefonieren, wenn er alleine und die Situation günstig ist. Und als ich zu Sarah gesagt hab, dann ruf ihn doch zu Hause an, vielleicht ist er schon da, hat sie geantwortet: ›Seine Nummer von zu Hause hab ich nicht.‹ Das ist doch mehr als verdächtig, findest du nicht?«

»Na ja, komisch isch's scho«, gab Paula zu. »Aber trotzdem, d' Sarah wird des alles im Moment net wahrhan welle. Also sei gscheit, halt im Stille deine Auge und Ohre offe und halt dich dr Sarah gegenüber mit jedem Kommentar zrück, au wenn de an Kropf kriegsch, in deim eigene Intresse. Und wenn's eines Tages aus isch mit ihrem Thomas, na sag bloß net: ›Siehsch, i han dr's ja glei gsagt!‹ Den Satz von meiner Mutter hör i heut no, und manchmal han i se drfür ghasst. Jeder muss seine Erfahrunge selber mache.«

»Ach Paula, hoffentlich hältst du dich bei Julia auch mal an deine klugen Ratschläge.«

»Bestimmt net, aber da drfür han i ja na di, du wirsch mi sicher aus deim reiche Erfahrungsschatz berate«, lachte Paula.

Als Sarah von ihrem Spaziergang zurückkam, entschuldigte sich Franziska bei ihr für ihre Einmischung. Sarah sei schließlich erwachsen und müsse selbst wissen, wer der Richtige für sie sei. Auch Sarah zeigte sich versöhnlich und gab zu, wohl ein wenig zu heftig reagiert zu haben. So verlief der Abend doch noch harmonisch.

Für den kommenden Tag hatte Franziska einen Ausflug zusammen mit Julia geplant. Das hatte den Vorteil, dass sich das Thema Thomas in Julias Gegenwart von alleine verbot. Sie wollten ins Lautertal fahren, dort laufen und beim *Lorettohof* Rast machen.

Thomas stand am Rednerpult eines voll besetzten Hörsaals und deutete auf eine Frau mit blondem Pagenkopf in der ersten Reihe. Sie hielt einen Säugling auf ihrem Schoß, rechts und links von ihr saßen Kinder vom Kleinkind bis zum Schulkind.

»Das«, sagte Thomas mit Stolz in der Stimme, »sind meine Frau Heike und unsere Kinder Emil, Paul, Friederike, Antonia und Maximiliane. Und das«, fuhr er fort und zeigte auf eine junge Frau in der zweiten Reihe, neben der ein etwa fünfjähriges Mädchen saß, »ist Stefanie, Wintersemester 2003, daneben Simone, Sommersemester 2004, hinter ihr Lena, Wintersemester 2004. Das da drüben ist Katharina, Sommersemester 2005, nein, pardon, jetzt habe ich mich vertan, Wintersemester 2005.«

Thomas ließ offen, ob seine Beziehung zu Lena länger gedauert oder er eine seiner Geliebten überschlagen hatte. Je weiter er in seiner Aufzählung kam, desto jünger wurden die Kinder der jungen Damen.

»Und das ist Sarah, Sommersemester 2010.«

Franziska erschrak. Tatsächlich, da saß Sarah. Sie hatte ihre Hände über einem mächtigen Babybauch gefaltet, Franziska schätzte 35. Woche, und lächelte Thomas selig an.

Ein Student hob den Finger und fragte: »Können Sie denn die Alimente für all diese Kinder bezahlen?«

In diesem Moment klingelte Thomas' Handy. Er holte es aus der Hosentasche, schaute aufs Display, drückte den Anruf weg und wandte sich dann lächelnd dem Studenten zu. »Das hat Zeit bis später. Pardon, wie war noch mal Ihre Frage? Ach ja, ich erinnere mich, die Alimente. Wer sagt denn, dass das meine Kinder sind. Ich bitte Sie, sehen Sie irgendeine Ähnlichkeit?«

Und ob, Franziska sah sie sogar ganz deutlich, und sicher nicht nur sie. Alle Kinder sahen nämlich aus wie kleine Abziehbilder von Thomas in verschiedenen Altersstufen. Dieser unverschämte Kerl! Nicht nur dass er sich jedes Semester eine neue Geliebte suchte und schwängerte, er weigerte sich auch noch, für seine Kinder zu zahlen.

In diesem Augenblick wachte Franziska schweißgebadet auf. Selten war sie so froh gewesen, aufzuwachen und festzustellen, dass alles nur ein Traum gewesen war. Sie schielte auf den Wecker und sah, dass es erst kurz vor sechs war. Eigentlich viel zu früh, um an einem Sonntag aufzustehen. Aber an Schlaf war nicht mehr zu denken. Es war zwar nur ein Traum gewesen, aber vielleicht wollte der ihr etwas sagen, sie warnen. Der Gedanke, Sarah könne von Thomas schwanger werden, löste regelrechte Panikattacken bei Franziska aus. Sie musste unbedingt mit Sarah reden. Aber das Thema war heikel, nicht nur wegen Thomas. Franziska hatte damals ihr Studium abgebrochen, weil sie mit Sarah ungewollt schwanger geworden war. Zwar hatte sie keinen einzigen Tag bereut, Sarah bekommen zu haben, aber die Tatsache, dass sie nach ihrer Scheidung keine abgeschlossene Berufsausbildung vorzuweisen hatte, hatte die Sache nicht gerade einfacher gemacht. Das wusste auch Sarah. Aber war es klug, dieses Thema gerade an diesem Wochenende anzuschneiden? Wohl kaum. Nach ihrer gestrigen Diskussion bewegten sich Franziska und Sarah auf dünnem Eis und gingen sehr vorsichtig miteinander um. Franziska warf die Bettdecke zur Seite und beschloss, sich einen Kaffee zu kochen und nachzuschauen, ob die Sonntagszeitung schon im Briefkasten steckte.

»Du bist ja schon angezogen«, stellte Sarah verwundert fest, als sie gegen neun verschlafen unter der Küchentür auftauchte. »Meine Güte, hab ich heute Nacht einen Quatsch geträumt!«

»Ich auch«, sagte Franziska und überlegte, ob sie die Gelegenheit nutzen und das Thema doch ins Gespräch bringen sollte.

Sarah nahm ihr die Entscheidung ab. »Ehrlich? Erzähl!«

»Ich hab geträumt, du wärst schwanger.«

Franziska war überrascht, als Sarah nicht wie erwartet ärgerlich reagierte, sondern lachte, ihr den Arm um die Schulter legte und ihr einen Kuss auf die Wange drückte.

»Das ist allerdings ein Albtraum! Ach Mama, nun hör endlich auf, dir Sorgen zu machen! Ich werde schon nicht schwanger. Du weißt doch, dass ich seit Jahren die Pille nehme. Ein Kind steht erst ab dreißig auf dem Plan, wenn überhaupt. Jetzt wird erst mal studiert und gelebt und Karriere gemacht ... und vor allem gefrühstückt«, fügte sie lachend hinzu und ließ ihren Blick über den reich gedeckten Frühstückstisch gleiten.

Schon zusammen mit Thea hatte Franziska außer an Feiertagen in ihrer gemütlichen Küche gegessen, und so hatte sie es auch nach ihrem Einzug in Theas Wohnung beibehalten.

»Meine Güte, hast du aber aufgefahren«, stellte Sarah fest und griff nach einem Brötchen. »Das ist ja das reinste Frühstücksbuffet.«

»Na ja, ich freue mich, zum Frühstück mal wieder Gesellschaft zu haben. Magst du ein Ei?«

Jetzt, nachdem das heikle Thema vom Tisch war, konnte Franziska das Frühstück mit Sarah in vollen Zügen genießen. Sie hatten ihr gemeinsames Frühstück gerade beendet, als das Telefon klingelte. Franziska schwante nichts Gutes.

Es war Paula, die Franziska mitteilte, dass Julia zu dem geplanten Ausflug leider nicht mitkommen könne. »Woisch, dr Jonas isch geschtern mit seim Fahrad nagfloge, voll auf de Kopf. Der hat blutet wie d' Sau. Natürlich mal wieder am Samschtag, wo de koin Dokter kriegsch und de ewig in der Notaufnahm vom Krankehaus sitze musch. Da isch's zugange wie im Taubeschlag. Und du kannsch dr net vorstelle, wie unverschämt manche Leut sin. Die kommed zur Tür rei und gosched glei alle a, wenn se net glei drakommed. Also da möchtsch net Doktor oder Schwester sei. Des Loch im Jonas seiner Stirn hat gnäht werde müsse.«

»Das tut mir leid«, sagte Franziska. »Der arme Jonas. Bestell ihm Grüße von mir. Aber ich verstehe nicht, was das mit Julia und unserem Ausflug zu tun hat? Wenn Jonas das Loch in der Stirn hat, warum kann dann Julia nicht mitkommen?«

Paula erklärte, der Arzt habe gesagt, Jonas müsse sich ruhig verhalten, was eine fast nicht zu erfüllende Aufgabe sei, und deshalb solle Julia zu Hause bleiben und ihrem kleinen Bruder vorlesen oder Brettspiele mit ihm machen.

»Paula, das kannst du nicht machen, Julia freut sich seit Tagen auf den Ausflug mit Sarah, du weißt doch, wie die beiden aneinander hängen. Das ist einfach unfair. Es wird ihr das Herz brechen«, beschwor Franziska Paula.

»Des woiß i doch.« Paula klang kleinlaut. »Na gut, aber na sei so gut und nimm wenigstens de Leon mit. Solang der da rumsaut, müsst i de Jonas an dr Couch festbinde, damit 'r ruhig sitze bleibt.«

»Tut mir leid, Paula, aber das geht nicht. Du weißt, dass ich deine Jungs mag und dir immer gern helfe. Aber heute ist OM-Tag.«

»Was isch heut für an Tag?«

»OM-Tag, OM heißt auf Hochdeutsch ›ohne Männer‹ und auf Schwänglisch ›only Mädla‹. Schwänglisch ist die schwäbische Variante von Denglisch, das Ergebnis ist in beiden Fällen das gleiche. OM-Tag heißt: Die Veranstaltung findet ohne Jungs egal welchen Alters statt«, stellte Franziska klar.

Freundschaft hin oder her, Franziska hatte keine Lust, den Tag mit Sarah und Julia damit zu belasten, dass sie ständig ein Auge auf den kaum zu bändigenden Leon haben musste. »Schick doch Uli mit Leon auf den Fußballplatz, dann kannst du dich zu Hause in aller Ruhe um Jonas kümmern«, schlug sie vor.

»De Uli kannsch grad vergesse. Seit der sei Midlife-Krise pflegt, kannsch den für gar nix meh brauche. Aber mir wird scho was eifalle. Im Zweifel lauft dr Katastropheplan a: Kassette in de Fernseher, Pädagogik hin oder her. Na kommsch halt d' Julia nachher abhole, die wird sich freue. Grad sitzt se in ihrem Zimmer und schmollt. I sag ra glei Bescheid.«

Als Julia Sarah sah, strahlten ihre verweinten Augen und sie umarmte Franziska und Sarah stürmisch. »Danke«, flüsterte sie Franziska dabei leise ins Ohr. Und von diesem Moment an stand ihr Mund nicht mehr still.

Franziska war schon oft im Lautertal gewesen, aber der *Lorettohof* war ihr bislang unbekannt gewesen. Eine Freundin hatte ihr den Tipp gegeben. Nun saßen die drei an einem der Holztische unter der ausladenden Linde. Sarah und Julia hatten sich für Kuchen entschieden, Sarah trank dazu Kaffee aus einem der großen Henkelbecher, Julia Saft, denn Franziska hatte sie nicht dazu überreden können, die Ziegenmilch zu probieren. Franziska dagegen mochte die Milch und sie aß auch den leckeren Ziegenkäse zu dem selbstgemachten Brot, das hier auf dem alternativen Hof ebenso wie Käse und Kuchen selbst hergestellt wurde. Der Blick ging von hier oben weit hinunter ins idyllische Lautertal, und die friedliche Natur und die freundlichen Mitarbeiter des Hofs schienen auf die Gäste eine wohltuende Ruhe auszustrahlen. Nicht einmal vom direkt nebenan liegenden Spielplatz war Geschrei zu hören. Und nach dem Essen räumte jeder Gast ganz selbstverständlich sein Geschirr in die bereitgestellten Plastikboxen, die schmutzigen Teller sauber aufeinander gestapelt.

Fast jeder Platz war besetzt, obwohl der *Lorettohof* recht abgelegen lag und nicht ganz leicht zu finden war. Für Franziska ein Beweis, dass alternative Konzepte in der Gastronomie durchaus aufgehen konnten. Es sprach sich herum, wenn die Menschen sich irgendwo wohlfühlten, und dafür nahmen sie auch längere Anfahrtswege in Kauf. Franziska hoffte, dass es auch bei ihrem Café so sein würde, allen Unkenrufen von Paula und Sarah zum Trotz.

Bevor sie sich wieder auf den Weg machten, kaufte Franziska noch Käse und Brot zum Mitnehmen, auch ein Brot für das Trio, das morgen einziehen wollte. Sie fand, ein selbstgebackenes Brot vom *Lorettohof* war ein besonderer Willkommensgruß zum Einzug, auch wenn es morgen schon einen Tag alt sein würde. Es würde sicher trotzdem noch schmecken.

6

Mr lernt anander net kenne,
bis mr mitnander aus oiner Schüssel isst.

Pünktlich um zehn fuhr der Umzugswagen vor, gefolgt von Herrn Fröschles altem Golf, dem die drei Herren entstiegen.

Franziska war froh, dass die Renovierungsarbeiten endlich beendet waren. Zwar hatte alles vor ihrer Wohnungstür stattgefunden und die Handwerker hatten gut und sauber gearbeitet, aber es ließ sich nicht vermeiden, dass Lärm und Staub auch den Weg in ihre Wohnung fanden. Und da sie das obere Stockwerk noch immer ein wenig als ihres betrachtete, fühlte sie sich bemüßigt, dort nach dem Rechten zu sehen. Nun musste noch der Umzug gut über die Bühne gehen, dann würde wieder Ruhe im Haus einkehren.

Franziska hatte eine Thermoskanne mit Kaffee, Becher und ein paar Flaschen Wasser nach oben gebracht. Die Frage nach Bier musste Franziska abschlägig beantworten.

»Des isch gut so«, stellte Herr Fröschle fest. »Bier macht müd oder benebelt, und boides isch net gut für an Umzug. Aber des Wasser zahled mir Ihne natürlich.«

Herr Blickle hatte den Umzug logistisch vorbereitet, Herr Fröschle fühlte sich für den sicheren Transport der Möbel und Kartons zuständig und lief den Möbelpackern ständig zwischen den Beinen herum. Die größte Herausforderung stellte der Transport von Herrn Carstens' Klavier durch das enge, gewundene Treppenhaus dar.

»Passed Se fei uff, des isch a wertvolls Instrument, der Herr, dem des ghört, isch an bekannter Musiker«, belehrte Herr Fröschle die Männer.

»Sie«, sagte der eine, selbst mit einem Kreuz wie ein Schrank ausgestattet, »i woiß net, ob Sie Ihren Bauch als Puffer eisetze welled. Bei ma Schiff nennt mr so ebbes Fender, und die werded manchmal arg verquetscht, wenn se vom Schiff an d' Kaimauer druckt werded. Da drvo, dass Sie sich zwische d' Wand und des Klavier quetsched, wird unser Arbeit net oifacher, und für Ihren Bauch könnt die Sach im Zweifelsfall bös ausgange. So a Klavier wiegt ungefähr 280 Kilo.«

»Lassed Se gfälligst mein Bauch aus em Spiel«, beschwerte sich Herr Fröschle. »Der hat en Haufe Geld kostet, und Sie sehed schließlich au net grad aus wie en Spargel.«

Herr Blickle und Herr Carstens griffen beschwichtigend ein und bald herrschte wieder versöhnliche Ruhe im Treppenhaus.

Etwa eine Viertelstunde später ertönten wunderbare Klavierklänge aus dem oberen Stockwerk durchs Haus. War der Umzug etwa schon beendet? Offensichtlich nicht, denn auf der Treppe begegnete Franziska noch immer den Möbelpackern. Oben saß Hugo Carstens an seinem Klavier, umgeben von Möbelstücken und Kartons, und spielte hingebungsvoll und selbstvergessen.

»Mozart«, erklärte er lächelnd, als er Franziska sah. »Mozart stimmt heiter. Er beruhigt die Gemüter und sorgt für gute Stimmung. Das ist doch sinnvoller, als wenn ich den Packern auch noch zwischen den Füßen herumlaufe, das besorgen schon Karl und Ernst zur Genüge. Nehmen Sie sich einen Stuhl und hören Sie ein bisschen zu, wenn Sie Lust haben.«

Ach, wie froh Franziska war, dass dieses Haus endlich wieder zum Leben erwachte!

Am späten Nachmittag machte sie sich mit einer Flasche Sekt, vier Gläsern, Brot und Salz auf den Weg nach oben. Die Wohnungstür stand offen und aus der Küche drangen erregte Stimmen, die Franziskas Klopfen übertönten.

»Mir nehmed mei Reibe«, beharrte Herr Blickle trotzig wie ein kleiner Junge. »Die isch schön flach und passt in jede

Schublad. Für dei neumodischs Monster braucht mr ja en extra Schrank. Und außerdem leistet mir mei Reibe seit Jahren gute Dienste.«

»Deshalb isch se au so stumpf, dass se d' Gurkerädle meh verrupft wie schneidet«, stellte Herr Fröschle fest.

»›Als‹, meh verrupft ›als‹ schneidet, hoißt des.«

»Brauchsch gar net ablenke«, gab Herr Fröschle zurück und hielt seine Reibe hoch, ein Modell zum Aufstellen, mit einem schwarzen Griff oben in der Mitte und Reibeflächen, die im Viereck angeordnet waren. »Des isch a gscheite Reib, die musch net groß feschthebe, da fällt alles glei in d' Mitte nei, des gibt koi Sauerei, 's goht schnell und praktisch isch's au. So kochet d' Profis!«

»Klar, weil du so an Profi bisch! Bloß weil du alle Kochsendunge im Fernsehe aguckscht, hoißt des no lang net, dass de bsonders gut koche kannsch.«

»Vielleicht kann Frau Glück als erfahrene Hausfrau ein salomonisches Urteil fällen«, mischte sich jetzt Herr Carstens ein, der Franziska unter der Küchentür entdeckt hatte. »In unserem Haushalt gibt es fast alles dreifach, und wir haben beschlossen, von jedem Küchengerät nur jeweils eins zu behalten. Können Sie uns helfen?«

»Entschuldigen Sie, ich wollte nicht stören. Aber Sie haben mein Klopfen nicht gehört.« Franziska wollte nichts weniger, als sich in die Streitereien des Trios einmischen. Aber dann hatte sie eine Idee.

»Vielleicht könnten Sie eine Liste der Gegenstände erstellen, die Sie doppelt oder dreifach haben. Und dann darf der Reihe nach immer einer von Ihnen ein Gerät aussuchen, das er behalten will, und die anderen beiden werden aussortiert.«

»Des isch a klasse Idee«, stellte Herr Blickle erfreut fest. »So mached mir's. Und mit meiner Reibe fanged mr a.«

»Darauf trinken wir ein Glas Sekt«, sagte Franziska und packte ihren Korb aus. »Und vor allem natürlich auf gute Nachbarschaft. Und hier sind Brot und Salz zum Einzug.«

Die vier setzten sich zwischen die unausgepackten Kisten und stießen miteinander an.

»Sie dürfen das nicht ernst nehmen«, meinte Herr Carstens, »das eben war nicht böse gemeint.«

»Mir kabbled uns halt manchmal a bissle«, erklärte Herr Blickle. »Des ghört drzu wie bei ma alte Ehepaar. Und jetzt däd i vorschlage, mir nenned uns beim Vorname, des isch doch viel oifacher, oder hen Sie da ebbes drgege? Also i bin dr Ernscht.«

»Franziska«, sagte Franziska und stieß mit ihm an.

Die anderen beiden Herren schlossen sich an.

»Ich habe übrigens für heute Abend einen großen Topf Gulaschsuppe gekocht. Falls Sie Lust haben, sind Sie herzlich eingeladen.«

»Ich höre mich nicht nein sagen, wie dr Hannes immer zum Bürgermeister sagt. Hoißt: Mir kommed gern!«, antwortete Karl im Namen des Trios.

Franziska war gerade dabei, die Suppe aus dem Topf in die Schüssel umzufüllen, als es an der Tür klingelte.

»Wäre einer von Ihnen so nett aufzumachen?«, rief sie in Richtung Esszimmer, wo die drei Herren schon am Tisch saßen. »Ich kann gerade nicht.«

Kurz darauf erschien Hugo in der Küche, gefolgt von ...

»Herr Buchholz, was machen Sie denn hier?«

»Ich hatte gerade in der Gegend zu tun und da dachte ich, ich schau mal rein«, erklärte Stefan Buchholz.

Franziska hatte Neubach immer für eine hübsche Wohngegend gehalten, aber nie für den Nabel der Welt. Warum es Stefan ständig ausgerechnet hierher verschlug, war ihr ein Rätsel. Wäre er früher nur halb so oft hier aufgetaucht, Thea hätte ihre Freude gehabt.

»Ich wollte mal sehen, wie weit die Handwerker schon sind, aber wie Herr Carstens mir sagte, sind sie ja bereits fertig und die Herren schon eingezogen.«

»Das soll Sie aber nicht abhalten, einen Blick in die Wohnung zu werfen, wenn Sie möchten«, erklärte Hugo entgegenkommend.

»Das will ich gern tun, aber später, ich will Sie nicht vom Essen abhalten. Wie ich sehe, schöpft Frau Glück gerade aus«, stellte Stefan offensichtlich erfreut fest. »Die Suppe riecht übrigens köstlich. Und so, wie der Topf aussieht, ist da sicher auch noch ein Teller für mich übrig. Ich habe seit dem Frühstück nichts mehr gegessen.«

Das schien eine Angewohnheit von Stefan zu sein, ebenso wie die Unart, sich ständig ungefragt bei Franziska einzuladen.

»Aber sicher«, meinte Hugo, »sonst essen wir drei eben ein bisschen weniger. Wir können Sie doch nicht verhungern lassen.«

Franziska kochte vor Wut. Aber an Unhöflichkeit konnte sie es leider nicht mit Stefan aufnehmen und deshalb blieb ihr wohl nichts anderes übrig, als ihn an ihrem Tisch zu dulden. Und dabei hatte sie sich so auf den Abend mit den drei alten Herren gefreut.

»Guten Appetit«, wünschte Karl, als alle Teller gefüllt waren. »Mir Schwabe saged: ›Lieber en Ranze vom Fresse wie en Buckel vom Schaffe.‹ Und du sag jetzt bloß net wieder, dass des ›als en Buckel‹ hoißt«, wandte er sich an Ernst. »Des isch nämlich a Sprichwort und des muss mr lasse, wie es isch, und außerdem beweist des, dass es wirklich ›wie‹ hoißt und net ›als‹. Hen Sie des verstande, Herr Buchholz?«

»Nicht ganz, wenn ich ehrlich bin«, gestand Stefan. »Wie war das noch? ›Lieber einen Rucksack voller Essen …‹«

»En Ranze, en Ranze isch koi Rucksack, en Ranze isch en Bauch, so oiner.« Karl klopfte sich lachend auf seine wohlgerundete Vorderseite. »So en Bauch kriegt mr vom Esse, des kann i bestätige, und des isch em Schwab lieber wie en Buckel vom Schaffe. So sagt's des Sprichwort, aber so ganz stimmt des net, weil mir Schwabe eigentlich a schaffigs Völkle sin. Mir könned boides, schaffe und esse. Gell, Franziska?«

»Aha«, sagte Stefan und sprach der Suppe eifrig zu.

»Wie ich höre, nennen Sie sich beim Vornamen? Dann kennen Sie sich wohl schon länger?«

»Ach, des hat nix zum sage«, klärte Karl ihn auf.

»›Zu sage‹, hoißt des«, verbesserte Ernst. »›Zu sage‹ isch an Infinitiv und ›zum ...‹«

»Oh Ernscht, komm, verschon uns, des will dr Herr Buchholz sicher net so genau wisse. Der verstoht mi scho. Also, was i sage wollt: Bei nette junge Fraue mached mir des immer so, da lassed mir nix abrenne.«

»Vor allem Ernst nicht, das ist nämlich unser Junggeselle. Wir zwei sind durch langjährige Ehen schon ein wenig abgeklärt, aber nette Mädchen sehen wir natürlich trotzdem gern«, erklärte Hugo. »Und jetzt, wo wir Witwer sind, jetzt dürften wir ja sogar, aber jetzt haben wir leider keine Chance mehr bei den jungen Frauen.«

»'s isch halt alles nemme des«, stellte Ernst lakonisch fest.

»Sind Sie denn verheiratet?«, wollte Hugo wissen.

»Geschieden«, erklärte Stefan knapp.

»Wie d' Franziska«, sagte Karl. »Was des au isch mit dene junge Leut, die hen oifach koi Geduld meh mitanander. Eigentlich däded ihr zwoi doch gut zsammepasse.«

»Um Gottes willen«, riefen Franziska und Stefan wie aus einem Mund.

Karl ließ seinen Blick durchs Zimmer schweifen.

»Also i kann mir des so richtig nett vorstelle da drin, so a Kaffeekränzle mit a paar alte Dame.«

»Ein Kaffeekränzchen mit alten Damen?«, fragte Stefan neugierig.

»Ha, d' Franziska, die will doch den Wunsch von dr Thea erfülle und hier a Café ... au! Hen Sie mi jetzt aus Versehe trete oder mit Fleiß?«, fragte Karl und rieb sich das Schienbein, dem Franziska einen kräftigen Tritt verpasst hatte. Sie wollte verhindern, dass Stefan etwas von ihren Plänen erfuhr, wer weiß, ob er nicht etwas dagegen einzuwenden hatte.

»Oh entschuldigen Sie, das tut mir leid«, sagte sie, anscheinend zerknirscht. »Ich muss mit dem Fuß ausgerutscht sein. Was Karl, also Herr Fröschle meint, ist Folgendes«, wandte sie sich dann an Stefan. »Thea hat mich gebeten, nach ihrem Tod ihre Freundinnen, also die Damen ihres Kaffeekränzchens, hierher in ihr Esszimmer zu Kaffee und Kuchen einzuladen.«

»Des hat d' Thea gsagt?«, wunderte sich Karl. »Des isch aber a nette Idee. Aber des han i jetzt gar net gmoint. Sie hen doch verzählt, dass Sie in dr Wohnung von dr Thea a Café ...«

»Lass gut sein, Karl«, mischte sich jetzt Hugo ein. »Franziska weiß doch sicher besser als du, was Thea sich gewünscht hat.« Er hatte offensichtlich verstanden, dass Franziska das Thema Café vor Stefan nicht zur Sprache bringen wollte.

»Aber d' Franziska ... Au! Heidenei, jetzt tritt mi der au no! Was isch denn aber au los heut?« Empört massierte Karl sich sein anderes Schienbein.

»Kommen Sie, Karl, trinken Sie noch ein Glas Wein auf den Schrecken«, lenkte Franziska ab und schenkte Karl nach.

»'s goht doch nix über an gute Trollinger«, stellte Karl zufrieden fest.

»Also ich bevorzuge ja eher italienische oder französische Weine«, warf Stefan ein. »Letzte Woche habe ich einen Barolo gekauft, die Flasche zu achtunddreißig Euro, nicht gerade billig, aber ausgezeichnet. Diese Aromen nach Brombeeren und Kirschen, ein Genuss!«

»Also nach Brombeere und Kirsche schmeckt bei mir höchstens 's Gsälz und der Wein nach hundsgwöhnliche Traube, und d' Flasch koschtet sechs achtzig beim Aldi. Von dene Italiener und Franzose krieg i immer a Zung wie Löschpapier.«

»Haben Sie schon einmal einen Südafrikaner versucht? Die sind auch nicht zu verachten, rund im Geschmack und gehaltvoll.«

»Südafrikaner? Goht's no weiter weg? I sag immer: Bleib im Ländle und betrinke dich redlich. Da woisch, was de hasch. Was die Ausländer da alles neipansched, des woiß ja koi Mensch.«

»Karl übertreibt manchmal mit seinem schwäbischen Patriotismus«, versuchte Hugo Karls Äußerungen die Spitze zu nehmen.

»Den ka mr gar net gnug übertreibe.«

»Übrigens«, mischte sich jetzt Franziska ein, »hat Ihnen das Brot vom *Lorettohof* geschmeckt?«

»Und ob, des war saugut«, bestätigte Ernst. »D' Franziska hat uns nämlich zum Eizug a Brot und Salz gschenkt«, erklärte er Stefan.

»Nun, ich freue mich, dass sich doch noch Mieter gefunden haben, die Frau Glück nicht in die Flucht schlagen konnte.«

»Ich hab Ihnen doch immer gesagt, dass es nicht an mir liegt. Die drei Herren sind der schlagende Beweis«, konterte Franziska.

»Genau so isch's.« Karl hob sein Glas. »Da drauf trinked mr jetzt: Auf gute Hausgemeinschaft – Prost!«

*I bin jung, mei Ma isch alt,
i bin warm und er isch kalt.*

Heute war Trudis Geburtstag. Franziska stand mit einer Packung Pralinen und einem Hortensienstrauß vor ihrer Tür und wartete, dass sie aufmachte.

Die Gärtnerei hatte Trudi vor einigen Jahren verkauft. Ihre Tochter Sabine hatte zwar Floristin gelernt und einen Gärtner geheiratet, aber der hatte den Betrieb seiner Eltern übernommen, und Trudis Sohn Wolfgang hatte einen ganz anderen Weg eingeschlagen, er arbeitete bei einer Versicherung. Der Verkaufserlös ermöglichte Trudi ein sorgenfreies Leben, ihre Ansprüche waren noch nie groß gewesen. Ihr einziger Wunsch war ein kleiner Garten gewesen, und den hatte sie bei dieser Erdgeschosswohnung in einem älteren Dreifamilienhaus gefunden.

»Entschuldige«, sagte Trudi, als sie nach einer ganzen Weile atemlos und erhitzt die Tür öffnete, »aber des war d' Hildegard am Telefon. I han gsagt, dass es klingelt hat, aber bis die a End findet, des verlebsch net.«

»Das macht doch nichts, freu dich, dass alle an dich denken. Alles, alles Gute zum Geburtstag, Trudi, bleib gesund und so, wie du bist.« Franziska überreichte Trudi den Blumenstrauß.

»Hortensie, die hat mr immer d' Thea mitbracht«, freute sich Trudi und bekam feuchte Augen.

»In Theas Auftrag, aus ihrem Garten.« Franziska schloss Trudi fest in die Arme, als sie sah, dass die mit den Tränen kämpfte. »Mir fehlt sie auch, aber nicht weinen, heute ist doch dein Geburtstag, und sie hat's jetzt da oben bestimmt besser, glaub's mir. Gibt's eigentlich auch Kaffee und Ku-

76

chen?«, fragte sie dann forsch, um den traurigen Moment zu überspielen.

»Natürlich, komm rei. Dr Kaffee isch grad durchglaufe. Gang scho mal auf d' Terrass, i stell bloß die Blume gschwind ins Wasser.«

Trudis kleiner Garten stand in voller Blüte. Es war ein Bauerngarten, in dem Blumen, Kräuter und Gemüse einträchtig beieinander standen und bei allem Durcheinander von Farben und Sorten eine harmonische Einheit bildeten. Ein Durcheinander war es auch nur auf den ersten Blick, die Gemüsereihen waren sauber gepflanzt und Trudi wusste genau, welches Kraut neben welcher Blume wachsen musste, um Ungeziefer fernzuhalten. Franziska mochte Trudis altmodischen, ungekünstelten Garten, er erinnerte sie an die Ferien, die sie als Kind bei ihrer Oma auf dem Land verbracht hatte. Sein Anblick erzeugte ein heimeliges Gefühl bei ihr.

»Sitz doch na«, forderte Trudi sie auf, als sie mit der Kaffeekanne aus der Küche kam.

Auf dem Tisch standen ein frischer Zwetschgenkuchen und etwas mehr als die Hälfte eines Rosenkuchens. Er hatte seinen Namen wohl daher, dass die in der Backform nebeneinandergesetzten Teigrollen nach dem Backen von oben betrachtet mit etwas Fantasie wie Rosenblüten aussahen.

»'s wared heut morge scho a Menge Leut zum Gratuliere da«, erklärte Trudi mit Blick auf den Rosenkuchen. »Deshalb isch bloß no d' Hälfte da. Der schmeckt de Leut halt«, erklärte sie mit Stolz in der Stimme.

»Das kann ich verstehen«, pflichtete Franziska bei und überlegte, ob sie Trudis Hefekuchen nicht in das Kuchenangebot ihres Cafés aufnehmen sollte. Hefezopf und Rosenkuchen waren zwar nicht unbedingt Kuchen, die man normalerweise in einem Café bestellen konnte, aber da ihr Café ohnehin ein wenig von der Norm abwich, sollte sie vielleicht darüber nachdenken. Sicher wäre Trudi glücklich, wenn Franziska sie darum bitten würde.

Trudi stellte die Kaffeekanne auf den Tisch, legte ein großes Stück Zwetschgenkuchen auf Franziskas Teller und reichte ihr die Sahneschüssel. »D' Sabine kommt erst später. Klar, so früh kann die de Lade net zumache.«

»Kommt Florian auch?«

»Ja«, strahlte Trudi beim Gedanken an den Besuch ihres Enkels, den sie über alles liebte. »Aber i han mr zum Geburtstag gwünscht, dass 'r ausnahmsweis mal a aständige Hos azieht.«

Franziska lachte. »Und wie sieht eine ›aständige‹ Hos aus?«

»Uff alle Fäll ohne Löcher und Riss. Des Verrückte isch, dass sei Hos koine Löcher und Riss hat, weil se alt isch, noi, die kauft mr heut so, und des koschtet au no an Haufe Geld. Kannsch dr so ebbes vorstelle? Des hättsch früher net amol gschenkt gnomme! Da hättsch dich gschämt, wenn de so romglaufe wärsch. Vor a paar Jahr, wo dr Florian mal bei mir übernachtet hat, da hat 'r au so a Hos aghet. Abends, wo 'r im Bett war, han i mi na nagsetzt und die ganze lange Fäde abgschnitte, die unte runterghängt sin, und na han i an ordentliche Saum nagmacht. Und nebeher han i uff d' Sabine gschimpft, dass die den Bua so romlaufe lässt, und uff mi, weil i anscheinend net meh an mei Dochter nabracht han. Wie dr Florian morgens uffgstande isch, han i unte in dr Küche bloß an laute Schrei ghört: ›Oma!‹. Guck, han i denkt, wie der Bua sich freut, da hat sich die Arbeit doch glohnt. Aber wo i na nachher sei Gsicht gsehe han, da war mr klar, dass der net vor Freud gschrie hat, sondern vor Entsetze. ›Oma, was hasch denn da gmacht? Du hasch ja die ganze Franse abgschnitte! Woisch du, wie lang des dauert hat, bis die Hos so ausgfranselt war?‹ Der Kerle hat schier gheult. Ja, mr wird alt wie a Kuh und lernt immer no drzu.« Trudi lachte. »Und neulich kommt der doch tatsächlich und will, dass i em unter die absichtlich neigmachte Löcher und Riss in seiner Hos Flicke näh, da däd's so kalt reiziehge. ›Du kannsch doch gut nähe, Oma, woisch, d' Mama weigert sich.‹ ›Siehsch, Bua, da sind mr scho zwoi‹, han i gsagt. ›Wenn i dr an Flicke nanäh, na obedruff und net unte drunter.‹ ›Bloß net‹, hat dr Florian da gsagt, und gfragt hat 'r mi nie wieder.«

Franziska lachte. »Das Gute ist, dass sich das meiste irgendwann von selbst verwächst. Jede Zeit hat ihre Verrücktheiten, wenn man jung ist. Pilzköpfe, Miniröcke, hautenge Jeans oder Grufti-Look, mit irgendetwas haben junge Leute ihre Eltern wohl immer auf die Palme gebracht. Das gehört anscheinend zum Erwachsenwerden dazu.«

»Hasch ja recht, aber trotzdem wär mr's lieb, wenn dr Florian heut in ra aständige Hos käm. I hoff, dass 'r oine hat. D' Thea, die hat immer viel Verständnis ghet für die Spinnereie von de junge Leut, deshalb hen se se au so möge. Wenn meine ebbes ausgfresse hen, na sin se immer erst zur Thea gange und die hat mr's na schonend beibracht.«

Thea und Trudi waren zwei sehr unterschiedliche Freundinnen gewesen. Thea, die »höhere Tochter« mit humanistischer Bildung, die nach dem Krieg eine Ausbildung zur Buchhändlerin gemacht hatte, und Trudi, die mit vierzehn nach der Volksschule in der Gärtnerei ihrer Eltern angefangen hatte und die außer der Bibel und Erikaromanen in ihrem Leben nicht viel gelesen hatte. »Weißt du«, hatte Thea einmal zu Franziska gesagt, »wenn ich mich über Tolstoi oder Grass unterhalten will, dann finde ich dafür viele Leute, Kolleginnen, Kunden und andere Freundinnen, darüber muss ich mich nicht mit Trudi unterhalten. Trudi mangelt es vielleicht ein wenig an Bildung, aber sie hat etwas, das viel wichtiger ist: Sie hat Herzensbildung, und das kann weiß Gott nicht jeder sogenannte Bildungsbürger von sich behaupten. Trudi ist eine treue Seele, die würde für mich durchs Feuer gehen. Wenn du auch nur eine einzige solche Freundin im Leben findest, dann kannst du dich glücklich schätzen.« Als die beiden sich das erste Mal begegnet waren, damals am Ende des Krieges, war Trudi sechzehn und Thea achtzehn gewesen, und Trudi hatte in der Älteren immer so etwas wie die große, kluge Schwester gesehen. Wenn Thea gesagt hatte: »Mach das so, Trudi, das ist in Ordnung«, dann hatte Trudi auch nicht einen Augenblick daran gezweifelt, dass die Sache ihre Richtigkeit hatte.

»'s isch ewig schad, dass d' Thea koine Kinder ghet hat, die wär bestimmt a gute Mutter gwese. Aber de Konrad hat se eifach z' spät knneglernt, da war se ja scho fast fuffzig, und vorher hat se halt Pech ghet mit de Männer. Alle sin se ra weggstorbe«, stellte Trudi bekümmert fest.

»Alle? Wieso alle? Gab's da außer Joachim noch einen?«

»Na ja, i denk, d' Thea hätt nix drgege, dass i dr's verzähl, 's isch ja au scho a Ewigkeit her. Des war net lang, nachdem d' Thea zu uns komme isch. Da hat se en junge Soldat in unserm Schuppe entdeckt.«

Er war nass, durchgefroren und fiebrig gewesen, gerade mal neunzehn Jahre alt, ein Fahnenflüchtiger. Seit Tagen war er schon unterwegs, ständig in der Angst, aufgegriffen zu werden. Er war auf dem Weg zu seiner Familie nach Ulm. Thea überredete ihn, einige Tage in seinem Versteck zu bleiben und erst wieder ein wenig zu Kräften zu kommen. Sie besorgte ihm eine Decke und versorgte ihn mit Tee und Essen. Es bedrückte sie, dass sie Trudis Familie, die sie so freundlich aufgenommen hatte, bestehlen musste, aber sie sah keine andere Möglichkeit, und sie nahm sich vor, es wieder gutzumachen, sobald sie konnte. Am dritten Tag stieg das Fieber und Helmut, der junge Soldat, begann zu fantasieren. Da sah Thea keine andere Möglichkeit mehr, als Trudi und vor allem deren Mutter einzuweihen. »Wir müssen einen Arzt holen«, beschwor sie sie, »sonst stirbt er noch.« »Wenn mr de Arzt holed, na stirbt er ganz gwieß. Und mir vielleicht mit. Woisch du, was mr mit Fahneflüchtige macht und mit dene, die se versteckd? Und viel mache könnt dr Dokter au net, 's gibt doch koi Medizin meh.« Trudis Mutter sprach mit ihrem Mann und legte ein gutes Wort für den jungen Soldaten ein. Sie hatten selbst einen Sohn, kaum älter als Helmut, von dem sie seit Wochen keine Nachricht erhalten hatten. »Stell dr vor, 's wär unser Hans. Mir wäred doch au froh, wenn em oiner helfe däd. Da schicked se halbe Kinder in de Krieg, und wenn die des Elend nemme ertrage könned und drvolaufed, na schießed se se dod. Mein Gott, was isch des für a Welt!« Helmut durfte also in seinem Versteck bleiben. Thea hatte ihr Deckbett in die Scheune getragen, damit er es warm hatte. Sie saß die ganze Nacht bei ihm, machte ihm Wadenwickel, um das Fieber zu senken, und flößte ihm warmen Tee ein, aber sie konnte ihm nicht mehr helfen. Gegen Morgen starb er.

»Wie schrecklich. Und was habt ihr mit ihm gemacht?«

»In dr Nacht hat mei Vadder a Loch grabe hinterm Haus. Da hen mr 'n beerdigt. Nach em Krieg hen meine Eltern versucht, sei Familie z' finde. Aber em Helmut sei Elternhaus war ausbombt und von seine Eltern gab's koi Spur. Wahrscheinlich sind se bei dem Bombeagriff ums Lebe komme. Und Jahre später hen mir in dem Grab ebbes ganz Komischs entdeckt.«

Franziska, die schon die ganze Zeit gebannt gelauscht hatte, beugte sich gespannt zu Trudi hinüber.

»Erzähl!«

Nachdem Trudi geheiratet hatte und das zweite Kind sich anmeldete, beschlossen sie, das Haus zu vergrößern. Der Anbau sollte genau über Helmuts Grab liegen. Trudis Vater, dem das irgendwie pietätlos erschien und der auch nicht wollte, dass ein Bauarbeiter versehentlich auf Helmuts sterbliche Überreste stieß, beschloss, Helmut an einer anderen Stelle auf dem Grundstück einen friedlichen Platz zu geben.

»Aber dr Helmut war nemme da«, erklärte Trudi.

»Wie: Der Helmut war nicht mehr da? Wie meinst du das?«

»Wie i's sag. An dere Stell war nix mehr, koi Schädel, koi Knoche, koi Stückle Stoff von seiner Uniform oder der Decke, in die mr 'n eigwickelt hen, gar nix.«

»Vielleicht habt ihr euch ja im Platz getäuscht«, vermutete Franziska.

Aber das hielt Trudi für ausgeschlossen. Alle, die an dem Begräbnis teilgenommen hatten, waren sich absolut sicher.

»Auch Thea?«

»Der hen mr gar nix drvo gsagt. Die hätt sich bloß uffgregt. Mir wollet des alles net no mal uffrühre.«

»Vielleicht hat ja Thea …?« Franziska ließ den Satz unvollendet, aber Trudi konnte sich schon denken, was sie meinte.

»Warum hätt se des do solle? Und vor allem wie? Dr Helmut war en ausgwachsener Ma und d' Thea a schmächtigs Mädle. 's war ja koi Urne in dem Grab, die mr mal gschwind ausgrabe ka, sondern …« Trudi stockte und sah Franziska misstrauisch an. »Du glaubsch doch net etwa, dass die zwoite Urne in dr Thea ihrem Grab vom Helmut isch? Schlag dr des aus em Kopf! I han koi Ahnung, wo dr Helmut naverschwunde isch, aber ganz sicher net in die Urne in dr Thea ihrem Grab.«

»Ach Trudi, ich weiß ja, dass es verrückt klingt, aber ich fänd's halt so schön, wenn da nicht irgendeiner aus Versehen bei Thea gelandet wäre, sondern ein Mensch, der ihr wichtig war«, seufzte Franziska.

»Außerdem war des mit em Helmut net 's Gleiche wie mit ihrem Verlobte, em Joachim. Klar hat se um de Helmut trauert und sie war au verliebt in en. Aber die zwoi hen doch kaum Zeit ghet, sich kennezlerne.«

»Und nach Helmut gab's niemanden mehr für Thea, bis Konrad kam?«, fragte Franziska.

»Net dass i wüsst. Na ja, i glaub, a Zeitlang war se in ihren Chef verschosse. Des war au an toller Ma, der hat en Schlag ghet bei de Fraue. Charmant war der und gutaussehend und gebildet und überhaupt. Aber er war verheiratet und hat drei Kinder ghet. Uff so ebbes hätt d' Thea sich nie eiglasse. Er war ja au zwanzig Jahr älter wie sie.«

»Na, das will nichts heißen«, warf Franziska ein und überlegte, ob sie ihr Herz erleichtern und von Sarah erzählen sollte, aber der Moment verstrich.

»I woiß, dass mr des heut a bissle anders sieht«, erklärte Trudi. »Heut gibt's ja sogar Fraue mit zwanzig Jahr jüngere Männer. Also für mi wär des nix. Da musch ja dauernd Angst han, dass a Jüngere kommt und en dr wegschnappt. Und jede Falt im Gsicht kommt dr doppelt so tief vor. Wenn mr zwanzig und vierzig isch, isch des ja vielleicht koi Problem, aber mit sechzig und achtzig sieht die Sach scho anders aus. Mei Eugen war ja bloß neun Jahr älter wie i, aber wo er na achtzig war und so gar koi Lust meh ghet hat zum Weggange, des war für mi scho a Problem. Am Schluss war der grad no für drhoim rom recht.«

Franziska musste über diesen Spruch lachen. »Sag, würdest du das alles vielleicht mal Sarah erzählen?«

»Dr Sarah? Wieso denn des? Des interessiert doch so a jungs Ding net.«

»Sollte es aber«, meinte Franziska, und dann erzählte sie Trudi doch noch von Sarahs neuem Freund.

Trudi sah Franziska unsicher an. Sie wusste nicht recht, wie sie auf diese Neuigkeit reagieren sollte. Um die Gesprächspause zu füllen, legte sie Franziska noch ein Stück Kuchen auf den Teller.

»Komm, iss no a Stückle, des isch gut für d' Nerve«, sagte sie und klatschte gedankenverloren einen Löffel Sahne auf den Kuchen. »Und wart's erst mal ab, da isch's letschte Wort no net gschwätzt. Wenn i denk, was d' Sabine uns alles abracht hat, bis se endlich unter dr Haub war, da han i au manchmal denkt, des darf net wahr sei. Und am Schluss hat se doch no en rechte Ma kriegt. D' Sarah isch doch no so jung.« Trudi tätschelte beruhigend Franziskas Hand. »Aber wenn de moinsch, dass es ebbes hilft, na kann i ra meine Erfahrunge mit em Eugen gern mal verzähle, so ganz nebebei, vielleicht zieht se die richtige Schlüss draus. Aber i glaub's eigentlich net. Wenn mr verliebt isch, na isch mr ziemlich ... beratungs ... beratungseffizient. Des nennt mr doch so, oder?«

»Du meinst wahrscheinlich beratungsresistent«, schlug Franziska vor.

»Genau des han i gmoint. Des han i neulich in dr Zeitung glese. Des passt doch in dem Fall, oder net? So wie dr Florian beratungsresischtent gege meine Modevorschläg isch.«

»Auch da ist das letzte Wort noch nicht gesprochen«, meinte Franziska lachend. „Vielleicht wirst du heute Abend über seine Hose staunen, wer weiß?«

»I han en Sekt kaltgstellt. Trinksch a Gläsle? Uff die junge Leut, dass se a bissle zu Verstand kommed«, schlug Trudi vor.

»Gern«, sagte Franziska. »Aber wir trinken nicht auf die jungen Leute, sondern auf dich, auf deinen Geburtstag.«

»Uff beides.«

8

Desch au so a Hauswese,
wo d' Maus mit verheulte Auge
bei dr Schublad rausguckt.

Franziska war gerade dabei, eine Liste von Dingen zu erstellen, die sie für ihr Café noch kaufen musste, als es klingelte. Am Klingelton konnte Franziska erkennen, dass es sich um die Wohnungstür handelte, es konnte also nur einer ihrer Hausbewohner sein.

»Hallo, Hugo, kommen Sie doch rein!«

»Ich will gar nicht lange stören«, erklärte Hugo. »Aber wenn Sie einen Moment Zeit hätten, würden wir Ihnen gern etwas zeigen. Muss aber nicht gleich sein.«

Er machte Franziska neugierig. Als sie hinter Hugo die obere Wohnung betrat, blieb sie erstaunt stehen.

»Ach du meine Güte, wie sieht's denn hier aus!«

»Wie auf em Flohmarkt«, erklärte Ernst, »mit dem Unterschied, dass bei uns alles umsonscht isch.«

Die drei erklärten Franziska, dass sie nicht nur Kochlöffel und Töpfe zu viel hatten, sondern auch Besteck und Geschirr, Tortenplatten und Tischdecken. Alle Abstellflächen im Wohnzimmer und in der Küche waren damit bedeckt. Vielleicht könne Franziska ja das eine oder andere für ihr Café gebrauchen.

Franziska nahm vorsichtig eine Tasse in die Hand. Unter einem schmalen Goldrand lief eine Girlande aus Veilchenblüten in verschiedenen Violetttönen um den Tassenrand. »Das wollen Sie doch nicht allen Ernstes weggeben?«, fragte sie.

»Das war das Lieblingsgeschirr meiner Frau«, erklärte Hugo. »Sie hat es einmal aus einem Englandurlaub mitgebracht. Aber wir haben sieben mehr oder weniger komplette

Service, die können wir drei doch gar nicht gebrauchen. Wo sollen wir denn das alles unterbringen? Und Ernst und Karl sind der Meinung, dass das Veilchengeschirr für uns drei Männer nicht das Richtige ist. Na ja, stimmt ja auch. Wir brauchen was Robustes, das nicht gleich zu Bruch geht, wenn man es beim Abtrocknen ein bisschen zu hart anfasst.«

»Am beschte oins, des mr gar net abtrockne muss, weil mr's in d' Spülmaschin stecke kann«, erklärte Ernst.

»Und Ihre Kinder?«

»Die habe ich schon gefragt. Die haben kein Interesse, die wollen lieber etwas Modernes.«

Franziska überlegte. Das Geschirr gefiel ihr ausgesprochen gut, es war etwas ganz Besonderes. Aber auch sie hatte für ihr Café an ein strapazierfähiges Geschirr für die Spülmaschine gedacht. Sie könnte es allerdings für die geschlossenen Gesellschaften in Theas Esszimmer benutzen, es würde ihren Damenkränzchen bestimmt gefallen. In diesem Fall wäre beim Abspülen eben etwas Handarbeit gefragt, aber das Esszimmer würde sicher nicht jeden Tag belegt sein. Sie fragte, ob Hugo mit dieser Lösung einverstanden war.

»Aber ja, ich freue mich«, erklärte er strahlend. »Ich hätte es ja nicht gern weggegeben. So bleibt es im Haus, erfüllt noch einen Zweck, und ich kann es, wenn ich will, mal anschauen. Das ist doch eine wunderbare Lösung. Und es ist noch komplett. Meine Frau hat sehr darauf achtgegeben.«

»Das werde ich auch«, versprach Franziska.

Franziska suchte sich noch einige Kuchenplatten und Tortenheber aus sowie zwei Tischdecken, eine runde mit Stickerei und eine ovale mit Spitze, ebenfalls fürs Esszimmer, denn an den Couchtischen wollte sie nur Sets verwenden. Das ersparte ihr das Waschen und Bügeln, und sie fand, dass es auch besser passte. Die drei wollten wissen, wann Franziska ihr Café denn eröffnen wolle. Sie hatte an den 21. August gedacht. Das war Theas Geburtstag, ein Datum, von dem Franziska sich gleich mehrere Vorteile erhoffte. Erstens betrachtete sie es als gutes Omen. Außerdem würde ihr so an Theas Geburtstag nicht viel Zeit zum Grübeln und Trauern bleiben. Und der Termin ließ ihr auch noch genügend Zeit, um alles Notwendige zu erledigen. Falls das Wetter schön war, könnte sie die Eröffnung in den Garten verlegen, und sie konnte für ihre Einkäufe noch den Ausverkauf nutzen. Das wäre vor allem für den Kauf der Gartenmöbel günstig. Als sie von ihren Plänen erzählte, unterbrach sie Karl.

»Lassed Se bloß d' Finger von Holzmöbel für de Garte«, warnte er.

»Das sagen ausgerechnet Sie als Schreiner?«

»Eba drum, i woiß, von was i schwätz. Mei Dochter hat sich a Sitzgruppe aus Eukalyptusholz kauft, weil's schön aussieht, hat se ja au recht. Aber jetzt jammert se, weil se die jeden Herbst eiöle muss. Des hätt i ra glei sage könne, aber die Junge fraged oin ja net, die wissed ja immer alles besser. Klar gfällt mir Holz au besser wie Plaschtik, aber mr muss praktisch denke.«

»›Als‹«, sagte Ernst.

»Als was?«

»›Besser als Plaschtik‹ hoißt des«, verbesserte Ernst.

»Liebs Herrgöttle von Biberach«, stöhnte Karl, »hasch du koine andre Sorge? Mir wälzed da ernschte Probleme. Des will schließlich alles gut überlegt sei. D' Franziska muss die Sache gut abwische könne und zum Wegräume aufananderschtaple. Und mit bunte Kisse und Tischdecke sehed Plaschtikmöbel bestimmt au nett aus. Außerdem erspart's unter Umständ Ärger.«

»Ärger?«, fragte Franziska.

»Na ja, wenn sich die Fraue ihre Seidestrümpf an Ihre Holzstühl verreißed, na müssed Se des womöglich no zahle.«

»Sie denken aber auch an alles«, lachte Franziska. »Aber da gibt's noch ein Problem«, erklärte sie und erzählte von dem Bücherregal für ihr Wohnzimmer, das sie als Raumteiler zwischen den beiden Sitzgruppen suchte. Ihre Suche gestaltete sich doppelt schwierig, weil sie eine ganz genaue Vorstellung davon hatte. Paula besaß genau das Regal, das Franziska gerne hätte. Es war nach beiden Seiten offen, also ohne Rückwand, und bestand aus großen, quadratischen Fächern aus dicken, fast schwarzen Holzbrettern. Franziska fand, dass es sowohl zu ihrer modernen Sitzgruppe als auch zu der gediegenen von Thea wunderbar passte, besser als jedes andere Regal, das sie bisher gesehen hatte. Paula hatte es vor drei Jahren in Kirchheim gekauft, aber das Modell war inzwischen ausgelaufen, und Paula war leider nicht bereit, Franziska ihres zu verkaufen, nicht einmal für einen Aufschlag auf den Kaufpreis.

»Fast schwarz? Vielleicht Ebenholz?«, vermutete Hugo.

»Nein, dunkel gebeizte Pappel, hat Paula gesagt.«

»Pappel, ebbes ganz Ausgfalles. Vielleicht könnt mei Sohn Ihne so a Regal baue, wozu isch er schließlich Schreiner«, schlug Karl vor.

»Ihr Sohn ist Schreiner? Ich dachte, er sei bei der Polizei wie Uli.«

»Des isch dr Sven, mei Jüngschter. Mei andrer Sohn, dr Mathias, der hat mei Schreinerei übernomme und der macht Ihne des Regal sicher gern. Für an Freundschaftspreis, versteht sich. Er sodd sich's halt am beschte mal agucke. Moined Se, des ging?«

Da sah Franziska überhaupt kein Problem. Sie war begeistert von Karls Idee.

»Na, wie geht's deim Trio?«, erkundigte sich Paula, während sie neben Franziska über den Waldweg trabte.

Es versprach ein heißer Tag zu werden, deshalb hatten sie sich schon um acht beim Wanderparkplatz verabredet. Noch war die Luft herrlich frisch und klar.

»Bestens. Karl will seinen Sohn fragen, ob er mir ein Regal baut, so, wie du eins hast. Würde dich das stören?«

Paula lachte.

»Iwo. Im Gegeteil, i bin froh, na hört dei Nerverei endlich auf, ob i dr meins verkauf.«

Franziska erzählte, dass Karl mit seinem Sohn gerne einmal bei ihr vorbeikäme, um Maß zu nehmen.

»Koi Problem«, meinte Paula. »Aber bitte mit Voranmeldung, dass i vorher a bissle aufräume kann. Und na aber au pünktlich sei, i woiß net, wie lang i den Zuschtand aufrechterhalte kann.«

Jetzt war es an Franziska zu lachen. »Du, da kommen zwei Männer, die sehen doch nicht, ob du aufgeräumt hast. Die denken höchstens: Ach, wie gemütlich, fast wie bei mir zu Hause.«

»Apropos Männer«, hakte da Paula ein. »I han dr doch von dem Theater verzählt, des dr Uli wege seim Geburtstag veranstaltet. I han mr was überlegt. Mir fahred zsamme weg, oi Woch mit dr frühere *Donauprinzessin* von Passau bis Budapest. Inzwische hoißt se *Rossini*, aber des isch ja egal. 's isch net ganz billig, aber vierzig wird mr schließlich bloß oimal im Lebe, und unsre Eltern und Gschwister beteilige sich dra. Die Großeltern däded au die Bube nemme, jeder oin, 's sin ja zum Glück no Ferie. Könntsch du vielleicht d' Julia nemme?«

»Aber klar, ich freu mich!« Franziska meinte es ehrlich.

»Da hasch aber dei Café scho offe, wenn alles klappt«, gab Paula zu bedenken.

»Na und? Julchen ist eh ganz scharf drauf, mir zu helfen. Das passt doch prima. Aber ob so eine Schiffsreise das Richtige für euch ist? Soweit ich gehört habe, liegt da das Durchschnittsalter der Passagiere knapp über siebzig.«

»Des isch ja grad dr Clou an dere Sach. Zwische dene ganze Rentner kommt sich dr Uli na vor wie an junger Hupfer und vergisst sein Alterskomplex.«

»Oder er sieht das ganze Elend vor sich, das demnächst auf ihn zukommt«, gab Franziska zu bedenken. »Na ja, ich will dir die Sache nicht madig machen, du kennst Uli schließlich besser als ich.«

»Des bezweifl i immer meh, dass i mein Uli kenn. Seit ra Weile isch mr der scho arg fremd worde. Manchmal macht mr's direkt Angscht. I denk, in dem Zustand isch so an Ma arg afällig für a Junge, mit der 'r no mal ›Hasch mich, ich bin dr Frühling‹ spiele kann. Na ja, i denk no mal über die Schiffsreis nach, i han ja no nix bschtellt. Aber verreise den mr auf alle Fäll. Und i glaub, i verzicht auf d' Überraschung und sag's em Uli lieber glei, na hört vielleicht des Gejammer endlich auf und er guckt wieder fröhlich aus dr Wäsch, so wie früher. Vielleicht sodd mr 's Geburtstagfeire überhaupt ganz abschaffe, spätestens mit neunedreißig, na däded d' Leut net so viel über 's Älterwerde nachdenke.«

»Mach dir nicht so viele Gedanken«, beruhigte Franziska sie. »Das ist so eine Phase bei Uli, die geht auch wieder vorbei, wirst sehen.«

»Woisch, in meiner Familie isch dauernd oiner in ra Phase, in dr Schreiphase oder in dr Trotzphase, in dr Pubertät oder in dr Midlife-Krise, im Sturm und Drang oder im Altersstarrsinn, des isch **do**ch net normal. Kaum hasch oi Phase glücklich überstande, na denkt sich oiner a neue aus.«

»Das ist nur, damit dir nicht langweilig wird«, tröstete Franziska lachend.

»Also des isch derzeit mei geringschtes Problem, des darfsch mr glaube«, seufzte Paula.

9

*An ma nagschluckte Wort
isch no koiner verstickt.*

Sarah hatte sich für Samstag angemeldet. Thomas musste zu einer Tagung nach Stuttgart. Er würde Sarah morgens bei Franziska absetzen und abends wieder abholen. Franziska freute sich. Sie hatte zunächst daran gedacht, das Trio zum Kaffee einzuladen, aber dann davon Abstand genommen. Die Zeit mit Sarah war ihr zu kostbar, um sie mit anderen zu teilen. Vielleicht würde sie die drei einladen, wenn Sarah einmal länger bei ihr war, aber wann würde das sein, jetzt, wo es Thomas in ihrem Leben gab? Franziska hatte sich fest vorgenommen, das Thema Thomas nicht anzuschneiden.

Kurz nach neun fuhr ein silbernes Auto vor. Auf den ersten Blick konnte Franziska die Marke nicht erkennen, sie kannte sich mit Autos nicht besonders gut aus, aber die Marke war in diesem Fall auch nicht entscheidend. Entscheidend war, dass es sich um einen Kombi handelte. Franziska wusste nicht genau, was sie erwartet hatte, einen Porsche vielleicht oder auch einen dieser Geländewagen, mit denen neuerdings nicht mehr nur Jäger durch die Lande fuhren, jedenfalls nicht so eine Familienkutsche. Brauchte man als Single-Mann so ein Auto? Ihr seltsamer Traum von neulich fiel ihr ein, und sie rief sich zur Ordnung.

Ein warmer Händedruck für Franziska, ein flüchtiger Kuss für Sarah, dann war Thomas schon wieder weg. Franziska fragte nicht, ob Thomas als Zuhörer zu der Tagung ging oder als Referent. Alles, was mit Thomas zusammenhing, war heute als Gesprächsthema tabu, und eigentlich interessierte sie diese Frage auch gar nicht.

Franziska hatte den Frühstückstisch im Garten gedeckt, sie wusste, dass Sarah noch nicht gefrühstückt hatte. Es versprach, ein wunderschöner Sommertag zu werden, nicht so schwül wie die vergangenen Tage, die Franziska spätestens ab zehn lieber im Haus verbracht hatte. Heute würden sie den Nachmittag sicher im Liegestuhl genießen können.

Sarah bestrich ein Brötchen mit Butter und erzählte dabei von einer Lesung, die sie letzte Woche besucht hatte. »Guck mal, Jens hat ein Foto gemacht«, sagte sie, kramte in ihrer Handtasche nach dem Handy, drückte kurz auf den Tasten herum und reichte es Franziska zum Anschauen über den Tisch.

Jens? Sarah hatte sich sicher versprochen, wohl die Macht der Gewohnheit.

»Hübsch«, bemerkte Franziska. »Du bist gut getroffen. Und wer ist der Mann neben dir?«

»Na, wer wohl? Max Goldt natürlich!«

»Und wer ist Max Goldt?«

»Oh Gott, Mama! Das ist der Autor. Kennst du etwa Max Goldt nicht?«

»Nein«, gab Franziska zu. »Ist das schlimm?«

»Na ja, Thomas kannte ihn auch nicht.«

Es klang, als würde diese Tatsache Franziska mildernde Umstände verschaffen.

Vermutlich ist das eine Altersfrage, wollte Franziska sagen, aber sie verkniff es sich in letzter Sekunde. Sie hatte das ganz ohne böse Hintergedanken gedacht, aber Sarah könnte hinter der Bemerkung eine Spitze gegen Thomas und sein Alter vermuten, und das wollte Franziska in jedem Fall vermeiden.

»Und hat es Thomas bei der Lesung gefallen?«, fragte sie, während sie sich noch eine Tasse Kaffee eingoss, und hielt die Frage für ganz und gar unverfänglich.

»Thomas? Wieso Thomas? Der war doch gar nicht mit. Ich hab doch gesagt, dass Jens das Bild gemacht hat. Ich hab mich gar nicht getraut, Max Goldt nach einem gemeinsamen Foto zu fragen, das hat Jens für mich gemacht. Und jetzt hab ich ein Foto zusammen mit Max Goldt. Ist das nicht geil?«

Franziska nickte geistesabwesend. Sarah war also mit Jens bei der Lesung gewesen. Mit Jens war es aus, aber mit Thomas offensichtlich nicht, schließlich hatte er Sarah gerade vorbeigebracht und sie hatten sich geküsst, wenn auch nicht sehr leidenschaftlich – nun ja, vor der Mutter. Warum war Sarah dann mit Jens bei der Lesung gewesen und nicht mit Thomas?

»Mama? Mama, hallo!« Sarah wedelte Franziska mit der Hand vor dem Gesicht herum, als gelte es, eine lästige Fliege zu verscheuchen. »Ich spreche mit dir!«

»Entschuldige, ich war in Gedanken.«

»Das hab ich gemerkt. Falls du gerade darüber nachdenkst, warum ich mit Jens bei der Lesung war und nicht mit Thomas, das ist ganz einfach.« Offensichtlich kannte Sarah Franziska besser als diese dachte. »Thomas hat einen anderen Geschmack, was Bücher angeht, der steht eher auf Biographien und Geschichtsbücher und so. Und Jens, der findet Max Goldt genauso toll wie ich. Wir können uns da stundenlang drüber unterhalten. Manchmal ruft Jens mich an und liest mir ein paar Seiten aus seinem neuen Buch vor und dann lachen wir uns darüber kaputt.«

»Aha.«

»Was heißt aha?«

»Dann vertragt ihr euch wieder, du und Jens?« Franziska bemühte sich, jeden hoffnungsvollen Ton aus ihrer Stimme zu verbannen.

»Ja, ganz freundschaftlich eben, mit Thomas hat das nichts zu tun.«

»Und Thomas, weiß er es?«

Franziska, du wolltest nicht über Thomas sprechen, schon vergessen?

Sarah zerkrümelte gedankenverloren ein Stück Brötchen zwischen ihren Fingern. »Na ja, schon. Aber ich erzähl es ihm inzwischen nicht mehr, wenn ich mich mit Jens treffe. Thomas ist schrecklich eifersüchtig. Er kapiert nicht, dass das gar nichts mit uns beiden zu tun hat. Jens und ich, wir mögen die gleichen Bücher, die gleiche Musik und die gleichen Filme. Wir sind einfach so etwas wie ... wie Seelenverwandte.«

Franziska verkniff es sich zu sagen, dass Heimlichkeiten und Eifersucht eine schwere Belastung für eine Beziehung waren. Man konnte sich in einer Partnerschaft mit vielem arrangieren, mit Schlampigkeit und Unpünktlichkeit, mit abgeschnittenen Barthaaren im Waschbecken und dem Satz: ›Bei meiner Mutter hatte der Braten immer so einen ganz besonderen Geschmack‹ – aber mit Lügen und Eifersucht? Unmöglich! Bis heute Abend würde Franziska sicher heftige Schluckbeschwerden haben von all den Sätzen, die sie in ihrem Hals zurückgehalten hatte, bevor sie ihrer Zunge entschlüpfen konnten.

Andererseits konnte sie Thomas verstehen, so ungern sie sich das eingestand, denn ihre Sympathie für ihn hielt sich wirklich in Grenzen. Sarah und Jens waren immerhin drei Jahre lang ein Paar gewesen, sie waren Seelenverwandte, wie Sarah das nannte, und Jens war zwanzig Jahre jünger als Thomas. Gut, bei Männern spielte Letzteres vielleicht eine weniger große Rolle, ihr Verfallsdatum für Attraktivität war länger, wenigstens in den Augen des anderen Geschlechts, da zählten Macht und Erfolg vermutlich mehr als Jugend und Schönheit.

Aus dem geöffneten Fenster im ersten Stock ertönte Klaviermusik, schnelle, fehlerlose Läufe.

»Chopin«, stellte Sarah fest, die als Kind einige Jahre Klavierunterricht gehabt hatte. »Schön.«

»Das ist Hugo, er spielt wunderbar«, erklärte Franziska. »Zusammen hab ich die drei noch nicht spielen gehört, aber ich möchte sie gern fragen, ob sie zur Eröffnung meines Cafés vielleicht ein wenig Musik machen würden.«

Schon wieder ein Glatteisthema, das Franziska eigentlich nicht ansprechen wollte, nachdem Sarah das letzte Mal so ablehnend auf dieses Thema reagiert hatte. Ach, waren das noch Zeiten gewesen, als man einfach über die Dinge miteinander sprechen konnte, die einem gerade in den Sinn kamen. Aber die befürchtete Reaktion bei Sarah blieb aus.

»Keine schlechte Idee, nur das Klavier könnte ein Problem werden«, sagte sie. »Ihr werdet es sicher nicht extra nach unten schaffen wollen.«

»Gott bewahre«, entfuhr es Franziska in Erinnerung an den schwierigen Transport nach oben. »Wir sind froh, dass wir es oben haben. Aber du hast recht, daran habe ich noch gar nicht gedacht.«

»Jens hat ein E-Klavier, vielleicht geht das auch. Ich könnte ihn fragen, ob er es euch ausleiht. Macht er sicher. Wie geht's denn deinem Trio sonst?«, wollte Sarah wissen.

Franziska erzählte, dass Karls Sohn ihr das Regal fürs Wohnzimmer bauen würde. »Man sollte nicht meinen, dass die beiden Vater und Sohn sind. Karl klein und untersetzt, sein Sohn groß und schlank, Karl mit einer Glatze, sein Sohn mit einem Haarschopf, der kaum zu bändigen ist, Karl lebhaft und mitteilsam, sein Sohn ausgeglichen und ruhig.«

»Na, das mit der Glatze und dem Bauch kann sich im Lauf der Jahre ja noch ergeben«, lachte Sarah.

»Karl sagt, sein Sohn komme nach seiner Frau. Dem Briefträger, den sie damals hatten, als seine Frau mit Mathias schwanger war, sähe er jedenfalls überhaupt nicht ähnlich. Der sei schmächtig und rothaarig gewesen. Sein Sohn spricht auch gar nicht schwäbisch, während Karl der Schwabe schlechthin ist. Karl sagt, das komme, weil seine Frau eine Reigschmeckte gewesen sei. Er habe sich da mit seinem Dialekt nicht durchsetzen können.«

»So wie bei Oma und Opa«, sagte Sarah. »Du sprichst ja auch nicht schwäbisch und ich auch nicht.«

»Stimmt. Na ja, jedenfalls ist Mathias ein netter Kerl, und ich bin froh, dass er mir das Regal macht. Ich würde vorschlagen, dass wir nach dem Frühstück mal oben klingeln, damit ich dich mit den Herren bekannt machen kann. Ich wette, die platzen schon vor Neugier.«

»Ich platze eher vom vielen Essen«, lachte Sarah und strich sich über ihren Bauch, der so flach war wie immer – beneidenswert.

Franziska betrachtete sie mit Mutterstolz. Sarah war ein hübsches Mädchen mit ihren schlanken, braungebrannten Beinen, die unter dem kurzen Sommerkleid hervorschauten, den schulterlangen blonden Haaren, die sie sich gerade wieder einmal mit dieser typischen Handbewegung hinter die Ohren schob, und den großen braunen Augen. Franziska konnte schon verstehen, dass Thomas sich in sie verliebt hatte. Und Franziska war bereit, den unmöglichsten aller Schwiegersöhne zu akzeptieren, um ihre Tochter nicht zu verlieren. Aber noch hatte Franziska Hoffnung, dass Sarah es sich mit Thomas anders überlegen würde, schließlich war Sarah nicht nur hübsch, sondern auch klug.

»Fehlt dir Thea?«, fragte Sarah unvermittelt.

»Ja, sie fehlt mir sehr.«

Und du mir auch, dachte Franziska, aber sie sagte es nicht.

»Aber seit das Trio oben eingezogen ist, ist es besser«, fügte sie hinzu. »Sie sind wirklich nett, und es gibt immer etwas zu lachen. Nächste Woche gehen sie mit mir zusammen Gartenmöbel einkaufen.«

»Alle drei?«

»Alle vier«, erklärte Franziska. »Karls Sohn Mathias kommt auch mit.«

»Arme Mama«, lachte Sarah. »Mit vier Männern im Baumarkt, das ist ja schlimmer als mit vier Kindern im Spielwarengeschäft. Na dann viel Spaß!«

»Den werden wir haben«, lachte jetzt auch Franziska. »Darauf kannst du dich verlassen.«

10

Moina därf mr,
aber net moina, mr därf.

Karl war der Meinung gewesen, dass Franziska die Gartenmöbel unmöglich ohne seine Hilfe kaufen könne. Es war ihm ganz klar, dass eine Frau mit an Sicherheit grenzender Wahrscheinlichkeit das Falsche aussuchen würde. Außerdem erschien ihm Franziskas Auto gänzlich ungeeignet, um mehrere Gartentische und -stühle zu transportieren. Da musste Franziska ihm recht geben, und sie nahm deshalb sein Angebot, sich den kleinen Laster seines Sohnes auszuleihen, gern an. Ob Mathias seinem Vater das Steuer nicht anvertrauen wollte oder ob auch er Sehnsucht nach einem Besuch im Baumarkt verspürte, wusste Franziska nicht, jedenfalls stand schnell fest, dass er beim Einkauf der Gartenmöbel dabei sein würde.

»'s kann ja sei, dass dr Karl drbei sei muss, weil mr sein Laschter braucht, aber vom Kaufmännische hat der koi Ahnung, deshalb hat die schriftliche Sache immer sei Frau erledigt. Es isch also obedingt nötig, dass i da mitgang, damit mr euch net übers Ohr haut«, erklärte Ernst im Brustton der Überzeugung.

»Und ich«, fügte Hugo an, »bin für die geschmacklichen Fragen zuständig. Nichts gegen Karl und Ernst, das sind zwei feine Jungs, aber ich möchte nicht wissen, was die aussuchen, wenn ich nicht mitgehe.«

Dass Franziska die Möbel aussuchen und über den Preis entscheiden würde, schien außerhalb der Vorstellungskraft des Trios zu liegen, und so stand schnell fest, dass alle drei Franziska bei ihrem Einkauf begleiten würden.

Eigentlich wollte Franziska mit ihrem Auto hinter dem kleinen Lastwagen herfahren, aber das ließ Karl, ganz

Gentleman, nicht zu. Franziska solle mit Mathias mitfahren, Karl würde mit den anderen beiden in seinem Golf folgen.

Sie kletterten gleichzeitig ins Führerhaus des Lasters, Mathias auf der Fahrerseite, Franziska von rechts.

»Ich habe ein ganz schlechtes Gewissen«, bemerkte Franziska. »Erst bauen Sie das Regal für mich und jetzt opfern Sie mir auch noch Ihren Samstag.«

»Nun, opfern ist wohl nicht ganz das richtige Wort«, lachte Mathias. »Oder kennen Sie einen Mann, für den es ein Opfer ist, in den Baumarkt zu gehen?«

Der Eindruck, den Franziska von Mathias gewonnen hatte, bestätigte sich in seinem Fahrstil: Er fuhr ruhig und besonnen.

»Außerdem«, fuhr Mathias fort, »sind es ein paar Stunden Freizeit, die ich ansonsten in meiner Werkstatt verbringen würde.«

»Am Wochenende?«

»Die Selbstständigen, die ich kenne, arbeiten alle am Wochenende. Na ja, bei mir ist es ein bisschen von beidem, Arbeit und Hobby. Wenn es das Tagesgeschäft zulässt, restauriere ich am Wochenende alte Möbel«, erklärte Mathias.

Franziska erinnerte sich, dass sie das auf der Plane des kleinen Lastwagens gelesen hatte: *Mathias Fröschle – Schreinerarbeiten aller Art – Restaurierungen*.

»Das stelle ich mir interessant vor. Und wo finden Sie die alten Stücke? Werden sie Ihnen gebracht?«

»Je nachdem. Manchmal bringen sie die Leute zu mir, manchmal gehe ich auf Versteigerungen oder ich finde die Sachen auf Dachböden und in Scheunen. Es ist auch ein bisschen Detektivarbeit dabei, das macht die Sache spannend. Das sind die zwei Seiten, die mich dabei beflügeln: das Finden und das Wiederherrichten. Es ist ein herrliches Gefühl, am Ende so ein altes Stück wieder in dem Zustand zu sehen, den es am Anfang seines Lebens hatte. Mir kommt es so vor, als würde ich es wieder zum Leben erwecken. Entschuldigen Sie«, sagte Mathias und wurde tatsächlich ein wenig rot, »bestimmt langweile ich Sie zu Tode mit meinem Geschwafel.«

»Aber kein bisschen. Ich finde das ausgesprochen interessant. Haben Sie gerade etwas in Arbeit? Dürfte ich es mir einmal anschauen?«

Mathias schien sich über ihr ehrlich gemeintes Interesse zu freuen und versprach, ihr bei der Rückkehr die alte Truhe zu zeigen, an der er gerade arbeitete.

»Ich habe mir auch ein Album angelegt. Ich fotografiere die Stücke, so, wie ich sie bekommen oder gekauft habe und dann nach ihrer Fertigstellung.«

Seine Begeisterung und die gleichzeitige Unsicherheit, ob seine Erzählungen Franziska auch wirklich interessierten oder ob sie nur aus Höflichkeit zuhörte, hatten etwas Sympathisches. Mit einem Blick zur Seite stellte Franziska fest, dass er ein gutaussehender Mann war. Erstaunlich, dass er noch nicht verheiratet war – das wusste sie von Karl. Andererseits, ein Mann, der sieben Tage in der Woche arbeitete, hatte für eine Frau vielleicht gar keine Zeit.

»Ich mag Ihren Vater, er ist ein netter Mann«, wechselte Franziska das Thema.

»Oh ja, das ist er«, bestätigte Mathias. »Manchmal allerdings ein bisschen eigensinnig.«

»Na, welcher Mann ist das nicht?«

Mathias lachte und bog auf den Parkplatz des Baumarktes ein. Franziska stellte erstaunt fest, dass sie schon da waren. Sie hatten beschlossen, zuerst *Obi* anzusteuern.

Zu viert gingen sie zur Eingangstür, nahmen sich einen Einkaufswagen und marschierten in Richtung Gartenabteilung. Als sie dort ankamen, waren sie nur noch zu zweit: Mathias und Franziska.

»Wo sind denn die anderen?« Franziska schaute sich erstaunt um.

»Da gibt's viele Möglichkeiten. Ist aber ganz gut so. Jetzt können wir in Ruhe schauen, ohne dass jeder seinen Senf dazugibt. Auf dem Rückweg werden wir sie wieder einsammeln«, erklärte Mathias lakonisch.

Franziska bewunderte die neuen Garnituren aus Kunststoffgeflecht, die aussahen wie Rattansofas mit dicken weißen Polstern darauf. Franziska setzte sich und räkelte sich gemütlich.

»Find ich auch schön«, meinte Mathias, »ist aber für Ihren Zweck wohl eher ungeeignet.«

»Ich weiß schon, aber träumen ist doch erlaubt.«

»Das wäre vermutlich das Richtige für Sie«, sagte Mathias und zeigte auf eine Gruppe aus weißem Plastik, wie Karl sie beschrieben hatte: ein runder Tisch und stapelbare Stühle.

»Ich fürchte ja«, sagte Franziska und erhob sich mit einem Seufzer und einem begehrlichen Blick auf eine schwere dunkle Holzgarnitur.

Mathias hatte ihren Blick aufgefangen. »Stimmt, die ist schön und solide verarbeitet«, stellte er fest, während er die Bank befühlte und mit Kennerblick einer Prüfung unterzog. »Aber leider auch sehr schwer, teuer und nicht klapp- oder stapelbar.«

»Schön, teuer und unpraktisch. Dieser Sorte begegne ich leider öfter, nicht nur bei Gartentischen.«

Mathias lachte. Um seine Augen zeigte sich ein Kranz kleiner Lachfalten. Es stand ihm gut und Franziska fand, dass sein Lachen sympathisch klang.

»Okay, wir nehmen die weiße.«

Leider stellte sich heraus, dass von dieser Sorte nur noch zwei Tische und sechs Stühle vorrätig waren. Neue würde es erst wieder im Frühjahr geben – Ausverkauf, deshalb waren sie ja so konkurrenzlos günstig, erklärte die Verkäuferin, die sie auch darüber in Kenntnis setzte, dass diese Art Gartenmöbel in letzter Zeit nicht mehr besonders gefragt sei. Deshalb würden auch gar nicht mehr so viele davon geordert.

»Also«, sagte Mathias, »weiter zu *toom*, vielleicht haben wir da mehr Glück. Halten wir auf dem Rückweg Ausschau nach den dreien, Sie auf der linken Seite, ich auf der rechten.«

Hugo entdeckte Franziska bei den Schwingschleifern, Ernst stand fasziniert vor einem Bildschirm, auf dem ein Werbefilm über eine neue Autopolitur lief, von der er gleich drei Flaschen kaufte, als Franziska zum Aufbruch drängte. Karl traf sie zusammen mit Mathias an der Kasse wieder. Er trug einen Karton unter dem Arm und strahlte von einem Ohr zum anderen.

»Was hast du denn da?«, wollte Hugo wissen.

»A Sprechanlag«, verkündete Karl stolz.

»Ist unsere kaputt?« Franziska wunderte sich, denn bei ihrem Auszug war sie noch in Ordnung gewesen. Sie sagte »unsere«, wohl weil sie bis vor einigen Wochen ihre gewesen war.

»Des net, aber mit unsrer kann mr bloß höre, und mit dere da kann mr höre und gucke.«

Hugo lachte. »Dann holt sich der Karl nachmittags, wenn nichts Gescheites im Fernsehen kommt, einen Stuhl, setzt sich vor seine Sprechanlage, drückt auf den Knopf und schaut, wer auf der Straße vorbeigeht.«

»So a Sprechanlag isch em Karl sei Trauma«, erklärte jetzt Ernst.

»Du moinsch wohl Wunschtraum«, stellte Karl richtig.

»Für dich en Wunschtraum und für alle andre a Trauma. Auf alle Fälle will dr Karl so a Ding seit zwanzig Jahr«, erklärte Ernst Franziska. »Aber sei Else hat gsagt: ›So a neumodischs Glump kommt mr net ins Haus. I guck aus meim Küchefenschter, na seh i, wer kommt.‹«

»Wenn i jetzt aus meim Küchefenschter guck, na seh i höchschtens, welcher Vogel auf dr Tanne sitzt«, maulte Karl.

»Und lass gfälligst mei Else aus em Spiel, über Verstorbene soll mr nichts Schlechts sage.«

»Mach i ja gar net«, verteidigte sich Ernst. »Dei Else war a gscheite Frau, die hat gwisst, dass mr so an Kruscht net braucht.«

»Des isch koi Kruscht, des isch a Sicherheitmaßnahme.«

»A was?«

»A Sicherheitsmaßnahme. Hörsch du schlecht? Na wär so a Sprechanlag genau 's Richtige für dich. Wenn de nix verstehsch, kannsch gucke, wer's isch. Stell dr doch mal vor, da klingelt oiner und sagt, er will bloß ebbes abgebe. Na drucksch dem auf, der kommt rauf und raubt dich aus, weil 'r nämlich an Gauner isch.« Karl sah sich nach diesem Vortrag beifallheischend um.

»Und mit deiner Supersprechanlag hättsch du dem natürlich glei am Gsicht agsehe, dass des an Gauner isch.«

»Kann schon sein«, lachte jetzt Hugo. »Karl schaut sich doch immer *XY – Aktenzeichen ungelöst* an. *Nepper, Schlepper, Bauernfänger* kommt ja leider nicht mehr. Aber im Ernst«, wandte er sich jetzt an Karl, der ein Schmollgesicht aufgesetzt hatte, »wir haben eine Wohngemeinschaft. Das ist eine Entscheidung, die du nicht allein treffen kannst. Diese Sprechanlage ist eine Anschaffung, die uns alle angeht.«

»Des isch gemein«, jammerte Karl und drückte den Karton an sich wie ein Kind, das Angst hatte, man nehme ihm sein neues Spielzeug weg. »Erst hat mr d' Else net erlaubt, dass i so a Sprechanlag kauf, und jetzt ihr. I zahl's au alloi. Dr Ernscht darf ja au sei Politur kaufe und koiner sagt ebbes.«

Franziska schaute von einem zum anderen und wusste nicht, ob sie lachen oder mit Karl Mitleid haben sollte. Ihr war nach beidem.

»Die ist doch nicht für die Wohnung, sondern fürs Auto«, versuchte Hugo zu erklären.

»Der hat doch gar koins.«

»Da drmit polier i dei Auto, weil du mi immer in deim mitnimmsch, als Dankschön sozusage, aber wenn de dich weiter so blöd mit mir rumstreitesch, na trag i's wieder zrück«, erklärte Ernst.

Jetzt mischte sich Mathias ein, der sich bisher, so wie Franziska, aus der Diskussion herausgehalten hatte. »Vater, jetzt pass mal auf. Ich finde, ihr solltet das in Ruhe besprechen und nicht als Bauerntheater im Baumarkt zum Besten geben.«

Tatsächlich waren einige Kunden auf dem Weg zur Kasse stehengeblieben und verfolgten die Auseinandersetzung der drei interessiert.

»Und falls ihr euch dann entschließt, so eine Anlage zu kaufen, dann müsst ihr erst einmal klären, was ihr für eine braucht. Es gibt da nämlich unterschiedliche, je nachdem, wie viele Phasen im Haus verlegt sind. Dann muss außen am Haus eine Kamera installiert werden und dazu braucht ihr sicher die Genehmigung des Hausbesitzers.«

»Für unte, wo mr die Kamera abringe muss, isch des d' Franziska, und die däd mir bestimmt koine Stoi in Weg lege, gell, Franziska?«

Franziska wurde einer Antwort enthoben, weil Mathias fortfuhr: »Zu Franziska wollte ich gerade kommen. Wir sind nämlich eigentlich hier, um Franziskas Gartenmöbel zu kaufen, und jetzt stehen wir hier herum und verplempern unsere Zeit mit Diskussionen über Sprechanlagen.«

»I gang ja scho und bring's zrück«, sagte Karl und trottete beleidigt den Gang zurück.

Einmal mehr erinnerte er Franziska an ein Kind, jetzt nicht mehr an ein eigensinniges, sondern an ein trauriges. Er tat ihr wirklich ein wenig leid.

»Wie im Kindergarten«, stöhnte Mathias.

»Soll i meins au zrückbringe?«, fragte Ernst und hob seine Autopolitur hoch.

»Quatsch. Nimm's ruhig mit, dann hat Vater heute Nachmittag eine Beschäftigung und ihr könnt euch beim gemeinsamen Polieren miteinander versöhnen.«

»Wieso versöhne? Mir hen doch gar net mitnander gstritte.«

Franziska musste an den schwäbischen Spruch denken: »Deshalb sagt mr's ja im Gute.«

»Und was isch jetzt mit dene Gartemöbel?«

»Auf zu *toom*«, sagte Mathias.

Es stellte sich heraus, dass keiner der Baumärkte genügend passende Gartenmöbel vorrätig hatte, aber da sie zueinander passten, kauften sie schließlich vier Tische und achtzehn Stühle in drei verschiedenen Baumärkten, außerdem noch Stuhlpolster und zwei Sonnenschirme, denn die am Haus angebrachte Markise würde nicht an allen Tischen Schatten spenden.

Während Franziska nach diesem Einkaufsmarathon ziemlich erschöpft war, zeigten die Männer keinerlei Ermüdungserscheinungen und waren bester Laune, auch Karl. Franziska hatte das Gefühl, dass er die Hoffnung noch nicht aufgegeben hatte, was seine Sprechanlage mit Bildschirm anging. Außerdem trug jeder der drei eine Tüte mit allerlei Krimskrams, den er erstanden hatte. Auf Männer schien Einkaufen eine ebenso belebende Wirkung zu haben wie auf Frauen, nur die Geschäfte und die gekauften Artikel unterschieden sich voneinander.

Als die Gartenmöbel ausgeladen und verstaut waren, trafen sich alle auf Franziskas Terrasse zum Kaffee. Sie hatte einen Mirabellenkuchen gebacken, der den Männern gut zu schmecken schien. Es blieb nur ein einziges Stück übrig.

»Des war doch jetzt richtig nett«, stellte Karl zufrieden fest. »Des könnted mir ruhig öfters mache, so an Ausflug in Baumarkt.«

Ohne mich, wollte Franziska sagen, aber sie behielt es für sich, denn sie wollte die vier nicht kränken, nachdem sie so freundlich gewesen waren, sie bei ihrem Einkauf zu unterstützen. Nächste Woche würde sie losziehen und Geschirr und Besteck einkaufen, zusammen mit Julia. Von diesem Einkauf versprach sie sich das größere Vergnügen, aber auch das sagte sie nicht. Emanzipation hin oder her, ein paar kleine, feine Unterschiede gab es eben doch zwischen Männern und Frauen, waren auch einige Leute eifrig bemüht, das in Abrede zu stellen.

11

Wer mit 20 net schö, mit 30 net stark,
mit 40 net gscheit, mit 50 net reich,
wird's sei Lebtag nemme.

Franziska war gerade dabei, ihr Rosenbeet auf Vordermann zu bringen, als das Telefon klingelte. Schnell zog sie ihre Gartenschuhe und die Handschuhe aus und lief durch die offene Terrassentür ins Wohnzimmer, während sie sich darüber ärgerte, dass sie schon wieder vergessen hatte, ihr Telefon mit nach draußen zu nehmen.

Das Display des Telefons kündigte einen Anruf von Paula an, aber auf Franziskas fröhliches »Hallo Paula« antwortete ihr nur heftiges Schluchzen.

»Paula, ist was passiert?«, fragte Franziska besorgt.

Was Paula ihr darauf erwiderte, war für Franziska genauso verständlich wie Chinesisch oder Suaheli.

»Ist was mit den Kindern oder mit Uli?«

Falls ja, dann konnte es sich nicht um einen gewöhnlichen Arm- oder Beinbruch handeln, denn beides gehörte für Paula fast zum Alltag und hätte sie nicht so aus der Fassung gebracht. Aus Paulas Gestammel glaubte Franziska so etwas Ähnliches wie »Uli« herauszuhören.

»Hör zu, Paula, ich fahre sofort los, in zehn Minuten bin ich bei dir.«

Franziska hatte nicht gewusst, wie viele Ampeln es auf der Strecke zu Paulas Haus gab, und ausgerechnet heute standen sie alle auf rot. Mit jeder Ampel, an der Franziska warten musste, nahm das Schreckensszenario, das sie sich ausmalte, bedrohlichere Farben an, bei der letzten Ampel war es rot, blutrot. Uli war Polizist, und es war nicht auszuschließen, dass ein verrückter Verbrecher auf ihn geschossen hatte.

Aber hätte Paula sie dann von zu Hause aus angerufen? So, wie Franziska sie kannte, wäre sie sofort ins Krankenhaus gefahren. Falls Uli noch lebte ... Vielleicht hatten auch Ulis Kollegen Paula daran gehindert. Aber hätten in diesem Fall nicht die Kollegen Franziska angerufen?

»Wo ist Uli? Lebt er noch?«, war Franziskas erste Frage, als Paula ihr völlig verheult die Tür öffnete.

»Moinsch du, i hätt en erschlage? Verdient hätt 'r's ja«, schluchzte Paula, diesmal rein akustisch einigermaßen verständlich.

Trotzdem verstand Franziska gar nichts mehr.

»Dr Uli goht nebenaus«, erklärte Paula.

»Uli?«

Wenn es einen Mann gab, dem Franziska das absolut nicht zutraute, dann Uli. Sie hätte ihre Hand für ihn ins Feuer gelegt. Aber das hätte sie damals für ihren Jochen auch getan und hätte sich dabei ganz übel verbrannt. Ihr Talent, die Treue von Ehemännern einzuschätzen, schien offensichtlich nicht besonders ausgeprägt zu sein. Unverzüglich suchten sich alle Gefühle von damals wieder den Weg in ihr Bewusstsein.

»Ach, Paula«, sagte sie nur, nahm Paula fest in die Arme und strich ihr beruhigend über den Rücken.

Nachdem Paulas Tränen ihr T-Shirt bis auf die Haut durchnässt hatten, schob Franziska sie zum Sofa und setzte sich neben sie. Erst jetzt fiel ihr auf, dass sie noch immer ihre Gartenarbeitshose und ihr altes, fleckiges T-Shirt trug. Normalerweise ging Franziska in diesem Aufzug nicht einmal zum Briefkasten, aber dies war ein Notfall und sie hatte keine Sekunde daran gedacht, sich umzuziehen, bevor sie losgefahren war.

»Ich koch uns jetzt erst mal Tee, du versuchst inzwischen, dich etwas zu beruhigen und dann erzählst du mir alles.«

Paula folgte Franziska in die Küche, setzte sich auf einen Küchenstuhl und sah zu, wie diese Teekanne und Tassen aus dem Küchenschrank nahm und Wasser aufsetzte.

»Also, was ist passiert?«, fragte Franziska, während sie Tee in den Filter füllte.

»Dr Uli hat mr an Strauß Blume mitbracht«, brach es aus Paula heraus.

»Bitte? Also, das verstehe ich jetzt nicht.«

»I ja au net, des isch's ja!«, schluchzte Paula. »Mir kenned uns jetzt seit achtzehn Jahr und in der Zeit han i ungefähr siebenezwanzig Blumesträuß gschenkt kriegt, anderthalb im Jahr.«

Franziska sah Paula verständnislos an.

»Anderthalb im Jahr?« Sie goss das Teewasser auf und sah Paula fragend an. »Wie bitte sieht ein halber Blumenstrauß aus?«

»I moin des doch rein rechnerisch. Oin zum Hochzeitstag, immer, und oin zum Geburtstag, net immer. Des gibt im Durchschnitt anderthalb Sträuß im Jahr, in achtzehn Jahr also siebenezwanzig. Stimmt's?«

Franziska brachte nur ein ungläubiges Nicken zustande und verstand immer noch nicht, was diese seltsame Rechnung mit Ulis Fremdgehen zu tun hatte.

»Geburtstag han i am 5. April und Hochzeitstag am 24. Mai, und was war geschtern für a Datum?«

Franziska überlegte, aber Paula kam ihr zuvor. »Dr 2. August. Also war geschtern weder Geburtstag noch Hochzeitstag und des kann bloß oins bedeute, nämlich dass dr Uli a schlechts Gwisse hat. Er goht fremd.«

Wieder begann Paula haltlos zu schluchzen, während Franziskas Erleichterung sich in lautem Gelächter Luft verschaffte.

»Was lachsch denn so blöd?«, fragte Paula gekränkt. »I find des net luschtig.«

»Aber Paula, das heißt doch gar nichts. Mag ja sein, dass Uli dir die Blumen geschenkt hat, weil er ein schlechtes Gewissen hat, aber das heißt doch noch lange nicht, dass der Grund eine andere Frau ist.«

»Sondern? I kenn mein Uli. Der hätt jeden Tag an andre Grund, a schlechts Gwisse z' han, aber des hat den in achtzehn Jahr net veranlasst, mir Blume z' schenke. Des däd ja hoiße, dass 'r an Fehler zugibt, aber da däd 'r sich vorher lieber d' Zung abbeiße.«

»Also dafür kann er nichts«, entgegnete Franziska. »Uli ist ein Mann und bei Männern ist das so. Also mir ist jedenfalls noch keiner begnet, der einen Fehler zugeben kann. Das scheint bei Männern ein Gendefekt zu sein.«

»Jedenfalls gibt's für den Blumestrauß koi andre Erklärung«, beharrte Paula. »I han's ja scho lang komme sehe, i han dr 's ja gsagt. Scheiß-Midlife-Krise.«

»Scheiße sagt man nicht.«

»In dem Fall scho. Von meine Kinder hört's ja koins. Ach Gott, die arme Kinder. Jetzt werded s' au no Scheidungswaise.«

»Jetzt lass aber mal die Kirche im Dorf«, schimpfte Franziska und goss Paula Tee ein. »Ist der Blumenstrauß das einzige Indiz, das für Ulis Untreue spricht?«

Paula schüttelte den Kopf.

»Sie hen a neue Kollegin auf em Revier und von dere verzählt er dauernd.«

»Solange er von ihr erzählt, musst du dir keine Gedanken machen. Verdächtig wird's erst, wenn er nicht mehr von ihr spricht.«

»Beim Uli net«, behauptete Paula, und Franziska musste zugeben, dass Paula da vielleicht recht hatte. Uli war kein Mann der großen Worte. Franziska schätzte, dass er mit etwa zweihundert Wörtern am Tag locker auskam, wenigstens, was den privaten Bereich anging. Es gab nur ein Thema, bei dem Uli gesprächig wurde, und das war Fußball. Wenigstens war das bisher so gewesen. Wenn es jetzt also noch ein zweites Thema gab, das ihn redselig machte, die neue Kollegin, dann sprach das schon für eine gewisse Begeisterung für die Sache, besser gesagt für die Person, und das war natürlich nicht unbedingt beruhigend.

»Und a neus Rasierwasser hat 'r au«, fügte Paula hinzu.
»Na ja ...«
»Nix na ja. Beim Uli muss alles sei Ordnung han. Da darf nix verändert werde. Wenn de da bloß mal d' Senfsort wechselsch, isch dr Uli scho nebe dr Kapp. Und jetzt nimmt 'r freiwillig a neus Rasierwasser. Verzähl mr nix, da stimmt ebbes net, i spür's.«

Franziska versuchte, Paula zu beruhigen. »Geh jetzt erst mal ins Bad und wasch dir das Gesicht. Du siehst so verschwollen aus, als hättest du dich mit einem ganzen Bienenschwarm angelegt.«

»Vielen Dank.« Paula wusste nicht, ob sie lachen oder weinen sollte. »Des isch genau der Satz, den mei agschlages Selbschtbewusstsein jetzt braucht.«

»Wenn's da wirklich eine andre gibt, was ich nicht glaube, dann musst du alle Register ziehen. Geh zum Friseur, schmink dich, kauf dir was Flottes zum Anziehen, mach dich hübsch«, sagte Franziska und wusste aus eigener Erfahrung, dass auch das im Falle eines Falles wenig nützen würde.

Sie blieb noch eine halbe Stunde und versprach, bevor sie sich auf den Heimweg machte, der Sache mit Uli und dem Blumenstrauß auf den Grund zu gehen.

Wieder zurück bei ihren Rosen überlegte sie, wie das vonstattengehen sollte. Bei der Gartenarbeit konnte Franziska wunderbar nachdenken, da hatte sie oft die besten Ideen. Nicht so heute. Zunächst entwickelte sie wilde Fantasien, wie sie ganz Matula-like Uli hinterherspionieren würde, aber bei genauerer Betrachtung erschien es ihr wenig reizvoll, stundenlang im Auto fremde Wohnungen zu beobachten oder hinter einem Baum versteckt Leute zu belauern. Außerdem mochte sie Uli, und der Gedanke, ihm in den Rücken zu fallen, gefiel ihr nicht. Schließlich entschied sie sich für den direkten Weg.

Nach dem Essen zog sie sich um und machte sich auf den Weg zu Ulis Revier. Sie war erst einmal dort gewesen, zusammen mit Paula, als die Uli etwas vorbeigebracht hatte.

Auf dem Weg zu seinem Zimmer begegnete sie auf dem Flur einer jungen Polizistin, groß, schlank, mit langen blonden Haaren und ausgesprochen hübsch.

»Kann ich Ihnen helfen?«, fragte diese hilfsbereit.

»Nein, vielen Dank, ich kenne mich aus. Ich möchte zu Uli, Uli Eberle, ich bin eine Freundin von ihm«, sagte Franziska und dachte: Falls du Ulis Freundin bist, dann muss Paula sich warm anziehen.

Jeder männliche Richter hätte ihm in diesem Fall mildernde Umstände zugestanden.

Uli sah erstaunt auf, als Franziska sein Zimmer betrat. Sein anfängliches Lächeln verschwand sehr schnell, als ihm bewusst wurde, dass Franziskas Besuch hier bei ihm auf dem Revier doch recht ungewöhnlich war, und machte einem besorgten Gesichtsausdruck Platz. Franziska stellte beruhigt fest, dass Uli allein im Raum war. Ob an dem leeren Platz am anderen Schreibtisch normalerweise die junge Kollegin saß?

»Franziska, was machsch du denn da? Isch ebbes passiert? Isch was mit de Kinder oder mit dr Paula?«

»Den Kindern geht's gut«, beruhigte Franziska.

»Und d' Paula?«

»Na ja, gut geht's ihr nicht gerade«, berichtete Franziska.

»Um Gottes wille, was isch denn passiert? Hat se en Unfall ghett? Jetzt schwätz halt!«

Franziska entschloss sich, nicht länger um den heißen Brei herumzureden. »Uli, hast du ein Verhältnis mit deiner neuen Kollegin?«

»A Verhältnis? Mit dr Silke? Bisch du verrückt? Was schwätzsch denn da?«

»Paula kam auf die Idee. Und seit ich die junge Frau gesehen habe, erscheint mir der Gedanke nicht mehr ganz so abwegig. Männer sind schließlich auch nur Menschen. Und hässlich ist sie ja wirklich nicht gerade.«

»I glaub's net«, lachte jetzt Uli. »I und d' Silke. Die isch doch überhaupt net mei Typ. I stand net uff so dürre blonde Bohnestange, i han lieber a bissle ebbes Molligs im Arm, so wie d' Paula halt.«

Schade, dass Paula, die immer verzweifelt gegen ihre Pölsterchen kämpfte, das nicht hören konnte. Nun, Franziska würde es ihr berichten.

»Und außerdem isch se doch viel z' jung für mi«, fuhr Uli fort.

»Na ja, du weißt doch, was der Schwabe sagt: ›Warum soll i a Alte nemme? A Junge frisst grad so viel.‹ Du wärst nicht der erste Mann, der so denkt«, sagte Franziska und dachte wieder an ihre eigenen Erfahrungen.

»Aber sag amol, wie kommt denn d' Paula uff so en Quatsch?«

Franziska betrachtete Uli und versuchte, etwas aus seiner Miene zu lesen. Entweder es war ein oskarverdächtiger Schauspieler an ihm verlorengegangen oder er war die Ehrlichkeit in Person. Franziska vermutete Letzteres. Sie berichtete ihm von dem Blumenstrauß und wollte wissen, was denn der Anlass für dieses Geschenk gewesen sei.

Ulis Erklärung war einfach. Sein Kollege Sascha hatte Krach mit seiner Freundin gehabt und ihr zur Entschuldigung einen Blumenstrauß mitgebracht. Da die Freundin aber nicht zu einer Versöhnung bereit war, warf sie nicht nur Sascha, sondern auch den Blumenstrauß hochkant aus ihrer Wohnung. Sascha, im Herzen ein braver, sparsamer Schwabe, brachte es nicht fertig, den Blumenstrauß, der immerhin neunzehn Euro fünfzig gekostet hatte, auf der Straße liegen zu lassen, und brachte ihn Uli für seine Frau mit.

»›Schenk en deiner Paula‹, hat 'r gsagt und des han i gmacht. Natürlich hätt i dr Paula sage könne, wie i zu dem Strauß komme bin, aber i han halt denkt, wenn i nix sag, na komm i bei dr Paula groß raus. I han mi scho gwundert, wo die sich gar net recht gfreut hat, aber wie hätt i denn ahne könne, was die sich da drbei denkt.«

In Franziskas Ohren klang diese Geschichte durchaus glaubwürdig.

»Und das Rasierwasser? Paula sagt, du hättest ein neues Rasierwasser.«

Auch dafür hatte Uli eine plausible Erklärung parat. Er hatte die angebrochene Flasche von seinem Vater bekommen, weil seine Mutter den Geruch des Rasierwassers nicht mochte.

»Und wo mei Flasch mit Rasierwasser leer war, da han i halt die Flasch von meim Vadder gnomme. Mir wohned ja weit ausanander und sehed uns net so oft. Wenn mei Mudder zu Bsuch kommt, kann i ja zwischenei wieder mei alts Rasierwasser nemme, damit i ra net stink«, grinste Uli. »Woisch, als Ehemann und sparsamer Schwab kannsch fei ganz schön in d' Brdouille komme. I kann doch nix drfür, dass alle Leut ihren Kruscht bei mir ablade und dass i nix wegschmeiße ka, wo no gut isch. I glaub, i werd d' Fraue nie verstande, und wenn i hundert Jahr alt werd. Uff so a komische Idee däd an Ma fei nie komme, dem könntsch jeden Tag an Blumestrauß schenke, ohne dass der des verdächtig finde däd.«

»Wenn du Paula jeden Tag einen Blumenstrauß schenken würdest, hätte sie diesen auch nicht verdächtig gefunden.«

»Soll des jetzt a Kritik sei?«, fragte Uli und sah sie treuherzig an.

»Nein, aber du könntest ihr ruhig ab und zu mal zeigen, dass du sie magst. Ich mach dir einen Vorschlag. Du führst Paula heute Abend zum Essen aus. Es muss ja nicht gleich das *Staufeneck* sein.« Franziska wusste, dass die Eberles mit Ulis Gehalt keine großen Sprünge machen konnten. »Paula freut sich bestimmt auch über eine Pizza. Beim Italiener kann man auch einen romantischen Abend bei Kerzenschein verbringen.«

Die Jungs waren gerade im Ferienlager auf der Alb und Julia konnte bei ihr übernachten.

Uli wand sich verlegen auf seinem Stuhl. »Also, i woiß net, Franzi, an romantischer Abend, da krieg i doch glei wieder Ärger. Des isch d' Paula net gwöhnt von mir. Oins han i aus dere Sach glernt: Mr muss bei Fraue alles beim Alte lasse, sonsch kommt mr in Teufels Küch!«

»Das würde dir so passen! Keine Angst, das mit dem Ausgehen mach ich Paula schon klar. Und etwas zu ändern, kann in dem Fall nicht schaden, man muss es nur richtig anstellen.«

»Wenn de moinsch«, meinte Uli kleinlaut. »Sagsch mr na halt Bescheid, ob i se zum Esse ausführe soll oder net.«

»Natürlich sollst du«, lachte Franziska erleichtert. »Also dann bis heute Abend.«

»Wow«, entfuhr es Franziska, als alle drei Eberles abends bei ihr vor der Tür standen, um Julia mit ihrem kleinen Übernachtungsköfferchen vorbeizubringen. Paula hatte sich ordentlich aufgebrezelt. Sie hatte ihre Haare frisch geschnitten, ein wenig fransiger, was sie jünger aussehen ließ, und sie trug ein rotes Etuikleid, das ihre hübschen Beine sehr vorteilhaft zur Geltung brachte. Auch wenn Paula mit ihrer Figur nicht zufrieden war, ihre Beine konnten es mit jeder Konkurrenz aufnehmen.

»Schick, das Kleid kenn ich ja noch gar nicht.«

»Kannsch au net«, meinte Paula und strahlte. »Des han i mir heut Mittag erscht kauft. A Ausverkaufsschnäppchen«, fügte sie mit einem Seitenblick auf Uli hinzu.

»Mr könnt moine, bei euch Fraue wär's ganze Jahr Ausverkauf. Des isch dr teuerschte Blumestrauß meines Lebens«, stöhnte Uli. »A neus Kleid, a Esse beim Italiener ...«

»Und eine neue Frisur«, mischte sich jetzt Julia ein. »Sieht stark aus, findest du nicht?«

»Doch, es macht deine Mutter mindestens zehn Jahre jünger«, bestätigte Franziska.

»Und des, wo i doch gar net uff jüngere Fraue stand«, lachte jetzt Uli und verdrehte die Augen. »Komm, lass uns gange, i han Hunger.« Er drückte Julia einen Kuss auf die Wange und winkte Franziska zum Abschied zu. »Viel Spaß mitnander!«

»Euch auch«, klang es im Chor zurück.

»Na, wie war euer Abend zu zweit?«, fragte Franziska, als Paula am nächsten Vormittag kam, um Julia abzuholen. »So, wie du aussiehst, war's eine kurze Nacht.«

»Weiß Gott«, stöhnte Paula. »Aber net so, wie du denksch. Bis um halb zehne war's richtig nett. I han mr grad no a Glas Wein bschtellt, da hat mei Handy klingelt. An Aruf aus em Ferielager. Sie hen a Nachtwanderung gmacht. Und jetzt rat mal, wer da drbei über a Wurzel gschtolpert isch?«

»Oh nein!«

»Oh doch! Erscht sin mr nach Sonnebühl gfahre und na sin mr d' halbe Nacht in dr Notaufnahm gsesse. Normalerweis freusch dich ja, wenn se dich irgendwo mit Name begrüße, aber in dr Notaufnahm vom Krankehaus könnt i glatt drauf verzichte.«

»Ist es schlimm?«

»Wie mr's nimmt. Rein medizinisch gsehe net, 's isch bloß a Zerrung. Aber des isch langwierig. Mit Ferielager isch erscht mal nix meh. Zum Glück hen mr de Leon überrede könne, dass er no dableibt, der hat meh plärrt wie dr Jonas. Aber wenigstens han i mei Pizza scho gesse ghet. Mr soll ja immer 's Positive an ra Sach sehe.«

»Wenn du willst, kann Julia gern noch hierbleiben«, schlug Franziska vor.

»Also ehrlich gsagt däd i se lieber mitnehme, damit se ihren Bruder a bissle beschäftigt. Und i han mi so auf drei ruhige Woche gfreut.«

Das konnte Franziska ihr nachfühlen.

12

*Irre isch menschlich,
drin verharre isch teuflisch.*

Am Samstag brachte Mathias das Wohnzimmerregal, und sein Vater ließ es sich nicht nehmen, beim Hereintragen zu helfen. Franziskas Angebot, mit anzufassen, lehnte er entschieden ab.

»Des kommt ja gar net in Frag. Solang i mein Kopf no uff de Schultre han und no net mit em Rentnerporsche romfahr, trägt mir koi Frau a Regal durch d' Gegend.«

»Was ist denn ein Rentnerporsche?«, wollte Franziska wissen.

»Vater meint einen Gehwagen, auch Rollator genannt.«

»Oder ebe Rentnerporsche«, erklärte Karl. »Auf jetzt, Jonger, stand net rom und halt Maulaffe feil, gschafft wird.«

Nachdem auch der dritte Versuch gescheitert war, den engen Durchgang vom Flur ins Wohnzimmer zu bewältigen, war Karl ein wenig kleinlauter und sein Kopf um einiges roter.

»Vater, lass ab, das geht nicht«, sagte Mathias.

»Des muss!«

Franziska, die um ihr neues Regal und ihre Türfüllung bangte, schlug vor, die anderen beiden Herren von oben zur Verstärkung zu holen.

»Bloß net! Wenn dr Ernscht kommt, na wird erst mal alles vermesse und an Plan gmacht. Na standet mr morgen no mit unserm Regal im Flur rom.«

»Ich hab's!« Franziska hatte plötzlich einen Geistesblitz. »Wir tragen das Regal durch den Garten zur Terrassentür herein.«

Karl schlug sich mit der Hand an die Stirn. »Da muss uns zwoi gstandene Mannsbilder a Frau zeige, wo dr Barthel de Moscht holt«, stellte er fest. »Die Idee isch so gut, die könnt glatt von mir stamme.«

Der Weg ums Haus herum war zwar etwas weiter, aber dafür ließ sich das Regal auf diese Art bequem hereintragen und im rechten Winkel zwischen den beiden Sofaecken aufstellen. Franziska war begeistert, es war genau so, wie sie es sich vorgestellt hatte. Das Regal trennte die zwei Sitzbereiche, ohne den Raum kleiner oder dunkler zu machen. Es sollte auch luftig bleiben. Franziska hatte nicht vor, die Fächer ganz zuzustellen. Etliche Bücher würden hier ihren Platz finden, von Theas Couchecke aus die Klassiker, von der anderen Seite modernere Literatur. Dazwischen würde Franziska je nach Jahreszeit Blumen und Dekoartikel stellen, jetzt im Sommer Muscheln und die Holzmöwe, die Paula ihr aus dem letzten Urlaub an der Nordsee mitgebracht hatte.

»Ihr trinkt doch einen Kaffee?«, fragte Franziska, nachdem sie ihrer Begeisterung entsprechend Ausdruck verliehen und Mathias damit zum Strahlen gebracht hatte.

»Tut mr leid«, sagte Karl, »aber i muss wieder nuff. I han heut Putzdienscht.«

»Was putzt du denn?«, wollte Mathias wissen. »Die Fenster oder den Boden?«

»Weder noch, d' Gelbe Rübe.«

»Seit wann magst du denn Gelbe Rüben?«

»Seit gar net«, brummte Karl missmutig. »Aber mir sin a demokratische Wohngemeinschaft. Jeden Dag derf sich oiner a Esse wünsche. Heut isch dr Hugo dra, und der Seggel wünscht sich doch tatsächlich Gelbe Rübe, drbei woiß der net amol, dass die so hoiße, der sagt Möhre drzu.«

»Na dann viel Spaß«, lachte Mathias.

»Deine dreckige Bemerkunge kannsch für dich bhalte«, grummelte Karl und ging nach oben.

Später beim Kaffee erkundigte sich Mathias, ob Franziska denn schon etwas in Sachen Werbung für ihr Café unternommen hätte.

»Ich will Handzettel auslegen und kleine Plakate in den hiesigen Geschäften anbringen. Die wollte Sarah mir an ihrem Computer ausdrucken, aber bis jetzt ist noch nichts passiert, und ich will sie nicht dauernd nerven.«

»Sagten Sie nicht, dass Sie Ende des Monats eröffnen wollen? Dann wird's langsam Zeit.« Mathias goss Milch in seinen Kaffee und rührte um. »Also, ich will Ihrer Tochter da nicht dazwischenpfuschen, aber wenn Sie wollen, drucke ich Ihnen das gern. Ich bin am Computer nicht ganz ungeschickt. Und ich bin auch mit den meisten Geschäftsleuten im Ort gut bekannt, mit einigen war ich gemeinsam im Kindergarten und in der Schule. Ich kenne auch einen Redakteur von der Zeitung. Und bei Hans, Sie wissen schon, Hans Huber, der Küfer, bei dem könnte ich bestimmt noch ein paar Stehtische ausleihen, wenn Sie wollen. Ich könnte Ihnen auch einen kleinen Prospekt entwerfen, mit Fotos von den Räumlichkeiten hier. Das wäre sicher ganz werbewirksam, was meinen Sie?«

»Das wäre natürlich toll«, freute sich Franziska. »Aber das kann ich nicht annehmen. Sie haben mir schließlich schon das Regal gebaut.«

»Ich bin Schreiner, schon vergessen?«, lachte Mathias. »War ein ganz normaler Auftrag.«

»Zu einem ganz unnormalen Freundschaftspreis. Wie kann ich mich denn revanchieren?«

»Kein Problem. Ich kümmere mich um die Werbung und darf Sie dafür einmal zum Essen einladen«, schlug Mathias vor.

»Ich hoffe, Sie machen normalerweise lukrativere Geschäfte«, lachte Franziska. »Ich müsste mir sonst Sorgen um die Zukunft Ihrer Schreinerei machen.«

»Keine Angst. Außerdem lebt der Mensch nicht vom Geldverdienen allein. Wollen Sie denn nur hier im Ort Werbung machen?«

Franziska hatte auch darüber nachgedacht, ob das klug war. Andererseits waren ihre räumlichen Möglichkeiten sehr begrenzt. Sollte das Wetter schlecht sein und der Garten deshalb nicht zur Verfügung stehen, hatte sie für höchstens dreißig Personen Sitzplätze zur Verfügung.

Sie hatte sich inzwischen entschlossen, ihr Café einen Tag nach Theas Geburtstag offiziell zu eröffnen. Zu Theas Geburtstag würde sie nur Verwandte und Freunde einladen. Sie wollte Zeit für die Menschen haben, die ihr wichtig waren, und am offiziellen Eröffnungstag würde sie deren Unterstützung brauchen, Paula, Trudi, Julia und auch Sarah hatten ihre Hilfe zugesagt. Das Trio hatte versprochen, Musik zu machen. Jens wollte sein tragbares Klavier zur Verfügung stellen, aber Franziska hoffte, dass sie es nicht brauchten. Wenn gutes Wetter war, würden sie Hugos Klavier vor die offene Balkontür schieben und Karl und Ernst würden zum Spielen auf dem Balkon sitzen. Das stellte Franziska sich sehr hübsch vor.

»Man kann alles vorausplanen, aber das Wetter ist die große Unbekannte«, gab Franziska zu bedenken.

»Machen Sie sich keine Sorgen«, beruhigte Mathias. »Es ist doch Theas Ehrentag. Sie wird schon dafür sorgen, dass das Wetter mitspielt. Sagen Sie, stört es Sie eigentlich nicht, Ihr Wohnzimmer demnächst ständig mit fremden Leuten zu teilen?«

»Es ist ja nicht ständig, sondern nur an drei Nachmittagen in der Woche. Außerdem habe ich mir im sogenannten Elternschlafzimmer mein eigenes Reich eingerichtet, ganz für mich allein. Zum Schlafen genügt mir eins der kleineren Zimmer. Mein Privatreich hat auch eine Tür zur Terrasse. Da stehen meine Lieblingsbücher, mein CD-Player, der Fernseher, eine kleine Couch und vor allem Theas Lieblingssessel. Zuerst wollte ich ihn hier stehen lassen, für Besucher, die gerne für sich allein bleiben wollen, aber dann ist mir klar geworden, dass ich es nicht ertragen könnte, wenn jemand anders in dem Sessel sitzt. Ich selbst kann es auch noch nicht.«

»Das wird sich ändern«, meinte Mathias. »Nachdem meine Mutter gestorben war, habe ich auch einen großen Bogen um ihren Lieblingsplatz gemacht. Heute empfinde ich es als tröstlich, dort zu sitzen. Man muss den Dingen ihre Zeit lassen. Und vor allem sollte man auf sein Gefühl hören. Sagen Sie, haben Sie denn schon einen Entwurf für die Ankündigung fertig?«

Franziska ging, um ihn zu holen. Dann beugten sie gemeinsam ihre Köpfe darüber. Mathias hatte noch einige Änderungsvorschläge, was die optische Gestaltung anging. Er hatte ein gutes Auge für diese Dinge.

Lesen, Kaffee trinken und Kuchen essen wie zu Omas Zeiten in

Theas Buch-Café

Eröffnung am Sonntag, den 22. August, ab 14 Uhr
Es spielt das Hugo-Carstens-Trio.

Auch die Eröffnungspreise sind wie zu Omas Zeiten:
Jedes Stück Kuchen und jede Tasse Kaffee nur 1 Euro.
Normalerweise ist das Café geöffnet am
Mittwoch-, Donnerstag- und Freitagnachmittag
von 14 bis 18 Uhr,
für geschlossene Gesellschaften auch nach Vereinbarung.

Neubach, Hölderlinweg 13, Tel. 14838

»Sagen Sie«, meinte Mathias, als er sich von Franziska verabschiedete, »es kommt vielleicht ein bisschen plötzlich, aber hätten Sie denn heute Abend Zeit, mit mir zu essen?«

Franziska hatte Zeit und, wie Sie feststellte, auch Lust.

»Ich würde Sie gern zu mir nach Hause einladen. Ist das ein Problem für Sie? Ich verspreche auch, dass ich Ihnen nicht meine Briefmarkensammlung zeige.«

»Ihr Vater hat mir schon erzählt, dass Sie gern kochen. Ich würde mich freuen«, sagte Franziska und meinte es ganz ehrlich. Es war lange her, dass ein Mann sie zum Essen eingeladen hatte. An einen, der selbst für sie kochte, konnte sie sich gar nicht erinnern.

»Wunderbar. Passt Ihnen sieben? Die Adresse kennen Sie ja.«

Nachdem Mathias gegangen war, begann Franziska, ihr neues Regal abzustauben und einzuräumen. Dabei überlegte sie, was sie Mathias mitbringen und was sie anziehen sollte. Eine Flasche Wein wäre wohl das Richtige, auch wenn das nicht besonders einfallsreich war. Und die Kleidung? Ein Kleid? Oder lieber eine Hose? Auf jeden Fall nicht zu aufgebrezelt. In Gedanken ging Franziska ihren Kleiderschrank durch, während sie Bücher in das Regal stellte.

Das Telefon klingelte.

»Mama?«

Bei Franziska schrillten alle Alarmglocken, es war Sarahs »Mama-hilf-Ton«, der durch die Leitung drang. So hatte Sarah geklungen, als sie damals heimwehkrank aus dem Schullandheim angerufen hatte und einige Jahre später, als sie den Auffahrunfall hatte. Sarah besaß im Moment kein Auto, ein Unfall war also eher unwahrscheinlich.

»Sarah, ist was passiert? Hast du eine Prüfung versiebt?«

»Mama, wir haben Semesterferien.«

Stimmt, daran hatte Franziska gar nicht gedacht. Eigentlich hatte sie gehofft, dass Sarah wenigstens einen Teil der Ferien bei ihr zu Hause verbringen würde, aber gegen die junge Liebe in Tübingen hatte Hotel Mama natürlich nicht viel zu bieten.

»Kannst du mich abholen?« Es schwangen Tränen in Sarahs Stimme.

»Wo bist du denn? In Tübingen?«

Nein, Sarah wartete am Göppinger Hauptbahnhof. Franziska setzte sich ins Auto und fuhr gleich los. Als das schmucklose Bahnhofsgebäude vor ihr auftauchte, erinnerte sie sich an eine Fotografie des alten Bahnhofs, die sie im vergangenen Jahr in einer Fotoausstellung alter Stadtansichten gesehen hatte. Der hübsche alte Bahnhof mit seinen gefälligen Rundbogen hatte in den Sechzigerjahren einem nüchternen Neubau weichen müssen. Offensichtlich konnte man nicht den Stadtbrand von 1782 allein für das heutige Stadtbild verantwortlich machen. Damals war nahezu die gesamte Innenstadt nach einem Blitzeinschlag bis auf die Grundmauern niedergebrannt. Göppingen hatte durchaus seine hübschen Ecken, aber man musste sie kennen oder suchen, so wie die wenigen alten Fachwerkhäuser, die den Stadtbrand als einzige unbeschadet überstanden hatten.

Als Franziska am Bahnhof vorfuhr, sah sie Sarah schon mit hängenden Schultern am Gehsteig stehen, ihren Koffer und die Reisetasche neben sich. Das sah nach einem längeren Aufenthalt aus. Sobald Franziska anhielt und ausstieg, brach Sarah in Tränen aus. Ihre Umarmung war heftig und feucht.

»Er ist so ein Mistkerl«, schluchzte Sarah.

Das war es also, Ärger mit Thomas. Es war, als grassiere gerade ein Virus, der alle weiblichen Wesen in Franziskas Umgebung dazu animierte, sich an ihrer Schulter auszuweinen.

»Komm, steig erst mal ein«, sagte Franziska und strich Sarah beruhigend über den Rücken. »Ich kann hier nicht stehen bleiben.« Sie verstaute Sarahs Gepäck im Kofferraum.

»Er ist verheiratet«, schniefte Sarah, als Franziska losfuhr und sich in den Verkehr einfädelte. »Und er hat zwei Kinder, na ja, zweieinhalb, um genau zu sein. Seine Frau ist schwanger. So ein Schwein.«

Franziska wusste nicht, ob sich diese Bemerkung auf Thomas' Verhalten gegenüber Sarah oder seiner Frau oder allen beiden bezog, vermutlich auf Letzteres.

»Woher weißt du es?«

»Ich hab sie gesehen, Arm in Arm, mit Kinderwagen und dickem Bauch.« Die Erinnerung löste erneutes heftiges Schluchzen aus.

Franziska öffnete das Handschuhfach und reichte Sarah wortlos eine Packung Papiertaschentücher. Würde jetzt Paula neben ihr sitzen, würde Franziska vermutlich einwerfen, es könne sich bei der Fau auch um Thomas' Schwester handeln. Aber neben ihr saß Sarah, und Franziska würde den Teufel tun, ihr ihre Zweifel an Thomas auszureden. Denn abgesehen davon, dass Franziska immer mitlitt, wenn Sarah Kummer hatte, musste sie sich eingestehen, dass sie erleichtert war. Das Ende dieser Mesalliance war eingeläutet – Gott sei Dank! Jetzt nur nichts Falsches sagen, keine Erleichterung zeigen, einfach nur da sein und trösten.

Franziska nahm eine Hand vom Steuer und streichelte Sarahs Hand. »Soll ich uns Schnitzelchen machen?«

Seit Sarah acht Jahre alt war, waren kleine, dünne Schnitzel mit Parmesanpanade ihr Trostessen. Und danach Schokoladenpudding mit Vanillesoße, egal ob es sich um aufgeschlagene Knie, eine verhauene Englischarbeit oder Liebeskummer handelte.

Der Laut, den Sarah von sich gab, klang nach Zustimmung.

»Dann fahr ich schnell beim Metzger vorbei, er wird gleich zumachen. Wir essen gemütlich zusammen und du erzählst mir alles in Ruhe.«

Das anschließende Gespräch brachte nicht viel Neues an den Tag. Aber manches erschien nun auch Sarah in einem neuen Licht: dass Thomas nie ans Handy ging, wenn sie ihn anrief, dass seine Telefonnummer nicht im Telefonbuch stand, dass er so oft keine Zeit hatte, dass er sie nie zu sich nach Hause eingeladen hatte ... Für alles hatte Thomas eine Erklärung parat gehabt, die Sarah vor Kurzem noch ganz plausibel erschienen war. Wenn man frisch verliebt ist, ist für Misstrauen meistens kein Platz.

»Ich werde die Uni wechseln«, sagte Sarah, »ich halte das nicht aus, ihm dauernd über den Weg zu laufen.«

Franziska dachte an Sarahs nette WG, in der sie sich so wohl fühlte, und sie wusste auch nicht, ob es so einfach war, den Studienort zu wechseln, aber Abstand zwischen Sarah und Thomas, das war auch ganz in ihrem Interesse.

Nachdem die Küche aufgeräumt war, machten sie es sich vor dem Fernseher bequem. Die Quizsendung im Ersten schien für diesen Abend die richtige Wahl, unterhaltsam, nicht anspruchsvoll und vor allem ganz unbelastet von Liebe und Gefühlen. Sie hatten es sich gerade gemütlich gemacht, als das Telefon klingelte.

»Franziska, Gott sei Dank, ich hatte mir schon Sorgen gemacht und gedacht, es sei Ihnen auf dem Weg zu mir etwas zugestoßen!«

Mathias! Den hatte Franziska bei all der Aufregung total vergessen! Sie schaute auf die Uhr und stellte fest, dass es fast halb neun war. Seit anderthalb Stunden wartete Mathias mit einem total verkochten Essen vergeblich auf sie. Und jetzt? Eine Notlüge? Krankheit? Unfall? Plötzlicher Gedächtnisverlust? Franziska entschied sich nach kurzer Denkpause für die Wahrheit.

»Oh Gott, Mathias, das tut mir so leid. In meinem ganzen Leben ist mir noch nicht so etwas Peinliches passiert. Ich hab Ihre Einladung total vergessen und dabei habe ich mich so darauf gefreut.«

Das klang ja nun wirklich völlig bescheuert. Wie konnte man etwas vergessen, auf das man sich total gefreut hatte? Mathias hatte ihr ein Regal gebaut, er hatte versprochen, Fotos zu machen und Werbeplakate zu drucken, er hatte sie zum Essen eingeladen, er war lustig und reizend und der erste Mann seit ihrer Scheidung, den sie anziehend fand – und sie hatte es versemmelt.

»Wenn Sie eine Mutter wären ...«

»Das dürfte mir schwerfallen, rein biologisch betrachtet.«

»... oder wenigstens ein Vater ...« Was redete sie denn da? Sie machte ja alles noch schlimmer. »... ich meine, dann könnten Sie mich vielleicht verstehen. Es ist so, dass kurz vor sechs Sarah anrief, und sie hat Liebeskummer, und da dachte ich nur noch an Schnitzel und Schokoladenpudding, zum Trost sozusagen ...«

»Und über Schnitzel und Schokoladenpudding haben Sie das Essen mit mir total vergessen. Klingt logisch.«

»Nein, tut es nicht«, gab Franziska zu. »Aber besser kann ich es gerade nicht erklären. Es tut mir nur so schrecklich leid. Ich kann verstehen, wenn Sie jetzt furchtbar böse auf mich sind und mich nicht mehr sehen wollen. Das ist eine schreckliche Strafe, aber ich hab sie verdient.«

»Na, na, so schlimm ist es nun auch wieder nicht«, wiegelte Mathias ab. »Eine Mutter bin ich zwar nicht, aber ich hatte mal eine. Bei uns gab's immer Dampfnudeln mit Vanillesoße, wenn ich Kummer hatte, das war mein Lieblingsessen.«

»Sie sind nicht böse?« Franziska konnte es kaum fassen. Sie war schon ärgerlich, wenn die Familie nur zehn Minuten zu spät zum Essen kam. Bestimmt hatte Mathias sich viel Mühe gegeben und jetzt war das Essen ungenießbar. Sie hätte gern gefragt, was er denn vorbereitet hatte, aber das getraute sie sich nicht. »Kann ich es irgendwie gutmachen?«, fragte sie kleinlaut.

»Nun, ich fahre nächstes Wochenende zu einem Bauernhof bei Hülben. Die alte Bäuerin ist gestorben und die Kinder wollen den Haushalt auflösen. Ich will mal schauen, ob etwas Lohnendes zum Restaurieren für mich dabei ist. Kommen Sie mit? Oder müssen Sie nächstes Wochenende immer noch Schokoladenpudding kochen?«

»Oh nein, so weit geht die Mutterliebe nicht! Ich komme schrecklich gern mit. Und vielen Dank für Ihr Verständnis und dass Sie nicht böse sind.«

»Prima, also dann gute Nacht. Ich melde mich nächste Woche mal wegen der Fotos.«

Warum um alles in der Welt lief ein solches Prachtexemplar von Mann noch ohne Frau in der Gegend herum?

»En Mann über vierzig und unbeweibt, der zuhöre und koche kann, a künschtlerische Ader hat und jede Menge Verständnis fürs andre Gschlecht?«, fragte Paula, als Franziska ihr am nächsten Morgen über die Ereignisse des Vortages berichtete. »Na hör mal, des kann nur oins bedeute: Dr Mathias isch schwul!«

»Oh nein, sag, dass das nicht wahr ist! Warum muss ich auch immer so ein verflixtes Pech haben, wenn's um Männer geht!«

13

*Wo d' Liebe nafällt, bleibt se liege,
und wenn's auf em Misthaufe isch.*

Franziska war auf dem Weg zu Mathias. Sie hatte lange überlegt, was sie ihm als Entschuldigung mitbringen könnte. Wein erinnerte sie zu sehr an das verpatzte Essen und Blumen erschienen ihr für einen Mann unpassend, selbst im Hinblick darauf, dass Paula mit ihrer Vermutung recht haben könnte. Dann hatte Franziska sich daran erinnert, dass Mathias einmal erwähnt hatte, er höre gerne Klezmermusik. Also hatte sie ihm eine CD besorgt, mit Umtauschgarantie, falls er sie schon besitzen sollte.

Vor der Abfahrt auf die schwäbische Alb hatte Mathias ein gemeinsames Frühstück bei ihm zu Hause vorgeschlagen und Franziska hatte gern zugestimmt. Er schien ihr wirklich nicht böse zu sein. Heute erschien sie überpünktlich.

»Kommen Sie herein. Schön, dass es heute geklappt hat. Ich habe den Tisch im Garten gedeckt, ich hoffe, es ist Ihnen recht.«

Mit der CD schien Franziska ins Schwarze getroffen zu haben. Mathias' Freude war ehrlich.

»Aber das wäre wirklich nicht nötig gewesen.«

»Für mich schon«, beteuerte Franziska. »Ich habe mich selten so geschämt.«

»Ich habe keine Kinder und kann es deshalb vielleicht schlecht beurteilen«, sagte Mathias. »Aber ich finde es ganz normal, dass sie an erster Stelle kommen. Wie geht es Sarah denn inzwischen?«

»Oh, das gebrochene Herz scheint bereits zu heilen. Sie ist wütend, und Wut kann ich als Medizin gegen Liebeskummer nur empfehlen. Vielleicht hatte sie ja selbst schon gemerkt, dass diese Verbindung nicht die Liebe ihres Lebens war. Ich bin ehrlich gesagt ganz froh, heute mal rauszukommen. Es ist schon verrückt, ich habe mir so gewünscht, sie wieder einmal für längere Zeit bei mir zu haben, aber inzwischen nervt sie mich ein bisschen. Ich bin es nicht mehr gewöhnt, dass mein Badezimmer sich bis zwölf Uhr in einem absolut chaotischen Zustand befindet. Und dass laute Bässe aus ihrem Zimmer wummern und ich stundenlang telefonisch für niemanden zu erreichen bin, weil sie mein Telefon mit Dauergesprächen blockiert. Ich sollte wirklich mal über einen zweiten Anschluss nachdenken. Zum Glück habe ich wenigstens eine Flatrate. Ach, Mütter sind undankbare Wesen. Zuerst wünschen sie sich ihre Kinder zurück, und wenn sie dann wieder da sind, sind sie auch nicht zufrieden. Vielleicht liegt es daran, dass ich dachte, Sarah sei inzwischen ein wenig erwachsener geworden. Das nimmt sie zwar für sich in Anspruch, aber sobald sie einen Fuß über meine Schwelle setzt, ist sie wieder das verwöhnte Kind, das keinen Finger krumm macht und sich von vorne bis hinten bedienen läßt. Na ja, das muss ich wohl mir selbst und meiner misslungenen Erziehung anlasten. Entschuldigen Sie, bestimmt langweile ich Sie mit meinem Mutter-Gejammer.«

Mathias lachte. »Nicht im Geringsten. Ich finde Ihre Ausführungen ausgesprochen unterhaltend. Und ich bin davon überzeugt, dass Sarah eine sehr wohlgeratene Tochter ist. Wenigstens behauptet das mein Vater. Trinken Sie Tee oder Kaffee?«

»Egal.«

»Egal ist gerade ausgegangen.«

»Was trinken Sie?«

»Das, was Sie trinken«, konterte Mathias.

»Na gut«, gab Franziska sich geschlagen. »Damit wir heute noch wegkommen, entscheide ich mich für Kaffee.«

Mathias' Garten war pflegeleicht, ein Stück Rasen mit einigen Bäumen und Büschen am Rand.

»Früher«, sagte Mathias, der Franziskas Blick aufgefangen hatte, »sah es hier ein wenig anders aus, schwäbischer.«

»Wie sieht denn ein schwäbischer Garten aus?«, wollte Franziska wissen.

»Nun, etwas nützlicher. In einem schwäbischen Garten wächst Obst und Gemüse, das macht Arbeit und es spart Geld. So gefällt es dem fleißigen, sparsamen Schwaben. Meine Mutter hat sich da im Lauf der Jahre angepasst, obwohl sie keine Schwäbin war. Bei uns kamen selbstgezogene Bohnen und Kartoffeln auf den Tisch und Marmalde aus eigenen Beeren. Aber ich habe dafür keine Zeit, und, um ganz ehrlich zu sein, auch keine Lust. Einem Mann wird das Gott sei Dank verziehen, auch im Ländle.«

Mathias' Frühstückstisch war reich gedeckt, und Franziska ließ es sich schmecken. Schade, dachte sie, dass du Mathias nicht mehr kennengelernt hast, Thea, er würde dir gefallen.

Sie waren so ins Gespräch vertieft, dass sie die Zeit völlig vergaßen, bis Mathias auf die Uhr schaute und sagte: »Ich glaube, wir sollten langsam los. Ich habe meinen Besuch für elf Uhr angekündigt.«

Franziska genoss die Fahrt. Sie fuhren in Richtung Beuren, die Teck mit ihrem Panoramablick zur Linken. Als sie in Owen rechts abgebogen waren, wurde die Straße rechts und links von Streuobstwiesen gesäumt. Im Frühjahr, wenn die Bäume in Blüte standen, war das ein Anblick, der Franziska immer wieder das Herz aufgehen ließ. Beim Freilichtmuseum, das mit seinen alten Fachwerkhäusern eingekuschelt in der Senke lag, bogen sie links ab und fuhren die Kehren zum Hohenneuffen hinauf.

»Haben Sie schon einmal im Heimatmuseum Kaffee getrunken?«, fragte Franziska mit einem Seitenblick auf Mathias. »Nach diesem Frühstück bin ich zwar pappsatt, aber wenn ich an die leckeren Kuchen denke, könnte ich direkt wieder Appetit bekommen. Man sitzt dort sehr gemütlich und bei schönem Wetter ist es im Innenhof unter dem ausladenden Birnbaum besonders hübsch.« Sie geriet ins Schwärmen.

»Gute Idee, wie wär's mit nächstem Samstag?«, ging Mathias lachend auf ihren Vorschlag ein. »Ich bin zu fast jeder Schandtat bereit. Übrigens sitzt man auch im Burghof vom Hohenneuffen sehr nett und man hat von dort oben einen herrlichen Blick übers Land.«

Franziska schaute aus dem Fenster und dachte einmal mehr, wie schön es hier war. Um so etwas zu sehen, mussten andere Leute in Urlaub fahren. Sie sollte sich viel öfter aufraffen und einen Ausflug machen, anstatt immer ihr Haus und ihren Garten zu hüten.

Auf ihre Frage, wie Mathias von dem Hof erfahren habe, erzählte er, dass inzwischen seine Freunde und Bekannten ihre Augen und Ohren offenhielten und ihm Tipps gaben, wenn sich irgendwo eine Gelegenheit ergab. In diesem Fall kam der Hinweis von einer ehemaligen Schulfreundin, deren Tante in der Nähe von Hülben wohnte.

Der Bauernhof lag abseits des Ortes und sah ein wenig heruntergekommen aus.

»Ich fürchte, die Fahrt hätten wir uns sparen können«, seufzte Mathias und erklärte, dass er einem Haus inzwischen oft schon von außen ansehen könne, ob er fündig werden würde oder nicht.

»So, wie es aussieht, haben hier seit Generationen arme Leute gewohnt. Die reale Erbteilung, bei der alle Kinder eines Bauern das gleiche Erbteil erhalten, sieht auf den ersten Blick gerecht aus, aber dadurch, dass die Äcker immer weiter aufgeteilt wurden, bestand die Gerechtigkeit am Schluss oft darin, dass alle gleichermaßen nicht genug zu beißen hatten. Ich kann verstehen, dass hier die nächste Generation den Hof nicht weiterführen will. So kleine Höfe tun sich zunehmend schwer. Mit all den EU-Vorschriften und dem Papierkram ist das ohne entsprechendes Studium heute kaum noch zu schaffen. Na ja, lassen wir uns überraschen.«

Die Tochter der verstorbenen Bäuerin, eine kräftig gebaute Frau Ende fünfzig, öffnete ihnen die Tür und bat sie herein. Nachdem sie ein paar Worte gewechselt hatten, führte sie Mathias und Franziska durchs Haus. Mathias' Vermutung schien sich zu bestätigen. Franziska war keine Expertin, aber dass diese alten Möbel hier nicht den Namen antik verdienten, das sah auch sie.

»I han mr's scho denkt«, sagte Frau Häberle. »Des isch alles alts Glomp. Grad no recht für de Sperrmüll. Sitzed Se doch na«, meinte sie dann und zeigte auf die Kücheneckenbank Marke Neckermann. »Sie trinked doch sicher a Glas Moscht bei dera Hitz. Meine Leut wared net reich, aber hungre hen mr nie müsse und der Moscht von meira Mudder isch echt gut. 's isch an Birnemoscht. Der isch net so räs.«

Franziska war keine Freundin von Most, aber sie wollte nicht unhöflich sein, und dieser Most schmeckte sogar ihr recht gut.

Sie kamen ins Reden und landeten schließlich bei alten Geschichten. Frau Häberle erzählte, wie es ihre Großmutter hierher auf den Hof verschlagen hatte. Ihr Urgroßvater mütterlicherseits war ein recht wohlhabender Samenhändler aus Gönningen gewesen, der zusammen mit seiner Tochter Hanna auch den Hof des Bauern Häberle besucht hatte, um hier seine Samen zu verkaufen. Dass seine einzige Tochter sich ausgerechnet in den Hungerleider Häberle verliebte, das passte ihm gar nicht ins Konzept, aber alle seine Versuche, die Liebesheirat zu verhindern, schlugen fehl. Hanna war volljährig und ließ sich nicht davon abhalten, dem Ruf der Liebe zu folgen.

»›Na gang halt‹, soll mei Urgroßvatter gsagt han, ›aber glaub net, dass de von mir au bloß oin Kreuzer Mitgift kriegsch.‹ Mei Urgroßmutter hat des anders gsehe. Und sie hat durchgsetzt, das d' Hanna wenigschtens an schöne Schrank mitkriegt hat in d' Ehe. Dass der allerdings mit Wäsch gfüllt war, des hat se ihrem Ma net gsagt. Und au net, dass se in ma Geheimfach no a bissle Geld versteckt hat.«

Franziska lauschte atemlos. Sie liebte solche alten Geschichten, noch dazu, wenn es darin um die Liebe ging.

Mathias war auch ganz Ohr, aber aus einem anderen Grund. »Und wo ist der alte Schrank jetzt?«

»Vielleicht stoht 'r no irgendwo uff dr Bühne rom, i han koi Ahnung.«

»Der könnte mich vielleicht interessieren«, meinte Mathias.

Und so stiegen sie gemeinsam die schmale, ausgetretene Holztreppe hinauf auf den Speicher, wo sie im Halbdunkel zwischen allerlei Gerümpel tatsächlich den alten Schrank aus Gönningen entdeckten.

Mathias strich fast andächtig über das geschnitzte Holz und die verblichenen Bemalungen. »Ein ausgesprochen schönes Stück. Zum Glück scheint kein Holzwurm drin zu sein. Mit etwas Zeit könnte ich ihn wieder schön herrichten. Wie viel möchten Sie denn dafür haben?«, fragte er Frau Häberle.

»Oh Gott, i han koi Ahnung. Von so ebbes verstand i nix.«

»Wären Sie mit achthundert Euro einverstanden? Ich denke, das wäre ein angemessener Preis. Aber vielleicht möchten Sie erst mit Ihrem Mann darüber sprechen oder den Schrank von jemandem schätzen lassen?«

»Noi, noi«, meinte Frau Häberle, die mit diesem großzügigen Angebot offensichtlich nicht gerechnet hatte. »Des isch scho in Ordnung. Sie könned en glei mitnehme. I ruf bei meim Vetter a, dass 'r vorbeikommt und Ihne beim Trage hilft. Der Schrank isch bestimmt sauschwer. I will ja net, dass no oiner die Stieg nonterhagelt.«

Gesagt, getan. Während Frau Häberle zum Telefon eilte, um ihren Vetter anzurufen, meinte Franziska zu Mathias: »Ich glaube, Frau Häberle hätte Ihnen den Schrank auch für die Hälfte verkauft.«

»Mit Sicherheit«, meinte Mathias. »Die meisten Leute haben keine Ahnung, was so ein Stück wert ist. Aber ich zahle immer faire Preise, ich will mich gerne noch im Spiegel anschauen können. Es macht mir keine Freude, an so einem Stück zu arbeiten, wenn ich das Gefühl habe, die Leute beim Kauf übers Ohr gehauen zu haben. Und keine Angst, für mich bleibt schon auch noch was hängen. Ein lebensfremder Gutmensch bin ich nicht.«

Zehn Minuten später tuckerte ein alter Traktor auf den Hof und zwei vierschrötige Männer in Latzhosen stiegen ab. Mit ihrer Hilfe war der Schrank bald in Mathias' Laster verladen und festgezurrt. Mathias zog ein Bündel Banknoten aus der Tasche und zählte achthundert Euro auf Frau Häberles Küchentisch.

»Ich nehme an, bar ist es Ihnen am liebsten.«

»Scho«, sagte Frau Häberle und strahlte Mathias an. »Und vielen Dank und gute Hoimfahrt.«

»Ich glaube, da haben Sie jemanden glücklich gemacht«, lachte Franziska, als sie wieder im Auto saßen. »Haben Sie immer so viel Bargeld in der Tasche?«

»Nur wenn ich solche Besuche mache«, erklärte Mathias. »Den meisten meiner Kunden ist Barzahlung am liebsten. Frau Häberle hat nicht umsonst so gestrahlt und den Verkauf schnell abgewickelt. Vermutlich erzählt sie ihrem Mann gar nichts von dem Verkauf oder sie nennt ihm einen niedrigeren Preis. So bleibt ein bisschen Taschengeld für sie übrig. Ich gönne es ihr.«

»Eine ungewöhnlich verständnisvolle Einstellung für einen Mann«, stellte Franziska fest.

»Sie vergessen, dass ich Junggeselle bin«, lachte Mathias. »Da fällt die Großzügigkeit leicht. Es ist noch recht früh am Tag, was halten Sie davon, wenn wir heute noch die Fotos für Ihren Prospekt machen? Es wird langsam Zeit. Und den heutigen Tag hab ich mir ohnehin freigehalten.«

»Von mir aus gern«, stimmte Franziska zu.

Dann überlegten sie gemeinsam, was noch zu beachten war. Mathias war der Meinung, Franziska solle einige Leute dazuholen. Es sähe einladender aus, wenn sie nicht nur leere Stühle fotografierten. Franziska versprach, Paula und Trudi anzurufen, und das Trio könnten sie auch noch fragen.

»Dann sollte aber auch etwas auf den Tellern liegen und ich habe heute keinen Kuchen gebacken.«

»Kein Problem, wir holen ein paar Stücke im Café. Ihr Kuchenbuffet muss natürlich auch noch in den Prospekt, aber das können wir erst machen, wenn Sie Ihr Café eröffnet haben. Sie können ja nicht nur fürs Foto eine Menge Kuchen backen. Ich lasse im Prospekt Platz für ein entsprechendes Bild, das ist dann schnell eingefügt. Ich denke, es ist nicht schlimm, wenn der Prospekt erst nach der Eröffnung fertig wird. Für den Anfang genügen die Handzettel.«

Als sie nach Hause kam, deckte Franziska den Tisch im Esszimmer mit dem Veilchengeschirr. In die Mitte stellte sie einen Rosenstrauß aus dem Garten. Und als dann alle darum versammelt saßen, konnte Mathias seine Fotos machen. Mit der Zeit verloren die Fotomodelle ihre Scheu vor der Kamera und es entstanden herrlich lebendige Aufnahmen: das Trio lachend am Esstisch, Paula, Franziska und Trudi ins Gespräch vertieft in Theas Sofaecke, Sarah, Julia und Mathias lesend auf Franziskas Couch. Für dieses Foto hatte Franziska nach Mathias' Anweisungen auf den Auslöser gedrückt. Auch im Garten machte Mathias noch einige Aufnahmen und achtete dabei darauf, die Blütenpracht stimmungsvoll zur Geltung zu bringen.

»Es war ein wunderbarer Tag«, schwärmte Franziska, als sie sich später von Mathias verabschiedete. »Ich weiß gar nicht, wie ich Ihnen danken soll.«

»Mir hat's doch auch Spaß gemacht«, versicherte Mathias. »Und Sie haben mir Glück gebracht. Ohne Sie wäre das Gespräch vielleicht gar nicht auf die alte Geschichte und den Gönninger Schrank gekommen, und er würde noch immer oben auf dem Speicher stehen und irgendwann auf den Sperrmüll wandern. Das wäre ein Jammer.«

»Zeigen Sie ihn mir, wenn er fertig ist?«

»Na klar, das ist ja wohl Ehrensache. Aber das wird noch ein Weilchen dauern. Morgen werde ich mich erst mal an den Prospekt machen. Ich melde mich, wenn er fertig ist. Also, bis dann.«

»Bis dann«, sagte Franziska und schickte ein Stoßgebet zum Himmel, Paula möge mit ihrer Vermutung doch bitte falsch liegen und Mathias »ein ganz normaler Mann« sein.

14

Lass mi meine Küachla en deim Schmalz bacha,
no derfsch du dein Speck en meim Kraut sieda.

Wenn Franziska durch den Ort ging, begegnete sie nun überall ihren Plakaten und Handzetteln: beim Metzger und bei der Apotheke an der Eingangstür, beim Bäcker auf der Theke, im Rathaus im Prospektständer. Mathias hatte ganze Arbeit geleistet.

Sarah, die zunächst sehr skeptisch gewesen war, was das Café anging, konnte einen gewissen Stolz nicht verbergen. Franziskas Gefühle waren zwiespältig. Bisher hatte ihr das Planen viel Spaß gemacht und sie hatte sich auf die Eröffnung ihres Cafés gefreut. Jetzt, wo der Termin unaufhaltsam näherrückte, bekam sie ein wenig Angst, ob sie auch alles schaffen und ihr Café ein Erfolg werden würde.

Nicht alles, was sie im Ort zu hören bekam, war ermutigend.

»Na, jetzt isch's ja bald so weit, Frau Glück«, sagte die Metzgerin, Frau Ziegele, und legte den Schinken auf die Waage. »A Café bei uns im Flecka, wer hätt au des denkt.«

»Fragt sich bloß, wer da nagoht«, mischte sich eine ältere, weißhaarige Dame ein, die Franziska nur vom Sehen kannte.

»Ich zum Beispiel«, warf eine junge Frau mit einem kleinen, etwa dreijährigen Jungen ein. »Ich suche schon lange etwas, wo man sich mal auf eine Tasse Kaffee treffen kann, ohne gleich in die Stadt zu fahren.«

»Manuel, magsch du a Wurscht?«, fragte die Verkäuferin, die die junge Mutter bediente und die Manuels begehrliche Blicke gesehen hatte, und reichte ihm ein Rädchen Lyoner über die Theke.

»Und wie sagst du?«, sagte seine Mutter auffordernd zu Manuel.

»Für meinen Bruder bitte auch eins«, kam es wie aus der Pistole geschossen.

Alle lachten und die Verkäuferin reichte schnell eine zweite Scheibe über die Theke, die Manuel fest mit seiner kleinen, linken Faust umschloss, während er genüsslich mit der anderen Hand die erste Wurstscheibe zum Mund führte.

»Sie sin aber net von da, oder?«, fragte jetzt die alte Dame und beäugte die junge Mutter misstrauisch.

»Doch, doch, wir wohnen in der Neubausiedlung, im Birkenweg.«

»I moin ursprünglich, also wo Se gebore sin.«

»I glaub, d' Frau Häberle möcht wisse, ob Sie a Reigschmeckte sin«, ergriff jetzt ein alter Herr das Wort, der hinter Franziska stand. »Wahrscheinlich denkt se, dass a rechte Schwäbin ihren Kaffee net unter dr Woch in aller Öffentlichkeit im Café trinke däd. Aber i glaub, die junge Fraue sehed des heut anders.«

»Des Gfühl han i au«, sagte Frau Häberle spitz. »I han jedenfalls koi Zeit zum Kaffee trinke ghet, wo meine Kinder kloi wared, und Geld au koins.«

Hörte Franziska da ein wenig Neid aus ihrer Stimme?

»Na ja, mutig isch die Sach mit dem Café scho«, sagte Frau Ziegele, »aber vielleicht kommed ja au Leut von außerhalb, wenn sich's rumspricht.« Offensichtlich wollte sie weder die eine noch die andere Kundschaft verprellen. Sie packte den Schinken in Papier und legte ihn zu Franziskas anderen Einkäufen. »Darf's sonscht no ebbes sei, Frau Glück?«

»Nein danke, das ist alles.« Franziska hatte das Bedürfnis, den Laden und damit den Ort dieser entmutigenden Unterhaltung so schnell wie möglich zu verlassen, nicht ohne der netten jungen Mutter und ihrem kleinen Sohn ein Lächeln zu schenken und ihrer Hoffnung Ausdruck zu verleihen, sie bald in ihrem Café begrüßen zu dürfen.

Franziska schaute auf die Uhr. Es war bereits 16 Uhr und noch immer waren nicht mehr als drei Gäste zu ihrer Eröffnung erschienen.

Eine Dame mit frisch ondulierten Wellen stand an der Terrassentür und schaute trübsinnig in den Regen hinaus.

»A Sauwetter isch des heut, da jagsch koin Hund vor d' Tür.«

Auf Theas Sofa saß ein einzelner Herr, blätterte in einem Buch und aß ein Stück Kirschstreuselkuchen. Plötzlich verzog er schmerzhaft sein Gesicht und förderte einen Kirschkern zu Tage.

»Wie drhoim. Wenn's au bloß oin oinzige Stoi im Kuche hat, na verwisch i den. Hoffentlich han i mr net au no an Zahn abbroche!«

Das hoffte Franziska auch. Vielleicht sollte sie einmal überprüfen, ob ihre Haftpflichtversicherung ausreichend war.

Vom Kuchenbuffet kam jetzt eine wohlbeleibte weißhaarige Dame, einen Kuchenteller in der Hand balancierend. »Also, der Käskuche sieht aber ziemlich verbrennt aus. Da sodded Se mal mein sehe, a wahre Pracht isch des.«

Stimmt, ausgerechnet heute war Franziska der Kuchen viel zu dunkel geraten, aber es war keine Zeit mehr gewesen, einen neuen zu backen.

Es schellte. Ein neuer Gast oder endlich Paula oder Trudi, die versprochen hatten, einen Kuchen vorbeizubringen? Nun, wenn es bei den wenigen Gästen blieb, würden die Kuchen mehr als ausreichen, die Franziska gebacken hatte. Aber Trost und Zuspruch, das könnte Franziska jetzt gut gebrauchen. Das Klingeln hörte nicht auf. Warum nahm der Neuankömmling nicht endlich den Finger vom Klingelknopf?

»Mama, schalt doch endlich mal deinen Wecker aus, da wird man ja verrückt!«

Franziska fuhr hoch. Es war alles nur ein Albtraum gewesen – Gott sei Dank!

Die Sonne schien zum Fenster herein. Heute war Theas Geburtstag und in drei Stunden würden Franziskas Gäste eintreffen. Franziska hatte sie zu einem Brunch eingeladen. So blieb heute Nachmittag Zeit, noch einige Vorbereitungen für morgen zu treffen. Trudi, Paula und Julia wollten ihr dabei helfen. Kuchenteige konnten schon zusammengerührt oder -geknetet werden. Theas Apfelkuchen mit dem Eierlikör auf der Sahne musste ohnehin am Vortag gebacken werden und auch der gerührte Schwarzwälder Kirschkuchen schmeckte besser, wenn er einen Tag durchgezogen war.

Franziska streckte sich. Guten Morgen, Thea, alles Gute zum Geburtstag. Schade, dass wir nicht zusammen feiern können, aber wir werden deinen Ehrentag gebührend würdigen, dachte sie wehmütig.

Wenige Stunden später war Franziskas Buffet gut bestückt und ihre Gäste im Garten versammelt. Bevor sie das Buffet eröffnete, schenkte Franziska Sekt aus und hielt eine kleine Ansprache. Zuerst erzählte sie von dem Albtraum, den sie heute Morgen gehabt hatte, und alle lachten.

»So wird es morgen hoffentlich nicht sein. Nein, so wird es morgen ganz bestimmt nicht sein, denn ich vertraue auf eure und auf Theas Hilfe. Schließlich ist es ihre Idee, die morgen in die Tat umgesetzt wird. Ich möchte euch allen für eure Unterstützung danken, für die ganz praktische und für die moralische, für die, die ihr schon im Vorfeld geleistet habt und für die, die ihr in Zukunft noch leisten werdet, das hoffe ich jedenfalls, denn ohne euch und eure Hilfe wäre ich ziemlich aufgeschmissen. Und jetzt möchte ich mit euch auf das Geburtstagskind anstoßen, auf Thea. Ich finde, es könnte der Anfang einer schönen Tradition sein, uns hier an Theas Geburtstag zu treffen. Trinken wir auf Thea, in Erinnerung an all die schönen Stunden, die wir mit ihr verbracht haben, und in der Hoffnung, dass ihr Café so werden wird, wie sie es sich gewünscht hat. Auf Thea!« Die letzten Sätze hatten

Franziska Schwierigkeiten bereitet, aber sie hatte das Zittern in ihrer Stimme erfolgreich bezwungen.

»Auf Thea!«, riefen alle und hoben ihre Gläser.

Dann stand Mathias auf. »Einen Moment, ich will auch noch etwas sagen. Aber dazu muss ich erst etwas hereinholen.«

Alle warteten gespannt, was das wohl sein könnte. Was Mathias dann, in Packpapier eingeschlagen und mit einer großen roten Schleife geschmückt, hereintrug, schien ziemlich schwer zu sein. Er übergab es Franziska.

»Ein kleines Geschenk von mir zur Eröffnung«, sagte er.

»Klein?«, lachte Franziska, während sie sich neugierig daranmachte, das große Paket auszupacken. »Ein Schild!«

»Theas Café« stand in großen geschwungenen Buchstaben auf dem Holzschild. Und darunter etwas kleiner: »Bücher, Kaffee und Kuchen«. Links von »Theas« war ein aufgeschlagenes Buch aufgemalt, rechts von »Café« eine Kaffeetasse mit einem kleinen Dampfwölkchen.

»Gefällt es Ihnen? Wenn es Ihnen nicht gefällt, müssen Sie es nicht anbringen. Ich hätte Sie fragen können, aber es sollte doch eine Überraschung sein.«

»Ob es mir gefällt? Es könnte gar nicht schöner sein! Vielen, vielen Dank!« Franziska fiel Mathias um den Hals und drückte ihm einen Kuss auf die Wange. »Sie müssen es gleich nachher für mich anmontieren.«

Man konnte sehen, dass Mathias sich über ihre Begeisterung freute.

»Ach, wenn das Thea noch erlebt hätte«, seufzte Trudi.

»Sie sieht uns, verlass dich drauf«, meinte Franziska. »Und jetzt, ihr Lieben, schlagt zu, das Buffet ist eröffnet.«

Das ließen sich Franziskas Gäste nicht zweimal sagen.

Als ihr Wecker klingelte, stellte Franziska erstaunt fest, dass sie in dieser Nacht gut und traumlos geschlafen hatte. Nein, traumlos vermutlich nicht, denn laut Wissenschaft träumt der Mensch jede Nacht, aber heute konnte Franziska sich nicht daran erinnern, und eingedenk ihres gestrigen Traums war sie nicht unglücklich darüber.

Ein Blick aus dem Fenster zeigte ihr, dass es ein Sommertag wie aus dem Bilderbuch zu werden versprach, genau so, wie es die Wettervorhersage angekündigt hatte. Nachdem sie geduscht hatte, ging Franziska in die Küche, um mit den Vorbereitungen für den heutigen Tag zu beginnen.

Trudi, von jeher Frühaufsteherin, wollte gegen acht kommen, um ihr zu helfen, und hatte versprochen, gleich ein Blech mit Zwetschgenkuchen mitzubringen. »Woisch, des isch praktisch«, hatte sie gesagt. »Wenn viele Leut kommed, na schneidesch die Stückle oifach a bissle kloiner. A kloins Viereckle isch immer no nett, aber schmale Kuchestückle von ma runde Kuche, des sieht glei nach spare aus.«

Das hatte auch Paula eingeleuchtet und sie hatte sich deshalb für ein Blech Streuselkuchen entschieden, den sie für Franziska backen wollte.

Im Keller standen bereits Theas Apfelkuchen, der Kirschkuchen nach Paulas Rezept, die Gelbe-Rüben-Torte, die Trudi gestern schon vorbeigebracht hatte, sowie drei verschiedene Rührkuchen bereit. Und im Kühlschrank warteten einige Teigpakete darauf, zu Obst- und Käsekuchen verarbeitet zu werden. Franziska machte sich an die Arbeit.

Nicht lange nach Trudi kam Mathias, Rollbretter unter dem Arm. »Nicht wundern, wenn's oben ein bisschen laut wird«, rief er durch die offene Küchentür. »Wir wollen das Klavier vor die Balkontür schieben, so, wie's aussieht, wird das Wetter ja halten.«

»Warten Sie mal, Mathias!« Franziska trocknete sich die Hände ab und kam zur Tür. »Könnten Sie die drei Herren vielleicht bitten, zum Auftakt ein bestimmtes Lied zu spielen?«

»Kein Problem. Was soll's denn sein?«

»›Tulpen aus Amsterdam‹, das war Theas Lieblingslied.«
»Das kennen die drei bestimmt«, sagte Mathias.

Zwei Stunden später herrschte in der Küche drangvolle Enge.

»Trudi, könntest du die Äpfel bitte auf der Terrasse schälen?«, fragte Franziska. »Und du, Julchen, könntest vielleicht zusammen mit Sarah schon mal die Tische decken. Aber nehmt bitte nicht das Veilchengeschirr, das ist nur für besondere Gelegenheiten.«

»Aber heute ist doch einen besondere Gelegenheit«, warf Julia ein, die ein Faible für das hübsche Veilchengeschirr hatte.

»Schon, aber das nehmen wir nur, wenn geschlossene Gesellschaften kommen. Heute wird es heiß hergehen und es wird Gedränge geben, hoffe ich jedenfalls, da kann auch mal ein Teller zu Bruch gehen. Das wäre doch schade. Schließlich habe ich Hugo versprochen, gut darauf achtzugeben.«

Mathias, der inzwischen zusammen mit dem Trio die Gartenmöbel aufgestellt hatte, kam in die Küche.

»Die Gartentische auf dem Rasen sind keine gute Lösung«, meinte er. »Für heute geht's, aber auf Dauer sollten Sie sich überlegen, ob Sie nicht für einen festen Untergrund sorgen, eventuell mit einer Holzterrasse, die ist leicht und ohne großen Aufwand zu verlegen. Ich hätte auch früher daran denken können«, ärgerte er sich.

»Kein Problem, ich warte erst mal ab«, sagte Franziska, während sie die Schwarzwälder Kirschtorte mit Sahne verzierte. »Der Sommer ist ja bald vorbei. So viele Tage, an denen man draußen sitzen kann, wird es dieses Jahr nicht mehr geben. Vielleicht genügen auf Dauer ja die beiden Tische auf der Terrasse.«

Heute am Eröffnungstag hätten sie auf keinen Fall genügt. Schon kurz nach drei schwirrte es in ihrem Haus und Garten wie in einem Bienenstock. Alle Plätze waren besetzt.

Waren es Neugier, die günstigen Preise für Kaffee und Kuchen oder der Gedanke, Franziskas Unternehmen zu unterstützen? Franziska wusste es nicht, vielleicht ein wenig von allem. Auf jeden Fall hatten sie und ihre Helfer alle Hände voll zu tun, um ihre Gäste zufriedenzustellen.

Franziska war gerade dabei, einen neuen Kuchen anzuschneiden, als ein Mann die Küche betrat, einen Blumenstrauß in der Hand – Stefan.

»Sie?!«

»Ich hatte gerade in der Gegend zu tun und da dachte ich, ich schaue mal vorbei und gratuliere Ihnen zu Eröffnung Ihres Cafés.«

»Und ich wette, Sie haben seit heute Morgen nichts mehr gegessen und mächtig Hunger«, lachte Franziska.

»Woher wissen Sie das?«

»Woher wissen Sie, dass ich heute hier ein Café eröffne?«, konterte Franziska.

»Das pfeifen doch die Spatzen von den Dächern.«

»Auf welchen Namen hören die Spatzen denn?«

»*Berger und Partner*«, erklärte Stefan. »Herr Berger hat es in der Zeitung gelesen.«

Verflixt, die Idee mit dem Zeitungsbericht war vielleicht doch nicht so gut gewesen. Franziska traute dem Frieden nicht so recht, auch wenn Stefan freundlich war und ihr einen Blumenstrauß mitgebracht hatte.

Sie drückte Sarah, die gerade vorbeikam, den Strauß in die Hand. »Sarah, stellst du bitte mal die Blumen in die Vase? Und dann bring bitte Herrn Buchholz einen Kaffee an seinen Platz. Sie trinken doch sicher normalen Kaffee? Falls nicht, müssen Sie sich an Julia wenden, das ist das kleine blonde Mädchen dort hinten, die ist für den koffeinfreien Kaffee zuständig.«

Julia machte ihre Sache großartig, sie erwies sich als vollwertige Kraft und strahlte übers ganze Gesicht, wenn die Gäste sie lobten.

»Nein, nein«, wehrte Stefan ab, »ganz normal, aus Ihrer guten altmodischen Kaffeemaschine. Oder haben Sie sich inzwischen ein professionelles Modell angeschafft?«

»Nein, da muss ich Sie enttäuschen, nur eine ganz normale zweite Kaffeemaschine und zwei neue Thermoskannen. Und für heute habe ich mir noch Kaffeemaschinen und Kannen ausgeliehen. Übrigens, beim Kuchen gilt Selbstbedienung.«

»Wunderbar, dann werde ich mir doch gleich etwas aussuchen. Was können Sie mir denn empfehlen?«, wollte Stefan wissen.

»Meine Gäste behaupten, die Kuchen seien alle gut«, gab Franziska selbstbewusst zurück. »Ich habe auch Kuchen nach Theas Rezepten gebacken. Vielleicht wollen Sie ja Kindheitserinnerungen auffrischen. Es heißt nicht umsonst »Theas Café«, dieses Café war schon lange ihr Wunschtraum, sie hat es nur leider nicht mehr erlebt.« Das sagte Franziska in der Hoffnung, Stefan milde zu stimmen, falls er vorhatte, ihr bezüglich des Cafés Knüppel zwischen die Beine zu werfen.

Nicht lange, nachdem Stefan die Küche verlassen hatte, tauchte Mathias auf und fragte, ob er etwas helfen könne. Franziska drückte ihm eine Kuchenplatte in die Hand mit der Bitte, sie aufs Büfett zu stellen und leere Platten in die Küche zu bringen, sofern es welche gab.

»Können nicht Trudi oder Paula hier den Küchendienst übernehmen?«, schlug Mathias vor. »Ich finde, es wäre nicht schlecht, wenn Sie sich ein bisschen um Ihre Gäste kümmern würden. Das ist wichtig fürs Geschäft.«

»Ay, ay, Herr Geschäftsmann, Ihr Wunsch ist mir Befehl. Ach du Schande!«

»Was ist?«

Franziska hatte einen Blick aus dem Küchenfenster auf die Straße hinaus geworfen.

»Wissen Sie, wer da gerade aus seinem Auto steigt? Das ist Thomas!«

»Und wer ist Thomas?«

»Sarahs Liebeskummer! Können Sie hier für einen Moment die Stellung halten? Ich muss unbedingt verhindern, dass er hereinkommt.«

»Soll nicht lieber ich gehen?«

Nein, das musste Franziska schon selbst regeln und zwar schnell, denn Thomas steuerte bereits zielstrebig auf die Haustür zu. Franziska riss die Tür auf. Wenn sie nur seinen Nachnamen wüsste, ein »Hallo Thomas« klang ihr viel zu freundlich und einladend. »Sie wünschen« hörte sich ebenfalls unpassend an in diesem Zusammenhang, aber es erschien ihr immer noch besser.

»Ich muss Sarah sprechen.« Thomas kam ohne höfliche Umschweife gleich zur Sache.

»Tut mir leid, aber Sarah ist nicht zu sprechen. Sie haben sich umsonst bemüht. Und ich möchte Sie bitten, möglichst schnell hier zu verschwinden.«

»Aber ich muss Sarah sprechen, sie geht nicht ans Telefon«, beharrte Thomas.

»Sarah hat eine neue Telefonnummer, Sie können sich vermutlich denken warum. Und jetzt sollten Sie wirklich lieber gehen und sich um Ihre schwangere Frau und Ihre Kinder kümmern.«

»Hören Sie, ich kann das erklären ...«

Franziska ließ Thomas nicht ausreden. »Sie meinen, dass die schwangere Dame Ihre Schwester war und die Kinderchen Ihre Nichten und Neffen sind? Oder bevorzugen Sie die Erklärung, dass Ihre Ehe schon lange zerrüttet ist?«

»Sie können sich Ihren Sarkasmus sparen.« Von Thomas' Charme war nicht viel übrig geblieben. »Nur weil Ihr Mann Sie verlassen hat, heißt das nicht, dass alle Männer Schufte sind.«

»Nein, alle sicher nicht, aber die Schufte scheinen leider Gefallen an den Frauen meiner Familie zu finden.«

Franziska hörte, wie hinter ihr die Tür geöffnet wurde.

»Brauchen Sie Hilfe?«, fragte Mathias.

»Danke, aber der Herr wollte sich gerade verabschieden. Ich kann mir nicht vorstellen, dass er sich mit dem Landesmeister in Karate anlegen will.«

Mathias' ungläubiger Blick schien Thomas zu entgehen. Er drehte sich wortlos um, stieg in sein Auto und brauste davon.

»Na Gott sei Dank«, seufzte Franziska. »Ein Streit im Haus oder eine heulende Tochter an meiner Brust, das ist wirklich das Letzte, was ich heute brauchen kann. Ich weiß auch so schon nicht mehr, wo mir der Kopf steht.«

»Sagen Sie mal, wen haben Sie denn mit dem Landesmeister in Karate gemeint?«

»Kleine Notlüge, dich natürlich, ich meine Sie ...«

»Lass mal, ich denke schon seit einer Weile darüber nach, ob wir nicht endlich du machen sollen.«

Und bevor Franziska wusste, wie ihr geschah, hatte Mathias sie in den Arm genommen und seine Lippen auf ihren Mund gelegt. Der Kuss dauerte nicht allzu lange und ihn leidenschaftlich zu nennen, wäre wohl übertrieben, aber er war auch nicht gerade brüderlich.

»Das gehört sich so, wenn man sich verbrüdert«, erklärte Mathias.

»Saged amol«, kamen da Paulas Kopf und Stimme aus dem geöffneten Küchenfenster, »i will ja net störe, aber mir wissed net, wo mr z'erscht nalange solled und ihr hen nix Bessers z' do, als euch zu küsse?«

»Nur kein Neid nicht«, lachte Franziska. »Und im Übrigen hast du dich wohl getäuscht.«

»Na hör mal, i han doch Auge im Kopf!«

»Ich meine nicht, was du gesehen, sondern was du vor einiger Zeit gesagt hast. Offensichtlich ist nicht jeder Mann, der kochen und verständnisvoll sein kann, auch ... na ja, du weißt schon.«

»Wer ist verständnisvoll und kann kochen und ist ›na, du weißt schon‹?«, fragte Mathias.

»Du musst nicht alles wissen. Frauengeheimnisse. Und jetzt komm, meine Gäste warten.«

Nachdem die Gäste gegangen waren, räumten die Frauen gemeinsam die Küche auf, während die Männer die Möbel an ihren Platz schoben und die Gartenmöbel versorgten. Der Kuchen hatte gereicht, es war sogar noch etwas übrig geblieben. Trudis Idee, zuerst die Torten und Obstkuchen aufs Büfett zu stellen und die Rührkuchen als Reserve zurückzuhalten, hatte sich bewährt. Sie würden in Alufolie verpackt frisch bleiben und auch morgen und übermorgen noch schmecken.

Später saßen alle Helfer gemütlich bei einem Glas Wein zusammen: Trudi und Paula, das Trio, Sarah und Julia. Mathias hatte sich neben Franziska gesetzt und nach einer Weile vorsichtig unter dem Tisch nach ihrer Hand gegriffen. Franziskas Herz klopfte.

»Auf Franziska und ihre erfolgreiche Eröffnung!«, sagte Hugo und hob sein Glas.

»Auf euch alle«, erwiderte Franziska und erhob ebenfalls ihr Glas. »Ohne euch und eure Hilfe hätte ich das nie geschafft. Vielen, vielen Dank!«

»Und auf euch zwoi«, fügte Karl hinzu. »Ihr brauched gar net so hälinge do, mir hen des scho mitkriegt. I freu mi doch, dass der Kerle endlich unter d' Haub kommt, i han scho denkt, des verleb i nemme. Und na au no so a saubers Mädle. Prost!«

»Jetzt mach aber mal halblang, Karl«, warf Hugo ein, »und bring die jungen Leute nicht in Verlegenheit. Ein Kuss muss ja nicht gleich zum Traualtar führen. Wenn ich jedes Mädel geheiratet hätte, das ich mal geküsst hab ...«

»Ha, da hört mr ja schöne Sache, komm, verzähl. Mir sitzed doch grad so nett zsamme«, forderte Ernst ihn auf und spitzte gespannt die Ohren.

»Aber doch nicht vor dem Kind!«, protestierte Hugo scheinheilig.

»Faule Ausrede!«

Später lag Franziska im Bett, todmüde, aber unfähig einzuschlafen, so aufgedreht war sie. Wieder und wieder ließ sie den Tag Revue passieren, sah die vielen gut gelaunten Gäste und den Redakteur von der Zeitung vor sich, hörte die Musik des Trios, die vom Balkon herunterklang, als käme sie geradewegs aus dem Himmel, und dachte an die unverhoffte Wendung, die die Sache mit Mathias genommen hatte. So etwas nannte man wohl einen Glückstag. Da fiel der dumme Zwischenfall mit Thomas überhaupt nicht ins Gewicht. Und wer weiß, vielleicht hatte die Sache damit endgültig ein Ende.

15

»I wäsch meine Füß halt all Jahr amol«,
hot dr Bauer gsait,
»ob's braucht oder net.«

Franziska hatte drei freie Tage, bevor sie ihr Café wieder öffnen würde. Für den dritten hatte sie einen Besuch bei Astrid eingeplant. Sie musste sich erst daran gewöhnen, dass es in ihrem Leben nun Café-Tage und freie Tage gab und sie bei ihrer Terminplanung darauf Rücksicht nehmen musste.

»Hallo, Franziska!« Astrid war offensichtlich erfreut, Franziska zu sehen. Sie stand auf, kam um ihren Schreibtisch herum und umarmte sie. Dann setzte sie sich und ihr Gesicht nahm einen fragenden, leicht besorgten Ausdruck an, während sie mit ihrem Kugelschreiber spielte. »Gibt's ein Problem? Wenn ich richtig gesehen habe, wäre die Vorsorge erst in zwei Monaten fällig.« Sie warf zur Kontrolle noch einmal einen Blick in Franziskas Krankenkarte. »Normalerweise schiebst du die Sache doch eher hinaus.«

Franziska und Astrid kannten sich schon aus Schulzeiten. Sie waren zusammen in eine Klasse gegangen und später hatten sie die ersten drei Semester gemeinsam studiert, so lange, bis Franziska schwanger geworden war. Diese Zeit hatte sie verbunden. Astrid war ihr damals eine große Hilfe gewesen. Auch wenn sie nicht verstanden hatte, warum Franziska ihr Studium aufgeben wollte, hatte sie sie in jeder Hinsicht unterstützt. Trotz der Beteuerungen am Ende jedes ihrer Besuche, sich auch einmal privat zu treffen, sahen sie sich in der Regel nur einmal im Jahr in Astrids Praxis, aber dann war die alte Vertrautheit sofort wieder da. Astrid war nicht nur eine Freundin, sondern auch eine gute Frauenärztin, und dafür nahm Franziska die Fahrt nach Esslingen gern auf sich.

»Nun ja, es ist so, ich brauche ein Rezept ... für die Pille«, erklärte Franziska.

Astrid schmunzelte. »Gibt es etwas, was ich wissen sollte?«

»Ob du's wissen solltest, weiß ich nicht, aber ich nehme mal an, dass du es wissen willst.«

»Stimmt genau. Wie heißt er?«

»Mathias.«

»Und woher kennst du ihn? Nun lass dir doch nicht jedes Wort aus der Nase ziehen!«, beschwerte sich Astrid.

»Nun ja, ich habe ihn über einen der Mieter meiner alten Wohnung kennengelernt. Mathias ist sein Sohn.«

»Du bist umgezogen?« Astrid warf erneut einen Blick auf Franziskas Karte. »Hier steht noch deine alte Adresse.«

»Genau genommen ist es auch noch die alte Adresse, nur das Stockwerk hat sich geändert. Aber das ist eine längere Geschichte. Hast du Zeit?«

»Was für eine Frage!«, lachte Astrid, lehnte sich bequem in ihrem Stuhl zurück und verschränkte erwartungsvoll die Arme vor der Brust. »Wenn du dich anmeldest, plant Bea automatisch mehr Zeit ein als für eine normale Untersuchung. Sie kennt uns Klatschbasen doch inzwischen. Aber vielleicht sollten wir es wirklich einmal wahr machen und uns privat treffen. Ist doch eigentlich schade, dass der gute Vorsatz immer im Alltagstrubel untergeht. Aber jetzt erzähl schon.«

Franziska berichtete von Theas Tod, von der geerbten Haushälfte, von ihrem Café, dem Trio und natürlich von Mathias.

»Außer einem Kuss ist bisher nichts passiert.«

»Aber du hättest nichts dagegen, wenn es passiert, und du willst auf alles vorbereitet sein. Kluges Kind«, lobte Astrid.

»Gebranntes Kind«, verbesserte Franziska.

»Na ja, die Gefahr, schwanger zu werden, ist mit zweiundvierzig nicht mehr so hoch wie mit zwanzig, aber ausgeschlossen ist es natürlich nicht. Ich schreibe dir das Rezept nachher raus. Aber ich würde vorschlagen, dass wir die Vorsorge auch gleich mit machen, dann must du nicht noch mal kommen. Okay? Dann mach dich mal frei, du kennst ja das Prozedere.«

Und ob Franziska das kannte. Wie schnell doch ein Jahr vergeht, dachte sie, während sie ihre Wäsche sorgfältig auf den Stuhl hinter dem Paravent legte und sich auf den Untersuchungsstuhl setzte. Wer um alles in der Welt hatte nur diesen fürchterlichen Stuhl erfunden? Mit Sicherheit ein Mann, der nie auf diesem Möbelstück Platz nehmen musste. Dass Astrid eine Frau und außerdem ihre Freundin war, die sich »nebenbei« ganz ungezwungen mit ihr unterhielt, machte die Sache zwar ein wenig leichter, aber sich in dieser Stellung zu unterhalten, erschien Franziska doch immer wieder befremdlich, und sie war froh, als es wieder einmal für ein Jahr geschafft war.

Sie saß Astrid schon wieder angezogen an ihrem Schreibtisch gegenüber, als ihr einfiel, dass sie sie noch etwas fragen wollte. »Sag mal, kann man als Arzt bei einer normalen Vorsorgeuntersuchung eigentlich feststellen, ob eine Patientin schon einmal ein Kind bekommen hat? Als ehemalige Medizinstudentin müsste ich das vielleicht wissen, aber es ist schon so ewig her, und möglicherweise hab ich das auch nie gelernt.«

Astrid sah sie erstaunt an. »Normalerweise nicht. Ich meine, wenn eine Patientin bei der Geburt einen Dammschnitt hatte, so wie du, dann kann ich das sehen und meine Rückschlüsse daraus ziehen. Aber ansonsten ... Warum fragst du?«

»Nun, es geht um Thea. Sie war doch auch deine Patientin.«

»Stimmt, du hast mich ihr damals empfohlen und sie kam all die Jahre regelmäßig zu mir. Es tut mir sehr leid, dass sie gestorben ist. Ich habe sie gemocht. Aber was hat deine

Frage mit Thea zu tun? Willst du wissen, ob Thea einmal ein Kind hatte? Selbst wenn ich es wüsste, dürfte ich es dir nicht sagen. Die ärztliche Schweigepflicht gilt über den Tod hinaus. Erhebt etwa jemand Anspruch auf das Haus, das du geerbt hast?«

»Nein, das ist es nicht. Sag mal, die ärztliche Schweigepflicht gilt doch auch für unser Gespräch, oder?«, fragte Franziska.

»Natürlich. Allerdings kann ich auch ganz abgesehen von meinem Beruf schweigen wie ein Grab, wenn's sein muss. Du machst mich langsam wirklich neugierig mit deinen Fragen.«

Franziska beschloss, Astrid reinen Wein einzuschenken und von der zweiten Urne zu erzählen, obwohl die zur Klärung des Falls offensichtlich nichts beitragen konnte. Astrid hörte gespannt zu.

»Und jetzt denkst du, in der zweiten Urne könne Theas Kind sein, ein Kind, von dem niemand etwas wusste?«

Franziska nickte. »Trudi hat mir erzählt, dass Thea einmal für einen verheirateten Mann geschwärmt hat. Trudi meint zwar, es sei nie etwas zwischen den beiden gewesen, aber wer will das so genau wissen? Auch Thea war keine Heilige. Und wenn die Liebe im Spiel ist ... Könnte doch sein, dass sie ein Kind hatte und dass es gestorben ist.«

»Ich kann dir leider nicht weiterhelfen, selbst wenn ich es wollte und dürfte«, sagte Astrid mit einem bedauernden Schulterzucken. »Aber die Geschichte mit dem Kind scheint mir auch wirklich weit hergeholt. Allerdings hast du für verrückte Geschichten ja schon zu Schulzeiten etwas übrig gehabt. Ich kann mich noch gut daran erinnern, wie alle gebannt an deinen Lippen hingen, wenn du deine Aufsätze vorgelesen hast.«

»Frau Steinmaier fand sie in der Regel weniger toll. Meistens stand darunter: ›Sprachlich gelungen, aber ziemlich unlogisch. Da ist wieder einmal die Phantasie mit Ihnen durchgegangen, Franziska.‹ Was aber Thea und die Urne angeht, da habe ich alle anderen Möglichkeiten schon ausgeschlossen«, erzählte Franziska. »Außer der, dass es ganz einfach ein Versehen der Friedhofsverwaltung war, aber die Erklärung gefällt mir nicht.«

»Verstehe«, lachte Astrid, »das ist dir zu banal. Vielleicht solltest du Bücher schreiben, dann kannst du dir das Leben so spannend zurechtbasteln, wie du's gern hättest.«

Sie schrieb das Rezept aus und reichte es Franziska über den Schreibtisch. »Wenn ich mal Zeit habe, komme ich vorbei und schau mir die beiden an.«

»Welche beiden?«, wollte Franziska wissen.

»Na, deine beiden neuen Errungenschaften: dein Café und Mathias.«

»Jederzeit gern, ich würde mich freuen«, meinte Franziska. »Heute Abend gehen Mathias und ich übrigens zusammen ins Kino. Ich freue mich schon drauf.«

»Na, dann viel Spaß. Was läuft denn gerade?«

»›Maria, ihm schmeckt's nicht.‹ Ich habe das Buch gelesen und hoffe, dass ich vom Film nicht enttäuscht bin. So geht's mir manchmal, wenn ich eine Buchverfilmung sehe.«

»Hauptsache, du bist nicht von Mathias enttäuscht«, schmunzelte Astrid. »Aber keine Bange, ich habe den Film schon gesehen und kann ihn dir nur empfehlen. Ich finde ihn ausgesprochen gelungen. Ist sicher eine gute Wahl. Es ist ja nicht so einfach, einen Film zu finden, der Männern und Frauen gleichermaßen gefällt. Na, ich wünsche dir jedenfalls viel Spaß.«

16

Durch Schada wird mr gscheit,
aber net reich.

Heute war der erste Tag, an dem Franziska ihr Café öffnete, der erste normale Tag, von der Eröffnung einmal abgesehen. Franziska war aufgeregt. Wie viele Gäste würden kommen? Würden überhaupt welche kommen? Wie viele Kuchen würde sie brauchen? Würde sie die richtige Mischung anbieten? Und würde sie es ganz ohne Helfer schaffen? Eigentlich hatte Trudi ihr Kommen zugesagt, aber sie hatte heute Morgen angerufen und mitgeteilt, dass sie Zahnschmerzen habe, jetzt erst einmal zum Zahnarzt gehen werde und nicht wisse, ob sie heute Nachmittag kommen könne.

Während Franziska den Teig für eine Biskuitrolle rührte, ließ sie den gestrigen Abend noch einmal Revue passieren. Astrid hatte Recht gehabt, der Film hatte sie nicht enttäuscht. Sie hatte schon lange nicht mehr so gelacht, und auch Mathias hatte sich köstlich amüsiert. Sie mochte seine Art zu lachen, und nicht nur die. Je besser sie Mathias kennenlernte, umso netter fand sie ihn. Nach dem Kino hatten sie noch eine Kleinigkeit beim Italiener gegessen und den Abend dann mit einem Irish Coffee in der *Brennbar* ausklingen lassen. Franziska gefiel die Atmosphäre dort, die rot getünchten Wände, das gedämpfte Licht, die geschmackvolle Einrichtung mit den bequemen Rattansesseln und den großen Holzventilatoren an der Decke, dafür nahm sie sogar in Kauf, dass dort geraucht werden durfte.

Den ganzen Abend hatte sie sich angeregt mit Mathias unterhalten. Zuerst natürlich über den Film, aber dann auch über andere Themen. Sie hatten festgestellt, dass sie nicht nur ihre Vorliebe für Irish Coffee teilten. Beide schwärmten für

England, die herrliche Landschaft, die wunderschönen Gärten und die freundlichen, hilfsbereiten Menschen. Beim Essen allerdings gaben sie Italien den Vorzug, und sie hatten darüber diskutiert, ob ihre Lieblingsstadt Rom oder Venedig war. Dass es eine von beiden war, darüber waren sie sich einig gewesen. Sie streiften auch gern über Flohmärkte, Franziska auf der Suche nach alten Postkarten und Bildern, Mathias nach reizvollen Möbelstücken. Und sie hatten beschlossen, den nächsten Flohmarkt gemeinsam unsicher zu machen. Mathias hatte keine Annäherungsversuche unternommen, und Franziska war sich nicht sicher, ob sie darüber erfreut oder enttäuscht sein sollte. Im Kino hatte er ihre Hand gehalten, und als er sie abends nach Hause gebracht hatte, hatte er ihr einen Kuss gegeben, und diesmal hatten seine Lippen ein wenig länger und mit mehr Leidenschaft auf den ihren verweilt.

»Kaffee haben wir ja schon getrunken. Die Frage, ob du noch auf einen Kaffee heraufkommen willst, erübrigt sich also«, hatte Franziska leise gesagt, denn sie hatten vor der Haustür gestanden und sie hatte das Trio nicht wecken wollen.

»Stimmt, außerdem haben wir keine sturmfreie Bude.« Mathias war auf ihren scherzhaften Ton eingegangen. »Mein Vater wohnt im Haus, und der hat trotz seines fortgeschrittenen Alters Ohren wie ein Luchs. Außerdem weißt du doch, wie der Schwabe sagt: No net hudla. Oder ist dir mein Tempo zu langsam?«

»Durchaus nicht. Ich weiß es zu schätzen.«

Das hatte Franziska ganz ehrlich gemeint. Erst neulich hatte sie gelesen, dass man die Dinge bei der Liebe langsam angehen, nichts überstürzen soll. Nach dem ersten Sex sei es schwierig, noch objektiv zu urteilen, da schlügen die Bindungshormone zu. Vielleicht war es damals bei Jochen so gewesen, das wollte Franziska nicht noch einmal riskieren. Davon hatte sie Mathias gestern Abend natürlich nichts gesagt. Er sollte nicht glauben, er werde schon als Heiratskandidat gehandelt.

»Wenn's mir zu lange dauert, werde ich mich melden«, hatte sie stattdessen gesagt.

»Ich bitte darum«, hatte Mathias erwidert und sie angegrinst. »Also dann, gute Nacht, schlaf gut.«

»Du auch. Und danke für den schönen Abend.«

Lächelnd schob Franziska das Blech mit dem Teig in den Backofen und war gerade dabei, die Teigschüssel auszuwaschen, als es an der Tür klingelte. Verflixt, ausgerechnet jetzt. Der Biskuit brauchte genau zehn Minuten. Bei keinem anderen Kuchen kam es so genau auf die Minute an. Wenn der Teig auch nur eine Minute zu lange im Ofen war, würde er zu dunkel und zu trocken werden und beim Zusammenrollen brechen. Sie wusch sich ihre Hände und ging dann eilig zur Tür.

Der Mann, der draußen stand, war Franziska unbekannt. Er war um die sechzig, klein und untersetzt, sein schütteres Haar war auf der linken Seite akkurat gescheitelt, sein weißes, kurzärmeliges Hemd ordentlich gebügelt und die dunkle Hornbrille wirkte viel zu schwer in seinem blassen Gesicht.

»Frau Glück?«

»Ja. Was kann ich für Sie tun?«

»I han ghört, dass Sie a Café eröffnet hen. Isch des richtig?«

»So ist es«, bestätigte Franziska. »Aber ich mache erst heute Nachmittag auf. Gerade bin ich beim Kuchenbacken, und ich muss auch gleich wieder rein, sonst verbrennt mein Biskuit.«

»Des macht nix«, meinte der Mann.

»Wie bitte?«

»Den Biskuit werded Se nemme brauche, heut auf gar koin Fall. Heut bleibt des Café zu. Und morge und übermorge mit Sicherheit au.«

»Also hören Sie mal ...«

»Müller vom Ordnungsamt«, stellte der Mann sich jetzt vor, holte einen Ausweis aus seiner Brusttasche und hielt ihn ihr vor die Nase. »Kann i reikomme?«

»Also ich weiß nicht ...« Franziska war völlig überrumpelt und wusste gar nicht mehr, was sie denken sollte. Was hatte sie mit dem Ordnungsamt zu tun?

»Des war jetzt eher a rhetorische Frag«, stellte Herr Müller klar. »'s gibt da einiges zu bespreche und i nehm amal an, dass mr des besser drinne in aller Ruh erledige als hier draußße auf dr Straß. Und so, wie's riecht, sodded Se au amal nach Ihrem Kuche gucke. Sie könnted en ja vielleicht selber esse oder ihr Kaffeekränzle drzu eilade.«

Danach war Franziska nun ganz und gar nicht zumute. Ganz abgesehen davon, dass sie gar kein Kaffeekränzchen hatte. Trotzdem eilte sie in die Küche, um ihren Kuchen zu retten. Dann führte sie Herrn Müller in ihr Wohnzimmer, wo er sich neugierig umschaute.

»Und wo isch jetzt des Café?«

»Das ist das Café.«

»I han denkt, des wär Ihr Wohnzimmer.«

»Das ist mein Wohnzimmer, außer am Mittwoch-, Donnerstag- und Freitagnachmittag, da ist es mein Café«, erklärte Franziska.

»'s gibt nix, was es net gibt«, stellte Herr Müller verwundert fest und nahm auf Franziskas Sofa Platz. »Also des möcht i fei net, wildfremde Leut in meim Wohnzimmer bewirte.«

»Aber es ist doch nicht verboten, oder?«, erkundigte sich Franziska besorgt und setzte sich auf die Kante des Sessels, Herrn Müller gegenüber. Sie trug noch immer ihre Schürze, so sehr hatte Herrn Müllers Besuch sie aus dem Konzept gebracht.

»Grundsätzlich net. Solang Se alle Bestimmunge erfülled. Des muss mr halt prüfe. Aber des muss mr mache, bevor mr des Café eröffnet und net hinterher, so geht des net«, erklärte Herr Müller und schüttelte tadelnd den Kopf. »I moin, mir lebed ja net in Turkmenistan, wo jeder mache kann, was er will.«

Franziska wusste nicht, ob jeder in Turkmenistan machen konnte, was er will, vermutlich nicht. Aber sie hätte sich denken können, dass das hierzulande auf gar keinen Fall ging. Wie hatte sie nur auf die Idee kommen können, ein Café zu eröffnen, ohne sich um irgendwelche Vorschriften zu kümmern, und das im Ländle, wo jeder Bürger sich bereits bei der Reinigung seines Treppenhauses, seines Kellers und des Trottoirs den strengen Regeln der Kehrwoche zu unterwerfen hatte. Beim Gedanken an die Folgen ihrer Gedankenlosigkeit bildete sich ein kalter Knoten in ihrem Magen.

»Und jetzt?«, fragte sie kleinlaut.

»Jetzt bleibt des Café gschlosse, bis alles gprüft und genehmigt isch. Vorausgsetzt, es kann genehmigt werde. So, wie i des seh, hen Se ja koi Genehmigung beantragt. Isch des richtig?«

Franziska nickte stumm.

»A arg trockene Luft isch da drin, da drfür, dass des a Café isch.«

»Bitte?«

»Ob Sie vielleicht an Schluck Wasser hätted, moin i«, übersetzte Herr Müller seine blumigen Worte, öffnete seine Aktentasche und entnahm ihr einige Papiere, die er auf den Couchtisch legte.

»Entschuldigen Sie«, sagte Franziska, »normalerweise bin ich nicht so unhöflich. Aber ich bin ganz durcheinander. Ich wusste ja nicht, dass man eine Genehmigung braucht, um ein Café zu eröffnen. Ich meine, es ist ja auch nur ein ganz kleines Teilzeitcafé.«

»A was? A Teilzeitcafé? Des han i jetzt au no nie ghört. Café isch Café, Vorschrift isch Vorschrift und Unwissenheit schützt nicht vor Strafe.«

Franziska spürte, wie ihre Hände vor Aufregung ganz kalt und feucht wurden und ihr Herz im Hals klopfte. Nicht nur dass ihr Café geschlossen wurde, kaum dass sie es aufgemacht hatte, jetzt sollte Sie auch noch bestraft werden.

»Jetzt gucked Se net so verschrocke«, beruhigte Herr Müller und sah sie wohlwollend an. »I bin ja koi Unmensch. Mir werded des Kind scho schaukle. Wie wär's, wenn Sie uns mal an Kaffee koche däded, na kann i scho mal prüfe, ob die Qualität in Ihrem Café stimmt.« »Späßle gmacht«, lachte er, als er Franziskas erschrockenes Gesicht sah. »I muss hier einiges prüfe, aber dr Kaffee ghört bisher leider net drzu. Aber oin zu trinke, isch mir nicht verbote.«

Franziska, die endlich verstanden hatte, ging in die Küche, um die Kaffeemaschine in Gang zu setzen. Während sie ein Filterpapier aus dem Schrank nahm, es in die Maschine legte und Kaffeepulver und Wasser einfüllte, versuchte sie, sich etwas zu beruhigen. Man konnte Herrn Müller sicher kein X für ein U vormachen und er würde sich bestimmt an seine Vorschriften halten, aber vielleicht hatte er einen gewissen Ermessensspielraum. Den galt es zu nutzen. Auf keinen Fall durfte sie auf Konfrontationskurs gehen, Herr Müller war im Recht und saß am längeren Hebel, sie konnte nur an seine Freundlichkeit und Mitmenschlichkeit appellieren – und an seine Männlichkeit. Es konnte wohl nicht schaden, ihre wenig attraktive Küchenarbeitskluft gegen etwas ansprechendere Kleidung zu tauschen, während der Kaffee durchlief.

Herr Müller schien die Verwandlung nicht nur zu registrieren, sondern auch wohlwollend zur Kenntnis zu nehmen, wie sie seinem Blick entnahm, als sie sich wenig später beim Tischdecken zu ihm herüberbeugte, um seine Kaffeetasse an ihren Platz zu stellen, und ihm damit Einblick in den tiefen Ausschnitt ihres T-Shirts gewährte. Auch ihr Kaffee schien sein Wohlwollen zu finden, wie sie aus dem zustimmenden Grunzlaut schloss, als er den ersten Schluck kostete. Franziska nahm ihm gegenüber Platz und schlug ihre Beine übereinander, die inzwischen in einem kniekurzen Rock steckten.

Franziska hatte beschlossen, das Gespräch mit einem kurzen Bericht über Thea und ihr »Vermächtnis« zu eröffnen.

»Ich könnte mir nicht verzeihen, wenn es an meiner Schussligkeit scheitern würde, dass ich Theas Wunsch nicht erfüllen kann«, sagte Franziska mit betrübtem Gesichtsausdruck und schlug ihre Augen nieder. Als sie den Blick wieder hob, schimmerten Tränen darin. Es lag keine Absicht dahinter, beim Gedanken an Thea hatte sie immer noch dicht am Wasser gebaut, aber es kam ihr in diesem Fall nicht ungelegen. Schussligkeit, fand Franziska, war ein ganz wunderbares Wort, um ihr Versäumis zu umschreiben, es klang so harmlos, direkt ein wenig liebenswert.

»Na ja«, meinte Herr Müller beruhigend, »mir welled ja des Kind net glei mit em Bad ausschütte, wie mr so sagt. Grundsätzlich isch ja gege des Café vermutlich nix einzuwende, 's verzögert sich jetzt halt alles a bissle. I du jetzt eifach mal so, als wenn's die Eröffnung net gebe hätt, und Sie stelled an ganz normale Antrag.« Er schob ein paar Blätter Papier zu Franziska hinüber. »Da wär Verschiedenes auszufülle und beizulege. Sie müssed Ihr persönliche Zuverlässigkeit nachweise, da langt vielleicht Ihr Finanzamtsnummer, na brauched Se a Gsundheitszeugnis und Ihr fachliche Eignung muss au bescheinigt werde. Da erkundiged Se sich am beschte bei dr IHK, die veranstaltet regelmäßig Kurse, wo Se alles Wichtige lerned. Ja, und na wäred da noch die bauliche Gegebeheite. Da gibt's natürlich au Vorschrifte.«

Natürlich.

»A Toilette hen Se ja vermutlich.«

»Oh ja, eine sehr hübsche sogar«, beeilte Franziska sich zu versichern, froh, dass Sie eine Frage von Herrn Müller einmal positiv beantworten konnte. »Möchten Sie sie mal sehen?«

Sie war schon im Begriff aufzustehen, aber Herr Müller winkte ab. »Noi, vielen Dank, aber an Kaffee däd i no trinke. Vielleicht dass i nachher Ihrer Toilette no an Bsuch abstatte. Dr Herretoilette«, betonte er. »Des wissed Se ja sicher, dass oi Toilette für Ihre Gäst net genügt.«

Franziska, die gerade ein wenig Oberwasser bekommen hatte, sah ihn erschrocken an. »Aber so viele Besucher kommen sicher gar nicht in mein Café, dass eine Toilette nicht ausreicht.«

»Des isch keine Frage der Anzahl, junge Frau, sondern der Geschlechter, pro Geschlecht eine Toilette sozusagen«, belehrte sie Herr Müller. »Au wenn Sie bloß zwoi Gäscht hen, und dr oine isch a Frau und dr andre an Mann, na brauched Sie a zwoite Toilette. Des isch Vorschrift. Da will dr Staat koi Kuddelmuddel.«

Franziska warf ein, dass sie aber Cafés und Wirtschaften kenne, die auch nur über eine Toilette verfügten.

»Na sin die sicher älteren Datums. Des nennt mr dann Besitzstandswahrung. Die dürfed des, weil die eröffnet worde sin, wo's des Gsetz no net gebe hat.«

Das erschien Franziska zwar reichlich ungerecht, aber dagegen war wohl nichts zu machen.

»Aber in dem Haus gibt's doch sicher net bloß oi Toilette«, versuchte Herr Müller, ihr zu helfen. »Da lässt sich bestimmt a Lösung finde. Am beste, Sie leged Ihrem Antrag an Plan von dem Haus bei, na kann mr des alles prüfe. Ach so, und falls Se au draße bewirted, was ja, wie i ghört han, dr Fall isch, na brauched Se au no a spezielle Genehmigung für Außebewirtung, des wird oft vergesse von de Leut. So, des wärs na für de Moment. Falls Se noch a Frag hen, da isch mei Kärtle.« Herr Müller zog eine Visitenkarte aus seiner Brusttasche und schob sie über den Tisch zu Franziska hinüber.

Die wusste schon gar nicht mehr, wo ihr der Kopf stand vor lauter Anträgen und Vorschriften.

»Sie könned me jederzeit arufe, meine Arbeitszeite standed drauf.« Herr Müller wollte gerade aufstehen, als ihm noch etwas einfiel. »Ach, oins no. Mir isch da zu Ohre komme, dass Sie in Ihrem Café a Kind beschäftige. Isch des Ihr Tochter?«

»Sie meinen Sarah?«, fragte Franziska, die allerdings schon ahnte, dass Herr Müller nicht Sarah, sondern Julia meinte.

»I woiß net, wie se hoißt. Wie alt isch denn Ihr Tochter?«

Als Franziska Sarahs Alter nannte, bestätigte sich ihre Ahnung, dass Herr Müller von Julia sprach, und Julia mit ihren gerade mal zehn Jahren fiel unter den Jugendschutz, wie Herr Müller ihr erklärte.

»Kinderarbeit isch bei uns strengschtens verbote. Des muss aufhöre, sonscht krieged Se Schwierigkeite.«

Franziska bemühte sich, die Sache richtigzustellen. Sie erzählte, wie Julia der Eröffnung des Cafés entgegengefiebert hatte, wie sehr sie sich darauf gefreut hatte, helfen zu dürfen, wie stolz sie am Abend des Eröffnungstages gewesen war und dass bei ihrer Mithilfe von Kinderarbeit überhaupt keine Rede sein konnte.

»Julia geht ja normalerweise zur Schule, da hat sie gar keine Zeit, so oft zu Besuch zu kommen. Und Sie wissen ja, wie das mit Kindern ist, normalerweise lässt die Begeisterung für eine Sache recht schnell nach«, versuchte sie zu beschwichtigen und leistete Julia im Stillen Abbitte, denn sie wusste nur zu gut, dass diese Aussage auf das Mädchen nicht zutraf.

Offensichtlich hatte sie den richtigen Ton getroffen.

»Oh ja, des kenn i von meine Enkel«, stimmte Herr Müller zu. »Da kann i a Lied drvo singe. Solang se kloi sin und beim Abspüle d' ganze Küche unter Wasser setzed, sin se aufs Helfe ganz verrückt, aber sobald se so alt sin, dass se oim wirklich a Hilf wäred, hen se ageblich koi Zeit meh.«

»Sie haben schon Enkelkinder?«, fragte Franziska und bemühte sich, das richtige Maß an Erstaunen und Bewunderung in ihre Stimme zu legen.

»Drei«, erklärte Herr Müller stolz, »zwoi Mädla und an Bua. Also wenn Ihr Patekind mal an Teller auf de Tisch stellt oder d' Spülmaschin eiräumt, da drgege sagt ja au koiner was. Es darf halt net zur Regel werde. I sag's ja bloß, damit Se koine Schwierigkeite krieged. Von meiner Seit aus müssed Se nix befürchte, aber wenn jemand Sie aschwärzt, na muss d' Behörde dere Sach halt nachgange. Also, nix für ogut. Und jetzt gang i wirklich.«

Franziska begleitete Herrn Müller zur Tür und verabschiedete sich freundlich. Ihr Dank war ganz ehrlich gemeint, denn im Rahmen seiner Möglichkeiten hatte Herr Müller sich wirklich bemüht, ihr entgegenzukommen. Trotzdem blieb die Tatsache, dass ihr Café bis auf Weiteres geschlossen war und sie nicht wusste, wie die Sache letztendlich ausgehen würde.

Wenn Franziskas Gefühle in Wallung gerieten, egal ob es sich um Freude oder Sorge handelte, dann musste sie mit jemandem darüber sprechen, und zwar nicht morgen, übermorgen oder nächste Woche, sondern noch heute, gleich, sofort! In der Regel war dieser Jemand Paula, aber sie wusste, dass Paula heute mit Julia Schuhe einkaufen wollte, Sarah schlief noch und Trudi war beim Zahnarzt, blieb ... Mathias, natürlich, dass sie nicht gleich darauf gekommen war. Beruhigende, braune Augen, eine breite Brust zum Anlehnen, eine tiefe, tröstende Stimme, genau das war es, was Franziska jetzt brauchte.

Sie machte sich gleich auf den Weg. Mathias' kleiner Laster stand im Hof, er schien also da zu sein. Als Franziska die Tür zur Werkstatt öffnete, ertönte eine helle Glocke, so laut, dass Mathias sie trotz des Lärms, den seine Säge verursachte, hörte. Er schaltete die Säge aus und schaute auf. Es war nicht zu übersehen, dass er sich über Franziskas Besuch freute.

»Du? Hast du Sehnsucht nach mir? Das ist schön. Aber ich dachte, du musst Kuchen backen. Hast du heute Nachmittag nicht dein Café geöffnet?«

Franziskas Gesicht, auf dem sich bei Mathias' freundlichem Willkommensgruß ein Lächeln gezeigt hatte, verfinsterte sich. Aufgeregt berichtete sie, was sich zugetragen hatte. »Ich hab's immer geahnt, dass Stefan mir mal in die Suppe spuckt. Bringt mir scheinheilig einen Blumenstrauß zur Eröffnung mit und zeigt mich dann eiskalt beim Ordnungsamt an«, ereiferte sie sich.

»Hat dieser Mann vom Ordnungsamt dir gesagt, dass Stefan dich angezeigt hat?«, wollte Mathias wissen.

»Nein, aber wer soll's denn sonst gewesen sein? Na ja, vielleicht auch Thomas, der ist sicher auch nicht gut auf mich zu sprechen, nachdem ich ihn neulich rausgeschmissen hab. Andererseits wusste Herr Müller von Julia, und das kann Thomas eigentlich nicht gewusst haben.«

»Es muss ja gar nicht sein, dass jemand dich angezeigt hat. Wenn die Behörde von der Sache Wind bekommt, durch den Artikel in der Zeitung oder wie auch immer, und feststellt, dass du keine Genehmigung beantragt hast, dann kommen die auch so zu dir.«

»Einfach so? Drei Tage nach der Eröffnung? Hast du schon einmal eine Behörde gesehen, die so schnell arbeitet? Ich habe schließlich niemanden vergiftet, ich habe einfach ein klitzekleines Café eröffnet«, ereiferte sich Franziska.

»Aber ohne vorher eine Genehmigung einzuholen.«

»Alle haben von dem Café gewusst, aber keiner hat mir gesagt, dass ich eine Genehmigung brauche, du auch nicht«, jammerte Franziska vorwurfsvoll.

»Jetzt such nicht die Schuld bei allen anderen«, gab Mathias zurück. »Bei Stefan, bei Thomas, bei mir ... Jedes Baby weiß, dass man bestimmte Auflagen erfüllen muss, wenn man so eine Sache in Angriff nimmt. Da haben wir eben angenommen, dass du das längst erledigt hast.«

Franziska war, als hätte man sie nach einem warmen Sonnenbad unter die eiskalte Dusche gestellt. Sie hatte sich von Mathias Verständnis erhofft und Trost. Und was bekam sie stattdessen? Besserwisserische Vorwürfe! Es war vor allem dieses »Jedes Baby weiß«, das sie auf die Palme brachte. So hatte Jochen, ihr geschiedener Mann, oft mit ihr gesprochen, und sie war sich dann immer klein und dumm vorgekommen. Sie hatte gedacht, Mathias sei ganz anders.

»Vielen Dank für deine Hilfe und deine aufmunternden Worte«, sagte Franziska wütend und machte Anstalten, wieder zu gehen.

»He, Franziska, jetzt warte doch, wir können doch in Ruhe darüber reden.«

»Was gibt's da noch zu reden? Ich sehe doch, dass es dir überhaupt nichts ausmacht, dass die mir mein Café geschlossen haben. Aber dass du auch noch Stefan in Schutz nimmst, das trifft mich wirklich. Na ja, Männer müssen wohl zusammenhalten. Die wissen ja auch immer alles besser. Aber so einen Macho hatte ich schon mal, das brauch ich nicht noch mal. Ich schaff das auch alleine. Schönen Tag noch!«

Sie drehte sich um und ging, ohne Mathias weiter zu beachten, der völlig verdutzt neben seiner Säge stand und sich überlegte, was er denn falsch gemacht hatte.

Es war schwierig, auf der Heimfahrt den Überblick über den Verkehr zu behalten, weil Franziska sich ständig Tränen aus dem Gesicht wischen musste, aber sie schaffte es, ihr Auto heil nach Hause zu fahren und es unbeschadet in der Garage abzustellen. Sie schloss die Haustür auf und trat gerade in den Hausflur, als Karl die Treppe herunterkam.

»Franziska, was isch denn mit Ihne los? Isch ebbes passiert? Isch was mit dr Sarah?«

Franziska schüttelte den Kopf.

»Na Gott sei Dank!«

Franziska schämte sich, aber sie schaffte es einfach nicht, ihre Tränen abzustellen.

»Jetzt komm amol her, Mädle«, sagte Karl väterlich und nahm sie in den Arm.

Ach, es tat gut, ihren Kopf an Karls Brust zu legen, seine warme, streichelnde Hand an ihrem Rücken zu fühlen und seine beruhigenden Worte zu hören. Genauso hatte sie sich das vorgestellt, nur war Karl leider die falsche Besetzung. Trotz allem war seine Brust besser als gar keine.

»Woisch was, jetzt ganged mir zwoi nauf und na verzählsch mr in aller Ruh, was passiert isch.«

Franziska hatte sich so weit beruhigt, dass sie wieder reden und Karl erklären konnte, dass es ihr lieber wäre, in ihre Wohnung zu gehen. Ihr Unglück drei Männern gleichzeitig zu erklären, das war ihr im Moment zu viel.

Während sie in der Küche Tee aufbrühte, saß Karl am Tisch und hörte geduldig zu. »Sie müssed entschuldige, wenn i Sie vorher duzt han«, meinte er dann. »Aber i kann so a junge Frau oifach net per Sie trööschte, des goht net.«

»Von mir aus können wir gern dabei bleiben«, beruhigte Franziska.

»Aber dann auf Gegeseitigkeit. Bietet sich ja au an, wo du demnächst mei Schwiegertochter wirsch.«

Diese Bemerkung löste bei Franziska, die sich gerade einigermaßen beruhigt hatte, einen neuen Sturzbach von Tränen aus.

»Jetzt komm«, sagte Karl und strich ihr tröstend über den Rücken. »A bissle Streit ghört doch zur Liebe drzu. Des wird scho wieder. Dr Mathias hat halt net viel Erfahrung mit Fraue. Außerdem sin mir Männer von Natur aus net so gschaffe fürs Trööschte. Mir moined immer, d' Fraue wellded unsre gute Ratschläg höre, wenn se a Problem hen. Bis mir kapiered, dass die bloß welled, dass mr zuhöred und saged: ›Du hasch ja so recht, arms Schätzle‹, sin mr alte Knaddle, an dene ihrer Brust sich leider koine meh ausheule will.«

Franziska putzte sich die Nase. »Ich hab mich gern an deiner Brust ausgeheult.«

»Des war jetzt aber a zweifelhafts Kompliment«, stellte Karl grinsend fest. »Des hoißt, du hältsch mi für an alte Knaddle.«

Noch immer mit den Tränen kämpfend, musste Franziska lachen. »Natürlich nicht. Und wenn, dann bist du der netteste alte Knaddle, den ich kenne.«

»Machs net no schlimmer, Mädle«, lachte Karl. »Und lass des bloß net die andre zwoi alte Knaddle höre, sonst werded se no eifersüchtig. So, und jetzt verzählsch mr no mal in aller Ruh, was der Kerle vom Ordnungsamt zu dir gsagt hat.«

Das tat Franziska. Besonders die Toilettenfrage beunruhigte sie. Sie hatte kein Problem damit, Gäste in ihrem Wohnzimmer zu bewirten, und auch die Benutzung ihrer Gästetoilette fand sie vollkommen in Ordnung, aber die Vorstellung, dass ihr Badezimmer von völlig Fremden benutzt wurde, war ihr ausgesprochen unsympathisch. Möglicherweise landeten fremde Blicke in ihrem selten aufgeräumten Badezimmerschrank oder fremde Finger in ihren Cremetöpfchen! Sollte sie sich einen abschließbaren Schrank fürs Bad kaufen und an den Cafétagen all ihre Kosmetika verschwinden lassen? Auch diese Lösung erschien Franziska wenig reizvoll.

Karl hatte eine viel bessere parat. »Pass auf, nach meiner Erfahrung kommt auf neun Fraue im Café oi Mann, stimmt's? Sollte der oine Mann des Bedürfnis nach ma frauefreie Klohäusle han oder dr Wirtschaftskontrolldienscht vorbeikomme, na schicksch se eifach zu uns nauf. Mir hänged an unser Gäschtekflo a Schild mit ma Männle druff und i versprech dr, dass unser Klo jeden Mittwoch, Donnerschtag und Freitag so sauber isch, dass de dich net drfür schäme musch. Aber vermutlich benutzt des außer uns sowieso koiner, weil jeder normale Mensch außer dene Paragrafereiter des normal findet, dass Männlein und Weiblein sich oi Klo teiled. Na, wie findesch die Idee?«

»Genial«, freute sich Franziska. »Aber es geht leider nicht«, fügte sie etwas gedämpfter hinzu.

»Und warum net? Wo isch's Problem?«

»Ich kann das nicht annehmen.«

»So ein Quatsch! Natürlich kannsch. Falls es dich beruhigt, versprech i, dass mir a Strichliste führed, und für jeden Klobesucher krieged mir oi Stückle Kuche umasonscht, als Miete sozusage.«

Franziska lachte. »Ihr bekommt euren Kuchen doch sowieso umsonst.«

»Na siehsch, na wär des au gschwätzt«, stellte Karl lakonisch fest. »Noch a Problem?«

»Die Parkplätze«, sagte Franziska. »Ich hab einen, und Herr Müller meinte, ich müsste nach seiner Schätzung vier nachweisen können.«

»Wie berechnet der des denn?«, wollte Karl wissen.

»Keine Ahnung, ich glaube, dass das nach den Quadratmetern des Cafés geht.«

Karl erklärte Franziska, dass sie nicht einen, sondern zwei Stellplätze nachweisen könne, einen vor ihrer Garage, den anderen vor der Garage des Trios.

»Und wenn de jetzt scho wieder sagsch, des kann i net anehme, na stand i auf und gang«, kündigte Karl an.

»Selbst wenn ich dein großzügiges Angebot annehme, fehlen mir immer noch zwei.«

Karl schlug vor, Plätze bei den Nachbarn anzumieten. Grundsätzlich eine gute Idee, nur wurden diese in der Regel von den Hausbewohnern selbst gebraucht. Die einzig freien Plätze in der Straße, von denen Franziska wusste, waren die vor der Doppelgarage von Fräulein Häusler im Nebenhaus. Fräulein Häusler war unverheiratet, wie der Name schon sagte, und sie legte großen Wert darauf, nicht Frau Häusler genannt zu werden. Sie lebte sehr zurückgezogen und lehnte jeden näheren Kontakt zur Nachbarschaft ab, nicht unfreundlich, aber bestimmt. Zwar war sie niemand, der neugierig hinter der Gardine lauerte oder sich über Krach beschwerte oder jemanden schikanierte, aber sie sah auch keinen Grund, jemandem einen Gefallen zu tun. Sie wollte nichts von anderen, also hatten andere auch nichts von ihr zu wollen. Thea und Franziska hatten sich redlich bemüht, das nachbarschaftliche Verhältnis zu beleben, hatten den Versuch aber irgendwann entmutigt aufgegeben.

»Das kannst du vergessen«, erklärte Franziska mutlos. »Die Einzige, die mir einfällt, ist Fräulein Häusler, und die brauch ich gar nicht erst zu fragen.«

»Da schicked mr de Hugo num. Wenn's oiner schafft, na dr Hugo«, erklärte Karl im Brustton der Überzeugung. »Bei ältere Dame mutiert der zum Charmebolze, ogloge. Da mach dr mal koine Sorge. Sonsch no ebbes?«

»Ich denke mal, das andere müsste ich auf die Reihe kriegen. Vielen Dank, Karl, was würde ich bloß ohne dich machen. Jetzt sieht die Welt schon wieder heller aus. Weißt du was? Ich hänge jetzt einen Zettel an meine Tür, dass das Café vorübergehend geschlossen ist, dann backe ich meine Biskuitrolle fertig und heute Nachmittag kommt ihr alle drei herunter und helft mir, sie zu essen. Einverstanden?«

»Eiverstande.«

Der Streit mit Mathias bedrückte Franziska. Sie wartete darauf, dass er anrief, um sich bei ihr zu entschuldigen, aber das Telefon klingelte nicht. Das heißt, es klingelte schon, aber der Anrufer war leider nicht Mathias. Das erste Mal war es Trudi, die ihr mitteilte, dass der Zahnarzt ihr einen Zahn gezogen hatte und sie heute leider nicht zum Helfen kommen könne. Sie reagierte betroffen auf die Nachricht, dass Franziskas Café geschlossen worden war und versuchte, sie zu trösten. Die zweite Anruferin war Paula, die Franziska ebenfalls zu beruhigen versuchte, was das Café anging, auf ihren Streit mit Mathias aber nicht so reagierte, wie Franziska das erwartet, ja erhofft hatte.

»Also, i woiß net, Franzi, i glaub, du solltesch des richtigstelle.«

»Was gibt's denn da richtigzustellen, ich meine, von meiner Seite aus? Mathias ist mir in den Rücken gefallen!«, erklärte Franziska empört.

»Also so, wie du mir des Gspräch gschildert hasch, seh i des a bissle anders. I moin, er hat ja net ganz unrecht mit dem, was 'r gsagt hat.«

»Du also auch? Meine beste Freundin?« Franziska war schon wieder den Tränen nahe. »Das darf ja wohl nicht wahr sein!«

»He, was bisch denn heut so dünnhäutig? Kann's sei, dass du PMS hasch?«

»Was soll ich haben?«

»Hasch no nie was von PMS ghört? Abkürzung für Prämenstruelles Syndrom. Des isch, bevor mr seine Tage kriegt, da kriegt mr alles in falsche Hals und könnt dauernd bloß heule oder sich streite oder beides. Wenn i sag: ›Heut isch PMS-Alarm‹, na woiß dr Uli scho Bescheid und geht mr aus em Weg, bis i wieder normal bin. Vielleicht soddsch des em Mathias sage«, schlug Paula vor.

»Spinnst du? Ich soll Mathias sagen, dass ich demnächst meine Tage kriege? Tut mir leid, aber so eng sind wir noch nicht miteinander. Außerdem, wie steh ich denn dann da? Und überhaupt hat er sich blöd benommen, nicht ich. Ich wollte bloß ein bisschen getröstet werden. Kann sein, dass ich ihm verzeihe, wenn er mich anruft«, erklärte Franziska großmütig, »aber den ersten Schritt mache ich nicht, niemals!«

»Na ja, du musch's ja wisse, aber i däd mr des scho gut überlege. So an Mann wie dr Mathias lauft oim net jeden Tag über de Weg.«

PMS hin oder her, Franziska fühlte sich im Recht. Sie wartete auf Mathias' Anruf und hielt deshalb jedes Gespräch so kurz wie möglich, um die Leitung nicht zu blockieren. Deshalb erhielt Sarah auch Telefonierverbot, was zur nächsten Auseinandersetzung führte. Hätte Franziska ihr angekündigt, es gäbe heute den ganzen Tag nichts zu essen und zu trinken, sie hätte nicht heftiger reagieren können.

»Wozu hast du ein Handy?«, fragte Franziska mitleidslos.

»Weißt du, was das kostet?«

»Dann fass dich halt kurz. Ich warte auf einen wichtigen Anruf.«

Sarah zog es vor, Svenja, eine ehemalige Schulfreundin, zu besuchen, die ihre Semesterferien ebenfalls zu Hause bei ihren Eltern verbrachte. Vielleicht würde sie nun deren Telefonleitung blockieren oder ihre 126 000 Wörter, die sie täglich anscheinend sprechen musste, um nicht unter Entzugserscheinungen zu leiden, bei Svenja abladen.

Am Nachmittag kam das Trio zum Kaffeetrinken und gab sich alle Mühe, Franziska aufzuheitern. Hugo, der stets Wert auf gepflegte Kleidung legte, erschien mit Hemd und Krawatte. Das war für diesen inoffiziellen Anlass an einem heißen Sommertag selbst für Hugo ein wenig overdressed.

Darauf angesprochen erklärte er: »Ich möchte heute eine Dame erobern, da sollte ich mich schon ein wenig anstrengen. Kannst du mir etwas über sie erzählen, Franziska?«

Da sie Karl in nichts nachstehen wollten, waren auch Hugo und Ernst ohne Umschweife zum Du übergegangen.

Nun, Franziska wusste selbst nicht viel über Fräulein Häusler. Als Thea in ihr Haus eingezogen war, hatte die Familie Häusler schon nebenan gewohnt, ein älteres Ehepaar mit zwei ledigen Töchtern. Die Eltern waren irgendwann gestorben und vor vier Jahren dann auch noch die Schwester von Fräulein Häusler. Eigentlich war das Haus für sie allein viel zu groß, aber sie hatte offensichtlich nie daran gedacht, einen Teil davon zu vermieten. Ihrer Umwelt erschien sie als das, was man im Schwäbischen »oige« nennt, und sie gehörte zu den höchstens sechs Personen im Ort, über die man praktisch nichts wusste.

Wie das in kleinen Orten so üblich ist, blühte auch in Neubach der Klatsch, die örtlichen Geschäfte und Vereine dienten als beliebte Umschlagplätze für die neuesten Nachrichten. Die zuverlässigste Nachrichtenquelle, Martha Häfele, lebte allerdings seit einigen Jahren nicht mehr und wurde schmerzlich vermisst. Sie hatte wie die Kirchturmuhr zum Ortsbild gehört. Zu ihren Lebzeiten war es ein vertrautes

Bild gewesen, sie auf einer Bank beim Rathaus sitzen zu sehen, von wo aus sie die Bürger Neubachs bei ihren dortigen Besuchen mit ihren Blicken und ihrer Neugier begleitete. Da sie keinen davon nach Hause entließ, ohne ihn nach seinem Begehr und dem Erfolg seiner Verrichtung zu befragen, war die Ortschaft bestens darüber informiert, wo ein Kind geboren worden war oder der Bau einer Garage beantragt wurde. Und all diese Nachrichten erreichten unverzüglich die Bevölkerung, lange bevor sie freitags im Amtsblättle veröffentlicht wurden.

»Soll ich mitkommen?«, fragte Franziska. »Es geht schließlich um meine Angelegenheit. Ich will dich nicht allein in die Höhle des Löwen schicken.«

»Lass no«, winkte Ernst ab, »dr Hugo isch an guter Dompteur. 's isch besser, er goht alloi, da taut's Fräulein Häusler wahrscheinlich schneller auf.«

»Soll ich dir ein paar Blumen oder Pralinen mitgeben?«

Auch dieser Vorschlag wurde abschlägig beschieden, diesmal von Hugo.

»Ich glaube, es ist besser, wenn ich ganz ohne Geschenk komme. So, wie du mir Fräulein Häusler geschildert hast, könnte sie das als Bestechungsversuch werten und ihre Stacheln stellen.«

Begleitet von den besten Wünschen machte Hugo sich auf den Weg.

Nachdem er schon länger als eine halbe Stunde weg war, schaute Franziska beunruhigt auf die Uhr. »Sollte nicht mal einer von uns rübergehen?«, schlug sie vor.

Karl und Ernst schauten sie verwundert an. »Wieso denn des? Dr Hugo isch doch grad mal a halbe Stund weg.«

»Aber irgendetwas stimmt da nicht. Gespräche mit Fräulein Häusler dauern nie länger als allerhöchstens fünf Minuten.«

»Aber net, wenn dr Hugo kommt, glaub mr's«, beruhigte Karl. »Hasch Angscht, dass sie em ebbes adud?«

»Oder en vernascht?«, lachte Ernst.

Alle schauten gespannt auf, als Hugo eine gute Dreiviertelstunde später zur Tür hereinkam.

»Und?«

»Jetzt isch d' Franziska aber froh, dass de no lebsch. Die hat scho Angscht um dich ghet«, frotzelte Karl.

»Vor allem um dei Tugend«, fügte Ernst hinzu.

»Das war ein echter Opfergang, Franziska«, seufzte Hugo und ließ sich offensichtlich erschöpft aufs Sofa fallen.

»Du Armer, das hab ich befürchtet. War sie so schlimm?«, fragte Franziska mitfühlend.

»Fräulein Häusler? Aber nein, die war ganz reizend. Aber sie hat mir Kuchen angeboten und den konnte ich aus taktischen Gründen schlecht ablehnen. Ein Gugelhupf mit Eiern, Mandeln und Schokolade drin, eine echte Kalorienbombe, und ich hatte doch bei dir schon drei Stücke Biskuitrolle gegessen. Aber gut war er. Sie will dir das Rezept geben für dein Café. Aber du musst versprechen, es nicht weiterzugeben, weil es ein altes Familienrezept ist.«

Franziska starrte Hugo entgeistert an und brachte keinen Ton heraus.

»Franziska, mach den Mund zu, es zieht!«

Endlich fand Franziska ihre Sprache wieder. »Sie hat dir Kuchen angeboten und will dir das Rezept geben? Und du bist sicher, dass du bei Fräulein Häusler warst und dich nicht im Haus geirrt hast?«

Hugo lächelte zufrieden. »Lass dir eins von einem alten Mann gesagt sein, Franziska. Man kann mit jedem Menschen reden. Man muss nur den Punkt finden, an dem man an ihn herankommt. Jeder hat ein Thema, über das er gern spricht, und dann muss man nur noch interessiert zuhören, das ist das ganze Geheimnis. Beim einen ist's der Fußball, beim andern der Garten oder das Enkelkind. Bei Fräulein Häusler waren's die Musik, was mir natürlich sehr entgegenkam, und Norderney. Meine Großmutter hat da gewohnt und wie es der Zufall so will, war Fräulein Häusler einmal als Kind in den Ferien dort. Wer weiß, vielleicht haben wir sogar einmal nebeneinander am Eiswagen gestanden? Wir haben uns jedenfalls prächtig unterhalten. Sie hat mich nur gehen lassen, weil ich ihr versprochen habe, sie bald wieder zu besuchen.«

»Oh Gott, du Armer«, meinte Karl mitfühlend.

»Aber überhaupt nicht«, wehrte Hugo ab. »Ich freu mich drauf. Fräulein Häusler ist eine sehr feine, sehr gebildete Dame.«

»Und was isch jetzt mit dene Parkplätz? Oder hasch des vor lauter Süßholzraschple vergesse?«

»Aber natürlich nicht. Also, Fräulein Häusler ist bereit, Franziska ihre beiden Parkplätze zu vermieten. Zunächst mal zur Probe für einen Monat und für fünfzehn Euro pro Parkplatz, also dreißig Euro im Monat. Bist du damit einverstanden?«

»Und ob«, strahlte Franziska. »Das vergess ich dir nie!«

»Jetzt lob den Kerle net so arg«, wiegelte Karl ab, »der wird sonsch no eibildet. Du woisch doch, wie mir Schwabe saged: Net gschimpft isch globt gnug. Und außerdem war der Bsuch beim Fräulein Häusler ja 's reine Vergnüge, hasch's doch ghört. Und jetzt, find i, könnted mr alle an Schnaps vertrage.«

Ach Thea, dachte Franziska, als sie am Ende dieses aufregenden Tages im Bett lag, da hast du mir wirklich etwas eingebrockt mit deinem Café, aber wenigstens hast du mir das Trio geschickt, das war eine gute Idee. Es wäre wirklich nett, wenn du jetzt auch noch dafür sorgen könntest, dass Mathias endlich anruft und sich bei mir entschuldigt.

17

> *'s Lebe isch wie 's Sauerkraut,*
> *wohl dem, der's gut verdaut.*

So schwer es Franziska auch fiel, heute musste sie ihre Wohnung und damit ihr Telefon für einen ganzen Tag verlassen, denn heute fand der Kurs bei der IHK statt. Sie hatte lange mit sich gerungen, ob sie nicht auf den nächsten Termin warten sollte, damit sie ihr Telefon hüten konnte, aber dann würde sich die Wiedereröffnung ihres Cafés noch weiter verzögern und sie war schließlich froh, dass sie den Kurs so schnell absolvieren konnte.

Zum Glück besaß Franziska einen Anrufbeantworter, gegen den sie sich lange gewehrt hatte, aber inzwischen wusste sie seine Vorteile zu schätzen, heute ganz besonders. Sollte Mathias sie während ihrer Abwesenheit anrufen, so konnte er ihr wenigstens eine Nachricht hinterlassen.

Franziska war aufgeregt, obwohl dazu eigentlich kein Grund bestand. Man hatte ihr gesagt, dass sie keine Prüfung ablegen müsse. Sie hatte nur die Pflicht, an dem Kurs teilzunehmen und sich dies bescheinigen zu lassen. Das müsste ja wohl zu schaffen sein.

Wie immer war Franziska überpünktlich und damit die Erste, die den Raum betrat, in dem der Kurs stattfinden sollte. Sie hatte also freie Platzwahl. Die Tische waren im U angeordnet, der Tür gegenüber befand sich eine Fensterfront, die sich über die ganze Länge des Raums erstreckte und den Blick auf einen großen Kastanienbaum freigab. Franziska entschloss sich für einen Platz an der kurzen Seite des Us, der Flipchart gegenüber, die vorne stand, von dem aus sie nicht nur den Referenten gut im Blick hatte, sondern auch die Tür und den Baum. Nach und nach betraten weitere Kursteilnehmer den Raum und setzten sich an die Fensterseite, wobei sie, sofern sie nicht zu zweit gekommen waren, immer einen Platz zum nächsten Kursteilnehmer freiließen. Einige blieben stumm, andere grüßten kurz in die Runde. Sie waren inzwischen sieben Teilnehmer und es war kurz vor neun, als ein dunkelhaariger junger Mann mit schnellen Schritten den Raum betrat. Einen Moment lang dachte Franziska, es könne sich um den Referenten handeln, denn er trug eine lederne Aktentasche unter dem Arm und legte nicht die leichte Unsicherheit an den Tag, die Franziska bei den anderen Kursteilnehmern gespürt hatte, als sie hereingekommen waren.

Aber dann steuerte der junge Mann auf Franziska zu, deutete auf den Platz rechts von ihr und fragte: »Ist der Platz noch frei?«

Franziska schaute erstaunt zu ihm auf. Es gab im Raum noch genügend freie Plätze, die ganze Reihe neben der Tür war noch frei, und sie hatte auf den Stuhl neben ihr ihre Handtasche gelegt, die sie jetzt schnell aufnahm und an ihre Stuhllehne hängte.

»Ja, bitte.«

Bevor er sich setzte, streckte der Mann, Franziska schätzte ihn auf Anfang dreißig, ihr die Hand entgegen und sagte: »Marco. Ich heiße Marco, und du?«

Er sprach mit Akzent, italienisch, vermutete Franziska. Sein Verhalten hätte Franziska normalerweise als aufdringlich empfunden, aber er hatte ein so entwaffnendes Lächeln, dass sie dachte: Was kann es schon schaden, ihm meinen Vornamen zu nennen? Er wird heute neben mir sitzen, dafür sorgen, dass der Tag vielleicht nicht ganz so langweilig werden wird, wie ich befürchte, und dann werde ich ihm nicht wiederbegegnen.

»Franziska«, sagte sie und schüttelte seine Hand.

»Ah, Francesca, *che bello*!«

Franziska hatte ihren Namen immer gemocht, aber so, wie Marco ihn aussprach, mit einem weichen, rollenden R und einer langgezogenen vorletzten Silbe, klang er wie Musik.

»Eine *cugina* von mir heißt auch Francesca.«

»*Cugina*?«

»Ich weiß nicht, wie man sagt in Deutsch. Francesca ist die Tochter von meinem *zio* Lorenzo. *Zio* Lorenzo ist der Bruder von meine Mutter«, erklärte Marco.

»Oh, dann ist Francesca deine Kusine und dieser Lorenzo dein Onkel.«

»*Esatto*«, bestätigte Marco strahlend. »Ist kompliziert.«

Franziska bestätigte gerade, dass Verwandtschaftsverhältnisse selbst in der Muttersprache eine schwierige Angelegenheit waren, als eine Dame um die sechzig den Raum betrat. Franziska war erstaunt, als sie einige Papiere auf dem Tisch neben dem Flipchart ablegte und vor dem U Aufstellung nahm. Sie war kräftig gebaut, trug einen wadenlangen grauen Rock und eine hellblaue Bluse und dazu kräftige Schnürschuhe, wie Franziska sie höchstens zu einer Wanderung auf die schwäbische Alb anziehen würde.

»Mein Name ist Schneidersohn-Wipperfürth und ich leite diesen Kurs in Vertretung für Herrn Wedekind, der erkrankt ist. Aber Sie können beruhigt sein, die Materie ist mir durchaus vertraut. Ich schlage vor, dass Sie sich der Reihe nach vorstellen und kurz erzählen, warum Sie heute hier sind, also in welcher Art von Gastronomiebetrieb sie zukünftig zu arbeiten gedenken.«

Den Anfang machten zwei Männer, die Frau Schneidersohn-Wipperfürth am nächsten saßen, beide um die vierzig und sehr gepflegt. Der rechts Sitzende ergriff das Wort und erklärte in Hochdeutsch mit leicht sächsischem Einschlag, dass er und sein Freund ein Bistro eröffnen wollten.

Sympathisch, dachte Franziska, und schwul.

»Stimmt«, sagte Marco neben ihr leise.

»Was?«

»Na, dass die beiden schwül sind. Hast du doch gedacht, oder?«, grinste er.

»Das heißt schwul«, verbesserte Franziska.

Leider ein wenig zu laut, denn ausgerechnet in diesem Moment war es im Raum ganz still geworden und alle Köpfe drehten sich zu Franziska herüber, abgesehen von dem korpulenten Mann Mitte fünfzig, der anscheinend türkischer Abstammung war. Vermutlich kam das Wort schwul in seinem deutschen Wortschatz nicht vor, im Gegensatz zu Marco, der zwar nicht wusste, was Kusine und Onkel heißt, sehr wohl aber den Begriff schwul kannte. Franziska spürte, wie sie rot anlief und sich krampfhaft bemühte, die beiden Männer nicht anzuschauen.

»Ja, wirklich schwül heute«, sagte sie dann und wedelte mit der Hand, so als wolle sie sich Luft zufächeln. »Fremde Sprache, schwere Sprache, was zwei kleine Pünktchen nicht ausmachen«, stotterte sie verlegen.

»Ja, schwere Sprache«, bekräftigte Marco und lächelte unschuldig.

Frau Schneidersohn-Wipperfürth überging die Peinlichkeit, indem sie sich dem nächsten Teilnehmer zuwandte, dem Türken, der in sehr gebrochenem Deutsch erklärte, eine Dönerbude eröffnen zu wollen.

»Hab ich gewusst«, flüsterte Marco.

»Na ja, war ja wohl nicht so schwer zu erraten, dass er keine Pizzeria aufmachen will«, gab Franziska, diesmal betont leise, zurück.

»Gibt's auch«, entgegnete Marco, »aber ist Beleidigung für italienische Pizza. Für Pizza muss man haben italienische Blut, italienische Gefühl. Rezept allein ist nicht genug.« Er warf finstere Blicke zu dem armen Türken hinüber, so, als beabsichtige dieser wirklich, Pizza statt Döner zu verkaufen. »Ist wie mit Ciabatta, jeder deutsche Bäcker meint, er kann italienische Brot backen. Warum backt er nicht deutsche Brot? Verkaufen wir in *italia* Brezel, heh?« In seiner Erregung war Marco vom Flüstern zum lauten Sprechen übergegangen.

Franziska legte ihre Hand beruhigend auf seinen Unterarm und sagte: »Nun beruhige dich doch. Herr Üzdügül macht doch gar keine Pizza, sondern Döner, und das kann er sicher sehr gut.«

Bloß keinen Kulturenstreit jetzt. Herr Üzdügül strahlte, aber die Dame neben ihm holte Luft und legte in breitem Schwäbisch los: »Des mit dem Tschia-batta, des stimmt fei net!«

»Tschabatta«, verbesserte Marco ihre Aussprache streng.

»Sag i doch, Tschia-batta. Also mir hen au italienische Kunde und die sind mit unserm Tschia-batta sehr zfriede, die könned Se frage. Die saged, des schmeckt so gut wie drhoim und sie wäred froh, dass es des jetzt au bei uns zum Kaufe gibt. Und was die Brezla agoht, des wird au nemme lang daure, bis mr die au in Italien kaufe ka, aber mir wird koiner weismache, dass die na so gut schmecked wie bei uns. A gute Brezel mache, des isch nämlich a Kunscht, vorne dr Bauch muss schön dick sei und d' Knöchele dünn und knuschprig. Oimal, da han i a Brezel kauft bei ma Bäcker in Düsseldorf, da hen mir mei Kusine bsucht, und die war ganz stolz, dass es Brezla jetzt au bei ihne gibt, aber i sag euch, des war a Katastroph, richtig knätschig und lommelig sin die gwese ...«

»Gisela, des intressiert doch koin«, warf jetzt der neben ihr sitzende Mann ein, offensichtlich ihr Ehemann.

»I moin ja bloß, weil der Ma da gsagt hat ...«

Diesmal wurde sie von Frau Schneidersohn-Wipperfürth unterbrochen. »Ich denke, wir sollten uns wieder dem Wesentlichen zuwenden. Wie ich Ihrem Einwurf entnehme, haben Sie eine Bäckerei. Und warum sind Sie heute hier?«

»Weil mr uns gsagt hat, mir müsstet des.«

Allgemeines Gelächter.

»Mir welled a paar Stehtischla in unsrer Bäckerei aufstelle, dass d' Leut bei uns im Lade au an Kaffee trinke und ebbes veschpre könned«, erklärte der Bäcker.

Der nächste Mann in der Reihe erklärte auf Nachfrage, er sei arbeitslos und bemühe sich seit drei Jahren vergeblich, wieder einen Job zu bekommen, nun habe er sich entschlossen, einen Verkaufsstand für Würstchen und Pommes frites zu eröffnen.

»Besser als drhoim romsitze und d' Wänd astarre«, erklärte er und alle nickten zustimmend mit dem Kopf.

Die Nächste war eine junge Frau. Sie wollte in der Innenstadt einen kleinen Laden anmieten und dort eine Suppenküche aufmachen. Sie habe gelesen, dass es das in anderen Städten gebe und dass das sehr gut angenommen werde.

Dann war die Reihe an Franziska, und schließlich an Marco. Er erklärte, dass er eine Bar eröffnen wolle, eine italienische Bar, wie er betonte. Selbstverständlich nur mit einer italienischen Kaffeemaschine, denn nur die Italiener verstünden etwas von der Kaffeezubereitung und seien deshalb in der Lage, die entsprechenden Maschinen zu bauen. *Barista*, das sei in Italien ein sehr ehrenwerter Beruf.

Bevor Marco so richtig in Fahrt kommen und erneut einen Kulturenstreit vom Zaun brechen konnte, unterbrach ihn Frau Schneidersohn-Wipperfürth und schrieb in großen Buchstaben das Wort »Hygiene« auf die Flipchart.

Franziska schlug ihren Block auf und schrieb das Wort von der Tafel ab. Auch Marco hatte seinen Kugelschreiber gezückt, aber als Franziska zu ihm hinüberschielte, sah sie, dass er, statt zu schreiben, eine Reihe Kaffeetassen auf seinen Block gemalt hatte, jede mit einem kleinen Dampffähnchen versehen. Franziska musste an das Schild denken, das Mathias ihr für ihr Café geschenkt hatte, und die Erinnerung daran verursachte ein wehmütiges Ziehen in ihrer Herzgegend.

Es fiel Franziska schwer, sich auf das zu konzentrieren, was Frau Schneidersohn-Wipperfürth erzählte, denn sie sprach sehr eintönig, mit wenig Abwechslung in der Stimme, und dass man sich nach dem Besuch der Toilette die Hände waschen müsse, das hatte Franziska schon als Kleinkind von ihrer Mutter gelernt. Aber plötzlich war Franziska hellwach, denn Frau Schneidersohn-Wipperfürth erklärte gerade, man brauche in der Gastronomie eine extra Toilette für das

Personal. Franziska wollte gerade fragen, ob auch die nach Männlein und Weiblein getrennt sein müsse, als ihr einfiel, dass ihre Helfer ohnehin alle weiblichen Geschlechts waren. Aber sie konnte doch nicht jede Woche eine neue Toilette aus dem Boden stampfen! Da hatte sie gerade glücklich die Frage der Herrentoilette gelöst und jetzt das. Irgendjemand hatte wohl, während Franziska mit ihren Gedanken in ihrem Haus weilte, auf der Suche nach einer weiteren Toilette, die Frage nach dem Warum gestellt.

»Es gibt sogenannte Ausscheider«, erklärte Frau Schneidersohn-Wipperfürth, »also Personen, die selbst nicht oder nicht mehr krank sind, sich auch nicht krank fühlen, aber Krankheitserreger in sich tragen und sehr wohl in der Lage sind, diese durch ihre Ausscheidungen auf andere zu übertragen.«

»Was sind Ausscheidungen?«, fragte Marco, leider nicht Frau Schneidersohn-Wipperfürth, sondern Franziska, und so, wie er sie anschaute, hatte Franziska den Verdacht, dass er das sehr wohl wusste und sie nur in Verlegenheit bringen wollte.

»Erklär ich dir später«, zog Franziska sich aus der Affäre, die keine Lust hatte, das Thema weiter zu vertiefen.

»Aber nicht vergessen.«

Frau Schneidersohn-Wipperfürth hatte inzwischen glücklicherweise die Lokalität gewechselt und war in der Küche angelangt. Wie Franziska feststellen musste, war auch das kein erfreuliches Thema, denn sie erfuhr, dass sie dort für ein gesondertes Handwaschbecken und einen Edelstahlkühlschrank sorgen musste. Sie saß noch keine halbe Stunde hier und dies war nun schon die dritte unangenehme Überraschung, die Frau Schneidersohn-Wipperfürth für sie bereit hatte. Hoffentlich ging das nicht so weiter.

Der Vormittag dehnte sich, ein Blick aus dem Fenster zeigte Franziska, dass draußen ein herrlicher Spätsommertag lockte, und sie saß hier drin und lauschte Frau Schneidersohn-Wipperfürths Ausführungen über Hygiene und rechtliche Vorschriften. Endlich schien diese ein Einsehen zu haben, denn sie verkündete eine einstündige Mittagspause.

»Gott sei Dank«, stöhnte Franziska. »Ich war kurz davor einzuschlafen.«

Marco lachte. »Dann brauchst du dringend ein *caffè*.« Er sprach den Kaffee mit einem ä am Ende.

»Gute Idee, ich habe draußen im Flur einen Kaffeeautomaten gesehen. Trinkst du auch einen?«

»*Mamma mia*, das meinst du nicht wirklich!« Marco schlug entsetzt die Hände zusammen. »Doch nicht diese schreckliche braune *brodo* ohne Geschmack und ohne Duft, das ist kein *caffè*, das ist eine *offesa*, eine Beleidigung. Komm mit, ich zeige dir, wo es guten *caffè* gibt.«

Sie verließen das Gebäude und machten sich gemeinsam auf den Weg.

»Ist es weit?«

»Nein, nur zwei oder drei Straßen. Ist doch schön, ein bisschen zu gehen bei diese schöne Wetter. Und ist doch auch gar nicht schwul heute.«

Sie sahen sich an und lachten.

»Meine Güte, hast du mich in Verlegenheit gebracht«, stöhnte Franziska.

»Aber warum? Ist doch nicht schlimm, schwul sein, oder?«

Hinter der nächsten Ecke waren sie am Ziel. Der Name *Da Lorenzo* über der Tür wies auf ein italienisches Restaurant hin, und wenn Franziska sich richtig erinnerte und es sich nicht um eine zufällige Namensgleichheit handelte, auch darauf, dass es Marcos Onkel gehörte. Ein junger Mann kam auf sie zu, etwa in Marcos Alter, und eine gewisse Ähnlichkeit war unverkennbar. Marco und er umarmten sich herzlich.

»Das ist Nico«, stellte Marco vor, »mein Kusino.«

»Dein was?«

»Na, der Sohn von *zio* Lorenzo.«

Jetzt verstand Franziska. »Du meinst Cousin«, lachte sie. »Die Frau heißt Kusine und der Mann Cousin oder hier im Schwäbischen auch Vetter.«

»Vetter? Komische Sprache. Komm, wir setzen uns hier draußen, einverstanden?«

Sie nahmen an einem kleinen Tisch Platz. Franziska genoss die Sonnenstrahlen auf ihrem Gesicht.

»Du bist mir noch ein Antwort ... wie sagt man?«

»Du meinst schuldig?«

»Genau.«

Franziska wusste sehr gut, worauf Marco anspielte, aber sie hatte keine Lust, sich hier, wo jeder Teller, der an ihr vorbeigetragen wurde, einen köstlichen Duft verströmte, über etwas so Unappetitliches zu unterhalten.

»Ein andermal«, sagte sie deshalb.

»*D'accordo.*« Marco schien mit ihrer Antwort sehr zufrieden. »Das heißt, wir müssen uns noch einmal sehen. Wann?«

Nico kam an ihren Tisch und enthob Franziska einer Antwort. Wie geplant bestellten sie zunächst einmal einen Espresso für jeden.

»Du musst aber auch etwas essen«, meinte Marco. »*Zio* Lorenzo kocht wunderbar. Ich schlage vor ... Magst du Fisch? Gut. Dann nimmst du *per primo* am besten ein Meeresfrüchtesalat, *per secondo linguine con porcini*, Steinpilze, dann *scaloppine al marsala,* die beste *scaloppine* von Welt, oder wenn du lieber Fisch magst, einen *pesce spada*, iste Schwertfisch, und zum Schluss *tiramisu*. Na, was meinst du?«

»Marco, du spinnst«, stellte Franziska lachend fest. »Wenn überhaupt, dann esse ich eine Kleinigkeit, einen Salat oder ein Nudelgericht, sonst schlafe ich nachher wirklich noch ein. Außerdem haben wir doch gar nicht so viel Zeit. Wir müssen in einer Dreiviertelstunde zurück sein. Hast du das vergessen?«

»Oh, ihr Deutsche«, stöhnte Marco. »Kein Sinn für Genießen, immer nur Arbeit und pünktlich sein und *dovere*.«

»Er meint Pflicht«, half Nico, stellte die Espressotassen auf den Tisch und reichte Franziska eine Speisekarte. »Er kennt sie auswendig«, sagte er, als er Franziskas fragenden Blick auf die Karte sah und dann zu Marco hinüber deutete. »Er hat in den letzten Wochen hier ausgeholfen.«

Franziska erfuhr, dass Marco erst seit einigen Wochen in Deutschland war, deshalb sprach Nico auch besser Deutsch als er. Marco hatte Deutsch vor allem als Kellner am Gardasee im Kontakt mit deutschen Touristen gelernt, während Nico schon als Kind nach Deutschland gekommen war.

Franziska entschied sich für *insalata di tacchino*, eine Salatplatte mit gebratenen Putenbruststreifen und frischen Pilzen und dazu Pizzabrötchen. Marco bestellte Fisch.

Franziska genoss es, hier zu sitzen. Was für ein Glück, dass Marco sich heute Morgen ausgerechnet den Platz neben ihr ausgesucht hatte. Nun, die Konkurrenz war nicht sehr groß, die einzige Konkurrentin wäre wohl die junge Frau mit der Suppenküche, aber die hatte in letzter Zeit wohl nicht nur Suppenrezepte ausprobiert, sondern auch kräftig gekostet, was ihrer Figur nicht besonders zuträglich gewesen war, und außerdem schaute sie ein wenig mürrisch.

Das Essen kam sehr schnell, Nico hatte mitbekommen, dass sie nicht viel Zeit hatten. Zum Abschluss gab es noch einen Espresso und ein Tiramisu.

»Aber das habe ich doch gar nicht bestellt«, wunderte sich Franziska.

»Aber ich«, lachte Marco, der immer wieder ein paar Worte auf Italienisch mit Nico gewechselt hatte, wenn der an ihrem Tisch vorbeigekommen war. »Wenn du nicht isst, ist *zio* Lorenzo sehr traurig.«

Das konnte Franziska natürlich nicht verantworten. Sie aß den Nachtisch mit Genuss, er schmeckte wirklich köstlich.

»Ich will ja nicht ungemütlich sein«, sagte sie dann. »Aber wir sollten langsam gehen. Sagst du Nico Bescheid, dass wir zahlen wollen?«

Aber Marco erklärte ihr, dass es nichts zu zahlen gäbe. Franziska reagierte ärgerlich.

»Wenn ich das gewusst hätte, wäre ich nicht hergekommen.«

»Nun komm, sei nicht böse. Ist kleine *riparazione* für schwule Verlegenheit.«

Und dann erklärte er Franziska, dass sie sich revanchieren könne. Er könne zwar deutsch sprechen, aber nicht gut schreiben und manches auch nicht gut lesen, zum Beispiel die ganzen Formulare, die er für seinen Antrag auf Eröffnung der Bar für die Behörde ausfüllen müsse. Vielleicht könne Franziska ihm ja dabei helfen.

»Klar, das mach ich gern.«

»Wann?«

»Wie wär's mit Freitag?«, schlug Franziska vor. »Aber ich muss dich warnen. Bei mir gibt es nur deutschen Kaffee aus einer stinknormalen deutschen Kaffeemaschine.«

»Kein Problem. Also komm, gehen wir wieder zu der *signora* mit der schreckliche Name.«

Der Nachmittag brachte zum Glück keine neuen Hiobsbotschaften für Franziska, und am Schluss der Veranstaltung erhielt sie die Bescheinigung, die sie für ihren Antrag brauchte. Sie schrieb ihre Adresse auf ein Blatt, das sie von ihrem Block abgerissen hatte, reichte es Marco und fing dabei einen missbilligenden Blick der Suppenküchenfrau auf. Nun, sie konnte es ihr nicht verdenken, Marco war ein hübscher, charmanter Bursche und sein »*Ciao*, Francesca, bis Freitag« ließ durchaus andere Rückschlüsse zu als ein Treffen zum Ausfüllen lästiger Formulare.

Ohne ihre Schuhe auszuziehen, wie sie das sonst immer tat, wenn sie nach Hause kam, lief Franziska ins Wohnzimmer.

Das Licht ihres Anrufbeantworters blinkte verheißungsvoll.

»Sie haben drei neue Nachrichten«, verkündete die Stimme der Dame vom Band freundlich. »Hier Ihre Nachrichten. Donnerstag, 14 Uhr 17.«

»Hallo Franzi. Tut mr leid, i bin net dr Mathias. Vielleicht soddsch ja doch mal du de erschte Schritt mache. Okay, okay, i halt mi raus, au wenn mr's schwerfällt. Also, weshalb i eigentlich aruf: I wollt frage, ob i d' Julia na wie abgsproche nächschte Woch vorbeibringe kann oder ob sich ebbes dra g'ändert hat, weil d' Sarah jetzt da isch. Aber d' Julia kann au auf em Sofa schlafe oder auf ra Luftmatratz, des isch koi Problem. Sagsch mr halt Bescheid, weil i sonscht oine von de Omas frage müsst. Du, i freu mi scho ganz arg auf Paris. Die Stadt der Liebe, wie des klingt! Scho besser als a Rentnerfahrt auf dr Donau, oder? Also bis dann, mach's gut.«

Franziska musste schmunzeln. Paula und Sarah waren die einzigen Personen, die sie kannte, die auf dem Anrufbeantworter genauso klangen wie in natura. Schwaben hatten anscheinend das Gefühl, ihre Wünsche dem Anrufbeantworter nur in Hochdeutsch oder wenigstens in gemäßigtem Honoratiorenschwäbisch anvertrauen zu dürfen.

»Donnerstag, 16 Uhr 42«, kündigte die Telefondame den nächsten Anruf an.

»Hallo Franziska, i bin's. ... Ich bin's. ... Franziska? ... Hallo?« Das war Trudi.

Trudi stand mit Anrufbeantwortern auf Kriegsfuß. Meistens legte sie gleich wieder auf und Franziska hörte dann nur ein Atmen und kurz darauf ein Klicken auf dem Band. Da Franziska die Ansage ihres Anrufbeantworters selbst besprochen hatte, Trudi also ihre vertraute Stimme hörte, war sie manchmal wohl nicht sicher, ob sie nun mit Franziska direkt oder nur mit ihrer aufgezeichneten Stimme sprach.

»Also i han grad an Haufe Brombeere ... Sagsch mr Bescheid, falls de welche brauche kannsch ... I däd dr na a Schüssel auf d' Seite stelle ... Franziska? ...« Klick!

»Donnerstag, 17 Uhr 18.«

»Hallo Franzi, i bin's no mal. I wollt dr bloß sage, du soddsch vielleicht in nächschter Zeit woanders eikaufe gange. Im Ort kursiered die wildeschte Gerüchte, warum mr dei Café gschlosse hat, 's fangt bei Salmonelle a und hört bei Mäus in dr Küche auf. Andrerseits, wenn de jetzt nemme in Neubach eikaufsch, könnt des nach ma Schuldeigeständnis aussehe. Na ja, i han denkt, i sag dr's. Bis dann.«

»Keine neuen Nachrichten«, verkündete das Fräulein vom Band abschließend.

Wenn Franziska gewusst hätte, welche Neuigkeiten sie auf dem Anrufbeantworter erwarteten, hätte sie sich zuerst einmal mit einer Tasse Tee gestärkt. Keine Nachricht von Mathias, dafür Horrormeldungen aus Neubach. Auch wenn es ihr schwerfiel, sie würde sich nicht verstecken, sondern ganz bewusst in den örtlichen Geschäften die wahre Geschichte verbreiten, in der Hoffnung, dass sie sich ebenfalls herumsprach, auch wenn sie nur halb so interessant war und man über ihre Unwissenheit und Naivität vielleicht lächeln würde – immer noch besser als ein schlechter Ruf in Sachen Hygiene.

Franziska hatte es sich gerade mit einer Tasse Rotbuschtee mit Vanille und einem Krimi von Donna Leon auf dem Sofa bequem gemacht, als es an der Wohnungstür klingelte. Seufzend stand sie auf.

»Karl, komm rein. Was führt dich zu mir?«

Karl erklärte, dass er nicht hereinkommen, sondern Franziska bitten wolle, ihn nach oben zu begleiten. Er wolle ihr etwas zeigen.

»Woisch, i krieg jetzt doch a neue Sprechanlag, so oine mit ma Fernseherle dra«, erzählte er stolz und strahlte dabei wie ein Kind an Weihnachten.

»Das freut mich für dich. Hast du die anderen beiden also doch noch überzeugen können. Ist die neue Anlage denn schon da?«

Franziska vermutete, dass Karl sie nach oben bat, um ihr die neue Errungenschaft vorzuführen. Aber Karl erklärte, er wolle ihr etwas anderes zeigen. Neugierig folgte sie ihm die Treppe hinauf. Kaum hatte sie den Flur betreten, da war ihr klar, weshalb Karl sie nach oben gerufen hatte. Vor der Sprechanlage stand Mathias und war gerade dabei, das alte Gerät von der Wand zu schrauben. Ein Werkzeugkoffer lag offen neben ihm auf dem Boden. Franziska schlug das Herz bis zum Hals. Es war so schön, Mathias wiederzusehen und gleichzeitig so traurig, denn an Mathias' verschlossenem Gesichtsausdruck konnte sie erkennen, dass er nicht gekommen war, um sich bei ihr zu entschuldigen.

»Also das ist ja eine ganz linke Tour, Vater«, sagte Mathias ärgerlich und machte Anstalten, sein Werkzeug zusammenzupacken. »Deshalb sollte ich also nach deiner Sprechanlage schauen. Oder willst du behaupten, dass Franziska ganz zufällig hier ist?«

»Des net«, wand sich Karl, »aber die Sprechanlag, also die welled mir scho. Und du hasch doch gsagt, dass mir des mit dene Phase wisse müssed. 's war halt gleichzeitig a gute Gelegeheit, dass ihr euch amol wieder sehed. I han d' Franziska unter ma Vorwand hochgholt. Wenn se gwisst hätt, dass du da bisch, wär se sicher net komme.«

»Da hast du vollkommen recht. Es sei denn, Mathias will mir etwas sagen«, wandte Franziska sich hoffnungsvoll an Mathias. Sie war ja längst bereit, ihm zu verzeihen, aber nicht, den ersten Schritt zu tun.

»Ich wüsste nicht was.« Mathias' Gesicht war noch immer abweisend.

Karl schaute hilflos von einem zu anderen.

»Jetzt gebed euch scho d' Hand und seied wieder gut mitnander.«

»Wie redest du eigentlich mit uns? Wir sind doch keine kleinen Kinder, die sich auf dem Schulhof gerauft haben!« Verärgert schraubte Mathias das Gerät mit so kräftigen Bewegungen wieder an die Wand, dass Franziska Angst hatte, er könne eine Schraube abdrehen.

»Aber ihr benehmt euch so«, stellte Karl fest. »Wie im Kindergarte. Da isch oiner sturer wie dr andere.«

Franziska wartete schon gewohnheitsmäßig auf Ernsts Einwurf, es heiße als und nicht wie, aber von Karls Mitbewohnern war keiner zu sehen. Sie wollten in die Streitigkeiten wohl nicht hineingezogen werden.

»I glaub, ihr wissed scho gar nemme, um was 'r überhaupt gstritte hen.«

»Oh, ich weiß es sehr gut. Und solange Mathias nicht zurücknimmt, dass ich dümmer sei als ein Baby, brauchen wir gar nicht weiterzureden«, erklärte Franziska hitzig.

»Sobald du zurücknimmst, dass ich mich wie ein Chauvi benehme«, gab Mathias zurück.

»Wie ein Macho«, stellte Franziska richtig. »Ich gehe jetzt wieder runter. Mein Tee wird kalt. Außerdem will ich nicht schuld sein, wenn Karl seine Sprechanlage nun doch nicht kriegt. Lasst euch nicht stören. Und falls du es dir anders überlegst, meine Telefonnummer kennst du ja«, fügte sie, an Mathias gewandt, hinzu.

Sie stand schon auf dem Treppenabsatz, als Mathias' Worte ihr Ohr erreichten: »Da kannst du lange warten.«

Was Karl darauf sagte, konnte sie nicht mehr verstehen, da war sie schon mit schnellen Schritten auf dem Weg nach unten.

18

> *»Herr, wie du willsch, so schick's mit mir«,*
> *hat selle Ahne bet,*
> *»aber mir däd's net pressiera.«*

Bisher hatte Franziska Theas Schreibsekretär nur einmal geöffnet, um ihr Rezeptbuch herauszuholen. Dabei hatte sie festgestellt, dass Thea das eine oder andere Rezept mit einem Hinweis für sie versehen hatte. Sie hatte sich noch nicht dazu entschließen können, Theas schriftliche Hinterlassenschaft durchzusehen. Aber auf der Suche nach den Plänen des Hauses würde ihr wohl nichts anderes übrig bleiben.

Außer Briefkuverts, Karten und Briefmarken befanden sich im Sekretär etliche Hefter und Mappen. Der erste Hefter, den Franziska aufschlug, enthielt Rechnungen, mit einem Register sauber alphabetisch und nach Datum geordnet und abgeheftet.

In einer blauen Sammelmappe lagen Kinderzeichnungen, Briefe und Zettelchen in einer kindlichen Handschrift, Erinnerungen an Theas Zeit mit Stefan. Ob Franziska sie ihm schicken sollte? Aber warum sollte sie das tun? Weil sie ihm eine Freude machen wollte, wohl kaum, dazu mochte sie Stefan zu wenig. Um an seine Gefühle zu appellieren und ihn gnädig zu stimmen, was das Café mit Theas Namen anging? Das schon eher, aber Franziska bezweifelte, dass es Wirkung zeigen würde. Um Gewissensbisse bei ihm hervorzurufen, weil es jetzt für eine Versöhnung mit Thea zu spät war und Franziska ihm damit eins auswischen konnte? Das wohl am ehesten. Sie war schließlich immer noch der Meinung, dass Stefan sie beim Ordnungsamt angeschwärzt hatte. Nun, sie musste die Entscheidung ja nicht gleich fällen, sie würde darüber nachdenken.

Der nächste Ordner enthielt Unterlagen von Konrads Beerdigung, die Trauerkarte, die Todesanzeige aus der Zeitung, diverse Rechnungen und Belege sowie Kondolenzbriefe. Franziska wollte den Ordner schon zuschlagen, als sie hinten in der Mappe auf zwei ausgeschnittene und aufgeklebte Zeitungsnotizen stieß. Der erste Bericht datierte vom 4. Februar 1998:

Neubach. Gestern Morgen wurde ein Mann tot auf einer Bank auf dem Neubacher Friedhof aufgefunden. Vermutlich handelt es sich um einen Obdachlosen, der sich dort zum Schlafen hingelegt hatte und in der Nacht erfroren ist. Eine Friedhofsbesucherin hatte den Mann dort in den Morgenstunden entdeckt und die Polizei verständigt. Da der Mann keine Papiere bei sich trug und auch keine Vermisstenanzeige vorliegt, bittet die Polizei die Bevölkerung um Mithilfe. Der Tote ist etwa fünfzig Jahre alt, mittelgroß, hat dunkelblonde, etwas längere Haare und war mit einer braunen Hose und einem dunkelblauen Anorak bekleidet. Wer sachdienliche Hinweise machen kann, wird gebeten, sich mit der örtlichen Polizeidienststelle in Verbindung zu setzen.

Die zweite Notiz war vom 11. Februar und lautete folgendermaßen:

Neubach. Die Identität des toten Mannes, der am 3. Februar auf einer Friedhofsbank in Neubach gefunden wurde, konnte noch immer nicht geklärt werden. Somit ist auch noch die Frage offen, wer für die Beerdigungskosten aufkommen soll. Am wahrscheinlichsten ist im Moment eine Bestattung auf Kosten der Gemeinde Neubach, auf deren Gemarkung der Tote gefunden wurde. Allerdings verfügt Neubach nicht über ein anonymes Gräberfeld, die kostengünstigste Art der Bestattung. Eine Entscheidung der Gemeinde steht noch aus, die Sachlage wird nach Auskunft von Bürgermeister Hölzer derzeit geprüft.

Warum hatte Thea diese Artikel ausgeschnitten und aufgehoben? Franziska blätterte weiter und fand Rechnungen des Krematoriums für die Einäscherung des unbekannten Toten und für eine Urne, beide ausgestellt auf das katholische Pfarramt von Neubach. Demnach war also die Kirche für die Bestattungskosten aufgekommen. Eine Rechnung für ein Grab konnte Franziska nicht finden. Die Gemeinde hatte diese Kosten also vermutlich erlassen. Aber was hatte Thea damit zu tun? Hatte sie den Toten gekannt? Und wie war sie zu den Rechnungen gekommen, die an das Pfarramt gegangen waren? In der rechten unteren Ecke waren diese Rechnungen mit Theas Kürzel – »erl., Üb. am 24.2.98, Th.« – unterzeichnet, mit dem sie alle bezahlten Rechnungen versehen hatte. Das würde bedeuten, dass Thea die Rechnungsbeträge überwiesen hatte. Aber warum? Hatte sie Arbeiten für die Kirchengemeinde erledigt? Franziska beschloss, bei nächster Gelegenheit den Pfarrer darauf anzusprechen. Es war zum Glück immer noch der gleiche, also würde er sich wohl an den Vorfall erinnern.

Über diesen interessanten Neuigkeiten hätte Franziska fast vergessen, weshalb sie in Theas Sekretär gestöbert hatte. Sie legte die Mappe mit den Beerdigungsunterlagen zur Seite und suchte weiter. Schließlich stieß sie auf das, was sie suchte: einen Ordner mit der Aufschrift »Haus«, in dem Franziska unter anderem eine Grundrisszeichnung fand. Sie würde eine Fotokopie anfertigen und diese ihren Unterlagen ans Ordnungsamt beifügen. Schon wieder ein Punkt, den sie abhaken konnte. Nun konnte sie nur noch hoffen, dass der Grundriss nicht irgendetwas ans Tageslicht brachte, was ihren Plänen für das Café entgegenstand.

Wie ausgemacht kam Marco am Freitagnachmittag. Er stand strahlend vor der Tür, eine Plastiktüte in der Hand.

»*Ciao,* Francesca«, begrüßte er sie. »Ich hoffe, du hast kein *caffè* gekocht. Heute koche ich *caffè*. Ich habe mein Kaffeemaschine mitgebracht«, erklärte er stolz.

»Deine Kaffeemaschine? Wo?«, fragte Franziska erstaunt, die sich eine Espressomaschine in der Größenordnung von der vorstellte, die Paula in ihrer Küche stehen hatte.

»*Eccola!*«, Marco ließ Franziska einen Blick in seine Tüte werfen. »Ist *piccolo modello* zum Mitnehmen, sehr praktisch.«

Es war eine silberne, achteckige Espressomaschine für die Zubereitung von Espresso, so, wie es sie früher in jedem italienischen Haushalt gegeben hatte, lange bevor die großen elektrischen Automaten in Mode kamen.

»Modern, mit Schnur, für Stecksdose«, sagte Marco.

»Mit Kabel«, verbesserte Franziska. »Na, dann komm mal rein. Gleich links geht's in die Küche.«

Marco packte Kaffeemaschine und italienisches Espressopulver aus und begann, Kaffee zu kochen. Es war eine Zeremonie, die jeder Tee zubereitenden Geisha Konkurrenz gemacht hätte, begleitet von Marcos ausschweifenden Erklärungen, ergänzt durch italienische Worte und lebhafte Handbewegungen, dort, wo ihm die passenden Worte fehlten.

»Wo ist dein neuer *frigorifero speciale*?«, fragte Marco und sah sich neugierig um. Als er Franziskas fragenden Blick sah, sagte er: »Kühlschrank.«

Franziska erklärte ihm, dass sie ihn noch nicht gekauft hatte, aber inzwischen immerhin schon wisse, wo sie ihn hinstellen werde. Sie öffnete die Tür zur direkt neben der Küche liegenden Speisekammer. »Wenn ich dieses Regal hier abbaue, habe ich Platz, da passt dann sogar ein großer Kühlschrank hin und ich kann die Lebensmittel für mich und fürs Café getrennt unterbringen. Wegen des Handwaschbeckens habe ich gestern mit Herrn Müller telefoniert. Er sagt, ich soll mir statt des einzelnen ein Doppelspülbecken einbauen lassen. Das wäre in meinem Fall ausreichend.«

Auch das Problem mit der Personaltoilette hatte sie inzwischen gelöst. Sie würde ihr Badezimmer dazu deklarieren.

Ihre Mitarbeiter waren Trudi, Paula und Julia, und die durften ihre Toilette im Bad gern benutzen.

»Ich habe leider nur normale Kaffeetassen, weil ich zu Hause keinen Espresso trinke«, bedauerte Franziska und nahm zwei Tassen aus dem Geschirrschrank.

»Nicht schlimm, trinken wir *caffè doppio*, wird die Tasse schon voll. Aber heiß muss sie sein. Espresso aus eine kalte Tasse – *terribile!*« Marco schüttelte sich bei dem Gedanken.

Als sie schließlich auf Franziskas Terrasse saßen und den Espresso aus angewärmten Tassen schlürften, sah Marco sie erwartungsvoll an: »Und?«

»Köstlich!«

Marco strahlte und zeigte einmal mehr sein makelloses Gebiss. »Besser als deutsche Kaffee«, stellte er stolz fest.

»Anders.«

»Du bist *una nazionalista.*«

»Klar«, lachte Franziska. »Du doch auch. Vergiss nicht, dass ich demnächst ein deutsches Café eröffne. Da kann ich doch meinen Kaffee nicht schlechtreden.«

Sie entschuldigte sich und stand auf, denn sie wollte den Gartenschlauch umlegen, den sie ausgelegt hatte, um die durstigen Hortensien zu wässern. Es hatte schon seit Tagen nicht mehr geregnet. Der Schlauch hatte sich irgendwie verhakt, und als Franziska daran zerrte, um ihn freizubekommen, schnellte das Ende mit dem Sprenger wie eine Viper in die Höhe, und bevor Franziska reagieren konnte, war sie schon pitschnass gespritzt.

»Oh nein!«, quietschte sie.

Marco lachte. »Kann ich helfen?«

»Nein, lass nur, sonst wirst du auch noch nass.« Sie legte den Schlauch einen Meter weiter an den nächsten Busch. »So was Blödes. Ich gehe mich mal eben umziehen. Bin gleich wieder da.«

Franziska hatte sich gerade die nassen Sachen ausgezogen und war dabei, sich abzutrocknen, als es an der Tür klingelte.

»Kannst du mal aufmachen, Marco?«, rief sie durchs gekippte Schlafzimmerfenster. »Ich kann gerade nicht.«

Als sie wenig später frisch angezogen und mit trockengeföhnten Haaren wieder auf der Terrasse erschien, lag ein hübsch gebundener Strauß Sonnenblumen auf dem Tisch.

»Hat ein Mann für dich gebracht«, erklärte Marco.

»Ein Mann? Was für ein Mann?«

»Groß, schwarze Haare ...«

»Lass mich raten! Sie waren mit Gel zurückgekämmt und er hat gesagt, dass er seit heute Morgen nichts gegessen hat und gegen einen Kaffee nichts einzuwenden hätte.«

Franziska vermutete, dass Stefan seine Anzeige beim Ordnungsamt inzwischen bereute und sich mit den Blumen bei ihr entschuldigen wollte.

»*No.*« Marco schüttelte den Kopf. »Er wollte kein *caffè* und die Haare waren so«, sagte er und wuschelte sich mit beiden Händen über den Kopf, bis seine Haare wirr in alle Himmelrichtungen abstanden.

Damit konnte Marco nur einen meinen – Mathias! Nicht Thomas wollte sich entschuldigen, sondern Mathias. Seit Tagen wartete sie darauf und jetzt ...

»Hat er was gesagt?«

»Hat nach dich gefragt.«

»Und?«

»Hab ich gesagt, du bist in Schlafzimmer und ziehst dich an.«

»Um, ich ziehe mich um, nicht an.«

»Umziehen, anziehen, iste doch egal.«

»Eben nicht. Überleg doch mal, wie sich das anhört. Und dann?«

»Hat er gefragt, wer ich bin. Hab ich gesagt: Bin Marco, lerne mit Francesca zusammen Hygiene und Eier und so Sachen.«

»Hygiene und Eier und so Sachen? Du hast hoffentlich ›Hühnereiverordnung‹ gesagt?«

»Oh, ihr Deutsche.« Marco rollte theatralisch mit seinen dunklen Augen. »Ihr seid immer so genau. Eier oder Hühnerei... was? Ist doch egal. Kann kein Mensch behalten. Ich war sehr freundlich. Habe gefragt, ob er ein echte italienische *caffè* trinken will, von mir gemacht, von ein echte italienische *barista* in meine eigene Espressomaschine«, warf Marco sich in die Brust.

»Großartige Idee«, stöhnte Franziska. »Und was hat er gesagt?«

»Hat keine Lust gehabt, leider, kanne nix dafür, ich war sehr freundlich. Er hat gesagt: ›Bin ich ein Idiot.‹ Dann hat er mir die Blume gegeben und iste gegangen. Hat nicht *ciao* gesagt. Sehr unhöflich.« Marco zuckte mit den Schultern.

Franziska ließ sich auf ihren Stuhl sinken. Sie wollte gar nicht darüber nachdenken, wie die Situation auf Mathias gewirkt haben musste.

Die gute Stimmung war dahin. Marco war ein wenig gekränkt, weil er merkte, dass Franziska ihm eine Mitschuld gab und er sich keiner Schuld bewusst war. Er konnte schließlich nichts dafür, dass sein Deutsch nicht perfekt war. Franziska hatte keine Lust, ihm die Sache genauer zu erklären. Sie füllten noch gemeinsam Marcos Formulare aus, dann verabschiedete er sich.

»*Ciao*, Francesca. Tut mir leid wegen dein *amico*.«

»Du kannst ja nichts dafür. Dumm gelaufen, sagen wir Deutschen dazu.«

»Dumm gelaufen«, wiederholte Marco. »Komisch. Danke für deine Hilfe. Kommst du mich mal in meiner Bar besuchen? Ein Espresso trinken? Da ist er noch besser als heute, frisch gemahlen.«

»Klar«, sagte Francesca, unterließ es aber, ihn im Gegenzug in ihr Café einzuladen. Nur keine neuen Verwicklungen.

Kaum war Marco gegangen, da versuchte Franziska, Mathias anzurufen, aber es antwortete nur sein Anrufbeantworter.

»Mathias, wenn du da bist, dann geh bitte ran. Es ist alles ein dummes Missverständnis!«

Mathias antwortete nicht.

Beim vierten Anlauf beschloss Franziska, ihm eine längere Nachricht zu hinterlassen. »Hallo Mathias, hier ist Franziska. Ich möchte mich für deine schönen Blumen bedanken. Eigentlich habe ich mich sehr gefreut, Sonnenblumen sind meine Lieblingsblumen. Aber dann auch wieder nicht, weil es so ein dummes Missverständnis gegeben hat. Marco, also der, der dir die Tür aufgemacht hat, der hat mit mir zusammen den Kurs bei der IHK gemacht, über Hygiene und die Hühnereiverordnung, unter anderem« – es war ihr wichtig, das richtigzustellen – »und er hat Schwierigkeiten mit der deutschen Sprache, das hast du ja gemerkt, und deshalb hab ich versprochen, ihm beim Ausfüllen der Formulare zu helfen, und auch, weil er mich einmal zum Essen eingeladen hat« – das hätte sie jetzt vielleicht besser nicht sagen sollen – »und seine Kaffeemaschine hat er mitgebracht, weil er keinen deutschen Kaffee mag, er ist nämlich *barista*, also Barkeeper auf Italienisch, das ist in Italien ein sehr angesehener Beruf« – was erzählte sie da eigentlich für einen Unsinn? – »und ich habe mich im Schlafzimmer nicht angezogen, sondern umgezogen, Marco kennt da die feinen Unterschiede der deutschen Sprache nicht so richtig, weil ich mich im Garten mit dem Schlauch nassgespritzt habe, aus Versehen natürlich, ich wollte den Schlauch umlegen und da ... na ja, ist ja auch egal. Jedenfalls ist das alles ein ganz großes Missverständnis. Und es ...«

Piep! Ein schriller Piepton pfiff Franziska ins Ohr und zeigte an, dass ihre Sprechzeit zu Ende war. Sie überlegte, ob sie noch einmal anrufen sollte, aber eigentlich war ja alles gesagt. Vielleicht war es sogar gut, dass dieses unsägliche Gestammel endlich zu Ende war. Es wäre besser gewesen, sie hätte sich aufgeschrieben, was sie sagen wollte, bevor sie einfach so drauflosplapperte. Also sehr überzeugend hatte das alles nicht geklungen, und sie bezweifelte, dass ihre Verteidigungsrede dazu angetan war, Mathias wohlwollend zu stimmen.

Schon als Kind hatte Sarah jede Veränderung in ihrer Umgebung sofort wahrgenommen, und auch heute hatte sie kaum den Raum betreten, als ihr Mathias' Blumenstrauß auf dem Tisch ins Auge fiel. Seit einigen Tagen verbrachte auch Jens seine Semesterferien bei seinen Eltern und seither sah Franziska ihre Tochter nur noch selten.

»Schön«, stellte Sarah fest. »Von diesem Marco?«
»Nein, von Mathias.«
»Ihr habt euch versöhnt?«
»Beinahe«, erklärte Franziska, während sie den Tisch fürs Abendessen deckte.
»Wie geht das denn? Entweder man versöhnt sich oder man versöhnt sich nicht. Ich versöhne mich mit Thomas zum Beispiel nicht.«
»Das beruhigt mich«, stellte Franziska fest. »Hat er sich noch mal gemeldet?«
»Wie denn? Er hat doch meine neue Telefonnummer nicht und hierher traut er sich ganz bestimmt nicht.«

Franziska hatte ihr immer noch nicht erzählt, dass Thomas am Eröffnungstag ihres Cafés hier gewesen war und nach ihr gefragt hatte, und wenn es sich einrichten ließ, dann würde sie auch dabei bleiben.

»Aber nun lenk nicht ab«, sagte Sarah. »Was war das jetzt mit Mathias und eurer Versöhnung?«

Franziska erzählte und ließ nichts aus.

»Au Mann, ist das eine geile Geschichte«, lachte Sarah. »Die muss ich heute Abend gleich Jens erzählen.«
»Untersteh dich, es muss nicht noch eine unmögliche Geschichte über mich in Neubach die Runde machen.«
»Schade, dass ich Marco nicht kennengelernt habe, der scheint echt witzig zu sein«, bedauerte Sarah.

Franziska war eher froh darüber. Sie konnte sich durchaus vorstellen, dass er Sarah gefallen würde, und sie hatte keine Sehnsucht danach, dass Sarah ihr Herz schon wieder an einen wesentlich älteren Mann verlor. Sie hegte viel eher die Hoffnung, dass Jens und Sarah sich wieder näherkamen. Sarah hatte zwar nichts Derartiges gesagt, aber sie verbrachte viel Zeit zusammen mit Jens.

Nach dem Abendessen ging Sarah noch einmal weg. Franziska verbrachte den Abend vor dem Fernseher, ein Ohr auf das Programm konzentriert, das andere aufs Telefon, das wieder einmal nicht klingelte.

Franziska hatte beschlossen, die Tage zu nutzen, die ihr noch blieben, bis Julia zu Besuch kam. Sie wollte Zeit für sie haben. Deshalb erledigte sie alle Behördengänge, Einkäufe und Schreiben, die für die Genehmigung ihres Cafés notwendig waren. Heute hatte sie außerdem vor, mit Pfarrer Stäbler über Thea und die seltsamen Unterlagen zu sprechen, die sie in ihrem Sekretär gefunden hatte. Sie hatte den Pfarrer angerufen und er empfing sie freundlich an der Tür des Pfarrhauses.

»Kommen Sie nur herein, ich habe den Kaffee schon aufgesetzt.«

Der Duft im Treppenhaus bestätigte seine Aussage. Pfarrer Stäbler stieg hinter Franziska die alte Holztreppe hinauf und führte sie in die große Küche, wo schon zwei Kaffeetassen auf dem Tisch bereitstanden.

»Wir können auch gern ins Wohnzimmer gehen«, meinte Pfarrer Stäbler. »Aber ich habe inzwischen festgestellt, dass es den Leuten leichter fällt, in der Küche zu sprechen. Es liegt wahrscheinlich daran, dass ein Gespräch in der Küche nicht so einen offiziellen Charakter hat.«

Franziska bestätigte, dass sie gern in der Küche saß, nahm dann an dem großen Tisch Platz und kam ohne Umschweife zur Sache, während sie Zucker und Milch in ihren Kaffee gab.

»Es liegt schon eine Weile zurück«, sagte der Pfarrer. »Aber ich erinnere mich gut an die Geschichte. Es war damals eine ziemliche Aufregung in der Gemeinde. Man kann ja auch nicht begreifen, dass ein Mensch unter solchen Umständen ums Leben kommen muss, in einer so reichen Gesellschaft wie unserer. Auch Thea war damals ganz außer sich. Ich weiß, dass sie Sie sehr gemocht hat. Deshalb denke ich, dass sie nichts dagegen hätte, wenn ich Ihnen alles erzähle, obwohl sie mich damals gebeten hat, darüber Stillschweigen zu bewahren. Ich glaube, die Sache hat sich zugetragen, bevor Sie bei Thea eingezogen sind.«

Franziska bestätigte das. Sie konnte sich nicht daran erinnern, von dem Fall gehört oder gelesen zu haben. Aber es war die Zeit, als ihre Ehe auseinanderbrach, und da war in ihrem Kopf nicht viel Platz für anderes gewesen.

»Nun, jedenfalls kam Thea damals zu mir und sagte, sie wolle die Bestattungskosten für den Mann übernehmen, aber niemand dürfe davon erfahren, der Gemeinde gegenüber solle ich von einem anonymen Spender sprechen. Und sie wollte, dass er im Grab ihres Mannes seine letzte Ruhestätte fand.«

Die zweite Urne! Nun war das Rätsel endlich gelöst.

»Aber warum? Hat Thea den Mann gekannt?«

»Das habe ich sie auch gefragt.« Der Pfarrer strich sich mit der rechten Hand nachdenklich über seinen Bart. »Sie hat diese Frage verneint und mir die Sache folgendermaßen erklärt: Sie selbst war damals nach dem Krieg so fremd und unerwünscht wie dieser Mann nach Neubach gekommen, aber sie war nicht allein gewesen, sie hatte ihre Schwester an ihrer Seite und sie war bei Trudis Familie freundlich aufgenommen worden. Der Tag, an dem der Mann gestorben war, der 3. Februar, war genau das Datum, an dem auch Thea damals 1945 nach Neubach gekommen war. Und er hatte den Tod auf dem Friedhof nur wenige Meter vom Grab ihres Mannes entfernt gefunden. Thea hielt beides für einen Fingerzeig Gottes. Ich bin ein wenig skeptisch, was die Fingerzeige angeht, die die Menschen Gott oft unterstellen, aber wenn sie etwas Gutes bewirken, wie im Fall von Thea und dem obdachlosen Mann, dann bin ich ganz damit einverstanden. Ich glaube, Thea wollte sich irgendwie beim Schicksal dafür bedanken, dass sie mehr Glück im Leben gehabt hatte als er. Und sie wollte ihm im Tod eine Heimat geben, die er im Leben wohl nicht gehabt hatte. ›Kein anonymes Grab‹, hat Thea gesagt, ›er soll bei Konrad liegen, ich bin sicher, es ist in seinem Sinn.‹

Ich hatte einen guten Draht zum damaligen Bürgermeister, und so haben wir alles geregelt, ohne dass etwas davon an die Öffentlichkeit gedrungen ist. Ich erinnere mich noch gut, wie wir zwei, Thea und ich, den armen Teufel an einem kalten Februartag in Konrads Grab beigesetzt haben. Nicht einmal einen Träger hatten wir, ich habe die Urne selbst getragen, das Loch dafür hatte ich am Abend vorher heimlich gegraben. Ich habe selten so geschwitzt, obwohl das Loch für die Urne ja nicht allzu groß sein musste. In all meinen Dienstjahren war es meine seltsamste und wohl auch kleinste Beerdigung, aber sie war trotz allem würdevoll, und an jedem 3. Februar lag seither ein Nelkenstrauß auf dem Grab. Ja, nun kennen Sie die Geschichte, und ich denke, es wäre Thea recht, wenn Sie sie für sich behielten.«

Das versprach Franziska gern. Außer ihr hatte ohnehin nie jemand an etwas anderes als einen dummen Zufall geglaubt. Und sie nahm sich vor, fortan anstelle von Thea an jedem 3. Februar Blumen auf das Grab zu legen. So viele Vermutungen waren Franziska in Zusammenhang mit der zweiten Urne durch den Kopf gegangen, aber auf diese Idee wäre sie nie gekommen. Irgendwie passte die Geschichte zu Thea und ihrer Art, das Leben zu sehen und anzupacken, ohne viele Worte darüber zu verlieren.

Franziska erinnerte sich an den aus seinem Grab verschwundenen toten Soldaten, von dem Trudi ihr erzählt hatte. Dieses Geheimnis würde man nach so vielen Jahren wohl nicht mehr lüften können. Es war eine Zeit gewesen, in der vieles durcheinanderging und nicht alles mit normalen Maßstäben gemessen werden konnte. Da konnte manches geschehen. Und vielleicht hatten Trudi und ihre Familie sich ja doch in dem Platz des vermeintlichen Grabes geirrt. Wie auch immer: Wichtig war für Franziska, dass sie das Rätsel um die zweite Urne gelöst hatte und nun endlich wusste, wer das Grab mit Thea und Konrad teilte.

Franziska bedankte sich bei Pfarrer Stäbler, dass er sich Zeit für sie genommen und dass er ihr die Geschichte erzählt hatte. »Jetzt kann ich endlich wieder ruhig schlafen. Die Sache mit der zweiten Urne hat mir einfach keine Ruhe gelassen. Ich hatte immer das Gefühl, dass es nicht nur ein Zufall oder eine Verwechslung sein konnte.«

»Zum Glück gibt es Menschen wie Thea«, sagte Pfarrer Stäbler und schenkte Franziska noch einen Kaffee ein, »aber oft arbeiten sie im Stillen, während andere mit ihren böswilligen Aktionen viel Aufmerksamkeit und Beachtung bekommen. Deshalb hält man die Welt oft für schlechter, als sie ist. Ich finde, es sollte eine Zeitung geben, in der nur gute Nachrichten stehen. Das hätte vielleicht eine anspornende Wirkung auf die Leute. Wenn ich mir vorstelle, wie viele schlechte Nachrichten schon bei der ersten Tasse Kaffee am Morgen durch die Zeitungslektüre in unsere Köpfe sickert und wie viele traurige Gedanken wir abends aus den Spätnachrichten mit in unsere Träume nehmen. Da ist es wirklich nicht einfach, Optimist zu bleiben und an das Gute im Menschen zu glauben.«

»Aber Sie tun es?«, fragte Franziska.

»Nun, sonst hätte ich wohl meinen Beruf verfehlt«, lachte der Pfarrer. »Wenn schon die Pfarrer nicht mehr an das Gute glauben, wer soll es denn dann tun?«

Franziska saß noch eine ganze Weile mit dem Pfarrer in der Küche und unterhielt sich mit ihm über Gott und die

Welt – im wahrsten Sinn des Wortes. Als sie schließlich aufbrach, tat sie es mit dem festen Entschluss, in Zukunft wieder häufiger in die Kirche zu gehen.

Auf dem Nachhauseweg fuhr sie beim Blumengeschäft und anschließend am Friedhof vorbei. Sie füllte die Vase auf dem Grab mit Wasser und stellte den Strauß hinein.

Ach, Thea, du bist mir vielleicht so eine Geheimniskrämerin. Aber jetzt weiß ich wenigstens, mit wem du dein Grab teilst. Kannst du nicht bitte dafür sorgen, dass Mathias wieder gut mit mir ist und dass beim Antrag für das Café alles glattgeht? Das wäre wirklich nett.

19

Oh, wenn no 's Gwisse net wär!

Karl klingelte an ihrer Tür, aber als sie ihn hereinbitten wollte, lehnte er ab. Er machte heute überhaupt einen sehr verschlossenen Eindruck auf Franziska.

»I han dr bloß Bescheid sage welle, dass mir heut die Kamera für die Sprechanlag nebe dr Haustür montiered. Du hasch doch gsagt, dass de nix drgege hasch.«

Nicht einmal der Gedanke an seine neue Sprechanlage schien Karl heute aufheitern zu können.

»Nein, natürlich nicht. Das hatten wir ja besprochen«, sagte Franziska.

»I sag dr des, weil dr Mathias des nachher abringt. Aber er hat gsagt, er kommt bloß, wenn sicher isch, dass du em net über de Weg laufsch«, erklärte Karl.

Das zu hören gab Franziska einen Stich. »Ach Karl, kannst du denn bei Mathias kein gutes Wort für mich einlegen?«, bettelte sie.

»Ja, wie viele denn no?«, ereiferte sich Karl. »Woisch du, wie viele Wörter mi des koschtet hat, dass dr Mathias de erschte Schritt gmacht hat? Der bringt dr Blume mit und will wieder gut Wetter mache, und was machsch du? Hopfsch nackich im Schlafzimmer rom, während dei Gigolo dir en Kaffee kocht, echt italienisch, versteht sich, und mit seiner eigene Kaffeemaschin.«

»Hat Mathias dir das so erzählt?«

»So ähnlich jedenfalls«, brummte Karl.

»Aber so war das gar nicht. Das ist ein riesengroßes Missverständnis. Ich hab mich bloß umgezogen, weil ich im Garten nass geworden bin.«

»Oh ja, deine Juchzer und des Gelächter von deim Gigolo, des hat mr über de Balkon bis zu uns nuff ghört. Neckische Spiele mit em Wasserschlauch! I han mi so gfreut, dass dr Mathias a nette Frau gfunde hat, und jetzt so ebbes! Dass mr sich so in ma Mensche täusche kann!«

So aufgebracht hatte Franziska Karl noch nie erlebt. Sein Gesicht war vor Ärger und Aufregung ganz rot geworden. Er drehte sich um und ging ohne einen Gruß wieder nach oben.

Franziska war wie vor den Kopf geschlagen. Nun hatte sie also nicht nur Mathias gegen sich, sondern auch noch Karl. Was sollte sie nur tun?

»Mensch, Franzi, des isch jetzt aber echt a verfahrene Gschicht«, schnaufte Paula, als sie am nächsten Morgen wieder einmal gemeinsam durch den Wald trabten.

Die Sonne stand schon deutlich tiefer als noch vor einigen Tagen und ihr Licht fiel in schrägen Streifen durch das Laub der Bäume. Es sah hübsch aus, aber Franziska hatte heute keinen Blick für die Schönheiten der Natur. Es hätte auch regnen können, wenn es nach ihr gegangen wäre, das hätte wenigstens zu ihrer Stimmung gepasst.

»Weißt du, vielleicht ist es ein Wink des Schicksals. Vielleicht sollte ich die Finger von Mathias lassen. Ich meine, was soll das werden mit einem Mann, der jedes Wort auf die Goldwaage legt und krankhaft eifersüchtig ist. Wir sind ja noch nicht mal ein Liebespaar, außer zwei fast jugendfreien Küssen hat noch nichts stattgefunden, und Mathias führt sich auf, als wären wir schon verlobt.«

Paula blieb abrupt stehen und Franziska, die nicht damit gerechnet hatte und flott weitergelaufen war, merkte erst nach einigen Schritten, dass Paula nicht mehr an ihrer Seite war.

Sie drehte sich um und rief zurück: »Was ist los, kannst du nicht mehr?«

»Noi, i kann wirklich nemme, aber net so, wie du moinsch.« Paula schloss zu Franziska auf und blieb bei ihr stehen. »I glaub wirklich, du hasch se nemme alle. Wie lang hasch du jetzt auf dein Traumprinze gwartet? Jetzt kreuzt 'r endlich dein Weg und was machsch du? Versuchsch alles, um en wieder in d' Wüste zu schicke. Wer legt denn jedes Wort auf d' Goldwaag? Des warsch doch du. Und von wege krankhaft eifersüchtig. Was hättsch denn du an seiner Stell denkt?«

Es ärgerte Franziska, dass nun auch noch Paula für Mathias Partei ergriff. Andererseits musste sie zugeben, dass sie nicht ganz unrecht hatte.

»Und was soll ich deiner Meinung nach jetzt tun?«

»Dei Büßergewand aziege und de Gang nach Canossa atrete, sprich, auf de Knie in sei Werkstatt rutsche und en um Verzeihung bitte. Des isch dei oinzige Chance«, erklärte Paula.

»Großartige Idee. Ich glaube, ich ziehe lieber ein kurzes Kleid an, gehe auf meinen zwei Füßen zu Marco und frage ihn, ob er nicht mit mir zusammen seine Bar eröffnen will, eine deutsch-italienische Kaffeebar, deutscher Kuchen mit italienischem Espresso, das wär doch mal was.«

»Sag mal, wie ernscht isch dir des eigentlich mit em Mathias?« Aus Paulas Stimme klang ein nicht zu überhörender Unwillen.

Tja, wenn Franziska das so genau wüsste. Ganz offensichtlich war sie verliebt, denn ihr Herz klopfte, wenn sie Mathias sah, sie genoss es, mit ihm zusammen zu sein und es brachte sie fast um den Verstand, vor ihrem Telefon zu sitzen und vergeblich auf seinen Anruf zu warten. Aber diese Geschichte brachte auch eine Menge Unruhe und Komplikationen in ihr Leben und davon hatte sie momentan auch ohne Mathias genug.

»Na ja, wir könnten's ja noch mal miteinander versuchen.«

»Falls dr Mathias will. Und a bissle meh Begeischterung in dera Sach könnt durchaus net schade, wenn de mi fragsch.«

Wäre da nicht die Tatsache gewesen, dass Franziska sich um Julia kümmerte, während sie in Paris war, dann hätte Paula vielleicht noch mehr gesagt. So ließ sie es dabei bewenden und hoffte, dass ihre Worte noch im Nachhinein Wirkung zeigten und Franziska endlich zur Vernunft kam.

Zu Hause ging Franziska über einem großen Korb Bügelwäsche in sich. Bügeln hatte für sie etwas Meditatives. Während ihre Hände ganz automatisch die in langen Jahren zur Gewohnheit gewordenen Handbewegungen verrichteten, beleuchteten ihre Gedanken die Dinge von allen Seiten, und als sie ihre letzte Bluse zur Seite hängte, hatte sie endlich einen Entschluss gefasst. Sie holte Papier und Kugelschreiber, setzte sich an den Tisch und begann zu schreiben:

Lieber Mathias,

diesen Brief schreibt Dir Franzi, die Zwillingsschwester von Franziska. Franzi ist die, die mit Dir im Kino war und die bei Dir gefrühstückt und dich nach Hülben begleitet hat. Franziska ist die, die in Deiner Werkstatt mir Dir gestritten und sich geweigert hat, sich bei Dir zu entschuldigen.
Franziska ist leider empfindlich, rechthaberisch und dickköpfig, während ich lustig, gutgelaunt und freundlich bin. Das Problem ist, dass es uns nur im Doppelpack gibt, und dass Du nie so genau wissen kannst, mit wem Du es zu tun hast. Ich kann Dich aber trösten, an den meisten Tagen führe ich Regie, Franziskas Auftritte sind eher selten, aber sie bleiben leider länger in Erinnerung. Was den vergangenen Freitag angeht, da muss ich Franziska allerdings in Schutz nehmen, es war wirklich so, wie sie es Dir auf deinem Anrufbeantworter geschildert hat, also absolut kein Grund zur Eifersucht. Das kann ich Dir übrigens für uns beide versichern: Wir sind absolut treu!

*Als kleine Entschuldigung und Wiedergutmachung haben wir uns etwas ausgedacht. Solltest Du unsere Entschuldigung annehmen und uns noch eine Chance geben, dann komm bitte am Samstagnachmittag um 14 Uhr zum Wanderparkplatz an der alten Eiche. Wir warten dort auf Dich, nein, ich warte dort auf Dich, Franziska werde ich zu Hause lassen.
Bitte, bitte komm! Ich freue mich auf Dich.*

Deine Franzi

PS: Sollte das Wetter am Samstag schlecht sein, ruf mich bitte an!

Franziska las den Brief noch einmal durch, dann klebte sie ihn zu und brachte ihn gleich zum Briefkasten, bevor sie es sich noch einmal anders überlegte.

Als sie vom Briefkasten zurückkam, traf sie Fräulein Häusler, die dabei war, den Gehweg vor ihrem Haus zu kehren. Bei Franziska meldete sich das schlechte Gewissen. Seit Tagen hatte sie vor, sich bei Fräulein Häusler zu bedanken und sie zu fragen, ob sie die Miete für die beiden Parkplätze lieber in bar oder auf ihr Konto überwiesen haben wolle. Das holte sie jetzt nach.

»Ach wissed Se, Frau Glück, i han mir des anders überlegt«, gab Fräulein Häusler zur Antwort.

Franziska fuhr der Schreck in die Glieder. Sie hatte endlich alle Bescheinigungen für ihren Antrag zusammen und wollte sie morgen bei Herrn Müller abgeben, und jetzt das! Es durfte einfach nicht wahr sein, dass nun alles vergeblich war, nur weil Fräulein Häusler ihre Meinung geändert hatte.

»Wissed Se, i find, mr sodd sich in dr Nachbarschaft behilflich sei. Sie könned die Stellplätz umsonscht benutze. Dr Herr Carstens nimmt ja au koi Geld für die Klavierstunde, die er mir gibt. Sie wissed doch, wie mr bei de Schwabe sagt: I schmeiß dr au mal an Stein in Garte nei.«

Franziskas Stein fiel nicht in ihren Garten, sondern plumpste von ihrem Herzen direkt auf den Gehweg. »Das ist wirklich ausgesprochen nett von Ihnen, vielen Dank, Fräulein Häusler. Aber dafür müssen Sie mir versprechen, dass Sie mindestens einmal in der Woche zum Kaffeetrinken zu mir kommen, kostenlos, versteht sich.«

Dieses Angebot schien Fräulein Häusler zu freuen.

»Und Hugo gibt Ihnen Klavierunterricht? Das wusste ich ja gar nicht.«

Frau Häusler erklärte, sie habe als junges Mädchen Klavier spielen gelernt, ihr Spiel in den letzten Jahren aber sehr vernachlässigt. Hugos Klavierspiel, das manchmal durch die offenen Fenster zu ihr herüberdrang, hatte ihr nun Lust gemacht, ihre Kenntnisse aufzufrischen, und Hugo hatte sich angeboten, ihr dabei zu helfen.

»Manchmal spieled mir vierhändig. Des isch ja so ein reizender Mann, dr Herr Carstens«, erklärte Fräulein Häusler mit strahlenden Augen. »So höflich und so gutaussehend und so begabt«, schwärmte sie.

Oh, oh, dachte Franziska, hoffentlich weißt du, auf was du dich da einlässt, Hugo.

»Ja«, pflichtete sie Fräulein Häusler bei, »da haben Sie recht, Hugo ist wirklich ein besonders netter Mann. Also dann hoffe ich, dass ich Sie bald einmal in meinem Café begrüßen kann. Einen schönen Tag noch.«

»Danke, gleichfalls«, erwiderte Fräulein Häusler und fuhr lächelnd fort, ihren Gehweg zu kehren. Franziska konnte sich denken, an wen sie gerade dachte.

Als sie zu Hause war, ärgerte sich Franziska. Schließlich hätte sie Fräulein Häusler auch gleich zu einer Tasse Kaffee einladen können. Aber sie musste sich an die neuen nachbarschaftlichen Verhältnisse erst gewöhnen.

Am Samstagvormittag ging Franziska einkaufen: Salami, Käse, Schinken, Melone, Oliven und Baguette. Das alles packte sie zusammen mit einer Flasche Rotwein, Wasser und dem kleinen Gugelhupf, den sie gestern gebacken hatte, in einen Korb. Teller, Besteck, Gläser, Servietten und eine Decke vervollständigten Franziskas Picknickausrüstung.

Bevor sie losfuhr, überlegte sie, ob sie auch nichts vergessen hatte. Die Stelle, die sie sich für ihr Picknick ausgesucht hatte, lag eine Viertelstunde vom Wanderparkplatz entfernt. Leider erwies sich der Korb als ziemlich schwer und schien mit jedem Meter an Gewicht zuzunehmen. Einmal hatten Paula und Franziska bei ihrem wöchentlichen Lauf eine falsche Abzweigung erwischt und waren bei der kleinen lauschigen Waldlichtung gelandet. Franziska hoffte, dass sie sie auf Anhieb wiederfand. Ihr Orientierungssinn war nicht sehr ausgeprägt. Sie begann schon, an sich zu zweifeln, als die Lichtung plötzlich vor ihr lag. Erleichtert breitete Franziska die Decke auf dem Boden aus. Dann hielt sie nach einem Baum Ausschau, der einen stabilen Ast in erreichbarer Höhe aufwies. Sie hatte Angst, ein Fuchs oder ein anderes Tier könne sich über die Lebensmittel hermachen, wenn sie den Korb auf dem Boden stehen ließ, während sie zum Parkplatz zurückging. Ein kräftiges Seil hatte sie in weiser Voraussicht mitgebracht. Trotzdem erwies sich ihr Unterfangen als schwieriger, als sie gedacht hatte, und gelang erst beim dritten Anlauf. Zufrieden betrachtete Franziska ihr Werk und machte sich dann auf den Rückweg zum Auto.

Als der Zeiger ihrer Uhr immer dichter an die Zwei heranrückte, begann Franziska nervös zu werden. Wer sagte ihr, dass Mathias überhaupt kam? Er hatte sich auf ihren Brief nicht gemeldet.

Der Minutenzeiger stand schon zwischen der Eins und der Zwei, als sie Mathias' Auto endlich auf den Parkplatz einbiegen sah. Sie seufzte erleichtert auf. Mathias stieg aus und kam auf sie zu. Sie waren beide ein wenig verlegen, weil sie nicht recht wussten, wie sie sich begrüßen sollten.

Franziska brach das Eis, indem sie Mathias die Hand entgegenstreckte. »Hallo, Mathias. Schön, dass du gekommen bist und dass das Wetter uns keinen Strich durch die Rechnung macht«, sagte sie ein wenig förmlich.

»Hallo, Franziska. Oder soll ich besser Franzi sagen?«

»Wie du willst«, meinte Franziska.

»Und jetzt?«

»Machen wir uns auf den Weg.«

»Wohin?«

»Lass dich überraschen«, erklärte Franziska und übernahm die Führung. »Du bist mir also nicht mehr böse?«

»Nein«, sagte Mathias. »Bei genauerer Betrachtung gibt's ja auch eigentlich keinen Grund dafür. Wir haben uns da wohl beide ein bisschen kindisch benommen und dann auf stur geschaltet.«

»Das mit Marco tut mir leid. Aber es war wirklich nichts.«

»Ich glaub's dir. Es gibt da etwas, was du wissen solltest, dann verstehst du meine Reaktion vielleicht besser.«

Mathias erzählte, dass er vor einigen Jahren verlobt gewesen war. Das Aufgebot war schon bestellt, die Einladungen für die Hochzeit verschickt, als er seine Verlobte in flagranti mit seinem besten Freund erwischte.

»Du kannst dir gar nicht vorstellen, was das für ein Schock für mich war. Ich war vollkommen ahnungslos gewesen, hatte gedacht, es sei alles gut zwischen uns, und dann das. Es hat lange gedauert, bis ich wieder Vertrauen zu einer Frau fassen konnte. Und als mir dann dieser Marco die Tür aufgemacht hat, jung und gut aussehend, und mir erzählt hat, du würdest dich im Schlafzimmer gerade anziehen, da muss mich das wohl an damals erinnert haben.«

»Tut mir leid«, sagte Franziska und griff nach seiner Hand. »Es war wirklich ein blöder Zufall.«

»Na ja, in einiger Zeit lachen wir vermutlich über Marco und die Hühnereiverordnung. Apropos, wie sieht's denn jetzt aus mit der Genehmigung für dein Café?«

Franziska berichtete, dass sie inzwischen bei Herrn Müller gewesen war, um ihre Unterlagen abzugeben. Er hatte sie durchgeblättert und erklärt, sobald die neue Spüle eingebaut und der Kühlschrank geliefert sei, könne sie ihr Café vorläufig wieder eröffnen. Er müsse die Unterlagen noch einer genaueren Prüfung unterziehen, aber so, wie es auf den ersten Blick aussehe, stehe ihrem Café nichts mehr im Wege.

»Glückwunsch«, sagte Mathias. »Es war mir übrigens überhaupt nicht egal, dass sie dir dein Café geschlossen haben. Wenn ich geahnt hätte, dass du keinen Antrag gestellt hast, dann hätte ich dich natürlich darauf aufmerksam gemacht. Und das Baby nehme ich hiermit offiziell zurück.«

»Und ich den Macho«, erwiderte Franziska und erzählte nun ihrerseits, warum sie so heftig auf diese Bemerkung reagiert hatte.

»Mir scheint, da haben uns unsere Expartner ein ganz schönes Päckchen mit auf den Weg gegeben«, stellte Mathias fest. »Aber das sollten wir uns nicht gefallen lassen.«

»Wir sind gleich da. Bleib mal bitte hier stehen, ich muss noch etwas vorbereiten.«

»Du machst mich neugierig.«

Franziska ging die letzten Meter bis zur Lichtung, holte den Korb, der unversehrt an seinem luftigen Aufbewahrungsplatz baumelte, herunter und begann, Teller, Besteck, Gläser und Lebensmittel dekorativ auf der Picknickdecke zu verteilen.

»So, jetzt kannst du kommen«, forderte sie Mathias auf.

»Meine Güte, das sieht ja aus wie im Schlaraffenland«, staunte der. »Und wer hat jetzt diesen Tisch im Wald gedeckt? Franziska oder Franzi?«

»Weder noch. Ich habe vergessen, dir zu sagen, dass wir in Wirklichkeit Drillinge sind. Das hier war Zissy, die Romantische.«

Mathias lachte. »Ich schätze, es wird mir nicht langweilig werden mit euch dreien. Aber langsam stimmt mich die Sache bedenklich. Bisher bin ich von einer leichten Schizophrenie ausgegangen, aber jetzt sieht es mir eher nach einer multiplen Persönlichkeit aus, damit ist nicht zu spaßen. Aber egal, lass uns endlich was essen, ich kriege immer mehr Hunger, wenn ich mir das so anschaue.«

»Ich auch. Ein Glas Wein?«

»Gern.«

Sie genossen den Spätsommertag auf der Waldlichtung, während sie sich das Essen schmecken ließen.

»Sieht sehr italienisch aus«, bemerkte Mathias mit Blick auf die Köstlichkeiten und schob sich eine Olive in den Mund. »Bis auf die Eier, die fallen ein wenig aus dem Rahmen. Hat das etwas mit der berühmten Hühnereiverordnung zu tun?«

Franziska lachte. »Eher mit einer fixen Idee. Seit meinem ersten Schulausflug gehören hartgekochte Eier für mich zu einem Picknick dazu.«

»Keine Fleischküchle?«

»Das auch, aber woher weißt du das? Ich hatte heute nur keine Zeit mehr, welche zu machen.«

»Könnte sein, dass ich unter der gleichen fixen Idee leide«, bekannte Mathias und trank einen Schluck Wein. »Jetzt kann ich aber wirklich keinen einzigen Bissen mehr essen«, stöhnte er dann.

»So geht's mir auch.«

»Wenn wir die Lebensmittel wegräumen, könnten wir uns auf die Decke legen und ein kleines Nickerchen machen«, schlug Mathias vor.

»Hier, in aller Öffentlichkeit?«

»Siehst du irgendwo eine Öffentlichkeit? Außerdem sprach ich von einem Verdauungsschläfchen. An was hast du denn gedacht? Ein Kopfkissen hast du wohl nicht zufällig dabei?«

Franziska warf lachend eine Olive nach ihm. »Anspruchsvoll bist du ja zum Glück überhaupt nicht. Der Korb war schon schwer genug. Aber du kannst meine Strickjacke als Kopfkissen benutzen, ich brauche sie nicht. Vorausgesetzt, ich darf mich dafür auf deinen Arm legen.«

Mathias wackelte bedenklich mit dem Kopf, so als müsse er über diesen Vorschlag gründlich nachdenken. »Na gut«, meinte er dann großzügig und begann, die Reste von Brot, Salami und Käse im Korb zu verstauen.

Franziska kuschelte sich in seine Armbeuge und fühlte sich dort ausgesprochen wohl. Sie war müde, aber um nichts in der Welt wollte sie jetzt einschlafen und auch nur einen Augenblick dieser Siesta versäumen. »Ich bin so froh, dass du mir nicht mehr böse bist. Jetzt muss ich nur noch überlegen, wie ich deinen Vater wieder milde stimmen kann.«

Franziska spürte das Vibrieren in Mathias' Brust, als er leise lachte. »Das ist doch kein Problem. Mein Vater ist ganz vernarrt in dich, hast du das noch nicht bemerkt?«

»Also den Eindruck hatte ich neulich aber nicht. So wütend hab ich ihn noch nie gesehen.«

Mathias erklärte, dass die Situation mit Marco wohl auch seinen Vater unangenehm an die Sache von damals erinnert habe. Außerdem sei er ein Hitzblitz, der sich in der Regel aber auch schnell wieder beruhige.

»Du hättest mal hören sollen, wie der mich bequatscht hat, damit ich mich bei dir entschuldige. Dass ich mit dem Blumenstrauß bei dir aufgekreuzt bin, das hast du zu einem Gutteil ihm zu verdanken. Er wird sich freuen, dass wir uns versöhnt haben.«

Franziska seufzte zufrieden und schloss nun doch ihre müden Augen. Wie lange sie geschlafen hatte, wusste sie nicht. Es war ein kurzer stechender Schmerz und ein anschließendes, brennendes Ziehen in ihrer Hand, das sie abrupt weckte. Als sie zu ihrer Hand hinübersah, sah sie eine ganze Armada von Ameisen, die sich dort tummelte und dabei war, ihren Marsch in Richtung ihres Arms fortzusetzen.

»Igitt«, kreischte Franziska, sprang auf und begann wie wild, die Ameisen abzuschütteln und mit ihrer anderen Hand abzustreifen.

Mathias, der sich aufgesetzt hatte, begann zu lachen.

»Was gibt's da zu lachen?«, fragte Franziska empört. »Hilf mit lieber!«

»Dein Veitstanz sieht zu komisch aus«, erklärte Mathias schadenfroh.

»Wie das brennt«, jammerte Franziska. »Man sollte nicht denken, dass so ein kleines Tier das auslösen kann.«

»Soll aber sehr gesund sein gegen Rheuma, hab ich gehört.«

»Ich gebe dir gern ein paar Ameisen ab, wenn du diesbezüglich ein Problem hast.«

Den Korb mit den Lebensmitteln hatten die Tierchen zum Glück noch nicht entdeckt. Franziska und Mathias beschlossen, die Flucht zu ergreifen, bevor es so weit kam.

»Schade«, meinte Franziska, als sie die Picknickdecke zusammenfaltete. »Es war so gemütlich hier. Und jetzt?«

»Jetzt hätte ich richtig Lust auf eine Tasse Kaffee, du auch? Italienischen Kaffee kann ich dir nicht anbieten, aber wenn du mit deutschem vorliebnimmst, bist du herzlich eingeladen.«

»Keine schlechte Idee«, fand Franziska und machte sich mit Mathias zusammen auf den Rückweg zum Parkplatz.

Als Franziska am nächsten Morgen verschlafen ihr Badezimmer betrat, blieb sie abrupt stehen. Vor dem Waschbecken stand ein nackter Mann, seiner Rückenansicht nach zu schließen war er jung. Sein Gesicht konnte sie in dem beschlagenen Spiegel nicht sehen. Erst als er sich, aufgeschreckt durch ihren Schrei, erschrocken umdrehte, erkannte sie ihn.

»Jens!«

Die Hand mit der Zahnbürste verharrte unbeweglich in Jens' Mund, die linke fuhr reflexartig nach unten, um schamhaft seine bloße Männlichkeit zu bedecken.

»Frau Glück«, nuschelte er mit Zahnpastaschaum im Mund, »tut mir leid. Isch konnte die Tür nischt abschlieschen. Da fehlt der Schlüschel.«

Stimmt, Franziska wusste auch nicht, wo Thea den hingeräumt hatte. Bisher war das kein Problem gewesen, aber falls Jens in Zukunft öfter hier nächtigen sollte oder ihr Bad künftig als Personaltoilette fungierte, dann wäre ein Schlüssel vielleicht doch angebracht.

»Sag mir bitte Bescheid, wenn du fertig bist. Ich setze schon mal Kaffeewasser auf. Du trinkst doch Kaffee, oder?«

»Klar«, nickte Jens.

Franziska drehte sich um und wäre fast mit Sarah zusammengestoßen, die hinter ihr stand.

»Was schreist du denn hier so rum am frühen Morgen? Ist was passiert?«

Franziska schloss die Badezimmertür. »Ja. In meinem Bad steht ein nackter junger Mann.«

»Deshalb musst du doch nicht so schreien. Es ist doch nur Jens. Hast du gedacht, es sei ein Einbrecher, der sich noch schnell geduscht hat, bevor er sich auf den Heimweg macht?«

»Du könntest mir Bescheid sagen, wenn du einen Mann zum Übernachten mitbringst.«

»Tut mir leid, aber du warst nicht da. Als du nach Hause kamst, haben wir wohl schon geschlafen. Du könntest mir Bescheid sagen, wenn du bei einem Mann übernachtest«, gab Sarah frech zurück.

»So weit kommt's noch. Kaffee und ein Ei?«

»Mhm. Ich geh so lang noch mal ins Bett«, sagte Sarah, drehte sich um und verschwand in ihrem Zimmer.

Franziska ging kopfschüttelnd in die Küche. Der Tag fing ja gut an.

Kurz darauf streckte Jens seinen Kopf durch die Küchentür. »Das Bad ist frei. Tut mir leid, dass ich Sie vorhin so erschreckt habe.«

»Schon vergessen«, beruhigte Franziska und drückte auf den Einschaltknopf der Kaffeemaschine. »Ich hab dich ja auch erschreckt mit meinem Geschrei. Aber ich freue mich, dass ihr wieder zusammen seid, du und Sarah.« Sie zögerte kurz. »Ihr seid doch wieder zusammen, oder?«

Schließlich kam es heutzutage auch vor, dass befreundete junge Leute verschiedenen Geschlechts gemeinsam in einem Zimmer nächtigten, ohne dass das etwas zu bedeuten hatte.

»Ich denke schon«, grinste Jens.

In diesem Moment klingelte es an der Tür.

»Ach du Schreck! Kannst du mal nachschauen, Jens, ich gehe nicht gern an die Tür, bevor ich im Bad gewesen bin.«

Jens schaute kritisch an sich herunter. Er trug nur Boxershorts und leichte Brustbehaarung. »So?«

»Klar. Das war die Klingel an der Wohnungstür. Es kann also nur einer vom Trio sein.«

Jens verschwand und war schon zwei Minuten später wieder da, eine leere Zuckerdose in der Hand. »Der hat mich bloß blöd angeguckt, mir die Zuckerdose in die Hand gedrückt, ohne ein Wort zu sagen, und ist die Treppe hinauf nach oben verschwunden.«

»Sag mir jetzt bitte, dass er groß, schlank und weißhaarig war oder mittelgroß und leicht angegraut.«

»Tut mir leid«, sagte Jens, »weder noch. Er war glatzköpfig und klein mit Bauch.«

Also Karl, das hatte Franziska befürchtet. »Ich geh mal ins Bad und bring dann die Zuckerdose nach oben«, seufzte sie.

Franziska liebte es, den Tag in aller Ruhe in Angriff zu nehmen, Aufregungen noch vor dem Frühstück waren ihr verhasst, aber man konnte es sich nicht immer aussuchen.

Es war Ernst, der ihr öffnete, als sie eine Viertelstunde später an der oberen Wohnungstür klingelte.

»Ich nehme an, ihr braucht Zucker«, sagte sie und streckte Ernst die gefüllte Zuckerdose entgegen.

»Vielen Dank! Na ja, Junggsellehaushalt«, grinste Ernst verlegen. »Da geht scho mal was aus. I trink mein Kaffee immer ohne Zucker. Des han i mir so agwöhnt, weil im Lehrerzimmer dr Zucker dauernd alle war. Aber dr Hugo und dr Karl, die möged ihren Kaffee gern süß.«

»Kann ich Karl denn mal sprechen?«

»Versuche kannsch's«, meinte Ernst. »Aber i woiß net, was mit dem heut los isch. Der isch vorhin von da unte ruffgstürmt komme, also für seine Verhältnis' gstürmt, moin i, und wo i nach em Zucker gfragt han, hat 'r gsagt, in dem Freudehaus gäb's koin Zucker, da däd älleweil an andrer Mann de Kaffee koche. Na isch 'r in seim Zimmer verschwunde und hat sich seither nemme blicke lasse.«

Franziska ging zu Karls Zimmer und klopfte an die Tür.

»Drauße bleibe«, tönte es unfreundlich von drinnen.

»Karl, ich bin's, Franziska. Ich muss mit dir reden.«

Als sie keine Antwort bekam, öffnete sie vorsichtig die Tür, darauf gefasst, mit einem Pantoffel beworfen zu werden. Aber Karl stand unbeweglich am Fenster, die Arme auf dem Rücken verschränkt, und schaute hinaus.

»Was willsch?«

»Ich hab euch Zucker gebracht.«

»Danke.«

»Na ja, in unserem Freudenhaus geht der Zucker normalerweise nicht aus.«

Karl drehte sich langsam um und schaute sie finster an. »Wieso Freudehaus?«

»Das musst du nicht mich fragen. Der Ausdruck stammt doch von dir.«

»Wer sagt des? Dr Ernscht? Der Seggel. Aber d' Wahrheit derf mr sage, hat mei Großmutter immer gsagt.«

»Es ist aber nicht die Wahrheit«, stellte Franziska fest. »Der junge Mann, der dir die Tür geöffnet hat, ist Sarahs Freund.«

»Dr Sarah ihr Freund? So?«

Franziska entdeckte Aufmerksamkeit und Interesse in Karls Blick.

»Also des mit dem Freudehaus, des hat dr Ernscht mal wieder missvrstande. Der hört in letschter Zeit a bissle schlecht. Des führt na manchmal zu Missverständnis. Aber er däd des natürlich nie zugebe. I han nämlich net Freudehaus gsagt, i han gsagt: ›Des isch a Freud in dem Haus, wie viel nette junge Leut da ei- und ausganged.‹«

»Nicht schlecht, die Ausrede, Karl, wirklich.« Franziska konnte nicht anders, sie musste lachen. »Hast du wirklich gedacht, ich hätte was mit so einem jungen Mann?«

»Warum denn net? Du bisch doch a hübsche Frau und junge Männer standed heut öfters auf ältere Fraue. Also, i moin, älter wie sie. Erscht neulich isch in dr »Bunte« komme, wie viele prominente Fraue jüngere Liebhaber hen, d' Simone Thomalla zum Beispiel, und d' Iris Berben und d' Jutta Speidel und wie se alle hoißed. I moin, i verstand's ja au net, aber 's isch wohl so.«

»Bei mir ist das anders«, erklärte Franziska. »Mit Mathias hab ich mich versöhnt. Und das wollte ich mit dir eigentlich auch machen, aber daraus wird wohl nichts.«

»Warum denn net?« Karl grinste verschmitzt. »Mr kann sich ja mal täusche. Bleibsch zum Frühstück?«

»Tut mir leid, aber unten warten zwei hungrige junge Leute ebenfalls auf ihr Frühstück. Ein andermal. Also dann, schönen Tag noch.«

Sie drehte sich um und wollte gerade gehen, als sie Karl hinter sich sagen hörte: »Franziska? I glaub, der Seggel isch net dr Ernscht, des bin i.«

Franziska schaute Karl an. »Ich will ja nicht unhöflich sein, aber ich glaube, in dem Fall kann ich dir nicht widersprechen, Karl. Soll man ja auch nicht, älteren Herren widersprechen, hab ich mir sagen lassen.«

Sie hörte Karls Lachen noch auf dem Flur, als sie die Tür längst geschlossen hatte.

Plötzlich wurde sie wieder aufgerissen und Karl stand im Flur. »Wart mal, Franziska, du hasch ja mei Sprechanlag no gar net gsehe.« Geschäftig ging er vor Franziska her zu seiner neuen Errungenschaft, die neben der Eingangstür eingebaut war. »Guck, da isch des kloine Fernseherle. Und wenn i uff des Knöpfle druck, na sieht mr uff d' Straß nunter. Jetzt grad isch nix los. Aber woisch was, i spring gschwind nunter und stell mi vor die Kamera. Und wenn de na uff des Knöpfle druckscht mit dem Mund druff, na kannsch sogar mit mr schwätze.«

Karl ging eilig die Treppe hinunter und kurz darauf tauchte riesengroß sein Gesicht auf dem Bildschirm auf. »Franziska, siehsch mi? Wenn de ebbes sage willsch, musch uff des Knöpfle drucke, sonsch hör i di net.«

Franziska tat, wie ihr geheißen. »Hallo Karl«, sagte sie, »seit wann hast du denn den Furunkel an deiner Nase?«

Karls Hand tauchte im Bild auf und fasste an die Nase. »En Furunkel? Wo?«, fragte er erschrocken.

»April, April«, lachte Franziska.

Karl verschwand vom Bildschirm und kam kurz darauf schnaufend zur Tür herein. »Na, was sagsch jetzt? Willsch net au so a Apparätle? Na kannsch kontrolliere, wer in dei Café kommt.«

»Das sehe ich auch durchs Küchenfenster. Aber trotzdem, Glückwunsch zu deiner Neuerwerbung.«

Karl strahlte. »Woisch, die zwoi welled des net zugebe, weil se erst drgege wared, aber des gfällt dene au. Wo i neulich von dr Apothek hoimkomme bin, han i se verwischt. Dr Hugo war obe und dr Ernscht isch unte gstande, und na hen se sich a ganze Weile mitnander unterhalte, so Weltraumgespräche wie beim Raumschiff Orion mit ›Commander, hören Sie mich‹ und ›Roger, over‹ und so, i han's genau ghört. Dr Ernscht, der schreit doch immer so, seit 'r nemme so gut hört. Wo dr Ernscht mi na gsehe hat, hat 'r so do, wie wenn 'r au grad erscht komme wär.«

Das Kind im Manne, dachte Franziska.

»Wirklich, eine tolle Errungenschaft«, sagte sie und war erleichtert, dass auch bei Karl das Eis wieder gebrochen war.

20

*Wenn mr nix schafft,
kommt mr bloß uff domme Gedanke.*

Am Sonntagabend brachte Paula Julia vorbei und verabschiedete sich von Franziska. Morgen in aller Frühe würde sie mit Uli nach Paris fliegen.

Julia war ein wenig enttäuscht. Sie hatte sich darauf gefreut, bei Sarah im Zimmer schlafen zu können, aber da übernachtete nun immer häufiger Jens.

»Ich kann doch trotzdem in Sarahs Zimmer schlafen«, meinte Julia. »Jens stört mich nicht, der ist nett.«

»Nun ja, weißt du ...«

»Du meinst, ich störe Jens«, kombinierte Julia.

»Es ist nicht deinetwegen. Weißt du, Jens und Sarah sind frisch verliebt, die würde jeder im Zimmer stören.«

»Schon kapiert«, erklärte Julia altklug. »Wenn ich mal einen Freund habe, will ich auch nicht, dass einer mit im Zimmer schläft.«

»Na, siehst du.«

Franziska hatte Julia für die Dauer ihres Besuchs ihr kleines Privatwohnzimmer abgetreten. Ein eigenes Zimmer mit Couch, Fernseher, CD-Player und Zugang zum Garten zu haben, versöhnte Julia. Außerdem freute sie sich darauf, dass Franziska am Mittwoch ihr Café wieder öffnen würde.

Die neue Spüle war eingebaut und der Kühlschrank stand in der Speisekammer, einer Eröffnung stand also nichts mehr im Weg. Mathias hatte noch einmal seine Kontakte zur Zeitung spielen lassen. Am Dienstag sollte ein kleiner Artikel über die Wiedereröffnung erscheinen mit dem Hinweis, dass der Grund für die vorübergehende Schließung nicht erfüllte bauliche Vorschriften wie das Fehlen von Parkplätzen gewesen waren, die inzwischen behoben waren. Das klang harmlos und war allemal besser als Gerüchte über mangelnde Hygiene in der Küche. Trudi hatte zugesagt, schon am Vormittag zum Helfen zu kommen, und auch Sarah und Jens hatten ihre Hilfe angeboten.

Das Trio hatte versprochen, noch einmal Musik zu machen. Diesmal mit Jens' E-Klavier in einer Ecke des Wohnzimmers. Es würde zwar ein wenig eng werden, aber Franziska rechnete diesmal nicht mit allzu großem Besucheransturm, was ihr ganz recht war, denn sie musste sich erst an die Arbeit im Café gewöhnen. Sie war schließlich kein Profi. Falls die Musik gut ankam, planten Franziska und das Trio, in regelmäßigen Abständen zu spielen. Franziska dachte auch daran, Lesenachmittage zu veranstalten. Vielleicht konnte sie dafür Autoren gewinnen, möglicherweise aus der Region, die weniger bekannt und deshalb bereit waren, für ein geringes Honorar aufzutreten. Sie würde sich einmal umhören.

Am Mittwochvormittag hatte sie mit Trudis und Julias Hilfe einen Käsekuchen, einen Zwetschgenkuchen, einen Vierfrucht- und einen Marmorkuchen gebacken. Das müsste eigentlich reichen. Sie wollte am Donnerstag gern frischen Kuchen servieren und nicht alten vom Vortag. Das machte keinen guten Eindruck. Sollten tatsächlich wider Erwarten alle Kuchen aufgegessen werden, dann könnte sie immer noch Waffeln anbieten. Die waren schnell gemacht.

Als erste Besucherin erschien pünktlich um zwei Fräulein Häusler. Man sah, dass sie sich heute mit ihrem Aussehen besondere Mühe gegeben hatte. Offensichtlich war sie beim Friseur gewesen und sie trug ein zweiteiliges dunkelblaues Kleid mit weißen Tupfen, das ihr gut stand. Auch etwas Rouge schien sie aufgelegt zu haben, aber vielleicht war es auch nur die Aufregung oder Freude, die ihre Wangen rosa färbte.

»Fräulein Häusler, das ist aber nett«, freute sich Franziska. »Bitte kommen Sie doch herein, Sie haben noch freie Platzwahl.«

Fräulein Häusler sah sich neugierig im Wohnzimmer um. Franziska führte sie herum und öffnete auch die Tür zum Esszimmer. »Das Esszimmer ist für geschlossene Gesellschaften, falls Sie einmal etwas zu feiern haben.«

»Und in dene Bücher darf mr lese, eifach so?«

»Dafür sind sie da. Allerdings nur zum hier Lesen. Ich leihe keine aus. Sie sind zum Appetitholen. Um sie ganz zu lesen, muss man oft wiederkommen oder sie in der Bücherei ausleihen oder kaufen. Das gilt natürlich nicht für Sie. Sie dürfen sich gerne eins mit nach Hause nehmen.«

»Hen Sie au die ›Dornevögel‹? Des han i nämlich im Fernsehe gseh und des hat mir so gfalle. Des däd i gern amol lese.«

»Ich suche es Ihnen nachher gleich heraus. Ich mag das Buch auch sehr gern.«

Wie Franziska vermutet hatte, wählte Fräulein Häusler den Sessel in Theas Sofaecke.

»Des isch aber schön da, richtig gemütlich. Und da spielt d' Musik?« Frau Häusler deutete auf das E-Klavier, das schon aufgebaut in der Ecke stand.

»Genau. Unsere Musiker werden gegen halb drei anfangen zu spielen. Sie haben sich den richtigen Platz ausgesucht, da haben Sie alles im Blick.« Vor allem Hugo, dachte Franziska.

Sie fragte nach Fräulein Häuslers Wünschen und schickte dann Julia mit Kaffee und Kuchen zu ihr.

Eine halbe Stunde später kam Julia mit dem tragbaren Telefon in die Küche. »Mama will dich sprechen.«

Franziska wusch ihre Hände und nahm das Telefon entgegen. »Na, du alte Pariserin, wie geht's euch denn?«

»Super«, verkündete Paula. »Mir sitzed grad im Café und ruhed unsre Füß a bissle aus. Des isch's oinzige Problem, dass oim d' Füß so wehtun. Aber a Stadt isch des, da drgege kann Neubach bloß abstinke.«

»Das hab ich mir fast gedacht«, lachte Franziska.

»Überhaupt, von dene Pariser, da könnted mir Schwabe ebbes lerne. D' Leichtigkeit und 's Genieße.«

»Das lass bloß Karl nicht hören.«

»Gestern Abend wared mr uff em Montmartre und heut Morge im Louvre. D' oinzige Enttäuschung bisher war d' Mona Lisa. I han immer denkt, wenn i des Bild im Original seh, na verstand i, warum da so an Zirkus drum gmacht wird. Aber i verstand's immer no net. Und kloi isch des, i han denkt, des wär viel größer. Und na musch au no a paar Meter Abstand halte, so a Angscht hen die, dass es geklaut wird. Also i han ja da mei ganz eigene Theorie, von wege, des wär d' Frau von ma Tuchhändler aus Florenz. I sag dr was: Des war bestimmt dr Freund vom Leonardo da Vinci. Des sieht mr ganz deutlich, dass des an Mann isch. Guck dr doch des Gsicht amol genauer a. Deshalb hat dr Da Vinci des Bild au immer mit sich romgschleppt, und die Mona Lisa, die eigentlich an Mono Liserich isch, grinst so, weil se denkt: Die hen mr ganz schön an dr Nas romgführt, Leonardo. Aber 's hänged au wirklich schöne Bilder im Louvre. Na ja, em Uli hat's net so gfalle, der war froh, wo 'r wieder drauße war.«

»Das kann ich mir denken. Wart ihr auch schon im Moulin Rouge?«

»Bis jetzt no net. I bin net so verrückt uff die nackede Weiber. I däd mr für des Geld lieber a schicks Paar Schuh kaufe, und so, wie i de Uli kenn, däd der des Geld lieber in Esse inveschtiere, aber bestimmt will 'r des vor seine Kumpel net zugebe. Jedenfalls isch's ganz toll in Paris«, schwärmte Paula.

»Ach, Paula, das freut mich für dich. Genießt es! Julia ist hier gut aufgehoben. Sie ist mir eine große Hilfe. Hast du schon was von den Jungs gehört?«

»Koine Unfäll oder andre Katastrophe bisher, Gott sei Dank. Ich hoff, 's bleibt so. Du, i muss jetzt Schluss mache, dr Uli fuchtelt scho, des isch nämlich sauteuer mit em Handy. Ach, hier isch sowieso alles teuer, aber 's isch's wert. Also, na ade. Hasch mr no mal gschwind d' Julia?«

»Klar, also dann tschüss und viel Spaß noch.«

Franziska ging ins Wohnzimmer, um Julia das Telefon zu übergeben. Julia war gerade dabei, einem älteren Herrn Kaffee einzugießen. Aber das war ja Herr Müller, der da neben Fräulein Häusler saß und sich angeregt mit ihr unterhielt! Franziska hatte sich zwar bemüht, alle Vorschriften für ihr Café ordnungsgemäß zu erfüllen, aber man wusste ja nie.

»Hallo, Herr Müller. Wie ich sehe, hat Julia Sie schon versorgt.«

»Oh ja, die junge Dame macht des ausgezeichnet. Wie a vollwertige Kraft.«

Julia strahlte über das Lob, aber Franziska beschlich ein ungutes Gefühl.

»Julia ist für eine Woche in Ferien bei mir. Ihre Eltern sind in Paris und sie wollte mir ein wenig helfen. Ich war gerade am Telefon.«

»Des isch scho in Ordnung. I han Ihne ja gsagt, dass Sie in der Beziehung nix von mir zu befürchte hen. Des fällt au gar net in mei Zuständigkeit.«

»Möchten Sie die Küche sehen?«

»Noi, noi, i will gar nix sehe«, winkte Herr Müller ab. »I bin heut ganz privat hier. Mittwochnachmittags han i immer früher Schluss, und wo i gestern in dr Zeitung glese han, dass Sie heut Ihr Café wieder aufmached, da han i denkt, i ess gschwind no a Stückle Kuche, bevor i hoimfahr. 's liegt ja fast am Weg. Wissed Se, mei Frau hat mi auf Diät gsetzt. Die hat glese, dass mr abnimmt, wenn mr abends koine Kohlehydrate meh isst. Jetzt gibt's zum Nachtesse koi Brot meh, wo i des so gern ess, bloß no gedünschtetes Gmüs, und des net viel. Des isch doch koi Esse für an ausgwachsene Mann.«

»Sie sind mir immer herzlich willkommen, Herr Müller. Ich verrate auch nichts Ihrer Frau. Was darf ich Ihnen denn bringen? Wir haben heute Zwetschgenkuchen, Käsekuchen, Vierfrucht und Marmorkuchen.«

»An Käskuche«, antwortete Herr Müller. »Des isch mei Lieblingskuche. Und schicked Se ruhig des kleine Fräulein. Die macht des sehr gut. Und sie hat so en Spaß drbei, des sieht mr.«

Franziska versprach's und ging dann hinüber zu Karl. »Kannst du nachher mal zu mir in die Küche kommen?«, flüsterte sie ihm ins Ohr.

Karl nickte und kam wenige Minuten später zu ihr. »Was gibt's?«

»Da drin sitzt Herr Müller vom Ordnungsamt. Habt ihr oben euer Herren-WC-Schild hängen?«

»Au, verflixt, des hen mr total vergesse. Hoffentlich hat's dr Ernscht scho kauft. I frag en glei.«

Kurz darauf war er wieder da. »Alles paletti«, sagte er und hob den ausgestreckten Daumen in die Höhe, »'s Schild hängt, und da isch dr Schlüssel für obe, falls jemand naufmuss.«

»Danke, Karl, du bist ein Schatz.«

»Woiß i«, erklärte Karl. »Bloß d' andre wissed's net immer.«

Fräulein Häusler war als Erste gekommen und sie ging als Letzte. »Ach, war des en schöner Nachmittag«, schwärmte sie. »Und i darf wirklich nix bezahle?«

»Auf keinen Fall«, wehrte Franziska ab. »Parkplätze gegen Kaffee und Kuchen. So war's ausgemacht.«

»I han aber drei Stückle Kuche gesse und zwoi Tasse Kaffee trunke.«

»Sie dürfen gerne noch Kuchen mit nach Hause nehmen. Ich habe noch so viel übrig.«

»Mached Se sich nix draus«, tröstete Fräulein Häusler und tätschelte ihren Arm. »Der Kuche war sehr gut. Und des wird sich romspreche, des dauert halt a bissle. Also i werd jedenfalls feschte Reklame mache im Flecka. Und wenn Se mal Hilfe brauched, na meldet Se sich ruhig bei mir. 's könnt ja sei, dass von Ihre Helfer mal oiner krank wird. Und Äpfel schäle, Zwetschge entsteine oder an Kucheteig rühre, des kann i au.«

»Darauf komme ich bei Bedarf gern zurück«, freute sich Franziska. »Wenn demnächst bei Julia und Sarah die Ferien zu Ende gehen, dann sieht es mit den Helfern sowieso nicht mehr so rosig aus. Dann bleibt mir nur noch Trudi. Aber bis dahin hoffe ich, ein wenig mehr Übung zu haben. Noch ist das alles ja ganz neu für mich.«

»'s isch no koi Meischter vom Himmel gfalle. Aber Sie hen des ganz prima gmacht«, lobte Fräulein Häusler. »'s hat doch alles wunderbar klappt. Dürft i denn morge scho wiederkomme?«

Franziska lachte. »Sie dürfen jeden Tag kommen, wenn Sie Lust haben. Und vergessen Sie das Buch nicht. Ich habe es aufs Garderobenschränkchen gelegt.«

»Spieled die Herre morge au?«, fragte Fräulein Häusler hoffnungsvoll.

»Wir haben noch keine feste Planung, was die Musik angeht. Ich dachte an ein- bis zweimal im Monat. Ich will die Herren nicht überstrapazieren. Aber Sie können Herrn Carstens ja einmal fragen«, schlug Franziska vor.

»Des mach i«, versprach Fräulein Häusler strahlend. »Also dann bis morge.«

Ach Thea, dachte Franziska, als sie abends müde, aber glücklich, im Bett lag, wenn du das noch erlebt hättest! Das zurückhaltende Fräulein Häusler, das es gar nicht abwarten kann, so schnell wie möglich wieder in deinem Wohnzimmer zu sitzen. Im oberen Stockwerk drei lustige alte Herren, die zwar nicht immer gleicher Meinung sind, aber viel gute Laune und Abwechslung ins Haus bringen. In deiner Wohnung das Büchercafé, das du dir immer gewünscht hast, das zwar im Moment noch nicht wegen Überfüllung schließen muss, aber seine Feuertaufe bestanden hat. Und nicht zu vergessen dein eingelöstes Versprechen, mir den richtigen Mann über den Weg zu schicken. Jedenfalls glaube ich, dass Mathias der Richtige ist.

Franziska fielen die Augen zu und ihre Gedanken entschwanden ins Land der Träume. Sie sah viele Leute in ihrem Café sitzen. Das Trio trug Stühle aus seiner Wohnung nach unten, um noch ein paar zusätzlich Sitzplätze zu schaffen. Franziska ging nach vorn, sie wollte eine kleine Ansprache halten. Ganz vorn saß Mathias, neben ihm Sarah und Jens, Paula, Julia, Trudi und Fräulein Häusler. Sie wollte gerade beginnen, als noch ein verspäteter Gast mit eiligen Schritten das Zimmer betrat. »Ich war gerade in der Gegend«, sagte Stefan, »und da dachte ich, ich schaue mal rein. Es ist doch sicher noch Kaffee übrig. Der Kaffee aus Franziskas altmodischer Kaffeemaschine ist einfach der beste.«

»Liebe Gäste«, begann Franziska, ohne weiter auf ihn zu achten, »ich freue mich, Sie so zahlreich begrüßen zu dürfen. Heute ist eine Premiere, der erste Lesenachmittag in *Theas Café*. Es ist mir gelungen, dafür einen ganz besonderen Vorleser zu gewinnen, nämlich den Autor der bekannten und beliebten Schwaben-Krimis.«

Es erhob sich ein allgemeines Raunen.

»Ich kann Ihr Erstaunen verstehen, wusste bisher doch niemand außer dem Verlag, wer sich hinter dem Pseudonym ›Felix Hummel‹ verbirgt. Es wurden nie ein Lebenslauf oder ein Foto veröffentlicht, der Autor hat bis heute keine einzige Lesung abgehalten. Das wird sich heute ändern. Mir zuliebe hat sich Felix Hummel entschlossen, hier und heute sein Inkognito zu lüften. Begrüßen Sie mit mir Felix Hummel alias Mathias Fröschle.«

Franziska schaute in ungläubige Gesichter. Dann klatschten die Leute begeistert in die Hände.

»Wer hätt au des denkt«, staunte Trudi. »Unser Mathias an richtiger Schriftsteller.«

»Der schreibt echt gut. Hen Se scho mal ebbes von dem glese?«, flüsterte Fräulein Häusler zurück.

Mathias wollte sich gerade erheben, um nach vorne zu gehen, als Paula aufstand. Sie hatte ein in Packpapier eingeschlagenes, flaches Paket unter dem Arm.

»Liebe Franziska, lieber Mathias, ich habe euch etwas mitgebracht, und ich finde, es würde ganz wunderbar an die Wand über Theas Sofa passen. Ein kleines Mitbringsel aus Paris.«

Neugierig wickelte Franziska das Paket aus und zum Vorschein kam – die Mona Lisa!

21

D' Welt wär scho recht,
wenn no d' Leut net wäred.

Sarahs Zimmer war wieder leer. Sarah war zusammen mit Jens nach Freiburg entschwunden. Diesmal hatte es dort mit einem Studienplatz geklappt. Franziska freute sich für das junge Glück. Allerdings war Freiburg noch ein Stück weiter weg als Tübingen, aber dafür rief Sarah wieder öfter an.

Auch für Julia waren die Ferien zu Ende. Sie besuchte jetzt das Gymnasium. Der Wechsel auf die höhere Schule hatte ihr keine großen Schwierigkeiten bereitet, aber während ihr bisher alles in den Schoß gefallen war, spürte sie die größeren Anforderungen, die vielen neuen Lehrer und Fächer, darunter die zweite Fremdsprache. Sie hatte jetzt zweimal in der Woche Mittagsschule, ausgerechnet am Mittwoch und Donnerstag, so dass fürs Helfen im Café nur noch der Freitag blieb. Das war auch für Franziska eine Umstellung, aber sie hatte ihre Cafétage inzwischen gut organisiert und kam in der Regel mit Trudis Hilfe problemlos über die Runden. Sie waren ein eingespieltes Team, das bei Bedarf um Fräulein Häusler erweitert wurde. Es hatte sich inzwischen herumgesprochen, dass es in Neubach ein nettes Café gab, und Franziska freute sich, wenn Gäste auf Empfehlung aus dem weiteren Umland kamen, um sich in *Theas Café* einen gemütlichen Nachmittag zu machen.

Ihr Esszimmer war schon dreimal für geschlossene Gesellschaften gebucht worden. Es machte Franziska Freude, den Tisch dann besonders liebevoll zu decken, je nach Jahreszeit und dem Blumenangebot im Garten, und Kuchen nach Wunsch des Gastgebers zu backen. Mathias hatte ihr mit Fotos eine kleine Mappe zusammengestellt, in der die Gäste sich verschiedene Vorschläge für Kuchen und Dekoration ansehen und danach aussuchen konnten. Manchmal bedienten sich die Gäste im Esszimmer selbst, dann stellte Franziska die Kuchen auf die Anrichte und brachte eine frische Kanne mit Kaffee oder Tee, wenn die alte leer war. Wenn Gäste auch im Esszimmer lieber bedient werden wollten, sorgte Franziska für eine Extrabedienung. Das war in der Regel Julia, die das sehr gern und gut machte. Die meist älteren Gäste mochten das aufgeweckte kleine Mädchen, und oft fiel außer Lob auch ein üppiges Trinkgeld ab. Da Franziska geschlossene Gesellschaften auch außerhalb der Cafétage annahm, war es in der Regel kein Problem, die Termine mit Julia abzustimmen. Wenn Julia keine Zeit hatte, übernahm Franziska das Bedienen selbst, während Trudi oder Fräulein Häusler sich um den Küchendienst kümmerten.

Vor Kurzem hatte Franziska sich entschlossen, Trudis Hefezopf und ihren Rosenkuchen in ihr Sortiment aufzunehmen.

Trudi war skeptisch gewesen – »Wer will denn im Café en Hefezopf esse« –, aber als die erste Vorbestellung für einen Rosenkuchen zum Mitnehmen einging, da hatte sie wie ein Honigkuchenpferd gestrahlt: »Wer hätt au des denkt!«

»Na, du wohl nicht«, hatte Franziska gelacht. »Aber dass Frau Ziegele gesagt hat, der schmecke viel besser als der vom Bäcker, das erzählst du besser nicht im Dorf herum. Wir wollen uns ja keine Feinde machen.«

Nicht nur das Lob und die Nachfrage machten Trudi stolz, sondern auch die Tatsache, dass Franziska das Gebäck unter den Namen »Trudis Hefezopf« und »Trudis Rosenkuchen« anbot. Das Trio, das den Hefezopf ebenfalls zu schätzen wusste und immer darauf wartete, dass etwas davon fürs nächste Frühstück übrigblieb, ging meistens leer aus, denn auch andere Gäste nahmen sich gern etwas für zu Hause mit.

Ende Oktober stieß Franziska in der Tageszeitung auf einen interessanten Artikel. Ein alter Herr hatte ein Buch veröffentlicht, seine Lebensgeschichte, in deren Mittelpunkt seine Flucht aus Breslau stand. Er hatte die Geschichte auf Anregung seiner Tochter für seine Enkelkinder aufgeschrieben, aber dann war ein kleiner Verlag darauf aufmerksam geworden und hatte sie als Buch herausgebracht. Jetzt, wo die Gartensaison beendet war und es abends früh dunkel wurde, wäre so eine Lesung doch genau das Richtige. Das Thema würde Franziskas meist ältere Gäste sicher ansprechen und es passte zu Thea, die ja auch als Flüchtling hierhergekommen war. Große Honorarforderungen waren kaum zu erwarten, und dieser Autor wäre sicher auch mit einer Zuhörerschaft von nur fünfzehn oder zwanzig Personen zufrieden. Der Name und der Wohnort des alten Herrn standen in dem Artikel und so war es für Franziska kein Problem, seine Telefonnummer herauszufinden. Sie beschloss, gleich anzurufen.

Am Telefon meldete sich die Tochter von Herrn Scholz, Frau Kohl, die mit ihrem Vater zusammen in einem Haus wohnte. Sie freute sich über Franziskas Anfrage, äußerte aber ihre Zweifel, ob ihr Vater darauf eingehen werde. »Wissed Se, dr Herr Keim, des isch dr Verleger, der hat a kleine Buchvorstellung mache welle, wo des Buch rauskomme isch. Aber des hat mei Vater kategorisch abgelehnt. Au zu dem Zeitungsartikel han i en erst überrede müsse. Also wenn Se jetzt mein Vater ans Telefon kriegt hättet, na wär des Gespräch wahrscheinlich scho beendet.«

Franziska sagte, Frau Kohl solle die Sache in Ruhe mit ihrem Vater besprechen. Sie schilderte, wie sie sich das Ganze vorstellte und schlug vor, sich einfach einmal ganz unverbindlich bei ihr zu einer Tasse Kaffee zu treffen, am besten nicht an einem Cafétag, damit sie sich die Räumlichkeiten anschauen und in Ruhe miteinander sprechen könnten. Frau Kohl versprach, sich wieder zu melden, und Franziska hoffte auf einen positiven Bescheid.

Sie waren zu dritt in der Küche beschäftigt. Frau Häusler schälte Äpfel und teilte sie in Schnitze, Trudi belegte den Teigboden damit und Franziska rührte inzwischen den Guss zusammen.

»Heut morge isch mr ebbes Komischs passiert. Da hat mi en Mann agsproche und über des Café ausgfragt«, erzählte Fräulein Häusler.

»Wie ausgefragt? Über die Adresse und die Öffnungszeiten?«

Es kam immer wieder vor, dass Gäste von außerhalb nicht gleich zu ihr fanden. Man sah dem Haus von außen nicht ohne Weiteres an, dass es ein Café beherbergte. Dazu war Mathias' Schild nicht groß und auffallend genug.

»Noi, noi, der hat mi gfragt, ob mi des Café in dr Nachbarschaft net störe däd. Aber dem han i ebbes verzählt. I han gsagt: ›Ganz im Gegeteil, des isch a echte Bereicherung für Neubach. Da kommed Leut von außerhalb, bloß wege dem Café. Wenn mi des störe däd, na hätt i drfür ja net meine Parkplätz zur Verfügung gstellt und däd net au no dort mithelfe‹«, erklärte Fräulein Häusler und sah Franziska stolz an. »Der Mann hat sich sehr drfür intressiert, was i denn da helf, und i han's em na erklärt.«

Franziska runzelte die Stirn.

»Hätt i des net sage solle?«, fragte Fräulein Häusler deshalb verunsichert.

»Doch, doch. Wie sah der Mann denn aus?«

»Oh, er war a sehr gepflegte Erscheinung. Sehr gut azoge und sehr zuvorkommend und höflich. Hochdeutsch hat 'r gsproche. Und so Pommade hat 'r im Haar ghet. I find, bei ma Mann in dem Alter sieht des a bissle komisch aus, aber, na ja, mi geht's ja nix a.«

»Stefan.«

»Sie kenned den?«

»Flüchtig. Es würde mich nur interessieren, was er jetzt wieder im Schilde führt.« Franziska war so in Gedanken, dass sie vergaß, die Eier zu trennen, bevor sie die Zutaten für den Guss zusammenrührte.

»Des macht nix«, beruhigte sie Trudi. »Nimmsch halt statt dr saure Sahne a gschlagene süße, na wird's au schön luftig.«

Fräulein Häusler war fertig mit dem Schälen der Äpfel. Sie legte das Messer aus der Hand. »Tut mr leid, aber i sodd jetzt num. Dr Herr Carstens kommt in zehn Minute zur Klavierstund und i sodd mi no umziehe«, meinte sie lächelnd.

»Natürlich, gehen Sie nur. Wir schaffen den Rest gut alleine. Und vielen Dank fürs Helfen.«

»Scho recht, i mach's gern, des wissed Se ja«, sagte Fräulein Häusler und verschwand durch die Tür.

»Dr Herr Carstens kommt in zehn Minute zur Klavierstund. I sodd mi no umziehe«, äffte Trudi sie nach und wackelte kokettierend mit den Schultern und Armen, kaum dass die Wohnungstür ins Schloss gefallen war.

»He, was ist denn mit dir los?«, fragte Franziska und musste lachen, obwohl sie Trudis Verhalten nicht sehr nett fand.

»Ach, die hat sich immer so wichtig. Wie wenn mir ohne sie hier nemme fertig werde däded. Wenn die net so dumm rausgschwätzt hätt, na hättsch du dein Guss net falsch zsammegrührt.«

»Jetzt bist du aber ungerecht«, tadelte Franziska. »Was hast du denn plötzlich? Bist du eifersüchtig?«

»Ich? Eifersüchtig? So en Quatsch! Aber die dud grad, wie wenn des ihr Café wär. Vom Fräulein Häusler isch aber in dr Thea ihrem Brief nix gstande, oder?«

»Natürlich nicht. Thea hatte ja auch praktisch keinen Kontakt zu Fräulein Häusler. Die hat ja bis vor Kurzem wie Dornröschen hinter ihrer Hecke gelebt.«

»Bis dr Prinz se wachküsst hat«, stellte Trudi trocken fest.

»Du meinst Hugo?«, lachte Franziska. »Na, das muss ich ihm mal erzählen.«

»I fand's net schlecht, wo se no ihren Jahrhundertschlaf ghalte hat. Da war's hier schön ruhig.«

Franziska setzte sich zu Trudi an den Küchentisch und legte ihre Hand auf Trudis. »Trudi, schau mich mal an!«

Trudi kam der Aufforderung ein wenig widerwillig nach. Franziska las Unsicherheit in ihrem Blick.

»Wie lange kennen wir uns jetzt?«

Trudi zuckte mit den Schultern. »I woiß net genau. Seit du bei dr Thea eizoge bisch.«

»Genau, also schon etliche Jahre. Du bist meine Freundin.«

Franziska sah, wie gut Trudi diese Aussage tat.

»Und wie lange kenne ich Fräulein Häusler? Ich meine besser. Ein paar Wochen. Sie ist meine Nachbarin, eine Bekannte. Sie hilft uns ab und zu und darüber freut sie sich. Sie ist sehr allein, und es tut ihr gut, dass sie wieder eine Aufgabe hat, dass jemand sie braucht. Kannst du das verstehen?«

»I bin ja net blöd«, maulte Trudi, aber es klang schon ein wenig versöhnlich.

»Dieses Café ist unseres, Theas, deins und meins. Paula, Sarah, Julia und Fräulein Häusler helfen ab und zu ein bisschen mit, und wenn wir ehrlich sind, dann sind wir darüber ganz froh. Fräulein Häusler nimmt dir nichts weg, Trudi, nicht das Café und nicht mich. Du kannst ruhig ein bisschen großzügig sein, sie ist eigentlich ein armer Tropf, so ganz allein.«

»I bin au ganz alloi.«

»Das stimmt«, bestätigte Franziska. »Aber nicht so allein wie Fräulein Häusler. Du hast eine Tochter und einen Sohn und Enkelkinder und mich. Soll ich Fräulein Häusler nun die Freude nehmen, dass sie zu uns kommen kann, nur damit du zufrieden bist?«

»Jetzt hör scho auf«, brummte Trudi. »Du machsch mr ja a ganz schlechts Gwisse. Von mir aus kann se scho komme, aber sie soll sich net so wichtig han.«

»Ich schiebe mal den Kuchen in den Ofen und dann mach ich uns einen Kaffee«, sagte Franziska, drückte Trudis Hand und stand auf.

Wenn sie nur wüsste, was Stefan mit seiner Fragerei beabsichtigt hatte.

Am nächsten Tag sollte Franziska es erfahren. Stefan stand vor ihrer Tür, einen Blumenstrauß in der Hand.

»Herr Buchholz? Wieder mal zufällig in der Gegend?«

»Nun, diesmal ist mein Besuch nicht zufällig«, erklärte Stefan. »Ich möchte mit Ihnen sprechen.«

Er machte Franziska neugierig. Sie bat ihn herein. Stefan nahm auf Theas Sofa Platz.

»Kaffee?«

»Gern«, sagte Stefan.

Franziska stellte die Blumen in eine Vase und setzte Kaffee auf.

Stefan sah sich inzwischen neugierig im Zimmer um, das Franziska herbstlich geschmückt hatte. »Und, haben Sie Ihren Entschluss, das Café zu eröffnen, noch nicht bereut?«, fragte er, als Franziska wieder hereinkam und sich ihm gegenübersetzte. »Wie ich hörte, hat es ja eine Menge Ärger gegeben.«

»So würde ich das nicht nennen«, stellte Franziska richtig. »Ich habe ein paar Vorschriften nicht beachtet und irgendein liebenswerter Mitmensch hat das wohl bei der Behörde gemeldet.« Diesen kleinen Seitenhieb konnte Franziska sich nicht verkneifen, denn sie war noch immer der Meinung, dass sie das Stefan zu verdanken hatte. »Aber jetzt ist alles in Ordnung und das Café läuft gut.«

»Aber leben können Sie doch nicht davon, oder?«

»Das habe ich nie erwartet.«

»Sie leben also von Ihrem Exmann? Einmal Arztgattin, immer Arztgattin, so sagt man doch, oder?« Er lachte von oben herab.

Franziska fühlte, wie Wut in ihr hochkroch. »Ich weiß wirklich nicht, was Sie das angeht!«

»Nun, es ist doch nicht angenehm, von einem Menschen abhängig zu sein, den man nicht mehr liebt. Und nach dem neuen Scheidungsrecht könnte sich Ihre Situation schnell ändern. Dann müssten Sie sich Ihren Lebensunterhalt selbst verdienen. Nicht ganz einfach bei Ihren Voraussetzungen. Eine Bekannte von mir ist in diese missliche Lage gekommen. Sie musste aus einer Villa in eine kleine Einzimmerwohnung umziehen. Kein schöner Gedanke. Aber ich kann Ihnen ein Angebot machen, das Sie aller Sorgen enthebt.«

»Ich habe keine Sorgen. Jedenfalls hatte ich keine, bis Sie hier hereinmarschiert sind.«

»Ich sagte Ihnen doch, dass ich Ihnen ein verlockendes Angebot machen möchte. Ich möchte Ihre Haushälfte kaufen.«

»Was?«

»Ja, Sie hören richtig. Ich kaufe Ihnen Ihre Hälfte des Hauses ab. Zu einem fairen Preis, versteht sich. Eigentlich ist diese Wohnung doch viel zu groß für Sie. Sie können sich von dem Geld eine hübsche, kleinere Eigentumswohnung kaufen, dann bleibt noch etwas übrig, das Sie auf die hohe Kante legen können und das Ihnen Zinsen bringt. Wenn Sie bedenken, dass diese Hälfte, die ich Ihnen abkaufen will, eigentlich sowieso mir gehört, weil ich Tante Theas einziger Verwandter bin, dann ist mein Angebot doch ausgesprochen großzügig.«

»Bitte gehen Sie!«, forderte Franziska ihn auf.
»Und mein Kaffee?«
»Bitte!«
»Denken Sie über mein Angebot nach«, sagte Stefan und erhob sich. »Es könnte sein, dass der Preis fällt, wenn Sie zu lange warten. Sie können mich jederzeit anrufen. Hier ist meine Karte.« Er legte seine Visitenkarte auf Franziskas Couchtisch und ging dann zur Tür.

Franziskas Gefühl hatte sie also nicht getrogen. Ach, Thea, dachte sie, glaubst du immer noch, dass in Stefan noch etwas von dem netten, kleinen Jungen steckt, den du einmal gern gehabt hast?

Alle versuchten sie zu beruhigen, Mathias, Paula und das Trio. Stefan könne Franziska nicht zum Verkauf zwingen. Obwohl sie seit seinem Besuch nichts mehr von ihm gehört hatte, blieb ein ungutes Gefühl.

Dafür meldete sich Frau Kohl. Sie könne noch nichts versprechen, aber ihr Vater sei nicht mehr ganz abgeneigt und sie kämen gerne einmal zu einem Gespräch vorbei. Sie verabredeten sich für den kommenden Montagvormittag, Franziska war froh über die Ablenkung.

Die beiden waren ihr auf Anhieb sympathisch. Herr Scholz war klein und schmächtig, bescheiden und zurückhaltend, seine Tochter erschien Franziska zupackend und energisch. Franziska führte sie ins Wohnzimmer, servierte Kaffee und Butterbrezeln und begann dann zu erzählen, wie sie sich das Ganze vorstellte.

»Also, zuerst wird ganz normal Kaffee getrunken. Dann könnten wir gegen halb vier mit der Lesung beginnen. Während der Lesung wird nicht gegessen, ich finde, das Geklapper mit Geschirr und Besteck stört beim Lesen und Zuhören. Ich habe Ihr Buch inzwischen gelesen und finde es ausgesprochen interessant und sehr lebendig erzählt. Das ist jetzt kein Schmus, ich meine das wirklich so.«

Auf Herrn Scholz' Gesicht stahl sich ein verlegenes Lächeln. »Danke.«

»Sie suchen natürlich die Stellen selbst aus, die Sie vorlesen wollen, aber ich fände es interessant, wenn Sie einmal etwas über Ihre Flucht vortragen würden und dann etwas von Ihrer Ankunft hier. Ich denke, dass es die Leute interessiert, wie es Sie gerade hierher verschlagen hat und wie Sie aufgenommen wurden. Dazwischen können wir eine kleine Pause machen. Was meinen Sie?«

»Ich fürchte, ich werde nicht lesen können«, gab Herr Scholz zu bedenken. »Vor so vielen Leuten kriege ich keinen Ton heraus.«

»So viele werden es gar nicht sein, Herr Scholz. Ich rechne nicht mit mehr als höchstens zwanzig Personen.«

»Stell dr eifach vor, 's wäred deine Enkel«, warf Frau Kohl ein. »Wissed Se, mei Vater, der kann ganz toll vorlese, mit verschiedene Stimme und so. Da war i bei meine Kinder na abgmeldet. Dr Timo hat immer gsagt: Dr Opa soll vorlese, der kann des viel besser. Der isch dr beste Vorleser von dr Welt.«

Herr Scholz lächelte stolz und glücklich. »Ja, das stimmt. Und man durfte nichts verändern beim Vorlesen, die haben aufgepasst wie die Luchse. Wenn da auch nur ein Wörtchen anders war, haben sie gleich protestiert. Aber hier, vor wildfremden Leuten, also ich weiß nicht.«

Franziska hatte fast ein schlechtes Gewissen, den armen Herrn Scholz so in Nöte zu bringen. »Ich mache Ihnen einen Vorschlag«, sagte sie. »Wenn Sie es sich an dem Tag der Lesung nicht zutrauen, dann springe ich einfach für Sie ein. Ich lese für Sie die Textstellen, die Sie ausgesucht haben. Das ist für die Zuhörer natürlich nicht halb so interessant, als wenn Sie selbst lesen, aber Sie sind dann wenigstens anwesend und können die eine oder andere Frage beantworten. Was meinen Sie?«

»Na gut«, gab Herr Scholz sich geschlagen. »Versuchen wir's.«

»Wer weiß«, meinte Franziska, »vielleicht bekommen Sie Geschmack an der Sache und wollen dann überall Lesungen abhalten.«

»Bloß net«, stöhnte Frau Kohl. »Mei Vater fährt doch nemme Auto, na muss i den überall nafahre.«

»Keine Angst«, beruhigte Herr Scholz. »So weit kommt's nicht.«

Franziska holte ihren Kalender und sie vereinbarten als Termin den übernächsten Freitag.

22

A Oglück kommt selte alloi.

Franziska schaute auf die Küchenuhr. Eigentlich müsste Trudi schon längst da sein. Sie hatten zwar keine feste Zeit vereinbart, aber Trudi erschien in der Regel gegen acht bei Franziska, um ihr zu helfen. Länger könne sie ohnehin nicht schlafen und da sei es doch unsinnig, untätig zu Hause herumzusitzen, wenn es bei Franziska Arbeit gab, hatte sie ihr einmal erklärt. Normalerweise tranken sie eine Tasse Kaffee zusammen, bevor sie sich an die Arbeit machten. Franziska beschloss, schon einmal anzufangen, bis Trudi kam. Sie hatte gerade die Hände im Kuchenteig, als das Telefon klingelte. Es dauerte eine Weile, bis sie die klebrige Masse von ihren Fingern gewaschen hatte, aber sie schaffte es, am Apparat zu sein, bevor sich der Anrufbeantworter einschaltete.

»Glück.«

»Franziska, Gott sei Dank! I han scho denkt, du wärsch au net da.«

Es war Trudi, und Franziska hörte am Ton ihrer Stimme, dass etwas nicht stimmte.

»Trudi, ist was passiert?«

»Scho«, sagte Trudi mit klagendem Unterton. »I bin nagfloge.«

»Hast du dir was gebrochen?«

»Die blöde Falt im Teppich«, schimpfte Trudi, ohne auf Franziskas Frage einzugehen. »D' Sabine sagt scho lang, i soll mr so a Antirutschunterlag kaufe und drunterlege.«

»Hast du dir was gebrochen?«, wiederholte Franziska.

»I woiß net sicher. Aber mei Arm, der dud scho saumäßig weh. 's stoht koi Knoche naus und 's lommelt au nix rom, aber irgendebbes stimmt net.«

Obwohl die Sache eigentlich nicht zum Lachen war, musste Franziska angesichts dieser Selbstdiagnose schmunzeln.

»I han versucht, d' Sabine a'zrufe, aber die isch heut auf em Großmarkt, Pflanze kaufe. Zum Doktor Pfefferle könnt i ja numlaufe, aber heut isch doch Freitag, da hat 'r koi Sprechstund.«

»Du würdest in deinem Zustand auch nicht zum Doktor Pfefferle laufen, wenn heute nicht Freitag wäre«, sagte Franziska streng.

»I han ja de Arm broche und net de Fuß«, stellte Trudi lapidar fest, »und net amol des isch gwieß, vielleicht han i 'n au bloß verstaucht.«

»Auf alle Fälle komme ich jetzt vorbei und fahre dich ins Krankenhaus. Bis gleich.«

»Aber ...«, hörte Franziska noch, dann hatte sie schon den Hörer aufgelegt.

Trudi war reichlich blass um die Nase, als sie ihr die Tür öffnete. Ihren linken Arm hielt sie auf Taillenhöhe. In dieser Stellung täte es nicht so weh, erklärte sie. »Ach, Franziska, des isch mr so arg, dass du jetzt so viel Zeit für mi opfersch. Heut isch doch Cafétag und 's isch scho schlimm gnug, dass i dr net helfe kann. I kann doch au bis Montag warte, na hat dr Doktor Pfefferle wieder Sprechstund. Wenn mr en feschte Verband um mei Handglenk mached, na wird's scho gange.«

»Hast du noch mehr so tolle Vorschläge? Also ehrlich, man glaubt's ja nicht! Mit einem gebrochenen Arm bis Montag warten. Komm, setz dich mal auf den Stuhl, damit ich dir deine Schuhe anziehen kann!«, befahl Franziska energisch.

»I kann doch au mit dene ...«

»Mit den offenen Schlappen? Damit du dir auch noch den Fuß brichst? So siehst du aus!«

»Jetzt sei doch net so streng mit mr«, jammerte Trudi. »I will doch bloß net, dass du so viel Arbeit mit mir hasch.«

Trudi setzte sich auf einen Küchenstuhl und Franziska holte aus der Diele ihre Schuhe. Es erwies sich allerdings als nicht so einfach, sie Trudi anzuziehen. Trudis Fuß war etwas sperriger als ein Kinderfüßchen.

»Hast du irgendwo einen Schuhlöffel?«
»Im Flur, nebe dr Gardrob an dr Wand«, erklärte Trudi.
Mit dem Schuhlöffel ging es besser.

»Hasch du überhaupt scho ebbes gfrühstückt?«, fragte Trudi besorgt. »I han en frische Hefezopf da, also net ganz frisch, von geschtern halt. I mach dr au gern a Tass Kaffee drzu.«

»Also wirklich, Trudi!« Franziska musste lachen. »Hast du keine anderen Sorgen als mein Frühstück und deinen Hefezopf? Wir fahren jetzt ins Krankenhaus und zwar auf dem schnellsten Weg.«

»Des isch mir so arg ...«, begann Trudi, wurde aber von Franziska unterbrochen.

»Jetzt pass mal auf, Trudi. Du hast wirklich allen Grund zu jammern, über dein Unglück und deinen gebrochenen Arm und deine Schmerzen. Und das darfst du auch ohne Unterbrechung tun. Aber wenn du jetzt noch einmal davon anfängst, dass es dir meinetwegen leidtut, dann kündige ich dir die Freundschaft. Wir fahren jetzt und du sagst kein einziges Mal mehr ›Des isch mir so arg‹. Klar?«

»Klar«, gab Trudi klein bei.
»Wo hast du deine Krankenkarte?«
»In meim Geldbeutel.«
»Und wo ist der?«
»Auf em Schränkle im Flur.«

Franziska steckte den Geldbeutel in ihre Handtasche und machte sich dann mit Trudi auf den Weg ins Krankenhaus.

Im Krankenhaus folgten sie den Schildern zur Notaufnahme. Franziska setzte Trudi auf einen Stuhl und ging dann zum Schalter, um die nötigen Angaben für Trudis Aufnahme zu machen. Zwischendurch klingelte dreimal das Telefon, aber schließlich hatte die Dame alles Notwendige aufgeschrieben und zeigte auf eine Tür.

»Gehen Sie bitte da hinein. Man sagt Ihnen dann, wie's weitergeht.«

»Soll ich nach einer Schmerztablette fragen?«, wollte Franziska von Trudi wissen, als sie ihr vom Stuhl aufhalf.

»Noi, noi, des geht scho. Du woisch, i han's net so mit dere Tabletteschluckerei. Deshalb bin i au no so gsund für mei Alter. Da nimmsch Tablette gege Kopfweh. Des goht drvo weg und drfür dud dr na dr Bauch weh. Außerdem muss i doch dem Dokter Antwort gebe könne, wenn der mi fragt, ob mr dieses oder jenes wehdud.«

»Ich denke, das könntest du trotzdem noch«, meinte Franziska. »So ein Wundermittel, dass du gar nichts mehr spürst, werden sie dir wohl nicht verabreichen. Sag's mir halt, wenn du was brauchst.«

Eine junge Schwester wies ihnen einen kleinen, mit Vorhängen abgeteilten Raum zu, in dem eine Liege und ein Stuhl standen. »Dr Dokter kommt na. 's wird aber no a Weile dauern, er isch grad im OP.«

»Komm, leg dich hin«, sagte Franziska und wollte Trudi auf die Liege helfen.

»I kann doch au auf en Stuhl sitze. So schwach bin i au wieder net.«

»Da nur ein Stuhl da ist, müsste ich mich ja dann hinlegen, falls ich nicht stehen will. Dann denkt der Arzt, ich sei die Patientin.«

»Na gut«, gab Trudi nach.

Da sie ohnehin noch auf den Arzt warten mussten, beschloss Franziska, in der Zwischenzeit zwei Anrufe zu tätigen.

»Ich geh mal eben telefonieren und schau, ob ich etwas zu lesen finde. Aber bis der Doktor kommt, bin ich wieder da«, erklärte sie Trudi.

»Gang no und mach dr koine Gedanke«, beruhigte Trudi. »Höre und schwätze kann i no. Mei Zung isch ja net broche.«

»Gott sei Dank, sonst würde mir ja was fehlen.«

Franziska suchte sich draußen im Vorraum eine ruhige Ecke, in der sie nicht so leicht gesehen und gehört werden konnte. Sie wollte nicht beim Telefonieren mit dem Handy erwischt werden. Zum Glück war Paula zu Hause.

»Franziska! Warum schwätzsch denn du so leise? I kann di kaum verstehe.«

»Rate mal, von wo ich anrufe?«

»Aus em Schlafzimmer vom Mathias«, riet Paula.

»Klar, am hellen Freitagvormittag! Nein, es ist sozusagen deine zweite Heimat.«

»Koi Ahnung. Komm, jetzt mach's net so spannend!«

Franziska berichtete, was passiert war. »Ich habe keine Ahnung, wie lange das hier noch dauert und wollte dich fragen, ob du vielleicht Zeit hast, einen Kuchen für mich zu backen. Muss nichts Besonderes sein, irgendwas, was schnell geht.«

»Isch doch klar, des mach i.«

»Ach, Paula, das ist toll! Dass das auch ausgerechnet an einem Cafétag passieren muss!«

»Rufsch mi a, wenn de wieder drhoim bisch. I bring dr auf alle Fäll heut Nachmittag d' Julia vorbei und für anderthalb Stunde könnt i au komme, solang die Bube im Training sin.«

»Das wäre echt super.«

»Grüß d' Trudi von mr, und de Dokter natürlich au.«

»Welchen?«

»Egal, i kenn se inzwische alle und se sin eigentlich alle nett.«

»Okay«, lachte Franziska. »Mach ich.«

Sie beendete das Gespräch und rief dann Fräulein Häusler an, um auch sie um einen Kuchen zu bitten. Als Fräulein Häusler bei der Aufzählung der möglichen Kuchen, die sie backen könne, bei Nummer acht, der Ananastorte, angelangt war, unterbrach Franziska sie: »Ist ganz egal, Fräulein Häusler, irgendeinen, worauf Sie gerade Lust haben.«

»Na mach i a Schokoladetorte oder vielleicht doch lieber en Kirschkuchen.«

»Wie Sie wollen. Ich muss jetzt Schluss machen, sonst verpasse ich womöglich noch den Arzt. Und vielen Dank!«

Ob sie auch das Trio um Mithilfe bitten sollte? Nun, es könnte nicht schaden. Freitags war meistens mehr los als an den anderen beiden Tagen, da würde sie schon drei Kuchen brauchen. Ernst kam an den Apparat und nahm Franziskas Wunsch entgegen.

»Koi Problem, des mached mir. Also beim Karl isch's mit em Backe net so weit her, des kannsch deine Gäst net vorsetze, aber den kann i zum Eikaufe schicke. I mach em glei a Liste fertig. I muss em halt sage, dass es pressiert, sonsch fährt der no beim Baumarkt vorbei und na sin die Zutate vor zwölfe net im Haus. Des krieged mir scho na, du kannsch dich auf uns verlasse. Und sag dr Trudi en Gruß und mir wünsched gute Besserung. So a Pech aber au. Au, da kommt grad dr Karl. I schreib em glei en Eikaufszettel. Ade, Franziska, mach's gut.«

Franziska hörte Karl noch etwas im Hintergrund sprechen, aber da hatte Ernst schon den Hörer aufgelegt. Sie ging schnell ins Lädchen, um eine Illustrierte zu kaufen.

»War der Arzt schon da?«, fragte Franziska Trudi, als sie wieder bei ihr war. »Warum sitzt du denn jetzt doch auf dem Stuhl?«

»Der Dokter denkt ja, i wär todkrank, wenn i uff dem Schrage lieg«, gab Trudi trotzig zur Antwort.

Franziska schüttelte den Kopf und setzte sich grinsend auf die Liege. »Schau, ich hab uns was zum Lesen mitgebracht.«

»I han koi Lesebrill drbei. Die liegt drhoim uff em Couchtisch.«

»Soll ich dir was vorlesen?«

»Noi, Franziska, des isch lieb, aber gang du jetzt lieber hoim. Wer woiß, wie lang des no dauert. Und du musch doch no Kuche backe.«

»Muss ich nicht. Ich lasse heute backen.«

Trudi sah sie erstaunt an und Franziska erklärte, was sie damit meinte.

»Ach, Franziska, des isch mir so arg, dass jetzt so viele Leut wege mir ...«

»Trudi, wir hatten was ausgemacht. Schon vergessen?«

»I han ja net von dir gschwätzt, sondern von andre Leut. Des hasch mr net verbote«, zog Trudi sich aus der Affäre.

Franziska lachte. »Komm, ich les dir was vor. Was willst du denn hören? Was vom jungen Paar im schwedischen Königshaus? Oder lieber von Prinz William und seiner hübschen Freundin?«

»Wer hat eine hübsche Freundin?«, fragte der Mann im weißen Kittel, der mit schnellen Schritten von hinten die Kabine betrat. »Doktor Krüger«, stellte er sich vor und gab erst Trudi und dann Franziska die Hand.

»Na, wo fehlt's denn?«, fragte er dann Franziska, denn beiden Frauen war äußerlich nichts anzusehen und Franziska saß auf der Krankenliege, schien also die Patientin zu sein.

»Daniel?« Franziska sah Doktor Krüger fragend an.

»Ja. Kennen wir uns? Franziska, natürlich, dass ich dich nicht gleich erkannt habe! Und dabei hast du dich überhaupt nicht verändert.«

Daniel Krüger, der Mann, von dem sie mit sechzehn ihren ersten richtigen Kuss bekommen und der ihr drei Monate später das Herz gebrochen hatte, weil er das seine lieber der hübschen blonden Sandra geschenkt hatte. Bis zum Abitur, als ihre Wege sich getrennt hatten, waren Daniel und Sandra ein Paar geblieben.

»Hast du Sandra eigentlich geheiratet?«, fragte Franziska.

»Ja, hab ich.«

»Und, wie geht's ihr?«

»Ganz gut, denke ich. Ich sehe sie nicht mehr so oft. Wir haben uns vor einigen Jahren getrennt und eigentlich nur noch wegen der Kinder Kontakt.«

»Du hast Kinder?«

»Ja, zwei Töchter, sechzehn und achtzehn, aber sie sind inzwischen eher an meinem Geldbeutel als an mir interessiert.«

»Oh, tut mir leid.«

»Und du?«

»Auch geschieden, eine Tochter.«

»Wir sollten uns mal privat treffen. Dass wir uns nie über den Weg gelaufen sind«, wunderte er sich.

»Im Gegensatz zu meiner Freundin Paula bin ich heute zum ersten Mal hier. Ich soll dich grüßen. Paula Eberle«, ergänzte sie erklärend.

»Oh, die wilden Eberle, die sind auf der ganzen Station bekannt. Jedesmal, wenn sie hier sind, danke ich dem Herrgott, dass er mir Töchter geschenkt hat. Ich meine, es sind wirklich nette Jungs, aber ihr Vater möchte ich nicht unbedingt sein. Grüß deine Freundin zurück. Und was führt dich heute hierher?«

»Oh Gott, Trudi, wir reden und reden und haben dich völlig vergessen. Tut mir leid.«

»Ach, irgendwann hätt i mi scho gmeldet«, erklärte Trudi, die das Gespräch interessiert verfolgt hatte.

Franziska berichtete, was passiert war, und Daniel schaute sich Trudis Arm an. Trudi verzog schmerzhaft ihr Gesicht.

»So, wie's aussieht, haben Sie Glück gehabt. Sieht nach einem glatten Bruch aus.«

»Des nenned Sie Glück?«

»Sie sollten mal sehen, was hier alles eingeliefert wird, offene Brüche, komplizierte Frakturen, Trümmerbrüche. Vermutlich müssen wir nicht operieren, aber Genaueres kann ich erst nach dem Röntgen sagen. Den Gang runter und dann hinten rechts«, wies er die beiden an, »wir sehen uns gleich«, und schon war er wieder durch den Vorhang verschwunden auf dem Weg zum nächsten Patienten.

»Kennsch du den?«, fragte Trudi neugierig, als sie vor dem Röntgenraum warteten, bis sie drankamen.

Franziska berichtete.

»Mit dem wärsch au net glücklich worde«, stellte Trudi trocken fest.

»Woher willst du das denn wissen?«

»Des sieht mr. Des isch en Windhund. Der woiß, dass 'r gut aussieht. Du warsch doch sicher net die Oizige, die damals für en gschwärmt hat, oder?«

»Stimmt. Es gab kaum ein Mädchen in unserer Stufe, das nicht gern mit ihm befreundet gewesen wäre.«

»Des han i mr denkt. Lass bloß d' Finger von dem.«

»Aber Trudi, ich will doch nichts von ihm.«

»Aber er von dir. I han sein Blick gsehe. Der ruft dich a, da möchte i wette. Aber ...«

In diesem Moment wurde die Tür geöffnet und Trudi hereingebeten. Daniels Diagnose erwies sich als richtig, ein glatter Bruch des Handgelenks. Trudi bekam einen Gips verpasst und wurde dann nach Hause entlassen. Die weitere Behandlung würde der Hausarzt übernehmen.

»Wir sollten uns mal treffen«, sagte Daniel zum Abschied und hielt Franziskas Hand länger in der seinen, als nötig gewesen wäre. »Alte Erinnerungen auffrischen. Hast du mir deine Telefonnummer?«

Franziska fing Trudis Blick auf und nannte Daniel geistesgegenwärtig ihre Telefonnummer, in der sie zwei Ziffern vertauscht hatte. Sie hatte wirklich keine Lust, die alte Geschichte wieder aufleben zu lassen. Daniel nahm einen Kugelschreiber aus der Brusttasche seines Kittels und schrieb sich die Nummer in die linke Handfläche.

»Also, dann bis bald.«

Kaum waren sie draußen, da sagte Trudi triumphierend: »Na, was han i dr gsagt? Aber wieso gibsch en du dem Kerle dei Telefonnummer? Willsch scho wieder Ärger mit em Mathias?«

Als Franziska ihr die Sache mit den vertauschten Nummern erzählte, lachte Trudi. »Du bisch gar net so dumm, wie de aussiehsch. Woisch du, was Pilzgerichte und Liebschafte gemeinsam hen? Mr sodd se net no mal aufwärme. Merk dr's.«

Trudi wollte nach Hause gebracht werden. Sie war der festen Überzeugung, dass sie dort sehr gut allein zurechtkommen würde. Franziska war anderer Meinung, stellte aber schnell fest, dass es schwierig war, Trudi zu überzeugen.

»Trudi, wie willst du dir denn etwas zu essen machen, dich anziehen oder alleine auf die Toilette gehen?«

»I gang alloi aufs Klo, seit i drei Jahr alt bin.«

»Ja, mit zwei gesunden Armen.«

Zu Hause angekommen stellte Trudi allerdings fest, dass es doch nicht so einfach war, sein Leben einarmig zu bewältigen, vor allem in ihrem Alter. Es fing schon mit dem Ausziehen der Schuhe an.

»Trudi, sei vernünftig und komm mit zu mir«, beschwor sie Franziska. »Sarahs Zimmer ist frei. Du bist bei mir gut versorgt. Ich kann dir beim Anziehen helfen und beim Essen und beim Duschen.«

»Des kommt net in Frag. Na gang i halt zur Sabine oder zum Wolfgang.«

»Sabine muss doch gleich frühmorgens in die Gärtnerei. Wie soll sie das denn schaffen? Überleg doch mal! Und Karin« – das war Trudis Schwiegertochter – »ist auch berufstätig.«

Plötzlich liefen Tränen über Trudis Wangen. »Na gang i halt ins Altersheim, aber i will koim zur Last sei«, erklärte sie schluchzend.

Franziska setzte sich neben Trudi aufs Sofa und nahm sie in den Arm. Es kam nicht oft vor, dass Trudi weinte. Vielleicht war Franziska zu energisch mit ihr umgegangen.

»Ach Trudi, du bist doch keine Last! Nur weil du für ein paar Tage oder Wochen Hilfe brauchst, musst du nicht gleich ins Altersheim gehen. Du kommst doch sonst gut alleine zurecht. Schau, ich nehme ja auch deine Hilfe an. Überleg mal, wie viel du mir geholfen hast, seit ich das Café aufgemacht habe. Ohne dich hätte ich es doch gar nicht geschafft, und ich durfte dir nie Geld dafür geben.«

»Des stimmt net. Wenn oiner en Hefekranz bstellt, na zahlsch mr des immer. Außerdem sin mr Freundinne. Des hasch neulich selber gsagt. Und du bringsch mr doch dauernd ebbes mit, Blume oder Praline oder sogar ebbes zum Aziege«, schnupfte Trudi.

»Trudi, manchmal ist es schwieriger, Hilfe anzunehmen, als anderen zu helfen. Da muss man über seinen Schatten springen. Ich kann dich nicht zwingen, mit zu mir zu kommen, und wenn du unbedingt willst, dann kannst du natürlich auch ins Altersheim gehen.«

»Will i ja gar net«, sagte Trudi und ein Grinsen huschte über ihr Gesicht. »Also gut, mir könned's ja mal versuche. Aber wenn dr's zviel wird, na sagsch's. Mir könned ja morgens und abends au d' Gemeindeschweschter komme lasse, dass se mr beim Wasche und Aziege hilft.«

»Wenn dir das lieber ist. Wir werden sehen. Jetzt packen wir erst mal deinen Koffer und sagen Sabine Bescheid. Und dann fahren wir nach Hause und machen uns einen starken Kaffee. Den haben wir uns verdient.«

Franziskas Türglocke stand heute nicht still. Gerade brachte Ernst im Auftrag des Trios den Kuchen, einen Gugelhupf.

»'s dud mr leid, er isch beim Stürze a bissle kaputtgange«, erklärte er, als er Franziska den Teller mit dem Kuchen entgegenstreckte. »I han em Hugo gsagt, er soll den Kuchen no a bissle auskühle lasse, aber noi, der hat's net verhebe könne und hat wie blöd an dere Form romgschüttelt. Na isch dr Kuche plötzlich nonterplotzt, aber a Stückle isch an dr Form hänge bliebe. Mir hen's mit Schokladeguss feschtbäbbt, aber so arg schön sieht's halt jetzt nemme aus.«

»Mach dir nichts draus«, tröstete Franziska, »das ist mir auch schon passiert. Ist ja auch nur die eine Seite, ich schneide ihn einfach von der anderen Seite an. Und im Übrigen find ich's ganz toll, dass ihr mir aus der Patsche geholfen habt.«

Ernst strahlte. »Wie geht's denn dr Trudi?«

»Komm rein und frag sie am besten selber«, forderte Franziska Ernst auf und wies ihm den Weg ins Wohnzimmer.

Franziska trug den Kuchen in die Küche. Nun, einen Schönheitswettbewerb würde er wirklich nicht gewinnen, aber wenn die Stücke der unbeschädigten Seite abgeschnitten auf dem Teller lagen, würde es nicht mehr auffallen. Sie schnitt den Kuchen gleich an, um ihn zu probieren. Schließlich konnte sie ihren Gästen keinen Kuchen vorsetzen, von dem sie nicht wusste, ob er schmeckte.

Franziska war froh, dass Ernst Trudi ein wenig Gesellschaft leistete. Trudi, die ein Leben lang »schaffig« gewesen war, konnte es nicht ertragen, nur herumzusitzen und Franziska bei der Arbeit zuzusehen. Bei dem Versuch, die Kaffeemaschine mit einem Arm zu befüllen und in Betrieb zu nehmen, war sie mit ihrem Gipsarm an den vollen Filter gestoßen und hatte dabei das Kaffeepulver in der halben Küche verteilt. Das feine schwarze Pulver besaß die liebenswerte Eigenschaft, in alle Ecken und Ritzen zu schlüpfen. Trotzdem hatte es länger gedauert, Trudi zu trösten, als die Folgen des Unglücks zu beseitigen, und nun saß Trudi im Wohnzimmer auf Theas Couch und badete in Selbstvorwürfen. Ernst würde sie ein wenig ablenken, und Franziska konnte inzwischen in Ruhe die letzten Vorbereitungen für den Nachmittag treffen.

Die Kuchen von Fräulein Häusler standen schon auf dem Küchentisch. Da sie sich nicht entscheiden konnte, hatte sie gleich zwei gebacken: eine Schokoladentorte und einen Kirschkuchen. Sie sahen beide sehr schön aus und bedurften vermutlich keiner Qualitätsprüfung. Fräulein Häusler konnte sehr gut backen und sie hatte Franziskas Lob strahlend entgegengenommen.

Nachdem Ernst gegangen war, beschloss Trudi, die Tassen auf die Tische zu stellen. Franziska hörte sie mit Sorge im Zimmer herumklappern. Als sie wenig später das Wohnzimmer betrat, lag eine Tasse zerbrochen auf dem Boden und Trudi stand wie ein begossener Pudel daneben.

»Die isch mr aus dr Hand grutscht«, beichtete sie kleinlaut.

»Warum setzt du dich nicht einfach hin und liest ein bisschen in der Tageszeitung«, schlug Franziska vor, darum bemüht, ihre Stimme nicht genervt klingen zu lassen. Trudi meinte es ja nur gut. »Das verdammt Gutgemeinte«, nannte ein Onkel von Franziska das.

»I will dr doch helfe«, sagte Trudi, setzte sich aufs Sofa und sah zu, wie Franziska vorsichtig die großen Bruchstücke aufsammelte und dann den Staubsauger holte, um die kleinen Splitter aufzusaugen.

Das Telefon klingelte. Auch das noch!

»I gang scho«, verkündete Trudi, froh, endlich etwas tun zu können, bei dem sie kein Unheil anrichten konnte. »Bei Glück ... Noi, die könned Se jetzt net spreche, die isch beschäftigt. Warte mal, du bisch doch dr Stefan. Erinnersch dich an mi, d' Tante Trudi? Du bisch doch als Kind so gern bei uns in de Gwächshäuser romgstromert und hasch mit em Wolfgang und em Hasso gspielt, woisch des no? Also, falls de wege dr Franziska ihrer Haushälfte arufsch, des kannsch glei vergesse. D' Thea, die hat die Hälfte von dem Haus dr Franziska vererbt. Wenn se welle hätt, dass du des kriegsch, na hätts se's doch glei dir gebe ... Dass du dich net schämsch! Wer hat denn d' Thea pflegt, wo se krank war? Und wer hat koi oinzigs Mal nach ra guckt? ... Ach, steig mr doch in d' Tasch! Und lass gfälligscht d' Franziska in Ruh!« Trudi legte ärgerlich den Hörer auf die Gabel.

»Was war das denn?«, fragte Franziska, die dem Gespräch gespannt gelauscht hatte.

»Des war dr Stefan und dem han i mal de Marsch blase.«

»Das hab ich gehört.«

»Woisch, mei Mund hat bei dem Sturz nix abkriegt. I verschütt vielleicht Kaffeepulver und schmeiß Tasse nonter und bin au ansonschten grad ziemlich onnütz, aber em Stefan de Kopf wasche, des kann i no. Den han i scho kennt, da hat 'r no in d' Hose gmacht, da soll doch der jetzt net de Großkotz spiele.«

»Was hat er denn gesagt?«, wollte Franziska wissen.

»Net viel. Spreche hat 'r dich welle. Und na hat 'r ebbes von Erbschleicherei gschwätzt und dass des ganze Haus eigentlich sowieso ihm ghöre däd. Und wie großzügig des wär, dass 'r dr's abkaufe will. I hoff, er gibt jetzt a Ruh, und du soddsch mal sauge, 's isch glei zwoi.«

Trudi setzte sich aufs Sofa und sah so zufrieden aus wie den ganzen Tag noch nicht. Sie hatte sich nützlich gemacht und jemanden gefunden, bei dem sie den ganzen Frust dieses unglückseligen Tages abladen konnte.

Nachdem Franziska abends aufgeräumt hatte, war sie hundemüde. Was für ein Tag! Sie hatte nur noch das Bedürfnis, sich aufs Sofa zu setzen und ihre Beine hochzulegen. Aber der Tag war ja noch nicht zu Ende. Später würde sie Trudi fürs Bett richten müssen.

Sie war wenig begeistert, als es an der Haustür klingelte. Wer konnte das sein? Sabine war schon da gewesen, um ihre Mutter zu besuchen und sich bei Franziska zu bedanken, und Wolfgang, der in Stuttgart wohnte, hatte angerufen und seinen Besuch für morgen angekündigt. Franziska stand seufzend auf und ging zur Tür.

»Mathias«, freute sie sich und belohnte sich mit einem langen Kuss für die Strapazen des Tages. »Komm rein, ich hab dir eine Menge zu erzählen.«

»Hast du den Fernseher immer so laut?«, fragte Mathias erstaunt, als er das Wohnzimmer betrat.

»Trudi ist da und schaut ›Wer wird Millionär?‹ in meinem Zimmer«, erklärte Franziska. »Sie liebt Günther

Jauch. Und sie hört nicht mehr so gut.« Dann berichtete sie von den Ereignissen des Tages. »Ich bin froh, dass morgen Samstag ist, so habe ich vier Tage Zeit, mich an die neue Situation zu gewöhnen, bevor wieder Cafétag ist.«

»Du siehst echt fertig aus«, stellte Mathias fest.

Franziska lachte. »Ich glaube, so ein bezauberndes Kompliment hast du mir noch nie gemacht!«

»Mir scheint, du kennst das größte Kompliment nicht, das man einer schwäbischen Hausfrau machen kann. Es heißt: ›Sie sehed aber heut abgschafft aus!‹ Aber ich habe genau das richtige Mittel zur Wiederbelebung.«

»Oh nein, Mathias, nicht heute, ich bin so müde! Außerdem ist Trudi nebenan, und sie hat sich den Arm gebrochen, nicht das Bein, sie kann jeden Moment im Zimmer stehen.«

»Was hast du für eine schmutzige Fantasie? Das meine ich doch gar nicht.« Und dann erklärte Mathias, dass er sie morgen gern ins Theater einladen wolle.

Franziska hatte ihm einmal erzählt, dass sie schon lange eine Vorstellung der »Traumtänzer« besuchen wolle, es bisher aber noch nie geklappt hatte.

»Sie spielen morgen den ›Kleinen Prinzen‹. Das ist doch eins deiner Lieblingsbücher. Hast du Lust, mit mir hinzugehen?«

»Ach Mathias, das wäre toll! ›Man soll den Tag nicht vor dem Abend loben‹, heißt es, aber ich finde, man sollte den Tag auch nicht vor dem Abend abschreiben. Hab ich dir schon mal gesagt, dass ich dich liebe?« Aber dann verschwand das Strahlen aus Franziskas Gesicht. »Ach, es geht ja gar nicht. Ich kann doch Trudi nicht allein lassen.«

»Hör mal, Florence Nightingale«, sagte Mathias, hob ihr Kinn mit dem Zeigefinger an und schaute ihr in die Augen, »du bist nicht die Einzige, die für Trudi sorgen kann. Trudi hat eine Tochter und einen Sohn. Morgen ist Samstag, da kann sich keiner auf seine Arbeit herausreden. Und falls alle Stricke reißen, sind auch noch deine Obermieter da. Die schauen sicher gern mal nach Trudi. Also, kommst du jetzt mit?«

»Klar«, seufzte Franziska und kuschelte sich in seinen Arm.

»Das ist die Antwort, die ich hören wollte.«

Sie hatten sich für die Nachmittagsvorstellung um vier entschieden, weil Mathias sie anschließend noch zum Essen einladen wollte. Trudi war über das ganze Wochenende bei Sabine und hatte sich sehr für Franziska gefreut. Sie wollte sogar die Theaterkarten bezahlen, als kleines Dankeschön, aber Mathias sagte, das sei seine Einladung.

Zur Nachmittagsvorstellung kamen viele Eltern und Großeltern mit ihren Kindern und Enkeln, und Franziska bereute schon fast, sich für die Vier-Uhr-Vorstellung entschieden zu haben. Sie mochte Kinder, aber sie wollte die Vorstellung gern ungestört genießen können. Doch sobald das Licht erlosch, herrschte andächtige Stille im Saal und zu Franziskas Erstaunen blieb das die ganze Vorstellung über so.

Ein Sternenhimmel aus vielen kleinen Lämpchen auf dunklem Stoff bildete den Hauptbestandteil der Bühnendekoration, auf einem weiß bezogenen Liegestuhl saß nachdenklich der Pilot und wenig später erschien die Hauptperson. Ein großer Luftballon rollte herein, und als er zerplatzte, entstieg ihm der »Kleine Prinz«, gekleidet in einen langen, weißen Mantel mit rotem Schal und mit wilder Lockenpracht.

Wie die Kinder ließ Franziska sich gefangennehmen von den fantasievollen Kostümen und dem zauberhaften Spiel und Tanz der Schauspieler, vor allem aber von den Worten und Gedanken des Stücks, die sie schon immer berührt hatten. Heute, kurz nach Theas Tod, waren sie ihr so nah wie nie zuvor: »Wenn du bei Nacht den Himmel anschaust, wird es dir sein, als lachten alle Sterne, weil ich auf einem von ihnen wohne, weil ich auf einem von ihnen lache. Du allein wirst

Sterne haben, die lachen können! Und wenn du dich getröstet hast (man tröstet sich immer), wirst du froh sein, mich gekannt zu haben.«

Das war der Moment, als Franziskas Augen sich mit Tränen füllten und langsam überliefen. Mathias legte ihr den Arm um die Schulter, zog sie an sich und reichte ihr sein Taschentuch. Franziska wusste, dass das Stück bald zu Ende sein und das Licht angehen würde. Und die schwarzen Flecken auf Mathias' Taschentuch ließen darauf schließen, dass ihre Wimperntusche zerlaufen war und sie bestimmt ganz schrecklich aussah.

»Ich gehe noch schnell für kleine Mädchen«, sagte sie, nachdem das Licht wieder angegangen war und sie sich mit gesenktem Kopf durch die Stuhlreihe geschoben hatte.

»Ist gut. Ich hole schon mal deinen Mantel und warte an der Garderobe.«

Franziska stand vor dem Spiegel und versuchte, die Tränenspuren aus ihrem Gesicht zu beseitigen. Was würde nur Mathias denken? Da erfüllte er ihr einen lange gehegten Wunsch und sie hatte nichts Besseres zu tun, als sich die Augen auszuheulen.

»Na, wieder besser?«, fragte Mathias, als er ihr in den Mantel half. »Tut mir leid, ich fürchte, das war nicht ganz die ultimative Programmwahl.«

»Oh doch, das war sie«, widersprach Franziska. »Du hast mir eine Riesenfreude gemacht, und ich fand's wunderschön. Aber ich bin eine schreckliche Heulsuse, wenn's im Kino oder auf der Bühne traurig wird, und im Moment sowieso. Eigentlich ist es ja eine sehr tröstliche Geschichte, aber es geht eben ums Abschiednehmen und darin bin ich nicht besonders gut. Wie seh ich denn aus? Kann ich überhaupt so essen gehen?«

»Du bist die hübscheste verheulte Frau, die ich je gesehen habe«, behauptete Mathias und gab ihr einen zärtlichen Kuss auf die Nasenspitze. »Und du hast gar keine Wahl, du musst mit mir essen gehen. Der Tisch ist bestellt und ich hab außerdem Hunger. Du nicht?«

»Na, wenn du mich so fragst. Wo gehen wir denn hin?«

»Lass dich überraschen!«

Die Überraschung gelang ihm, denn Mathias suchte von all den vielen Restaurants der Stadt ausgerechnet das *Da Lorenzo* aus. Was sollte Franziska tun? Sie konnte sich schlecht weigern, das Restaurant zu betreten. Mathias hatte einen Tisch reservieren lassen. Wenn sie im Vorfeld darüber gesprochen hätten, dann hätte sie es ihm ausreden können. Jetzt blieb ihr nur noch die Möglichkeit, ein Unwohlsein vorzutäuschen, aber das wäre unfair und das Ende des Abends, und anstatt mit Mathias einen netten Abend zu verbringen, würde sie allein zu Hause sitzen. Sie konnte nur hoffen, dass Marco nicht da war. Und wenn doch? Mathias hatte ihr geglaubt, dass da nichts zwischen ihnen gewesen war. Sie musste es darauf ankommen lassen. Etwas beklommen folgte sie Mathias die Stufen hinauf.

Als sie eintraten, kam Nico strahlend auf sie zu.

»Ich hatte einen Tisch bestellt. Für Fröschle«, sagte Mathias.

Das »Fröschle« klang hier in der italienischen Umgebung seltsam fehl am Platz, aber Franziska hatte jetzt andere Sorgen.

»Hallo Francesca«, freute sich Nico, »wie geht's? Als hätt ich's geahnt, hab ich euch meinen schönsten Zweiertisch reserviert. Dort hinten in der Ecke.« Er nahm ihnen die Mäntel ab, führte sie an ihren Tisch und zündete die Kerze an. »Ich bringe gleich die Karte.«

»Kennst du den Ober?«, fragte Mathias verwundert.

»Flüchtig. Wir haben gemeinsame Bekannte«, erklärte Franziska und ärgerte sich, dass sie die Sache nicht richtig erklärte, sie hatte schließlich nichts zu verheimlichen. Aber sie wollte nicht, dass heute Abend irgendetwas die Harmonie störte. »Ich gehe mir mal die Hände waschen.«

»Schon wieder?«, wunderte sich Mathias.

Franziska stand auf und blieb auf dem Weg zur Toilette kurz bei Nico stehen. »Hallo Nico«, sagte Franziska. »Ist Marco heute hier?«

»Nein, leider nicht«, bedauerte Nico.

»Das ist gut. Ich bin nämlich mit meinem Freund hier. Und er ist ein bisschen eifersüchtig. Ich möchte nicht ...«

»Verstehe.« Nico nickte verständnisvoll mit dem Kopf. »Ist das der Rosenkavalier, der keinen italienischen Kaffee trinken wollte?«

Franziska bestätigte seine Vermutung.

»Marco hat mir davon erzählt«, grinste er. »Keine Angst, ich werde euch freundlich und ausgesprochen diskret bedienen.«

»Vielen Dank, Nico.«

Wenig später brachte Nico die Speisekarten und nahm die Getränkebestellung auf. Dabei lächelte er und zwinkerte Franziska verschwörerisch mit einem Auge zu.

Ebenso verhielt er sich, als er die Getränke brachte, und ein drittes Mal, als er das Essen servierte. Franziska wagte kaum noch, ihn anzusehen.

»Sag mal, was will der Kerl von dir?«, fragte Mathias misstrauisch.

»Was meinst du?« Franziska bemühte sich, einen arglosen Ton anzuschlagen.

»Glaubst du, ich sehe nicht, dass der Kellner dir dauernd zuzwinkert?«

»Ach, das. Dafür kann er nichts. Er hat ein nervöses Leiden. Das kriegt er immer, wenn er unter Stress steht«, schwindelte Franziska, zum Glück nicht um eine Ausrede verlegen.

»Komischerweise scheint er nur dann unter Stress zu stehen, wenn er dich ansieht.«

»Das bildest du dir ein. Ich habe eine Freundin, die hat auch so nervöse Zuckungen, aber bei ihr zucken die Nase und die Lippen, so«, erklärte Franziska und bewegte Nase und Mund wie ein schnupperndes Kaninchen.

Mathias lachte. »Sehr hübsch machst du das. Und wie wär's jetzt zur Abwechslung mit der richtigen Geschichte?«

Franziska seufzte. Sie hatte keine Lust mehr zu schwindeln. Schließlich hatte sie sich nichts vorzuwerfen. Sie beschloss, Mathias von ihrem Essen mit Marco zu erzählen.

»Und seit ich Nico gebeten habe, nichts davon zu sagen, spielt er den Verschwörer.«

»Warum hast du das denn nicht gleich gesagt?«

»Ich hatte Angst, du könntest wieder eifersüchtig werden«, gestand Franziska.

»Wofür hältst du mich? Du müsstest es doch inzwischen besser wissen.« Mathias legte seine Hand auf ihre. »Aber du kannst den armen Kerl nicht so ins Leere laufen lassen. Du musst ihm mal zurückzwinkern«, schlug er vor.

»Meinst du?«

»Klar.«

Sie versuchte es, und der Erfolg war durchschlagend. Nico strahlte übers ganze Gesicht und setzte dann schnell ein betont unbeteiligtes Gesicht auf. Mathias und Franziska amüsierten sich köstlich.

»Ich finde, wir könnten ruhig mal wieder herkommen«, schlug Mathias vor. »Das Essen ist wirklich ausgezeichnet.«

Nachdem sie Mathias reinen Wein eingeschenkt hatte, sah auch Franziska keinen Grund mehr, das *Da Lorenzo* zu meiden.

23

's Lebe isch koi Schlotzer.

Herr Müller gehörte inzwischen mittwochs zu Franziskas Stammgästen. »Koi Käskuche heut?«, stellte er enttäuscht fest.

»Nein, tut mir leid. Dadurch, dass Trudi, meine Hilfe, einen Unfall hatte und jetzt bei mir wohnt und versorgt werden muss, hab ich heute Kuchen, die ich gestern schon gut vorbereiten konnte. Aber ich kann Ihnen den Frankfurter Kranz empfehlen.«

»Na gut, na bringed Se mr da drvo a Stückle«, sagte Herr Müller.

Als Franziska kurz darauf mit dem Kuchen wiederkam, stellte er zufrieden fest, dass der Frankfurter Kranz es durchaus mit Franziskas Käsekuchen aufnehmen konnte.

»Vielleicht sodd i mi mal bei Ihne durch die verschiedene Sorte durchesse«, meinte er. »Mei Frau isch scho misstrauisch, weil i jetzt jeden Mittwoch so spät hoimkomm. Die glaubt mir des mit meine Überstunde nemme. Die denkt vielleicht an e Bratkartoffelverhältnis und hat koi Ahnung, dass des a Kucheverhältnis isch«, lachte er.

Es war gerade ruhig im Café, die anwesenden Gäste waren versorgt und so hatte Franziska Zeit, sich zu Herrn Müller zu setzen und ebenfalls eine Tasse Kaffee zu trinken. Es war das, was ihr besonders gefiel, aber wegen des Betriebs oft nicht möglich war: bei ihren Gästen zu sitzen und sich mit ihnen zu unterhalten.

»Sie, i wollt Ihne da no ebbes sage«, meinte Herr Müller. »Es wär net schlecht, wenn Ihr Hilfe au a Gsundheitszeugnis vorweise könnt.«

»Trudi? Na, die fällt jetzt erst mal für eine Weile aus.«

»'s gibt da anscheinend no mal jemand, a Frau aus dr Nachbarschaft. Jemand isch bei uns vorstellig worde. Sie wissed, dass Se von mir nix zu befürchte hen«, Herr Müller schaute sie wohlwollend an und legte seine Hand auf ihren Unterarm, »da drfür ess i Ihren Kuche viel zu gern. Aber wenn Se oiner aschwärzt, na sin mir verpflichtet, dere Sach nachzugange. I unternehm nix, aber i bin ja net der Oinzige auf em Amt, und falls da mal oiner nachfasst, na kann i für nix garantiere. I han denkt, i sag's Ihne lieber. 's isch ja koi große Sach, wenn Ihre Helfer sich so a Gsundheitszeugnis bsorge. Und Sie sodded se na au mal mit de Hygienevorschrifte vertraut mache, falls amol oiner nachfragt, na sin Se auf dr sichre Seit.«

Jetzt wurde Franziska einiges klar. Deshalb hatte Stefan sich so für Fräulein Häusler und ihre Mithilfe bei Franziska interessiert!

Ach Thea, dachte Franziska, was machst du eigentlich da oben? Du könntest wirklich einmal dafür sorgen, dass Stefan mich in Ruhe lässt!

Das Café war am Freitag um halb drei schon gut gefüllt, fast alle Plätze waren belegt. Trudi ging es seit Mittwoch prächtig. Sie saß in Theas Couchecke und hielt Hof wie eine Königin, ungeduldig auf die Eröffnungsfrage der Gäste wartend, die da lautete: »Ja, was hen Sie denn gmacht?« oder auch: »Wie isch denn des passiert?« Darauf folgte Trudis minutiöse Schilderung der Ereignisse und eine anschließende angeregte Unterhaltung über Knochenbrüche aller Art, denn es stellte sich heraus, dass zu diesem Thema jeder etwas beitragen konnte. Wem Erfahrungen am eigenen Leib fehlten, der griff, ohne zu zögern, auf den Knöchelbruch eines Bruders oder das Gipsbein der Tochter zurück. Franziska war für diese Gespräche sehr dankbar, denn sie sorgten bei Trudi für gute Laune und hielten sie davon ab, in der Küche aufzutauchen, wo sie bei dem Versuch, mit ihrem einen gesunden Arm zu helfen, mehr Unheil anrichtete oder Unfrieden stiftete, wenn sie Fräulein Häusler scharf auf die Finger sah, auf der Suche nach Fehlern, die ihr selbst natürlich niemals unterlaufen würden.

Franziska bemühte sich, so schnell wie möglich alle Gäste mit Kaffee und Kuchen zu versorgen, denn bis zur Lesung sollten alle fertig sein.

Paula, die ihre Jungs bis zum Trainingsbeginn bei Freunden untergebracht hatte, um Franziska helfen zu können, streckte ihren Kopf zur Tür herein. »Da draußen stoht oiner von irgend ra Kontrollbehörde. Ich han de Name vergesse. Er sagt, 's däd a Anzeig vorliege. In deiner Küche däded Kakerlake rumlaufe und er müsst des kontrolliere.«

Franziska sah sie erschrocken an. »Paula, wenn das ein Witz sein soll: Ich kann nicht drüber lachen! Falls wirklich einer draußen steht, dann schick ihn weg, er soll am Montag wiederkommen. Nein, lass mal, ich mach's schon selbst.«

Der junge Mann, der vor der Tür stand, konnte kaum älter als Mitte zwanzig sein, aber aus seinen Augen blickte die Gewissheit, eine wichtige Aufgabe im Dienst der Allgemeinheit zu erfüllen.

»Bäuerle«, stellte er sich vor und zückte seinen Ausweis. »Uns liegt da a Anzeig vor ...«

»Ich hab's schon gehört«, unterbrach ihn Franziska. »Aber heute passt mir das gar nicht.«

»Meine Bsuche passed nie«, erklärte Herr Bäuerle.

»Wenn Sie vorher angerufen hätten ...«

»Wenn mir vorher arufe däded, na bräuchded mr gar net erst komme. Na wäred ja die Missständ alle scho beseitigt.«

Na wunderbar, so soll's doch sein, dachte Franziska, sagte es aber nicht. »Hören Sie, da drin sitzen fast zwanzig Leute, die auf Kaffee und Kuchen warten und die bis in einer Stunde fertig sein müssen. Dann fängt nämlich eine Lesung an, meine erste, da darf nichts schiefgehen, und meinem Autor stehen vor Aufregung schon die Schweißperlen auf der Stirn.«

Herr Bäuerle hatte geduldig zugehört. »Des dud mr leid, aber's hilft nix. I muss jetzt in Ihr Küche, aber i beeil mi. Wenn alles in Ordnung isch, geht des schnell. Wo geht's lang?«

Da gerade ein Gast auf der Suche nach der Toilette den Flur betrat, bugsierte Franziska Herrn Bäuerle schnell in die Küche.

»Mmh, die Kuche sehed aber gut aus«, stellte Herr Bäuerle mit einem bewundernden Blick auf die Tortenplatten fest.

Franziska bot ihm ein Stück Kuchen an, aber darauf ließ Herr Bäuerle sich nicht ein, vielleicht hatte er Angst, der Bestechlichkeit verdächtigt zu werden. Er sah sich um.

»Wo isch Ihr Kühlschrank?«, fragte er.

Franziska zeigte ihm ihren Kühlschrank und auf Nachfrage auch den großen Edelstahlkühlschrank in der Speisekammer.

»Wie oft wird der ausgwasche?«, wollte Herr Bäuerle wissen.

»So oft, wie's nötig ist«, erklärte Franziska.

»Des isch aber a sehr schwammige Aussag. Da täuscht mr sich nämlich gemeinhin gewaltig. Wie oft putzed Se denn Ihr Toilette?«

»Bitte?«

»Wie oft Se Ihr Klo putzed.«

»An Cafétagen natürlich jeden Abend«, erklärte Franziska.

»Sehed Se!« Herrn Bäuerles rechter Zeigefinger stieß triumphierend ein Loch in die Luft. »Die Antwort hör i dauernd. Ihr Klo putzed d' Leut jede Woch und de Kühlschrank oimal im halbe Jahr. Drbei isch a Klobrill so steril wie en OP im Vergleich zu ma Kühlschrank. Des isch nämlich die reinschte Bakteriebrut. Gucked Se!« Herr Bäuerle öffnete die Kühlschranktür. »Jeder, der da neiguckt, däd doch sage: Der Kühlschrank isch sauber. Isch 'r aber net! Da gibt's spezielle Verfahre, mit dene kann mr die Bakterie sichtbar mache. Des wimmelt da drin, i versprech's Ihne!«

Franziska legte auf dieses Versprechen keinen gesteigerten Wert.

»Des muss Ihne jetzt net peinlich sei«, beruhigte Herr Bäuerle. »Meiner Mutter han i des au erscht sage müsse, und die isch bestimmt a saubere Hausfrau.«

Na, da würde sich Frau Bäuerle aber gefreut haben!

»In Ihrer Wohnung muss es ja blitzblank sein«, vermutete Franziska.

»I wohn no drhoim«, erklärte Herr Bäuerle.

Na klar, im Hotel Mama ließen sich Hygienevorschriften problemlos einhalten. Vermutlich war der junge Mann weder für das Putzen seines Zimmers noch des Bads zuständig. Es war ja auch viel angenehmer, andere beim Putzen zu kontrollieren, als es selbst zu tun. Er kniete inzwischen auf Franziskas Küchenboden, beugte sich nach vorn und begann, sich mit der Fußbodenleiste zu beschäftigen.

»Was machen Sie denn da?«

»I muss gucke, ob sich da drhinter Kakerlake oder anders Ogeziefer verschlupft hat. Hen Sie vielleicht amol en Schraubeziehe oder so ebbes. I muss in den Spalt neifahre, sonst krieg i die Leischte net raus.«

Franziska wurde ganz heiß. Sie vermutete zwar kein Ungeziefer hinter ihren Fußbodenleisten, aber sie musste an Kevin und die Wollmäuse denken, denn sie pflegte ihre Fußbodenleisten nicht abzumontieren, um dahinter zu putzen. Trotzdem reichte sie Herrn Bäuerle das Gewünschte, Widerstand war wohl zwecklos und würde die Sache nur verzögern.

»Da könnted Se mal sauber mache«, stellte Herr Bäuerle prompt fest, nachdem er die Leiste erfolgreich entfernt hatte. »So sieht's da bei de meischte Leut aus. Aber Ogeziefer hat's koins.« Dann bat er um eine Trittleiter und besichtigte Franziskas Küchenschränke von oben. Die hatte Franziska glücklicherweise erst vor Kurzem saubergemacht. Das Ergebnis schien Herrn Bäuerle zufriedenzustellen. Er öffnete noch einige Schranktürchen, begutachtete den Inhalt und stellte dann fest: »Also, 's scheint so weit alles in Ordnung zu sei.«

Franziska fiel ein Stein vom Herzen.

In diesem Moment wurde die Tür schwungvoll geöffnet und traf Herrn Bäuerle fast im Rücken. Er machte erschrocken einen Schritt zur Seite.

»Zwoimal Apfelkuche, oimal Schwarzwälder Kirsch«, bestellte Paula und stellte schwungvoll zwei abgegessene Kuchenteller und ein leeres Milchkännchen auf die Arbeitsfläche neben der Spüle. »Sag mal, hasch du net a Beruhigungsmittel für de Herr Scholz? Der isch so aufgregt. Er hat gsagt, er könnt koin Bisse nonterkriege, sei Mage wär wie zugschnürt. Und sei Händ zittred so, dem däd dr Kuche glatt von dr Gabel fliege, wenn 'r oin esse däd.«

»Frag mal Trudi, ich glaube, die hat Baldriantropfen, weil sie manchmal schlecht einschlafen kann.«

»Also eischlafe sodd 'r net grad«, lachte Paula. »I frag se mal und les sicherheitshalber de Beipackzettel. Sonsch alles okay?«, fragte sie mit einem Blick auf Herrn Bäuerle.

»Ich denke schon«, sagte Franziska, während sie ein Stück Schwarzwälder Kirschtorte vorsichtig auf einen Kuchenteller balancierte.

Paula schnappte sich die beiden anderen Teller, die schon fertig waren, und verschwand durch die Küchentür nach draußen.

»Möchten Sie jetzt ein Stück Kuchen essen?«, fragte Franziska, die Herrn Bäuerles begehrlichen Blick auf die Kuchenteller aufgefangen hatte.

»Ha, da sag i net noi«, meinte Herr Bäuerle.

»Sie können sich auch gern ins Zimmer setzen, da ist es sicher gemütlicher«, schlug Franziska vor. Aber Herr Bäuerle zog es vor, in der Küche zu bleiben. Wahrscheinlich hatte er Angst, während der Dienstzeit beim Kuchenessen gesehen zu werden. Er entschied sich für die Torte und Franziska schaufelte ein Plätzchen am Küchentisch für ihn frei.

»Die schmeckt echt gut«, stellte Herr Bäuerle anerkennend fest. »Wissed Se, des isch schwierig, wenn mr en Beruf hat, wo mr nirgends gern gsehe isch. I moin, i mach ja au bloß mei Arbeit, aber d' Leut sehed me halt lieber von hinte. Wenn se zum Esse ins Lokal ganged, na welled se scho, dass ihr Schnitzel aus ra saubere Küche kommt, aber kontrolliert werde will koiner.«

»Da haben Sie schon recht«, pflichtete Franziska ihm bei. »Wer hat denn die Anzeige gegen mich erstattet?«

»Des woiß i net, mei Chef hat mi halt hergschickt. Aber selbst wenn i's wüsst, dürft i Ihne des vermutlich net sage. Anscheinend kann Sie da oiner net leide«, meinte er und schob sich ein weiteres Stück Kuchen in den Mund.

»Ich kann mir auch denken, wer.«

Herr Bäuerle trank noch eine Tasse Kaffee und aß ein weiteres Stück Kuchen, dann verabschiedete er sich freundlich von Franziska.

»Was bin i schuldig?«, fragte er und wollte seinen Geldbeutel aus der Gesäßtasche holen.

»Wenn Sie deswegen keine Schwierigkeiten bekommen und ich nicht in der Verdacht der Bestechung gerate, betrachten Sie's als Einladung«, sagte Franziska.

»Also, na sag i vielen Dank, und nix für ogut. Sie brauched von meim Bericht nix befürchte. Und die Torte war echt gut. Vielleicht komm i mit meiner Freundin mal privat her zum Kaffeetrinke. Die goht so gern ins Café.«

»Jederzeit gern. Schönen Tag noch!«

Wenn das so weiterging, dann konnte Franziska in ihrem Café demnächst einen Aufsichtsbeamten-Stammtisch einrichten.

Herr Scholz war wirklich schrecklich aufgeregt. Franziska bot ihm an, das Lesen für ihn zu übernehmen, aber er wehrte tapfer ab. Wer A gesagt habe, der müsse auch B sagen, meinte er.

»Denk an de Timo«, ermutigte ihn seine Tochter, indem sie ihn an das Kompliment seines Enkels erinnerte. Und sie erzählte, dass ihr Vater ihr zunächst verboten hatte, sie zu der Lesung zu begleiten. Wenn er sich schon blamiere, dann wenigstens nicht vor der eigenen Familie. Aber dann hatte er sich doch überreden lassen, dass seine Tochter dabei sein durfte.

Das Geschirr war abgeräumt. Für die letzten Gäste, die noch kurz vor halb vier gekommen waren, hatte Franziska Stühle aus dem Esszimmer ins Wohnzimmer getragen.

»Da wäre mancher Autor froh, wenn gleich bei seiner ersten Lesung die Sitzplätze nicht ausreichen«, sagte Franziska und Herr Scholz lächelte sie dankbar an.

An der Wand, die den beiden Sitzgruppen gegenüberlag, so dass jeder Herrn Scholz gut sehen konnte, hatte Franziska einen kleinen Tisch und einen Stuhl aufgestellt. Franziska wollte gerade anfangen, als Mathias zur Tür hereinkam.

»Schon frei heute?«, freute sie sich.

»Ja, mein Chef hat mir freigegeben. Er meint, ich dürfe mir das nicht entgehen lassen«, lachte Mathias. »Außerdem muss ich dir doch noch Glück wünschen.« Er nahm Franziska in den Arm und wünschte ihr »toi, toi, toi« über ihre Schulter. »Jetzt kann nichts mehr schiefgehen.«

Franziska stellte sich neben Herrn Scholz' Tisch und sprach ein paar einführende Sätze, dann übergab sie das Wort an ihn. Anfangs klang seine Stimme sehr leise und ein wenig zittrig. Aber je länger er las, umso sicherer wurde er, und schon nach einigen Minuten konnte Franziska feststellen, dass er wirklich ein sehr guter Vorleser war. Das Publikum lauschte ihm gebannt und stellte im

Anschluss an die Lesung viele Fragen, die Herr Scholz alle geduldig beantwortete. Da er sich geweigert hatte, ein Honorar anzunehmen, hatte Franziska sich bei seiner Tochter erkundigt und ihm Wein und seine Lieblingszigarren gekauft. Außerdem überreichte sie ihm einen Gutschein für einen kostenlosen Besuch in ihrem Café einmal im Monat.

»Lieber Herr Scholz, ich möchte Ihnen ganz herzlich danken, dass Sie sich zu dieser Lesung bereit erklärt haben. Wir haben heute etwas gemeinsam: Es ist für uns beide die erste Lesung. Für mich sicher nicht die letzte und für Sie vermutlich auch nicht, auch wenn Sie sich das vor zwei Stunden sicher nicht hätten vorstellen können. Aber es wäre wirklich schade, wenn Sie Ihr Erzähl- und Vorlesetalent der Welt vorenthalten würden. Ich habe schon großen Kollegen von Ihnen zugehört und muss gestehen, oft mit sehr viel weniger Freude als bei Ihnen heute, denn nicht jeder, der schreiben kann, kann es auch so gut vortragen. Ich sage Ihnen in meinem Namen und im Namen meiner Gäste ein ganz herzliches Dankeschön.«

Herr Scholz nahm Franziskas Geschenke und den langanhaltenden, herzlichen Beifall erfreut und ein wenig verlegen entgegen.

»Herr Scholz hat auch ein paar Bücher mitgebracht, die Sie bei ihm erwerben können und die er Ihnen auch gern signiert. Ach ja, noch eins: Ab sofort werden wieder Kaffee und Kuchen serviert.«

Herrn Scholz' Tochter kam nach vorne und drückte ihrem Vater einen Kuss auf die Wange. »Gut hasch's gmacht, i han doch gwisst, dass de des kannsch.«

Franziska wollte ihm gerade ein Stück Kuchen anbieten, als schon die ersten Zuhörer nach vorne an seinen Tisch kamen.

»Glückwunsch«, sagte da Mathias und umarmte sie von hinten. »Das habt ihr echt toll gemacht.«

Abends saßen sie zu dritt müde, aber zufrieden auf dem Sofa. Franziska hatte sich gerade in Mathias' Arm gekuschelt, als das Telefon klingelte.

»Lass klingeln«, sagte Franziska, als Mathias aufstehen wollte, »es ist grade so gemütlich. Ich hab ja einen Anrufbeantworter.«

Und der sprang auch zuverlässig nach dem sechsten Klingelton an. Alle drei warteten gespannt, wer sich wohl melden würde.

»Hallo Franzi, hier ist Daniel. Hat eine Weile gedauert, bis ich festgestellt habe, dass nicht dein Telefon gestört ist, sondern dass du mir die falsche Nummer gegeben hast. Ob aus Versehen oder mit Absicht, lass ich dahingestellt. Zu deinen und meinen Gunsten will ich mal annehmen, dass der Zahlendreher ein Versehen war.« Franziska spürte, wie Mathias neben ihr sich versteifte. Sie fühlte sich reichlich unbehaglich.

»Anscheinend bist du nicht zu Hause, ich versuch's einfach noch mal. Die richtige Nummer hab ich ja jetzt. (Lachen) Du kannst mich auch zurückrufen. Meine Nummer ist 124307. Also bis dann. Schlaf gut!«

Auch das noch. »Schlaf gut«, das klang so vertraulich.

»Wer war denn das?«, fragte Mathias.

»Des war dr Dokter Krüger. Den hat d' Franziska troffe, wo se mit mir im Krankehaus war«, erklärte Trudi.

»Und da nennt er sie gleich Franzi? Und sie gibt ihm ihre Telefonnummer?«, stellte Mathias leicht angesäuert fest.

»Die falsche, mit Absicht«, verteidigte sich Franziska.

»Ihm deine Nummer erst gar nicht zu geben, die Möglichkeit stand wohl nicht zur Debatte?«

»Ich hab Daniel im Krankenhaus wiedergetroffen. Wir kennen uns schon lange.«

»Des isch an alter Freund von dr Franziska. Ihr erste Liebe sozusage. Von dem hat se ihren erste Kuss kriegt«, versuchte Trudi zu helfen und machte es dadurch nur noch schlimmer.

»Das beruhigt mich«, bemerkte Mathias trocken. »Da muss ich mir ja keine Sorgen machen.«

»Trudi, lass mich mal«, unterbrach Franziska und erzählte Mathias die ganze Geschichte. »Ich hab wirklich kein Interesse, Daniel wiederzusehen. Deshalb hab ich ihm ja die falsche Nummer gegeben.«

»Vielleicht solltest du dein Desinteresse ein wenig deutlicher zum Ausdruck bringen als mit einer falschen Telefonnummer«, schlug Mathias vor. »Man hat's wirklich nicht leicht mit dir und deinem Harem. Den einen lädst du zum Kaffee ein, mit dem Nächsten tauschst du verschwörerische Blicke und dem Dritten gibst du deine Telefonnummer. Es wird immer besser. Vielleicht hab ich noch nicht darauf hingewiesen, aber ich lege in meinem Leben Wert auf absolute Treue.«

»Gilt das für beide Seiten?«, ging Franziska auf seinen scherzhaften Ton ein. »Gut, dann bin ich einverstanden.«

»Jetzt hätt ich's fast vergessen«, sagte Mathias und machte Anstalten aufzustehen. »Ich hab dir ja was mitgebracht.«

Franziska ließ seine warme Schulter nur ungern nach draußen gehen. Als er zurückkam, trug er ein kleines, in Geschenkpapier eingepacktes Päckchen in der Hand.

»Für dich.«

»Aber ich hab doch gar keinen Geburtstag«, sagte Franziska verwundert und nahm das Geschenk entgegen.

»Für deine erste erfolgreiche Lesung«, erklärte Mathias.

Franziska packte neugierig aus. Ein schmales Bändchen kam zum Vorschein.

»Erich Kästner, Als ich ein kleiner Junge war«, las Franziska und betrachtete das hübsche Umschlagbild, das in zarten Pastellfarben einen kleinen Jungen mit Schulranzen vor einer alten Stadtansicht zeigte.

»Das ist Dresden«, erklärte Mathias. »Erich Kästner ist dort aufgewachsen, und wenn man liest, wie er darüber schreibt, dann wünscht man sich, die Stadt in ihrer ganzen Schönheit sehen zu können, so, wie sie war, bevor sie im Krieg zerstört wurde. Kennst du das Buch?«

Nein, Franziska kannte es nicht.

»Es sind Erich Kästners Erinnerungen an seine Kindheit. Er schreibt über seine Familie und die damalige Zeit, es ist interessant, amüsant und berührend. Vor allem, was er über seine Mutter erzählt. Egal wie alt du bist, ob achtzehn oder achtzig, das Buch wird dir immer etwas zu sagen haben. Ein Freund hat mich draufgebracht. Er hat vor einigen Monaten in Eislingen eine Bühnenbearbeitung mit Walter Sittler und sechs Musikern gesehen. Heiko ist eigentlich niemand, der leicht zu begeistern ist, aber von der Vorstellung hat er mir immer wieder vorgeschwärmt. Das hat mich neugierig gemacht. Deshalb hab ich mir das Buch gekauft. Ich hoffe, es gefällt dir so gut wie mir.«

»Bestimmt.«

»Warte, ich lese dir mal ein paar Zeilen vor, aus dem Nachwort.« Mathias blätterte, dann hatte er die Stelle gefunden. »›Die Monate haben es eilig. Die Jahre haben es eiliger. Und die Jahrzehnte haben es am eiligsten. Nur die Erinnerungen haben Geduld mit uns. Besonders dann, wenn wir mit ihnen Geduld haben.‹«

»Des stimmt«, sagte Trudi und nickte mit dem Kopf. »Je älter mr wird, umso schneller ganged d' Jahr vorbei. Dürft i mir des Buch amol ausleihe?«

»Aber natürlich.«

»I glaub, i gang na mal in mei Zimmer. Dr Günther Jauch fängt glei a. Und ihr junge Leut welled sicher au a bissle alloi sei mitnander«, erklärte Trudi.

»Also unsretwegen musst du nicht gehen, Trudi, du störst uns nicht.«

»I woiß doch, wie's isch. Schließlich war i au mal jung. Ihr junge Leut moined immer, mir wäred scho mit achtzig uff d' Welt komme. Des Dumme isch, dass unser Gsicht und unsre Knoche schneller alt werded wie unser Herz. I kann mi no ganz gut an mei Jugend erinnre, au wenn i koine Bücher drüber schreibe kann«, sagte Trudi und stand auf, um nach nebenan zu gehen. »Gut Nacht, Mathias, falls i di nemme seh. Schlaf gut!«

»Gute Nacht, Trudi, du auch.«

Kurz darauf ertönte von nebenan der Fernseher, und Franziska und Mathias hatten kein Problem, im Wohnzimmer bei der Beantwortung der Fragen mitzuraten.

24

Wenn no alle Leut wäred
wie i sei sodd.

Franziskas Hilferufe schienen endlich bei Thea angekommen zu sein. Weitere Störfeuer von Stefan blieben aus. Die Hilfestellungen für Trudi gingen ihr inzwischen schneller von der Hand, selbst für das Anziehen ihrer Stützstrümpfe hatte sie sich eine Technik angeeignet, die Zeit und Kraft sparte. Die Wochenenden verbrachte Trudi bei Sabine, so dass Franziska am Samstag und Sonntag ein wenig ausspannen und die Zweisamkeit mit Mathias genießen konnte.

Auch für die Cafétage war alles bestens organisiert. Mittwochs und donnerstags kam Fräulein Häusler zum Helfen, am Freitagnachmittag Julia. Trudi sah es nicht gern, dass Fräulein Häusler ihre Arbeiten in der Küche übernahm, aber Franziska konnte auf deren Hilfe nicht verzichten. Sie hatte seit Oktober einige Teesorten in ihr Angebot aufgenommen und sich ein paar große Teetassen aus Glas mit einem herausnehmbaren Siebeinsatz gekauft. Eine zusätzliche Investition, die sich aber wohl bald amortisieren würde, denn jetzt in der kalten, ungemütlichen Jahreszeit wurde dieses zusätzliche Angebot von ihren Gästen sehr geschätzt. Es bedeutete allerdings zusätzliche Arbeit in der Küche, denn es ging schneller, die Kaffeetassen aus der vorbereiteten Kaffeekanne zu füllen, als für jeden Gast die gewünschte Teesorte extra aufzubrühen.

Das Bohren wollte einfach nicht aufhören. Eigentlich, dachte Franziska, konnte von ihrem Zahn gar nichts mehr übrig sein, so lange, wie das schon dauerte. Zum Glück spürte sie nichts, den modernen Betäubungsmitteln sei Dank. Jetzt kam noch ein Klopfen dazu, dreimal, eine kurze Pause, dann noch einmal.

»Franziska?«

Erst langsam drang die Erkenntnis durch Franziskas verschlafene Hirnwindungen, dass das Trudi war, die an ihre Schlafzimmertür klopfte. Heute war ... Montag. Also kein Cafétag. Franziska genoss es, an diesen Tagen den Alltag geruhsam und ohne Hektik in Angriff zu nehmen. Das schien ihr heute nicht vergönnt zu sein. Hoffentlich vermeldete Trudi keine neue Katastrophe. Es musste einen Grund haben, dass Trudi sie so früh weckte. Franziska schielte auf ihren Wecker, es war kurz nach halb acht. Normalerweise schlich Trudi, die immer früh wach war, um diese Zeit leise durch die Wohnung, um Franziskas Schlaf nicht zu stören. Franziska überlegte, ob sie sich tot stellen sollte. Eigentlich wollte sie gar nicht wissen, welches Ungemach sich da ankündigte. Vielleicht hatte es mit dem Geräusch zu tun, das Franziska in ihrem Traum für einen Zahnarztbohrer gehalten hatte. Sie hörte es immer noch, es kam von draußen durchs Fenster herein.

»Komm rein«, seufzte Franziska ergeben, knipste ihre Nachttischlampe an und wartete auf die Neuigkeiten, die Trudi zu vermelden hatte.

Trudi betrat vorsichtig das Schlafzimmer. Sie trug noch ihren Morgenmantel, denn ohne Franziskas Hilfe konnte sie sich nicht anziehen.

»Tut mr so leid, dass i di stör«, sagte sie. »I han immer denkt, du wachsch von alloi auf.«

»Was gibt's denn?«

»Da drauße grabed se d' Straß auf, besser gsagt 's Trottwar, und i han denkt, 's isch besser, wenn de des woisch. I woiß ja net, ob des sei Ordnung hat.«

»Sie graben den Gehweg auf? Wo?«

Plötzlich war Franziska hellwach und mit einem Satz aus dem Bett und am Wohnzimmerfenster. Tatsächlich, genau vor dem Haus waren zwei Männer dabei, den Asphalt aufzufräsen.

»Vielleicht soddsch amol nausgange und frage, was die da mached«, schlug Trudi vor.

Das hatte Franziska vor, aber nicht im Morgenmantel. Sie hasste es, Leuten im Morgenrock gegenüberzutreten, noch dazu, wenn es sich nicht um Familienmitglieder handelte. »Ich geh mal ins Bad«, verkündete sie.

Sie war gerade dabei, ihre Zähne zu putzen, als es schon wieder an der Tür klopfte.

»Komm rein«, nuschelte Franziska ergeben.

»Entschuldige, aber da isch oiner an dr Tür, der sagt, er will bloß Bescheid gebe, dass se nachher au no a Loch im Garte grabed«, vermeldete Trudi eine weitere Hiobsbotschaft.

»Ein Loch? In meinem Garten? Sind die verrückt? Ich komme! Halt den Mann so lange auf!«

Franziska spülte sich den Mund aus, fuhr sich mit dem Kamm durch die Haare und ging mit energischen Schritten zur Tür. Dort stand ein Mann in Arbeitskleidung.

»Gute Morge. I wollte bloß Bescheid gebe, damit Se sich net wundre, wenn mir nachher in Ihrem Garte rommarschiered.«

»Sie werden nicht in meinem Garten herummarschieren!«, gab Franziska empört zurück. »Was machen Sie hier eigentlich? Hat's einen Wasserrohrbruch gegeben?«

»Noi, noi, koi Angst, mir verleged bloß die Leitunge für den neue Telefonanschluss.«

»Was für ein neuer Telefonanschluss? Ich hab doch gar keinen bestellt! Sie müssen sich in der Adresse geirrt haben.«

Gut, dass Trudi sie rechtzeitig geweckt hatte, bevor der Gehweg ganz aufgegraben war.

»Ja, isch des hier net Hölderlinweg 13?«, fragte der Mann und sah ein wenig erschrocken aus angesichts der Tatsache, dass er möglicherweise vor dem falschen Haus die Straße aufgerissen hatte.

»Schon, aber wie gesagt, ich habe keinen neuen Telefonanschluss bestellt.«

Der Mann sah sie ratlos an, dann schaute er auf das Klingelschild und lächelte erleichtert.

»Sie wohned net alloi in dem Haus? Na wared's vielleicht die Leut aus dr obere Etage.«

Das konnte Franziska sich nicht vorstellen, das Trio hätte ihr doch Bescheid gesagt. Andererseits fiel ihr auch keine einleuchtendere Erklärung ein. Die Kälte von draußen kroch ihr inzwischen unangenehm in die Glieder.

»Ich werde das feststellen. Machen Sie inzwischen Pause.«

»Pause? Mir hen doch grad erst agfange. Mir mached immer erst um halb zehne Vesperpause«, protestierte der Arbeiter.

»Dann machen Sie heute eben mal früher Pause, oder zweimal. Ich kann's nicht ändern. Es hat ja keinen Wert, dass Sie die Straße aufreißen und womöglich nachher wieder zuschütten müssen. Ich bringe Ihnen gleich eine Kanne Kaffee raus.«

Das schien den Mann zu versöhnen.

»Na gut«, meinte er, drehte sich um und ging zurück zu seinem Kompagnon.

Franziska schloss die Tür. Ob sie das Trio so früh schon stören konnte? Nun, es half nichts. Sie waren immerhin zu dritt und so bestand die Chance, dass wenigstens einer von ihnen an seniler Bettflucht litt und schon auf war. Bevor sie die Treppe hinaufstieg, schaltete sie die Kaffeemaschine ein.

Hugo öffnete auf ihr Klingeln die Tür. Er war sogar schon angezogen. »Franziska, du so früh! Ist was passiert?«

Franziska erklärte ihm die Sachlage.

»Also wir haben kein neues Telefon bestellt. Wir sind zwar zu dritt, aber so viel wird bei uns nicht telefoniert, dass sich das lohnen würde. Aber ich frage sicherheitshalber noch die anderen. Könnte ja sein, dass Karl nach seiner Sprechanlage auch noch ein neues Telefon will. Aber das hätte er sicher mit uns besprochen.«

Kurz darauf tauchte er wieder auf, Karl und Ernst im Schlepptau, beide noch im Schlafanzug.

»Wie ich gesagt habe, wir haben nichts bestellt.«

»Das verstehe ich nicht. Wenn ihr nicht und ich nicht ... Moment mal, ob Stefan was damit zu tun hat?«, kam ihr plötzlich die Erleuchtung.

»Aber warum? Der wär doch blöd!«, stellte Karl fest. »Was hat der denn drvo? Er wohnt net da, mir welled koi anders Telefon und ihn koschtet's bloß en Haufe Geld. Des ergibt doch koin Sinn!«

»Keine Ahnung. Ich geh mal wieder runter, bring den Männern ihren Kaffee und versuche festzustellen, ob Stefan hinter der Sache steckt. Entschuldigt die frühe Störung.«

»Koi Problem«, meinte Ernst, »mir wared eh scho wach. Viel Glück und halt uns auf em Laufende.«

Nachdem Franziska sich angezogen hatte, ging sie hinaus, klopfte an die Scheibe des Lieferwagens und reichte den Männern die Kaffeekanne und zwei Becher durchs Fenster.

»Sagen Sie, könnte es vielleicht sein, dass ein Herr Buchholz den Auftrag erteilt hat?«, fragte sie.

»Koi Ahnung, aber i kann ja mal de Chef arufe«, meinte der eine und griff zu seinem Handy.

Der Anruf bestätigte Franziskas Vermutung.

»Na prima, na könned mr ja weitermache«, meinte der Mann.

»Halt, nein, warten Sie noch! Trinken Sie erst in Ruhe Ihren Kaffee. Ich muss noch was klären«, sagte Franziska und eilte zurück ins Haus.

Der Arbeiter verdrehte die Augen, aber da es im Auto schön warm und der Kaffee gut war, lehnte er sich bequem zurück und wartete geduldig darauf, dass Franziska zurückkam.

Die hatte sich entschlossen, Mathias anzurufen.

»Und wo ist das Problem?«, fragte der, nachdem Franziska ihm die Ereignisse aufgeregt und detailreich geschildert hatte.

»Wo das Problem ist? Das Problem ist, dass die den Gehweg vor meinem Haus aufgraben und vor allem meinen Garten.«

»Nun, das ist keine große Sache«, beruhigte Mathias. »Das Loch im Gehweg ist heute Abend wahrscheinlich schon wieder zu und das in deinem Garten ist kaum der Rede wert. Die schießen die Leitung von der Straße aus bis zum Haus unterirdisch durch. Und für dich hat es den Vorteil, dass du dir dann auch gleich einen ISDN-Anschluss legen lassen kannst. Dann kann ich dich endlich erreichen, wenn Sarah wieder mal stundenlang die Leitung blockiert.«

Von dieser Warte aus hatte Franziska die Sache noch gar nicht betrachtet.

»Aber das kostet doch«, wandte sie ein.

»Kommt drauf an. Da Stefan dich vorher nicht davon in Kenntnis gesetzt hat, kannst du dich auf den Standpunkt stellen, dass du den Anschluss gar nicht willst. Dann bleibt er auf den Kosten sitzen. Und du wartest ab, bis Gras über die Sache gewachsen ist und lässt dir in ein oder zwei Jahren einen Anschluss in deine Wohnung legen. Das kostet dann nicht mehr viel.«

»Klingt nicht schlecht«, meinte Franziska. »Aber ich verstehe immer noch nicht, warum Stefan das macht. Er ist kein Gutmensch, der seinen Mietern eine Freude machen will. Er bezweckt etwas und ich weiß nicht was, das beunruhigt mich.«

»Ich sehe im Moment nichts, was für dich von Nachteil sein könnte. Und du hast auch keine Handhabe, den Anschluss im oberen Stockwerk zu verhindern, warum auch? Also kannst du der Sache ganz gelassen zusehen.«

»Na ja, wenn du meinst.« Franziska setzte großes Vertrauen in Mathias und seine Ratschläge, deshalb legte sie einigermaßen beruhigt den Hörer auf und ging nach draußen, um den Arbeitern Bescheid zu sagen, dass sie mit der Arbeit fortfahren könnten.

Mit Argusaugen beobachtete Franziska, wie einer der Arbeiter im Garten ein Loch grub. Ihr Garten war Franziska heilig, da durfte nicht jeder drin graben, wie es ihm gerade passte. Aber Mathias hatte recht, das Loch fiel wirklich nicht besonders groß aus und richtete keinen Schaden an.

Der andere Arbeiter war inzwischen dabei, mit einem kleinen Bagger das Loch an der Straße auszuheben. Franziska ging in die Küche, um das Mittagessen vorzubereiten. Als sie wieder ins Wohnzimmer kam und aus dem Fenster schaute, waren die Arbeiter samt Lieferwagen verschwunden. Neben dem Loch im Gehweg waren Schutt und Steine aufgehäuft, das Loch selbst mit rot-weißem-Plastikband umzäunt. Ob die Arbeiter schon in die Mittagspause gegangen waren? Es war noch nicht einmal halb zwölf.

Der gleiche Anblick bot sich Franziska eine Stunde später, ebenso zwei Stunden später und genauso am Abend. Die Baustelle war ganz offensichtlich verlassen. Was sollte sie tun? Franziska beschloss, erst einmal abzuwarten.

Am nächsten Morgen wurde sie von Trudis Schrei geweckt. Diesmal hatte diese gar nicht erst auf Franziskas Aufforderung zum Eintreten gewartet. Als Franziska aufwachte, stand sie schon neben ihrem Bett.

»En Bagger, da draußen, der gräbt de ganze Vorgarte auf!«, rief sie entsetzt.

Einen Augenblick lang dachte Franziska, es sei die Fortsetzung ihres Traums von gestern, aber so gnädig war das Schicksal nicht. Sie sprang aus dem Bett und lief ans Fenster. Tatsächlich, draußen war ein Bagger dabei, eine tiefe, breite Rinne in ihren schönen Vorgarten zu graben. Franziska riss das Fenster auf. Es war ihr im Moment völlig egal, dass sie nur ihr Nachthemd trug und ihr die Haare in alle Himmelsrichtungen vom Kopf abstanden.

»He, sind Sie verrückt, was machen Sie denn da?!«

Der Baggerfahrer reagierte nicht. Bei dem Lärm, den sein Bagger machte, konnte er sie gar nicht hören.

Franziska lief ins Schlafzimmer, zog sich hastig ihre Hose und ihren Pullover an, die noch von gestern auf dem Stuhl lagen, und rannte nach draußen. Sie schrie und fuchtelte mit den Armen, bis der Baggerfahrer zufällig in ihre Richtung schaute und den Motor abstellte. Franziska lief über den Streifen Rasen, den der Bagger bisher unbeschädigt gelassen hatte, und die aufgeworfenen Erdhäufen zu dem Baggerfahrer hin.

»Sagen Sie mal, was machen Sie denn da?«

»Gute Morge«, entgegnete der ganz ruhig. »Hat mr Ihne net Bescheid gsagt?«

»Bescheid? Worüber?«

»Dass des mit dem Numschieße auf Ihrem Grundstück net so oifach klappt. Der Untergrund isch felsig, da müssed mr aufgrabe.«

»Hier wird nichts aufgegraben, außer von mir«, schimpfte Franziska.

»Sie welled des aufgrabe?«, lachte der Baggerfahrer und musterte ihre schmale Gestalt von oben bis unten.

»Das doch nicht. Hören Sie sofort damit auf und geben Sie mir die Telefonnummer von ihrem Chef!«

»I kann Sie au verbinde, wenn Se welled«, schlug der Baggerfahrer vor und zückte sein Handy. Franziska nahm das Angebot gern an. »Hallo Chef, hier isch dr Frank, von dr Baustell Hölderlinstraß. Da isch a aufgregte Frau, die sagt, i soll mit em Baggre aufhöre. Die will ihren Garte lieber alloi umgrabe.« Er lachte. »Genau ... Was? ... Isch okay.«

»Was ist los?«

»Dr Chef sagt, er muss des no mal mit em Auftraggeber abkläre. Er schickt mr en Kollege vorbei, der mi abholt. I bin ja mit em Bagger komme.«

»Und was passiert mit dem Bagger?«
»Der bleibt erst amol stande.«
Die Nachricht, einen Bagger in ihrem Vorgarten stehen zu haben, versetzte Franziska nicht gerade in Euphorie, aber sie hatte immerhin erreicht, dass der Zerstörung ihres Gartens Einhalt geboten war.

Am nächsten Tag bot ihr Garten noch immer das gleiche Bild, ein verlassener Bagger stand auf ihrem zerstörten Rasen und kein Mensch ließ sich blicken. Ein Anruf bei der Baufirma erbrachte die Auskunft, die Sache sei noch nicht geklärt. Am Mittwoch das gleiche Spiel.

Nachmittags kamen ihre Cafégäste und jeder brachte außer einem Schwall kalter Herbstluft Schmutz von draußen mit herein. Sie hatte sich zwar bemüht, den Gehweg und den Weg zu ihrem Haus zu reinigen, aber es war ihr nicht gelungen, alles zu beseitigen. Außerdem hatte es in der Nacht zu regnen begonnen, so dass sich der trockene in nassen Schmutz verwandelt hatte.

Königinmutter Trudi hielt wieder Hof und hatte heute ein neues Thema, um die Gäste zu unterhalten. Diesmal hieß die Eröffnungsfrage: »Was isch denn in Ihrem Garte passiert?« oder: »Was macht denn der Bagger da draußse in Ihrem Garte?« Trudi gab gerne Auskunft und schilderte die Sache sehr lebendig und anschaulich, nicht einmal Franziskas Nachthemd und Morgenmantel ließ sie aus. Es stellte sich heraus, dass auch dieses Thema jede Menge Gesprächsstoff bot. Offensichtlich gab es niemanden, der nicht über einschlägige Erfahrungen verfügte und von Telefonleitungen, neuen Anschlüssen und wochenlang nicht funktionierenden Telefonen erzählen konnte.

Der Schmutz verteilte sich vom Flur ins Wohnzimmer und in die Küche. Herr Müller sah es mit Besorgnis.

»Sie sodded so Schlosspantoffel nastelle«, schlug er vor.
»Mei Frau stellt die immer bei Sauwetter und im Winter

nebe d' Haustür, damit net jeder Schnee und Salz ins Haus schleppt. Da kann mr mit de Straßeschuh neischlupfe. 's sieht hat a bissle drollig aus, aber praktisch isch's.«

»Die Idee ist gut, aber ich fürchte, meinen Gästen würde das ein wenig seltsam vorkommen«, antwortete Franziska.

Am Abend sah es wirklich schlimm bei ihr aus. Beim Anblick ihres Teppichs hätte sie weinen können. »Den kriege ich ja nie mehr sauber«, jammerte sie, während sie mit einem feuchten Lappen daran herumwischte.

»Franziska, lass es erst mal trockne. So reibsch's nei und machsch's bloß no schlimmer. Erde und Dreck geht in trockenem Zustand am beschte weg. I däd an deiner Stell den Teppich ganz wegdo, solang de vor em Haus die Baustell hasch«, schlug Trudi vor.

»Dann zerkratzen mir die Leute mein Parkett, wenn sie Steinchen und Sand hereintragen.«

»I han a Idee. Bei mir uff der Bühne liegt no an alter Teppich. Net so schee wie der da, aber für den Zweck wär er grad richtig. Vielleicht könntesch den zsamme mit em Mathias hole.«

Franziska griff die Idee gern auf. »Meinst du, ich soll Stefan anrufen? Ich meine, es ist doch ziemlich eindeutig, was hier gespielt wird. Der versucht alles, um mir Ungelegenheiten zu bereiten.«

»Aber des mit dem harte Bode hat 'r doch net wisse könne. Des koschtet en doch au en Haufe Geld«, gab Trudi zu bedenken.

»Vielleicht ist es ihm das wert. Geld hat er ja angeblich genug. Und wer sagt denn, dass der Boden wirklich steinig ist? Also für mich sieht er jedenfalls ganz normal aus. Vielleicht hat er jemanden geschmiert«, vermutete Franziska.

»Aber arufe däd i 'n trotzdem net. Wenn de dem verzählsch, was er dir für Scherereie macht, na freut der sich doch höchschtens.«

Trudi hatte wohl recht. Auch Mathias war der Meinung, dass Franziska wohl nicht mehr tun könne, als immer wieder bei der Baufirma anzurufen. Ein Rechtsstreit erschien ihm wenig aussichtsreich und er würde vor allem keine schnelle Lösung bringen, und die brauchte Franziska. Mathias sah nur die Möglichkeit einer gütlichen Einigung.

»Vergiss es«, sagte Franziska. »Da, wo andere Leute ein Herz haben, hat Stefan einen Stein. Arme Thea, sie hat immer an das Gute in Stefan geglaubt.«

»Vielleicht hat sie ihn ja besser gekannt als du«, gab Mathias zu bedenken.

Am Ende der nächsten Woche war der Zustand noch immer der gleiche. Nur die Erklärungen der Baufirma wechselten, einmal war von anderen wichtigeren Baustellen die Rede, dann von erkrankten Mitarbeitern. Der Bagger wurde angeblich nicht gebraucht und sollte stehenbleiben, bis es hier weiterging.

Franziska schickte Stoßgebete zu Thea, und am Sonntag hatte sie anscheinend Erfolg. Thea hatte den Bagger zwar nicht aus ihrem Garten gezaubert und auch Stefan nicht zur Vernunft gebracht, aber sie hatte Franziska eine Idee geschickt. Als Trudi abends von Sabine zurückkam, lag die Mappe auf dem Tisch, die Franziska in Theas Schreibsekretär gefunden hatte und die mit »Stefan« beschriftet war.

»Schau mal, Trudi, das hab ich in Theas Sekretär gefunden.«

Gemeinsam blätterten sie die Erinnerungsstücke durch.

»Guck amol, des isch bei uns in dr Gärtnerei aufgnomme«, freute sich Trudi und zeigte auf ein Foto. »Des isch dr Wolfgang. Und da isch dr Hasso, unser Schäferhund. In den war dr Stefan ganz vernarrt.«

»Liebe Tante Tea«, stand in ungelenker Kinderschrift auf einem Zettelchen, »deine Wafeln sind die besten von der gansen Weld.«

Auch eine Laubsägearbeit befand sich zwischen Fotos und Briefen, ein Zwerg mit grüner Hose und einer roten Zipfelmütze. »Für Tante Tea zum Geburtztag« stand auf der Rückseite.

In einem Brief, auf Kinderbriefpapier geschrieben, stand: »Liebe Tante Thea! Es war so schön in den Ferien bei dir. Am libsten möchte ich immer bei dir pleiben, aber Papa sagt das er dan ganz allein ist und ganz traurich. Ich bin auch traurich. Dein Stefan.«

»Ach, dr Stefan, des war so en herziger Kerle«, seufzte Trudi. »Mr sodd net glaube, was aus me Mensche werde kann.«

»Trudi, ich hab vor, die Mappe an Stefan zu schicken. Vielleicht stimmen ihn die Erinnerungen ein wenig milde. Wenn das nichts hilft, dann weiß ich auch nicht mehr weiter.«

Als Trudi im Bett war, setzte Franziska sich an den Schreibsekretär, nahm einen Briefbogen und einen Stift und schrieb:

Sehr geehrter Herr Buchholz, lieber Stefan,

ich nenne Sie nicht beim Vornamen, um mich anzubiedern, sondern weil Thea Sie immer so genannt hat. Lange, bevor ich Sie persönlich kennenlernte, waren Sie mir unter diesem Namen bekannt. Er war verbunden mit der Vorstellung an den liebenswerten kleinen Jungen, der seine Ferien bei Tante Thea verbrachte und sich dort offensichtlich sehr wohl fühlte.

Thea sprach nicht oft von Ihnen, aber wenn sie es tat, dann mit leuchtenden Augen und Freude und Stolz in der Stimme. Man spürte, dass die Erinnerungen an Sie und Ihre gemeinsame Zeit etwas ganz Besonderes für sie waren.

Die beiliegende Mappe habe ich in Theas Schreibsekretär gefunden. Ich möchte Sie Ihnen schicken, weil ich glaube, dass diese Erinnerungsstücke Ihnen wertvoll sind und dass Thea es so gewollt hätte.

Ich lege Ihnen auch die Kopie des Briefes bei, den Thea mir hinterlassen hat. Es fällt mir schwer, weil es ein sehr persönliches Schreiben ist, das eigentlich nicht für fremde Augen bestimmt ist. Aber ich möchte, dass Sie daraus ersehen, dass Theas Café nicht meine Idee war, sondern dass es Theas langgehegter Wunsch war. Ich werde dieses Haus, das mir in den gemeinsamen Jahren mit Thea zur Heimat geworden ist, nicht freiwillig verlassen. Ich kann nicht verhindern, dass Sie weiterhin versuchen werden, mir Steine in den Weg zu legen, aber ich möchte an Sie appellieren, Theas letzten Wunsch zu respektieren.

In der Hoffnung auf ein einvernehmliches Verhältnis zwischen uns beiden – Thea zuliebe, die wir beide geliebt haben – verbleibe ich

Ihre Franziska Glück

Am nächsten Tag erfragte Franziska Stefans Adresse bei Theas Notar und brachte den Brief dann zur Post.

Am Donnerstagvormittag war Franziska beim Kuchenbacken, als Trudi aufgeregt in die Küche kam. »Dr Bagger wird abgholt.«

Franziska wusch sich eilig die Hände, zog sich Schuhe und eine Jacke an und ging nach draußen. »Na«, fragte sie, »geht's jetzt weiter?«

»Noi, eigentlich net«, sagte der Baggerführer und stieg aus seinem Führerhaus. »Mir versetzed jetzt alles wieder in de Urzustand, des hoißt, mir buddled alles wieder zu. Fraged Se mi bitte net, warum, so a komische Baustell han i no nie ghet.«

»Und die Telefonkabel?«, fragte Franziska.

»Nix Telefonkabel. Dr Auftrag isch agebclich zrückzoge. Wenn Se mi fraged, isch's an Wahnsinn, weil die Löcher scho buddelt sin, mr bräucht bloß no durchschieße. Weil ganz im Vertraue: Steinig isch der Bode net. Aber wenn's dr Chef so will, na mach i's halt. Wer zahlt, schafft a.«

Für Franziska konnte das nur heißen, dass Stefan sich entschlossen hatte, seine Schikane zu beenden. Der Gehweg würde nachher eine Narbe tragen und ihr Garten eine noch viel größere, aber das Gras würde wieder wachsen, und wenn Franziska ab sofort ihre Ruhe hatte, sollte es ihr das wert sein.

Nachmittags klingelte es. Fräulein Häusler ging zur Tür und kam mit einem großen Blumenstrauß wieder.
»Für mich?«, fragte Franziska erstaunt.
»Der isch mit Fleurop komme«, erklärte Fräulein Häusler, wickelte die Blumen aus dem Papier und reichte Franziska das darangesteckte Kuvert. Franziska öffnete es neugierig und las:

Sie haben gewonnen! Herzlichen Glückwunsch! Wenn ich mal wieder in der Gegend bin, schaue ich auf eine Tasse Kaffee aus Ihrer schönen altmodischen Kaffeemaschine vorbei.

Gruß
Stefan Buchholz

Franziska legte die Karte lächelnd zur Seite. Dann ging sie zu Trudi ins Wohnzimmer und umarmte sie. »Ich habe gerade den Waffenstillstandsvertrag von Stefan bekommen. Wir haben's geschafft!«
»Ach, das würde Thea freuen«, sagte Trudi und drückte Franziska. »Das war anscheinend eine gute Idee, ihm die Mappe zu schicken.«
»Die war ja auch nicht von mir«, erklärte Franziska.
»Sondern?«
»Von Thea.«

Für Sonntag hatte Franziska alle zum Mittagessen eingeladen: Mathias, Trudi, Paula mit ihrer Familie, das Trio und Fräulein

Häusler. Sie hatte den Esstisch doppelt ausgezogen und mit zwölf Personen war er komplett besetzt. In der Küche warteten eine Schüssel Kartoffelsalat und eine mit grünem Salat und auf dem Herd stand ein großer Topf mit Maultaschen.

Bevor Franziska hinausging, um das Essen hereinzuholen, schenkte sie allen Sekt ein und erhob dann ihr Glas. »Wir haben zusammen die Eröffnung von *Theas Café* gefeiert und uns über die erfolgreiche Wiedereröffnung gefreut. Heute möchte ich mit euch auf Stefans Friedensangebot anstoßen. Nach seiner Karte bin ich guter Hoffnung, dass wir keine weiteren Störaktionen befürchten müssen.«

»Du bist guter Hoffnung und das erfahre ich so ganz nebenbei?«, fragte Mathias und alle lachten.

»Was ist guter Hoffnung?«, wollte Leon wissen.

»Also, des kann mr so und so verwende«, begann Ernst in alter Schulmeistermanier. »Zum oine heißt des ...«

»Des isch, wenn mr glaubt, dass ebbes gut ausgeht«, fiel Karl ihm ins Wort. »So hat d' Franziska des gmoint.«

»Na bin i guter Hoffnung, weil mir unser Fußballspiel heut Mittag bestimmt gwinned«, stellte Leon fest.

»Klar gewinnt ihr«, meinte Mathias. »Wir drücken doch alle die Daumen.«

»Sag mal, Franzi, da fällt mr grad was ei: Hasch du eigentlich inzwische ebbes rausgfunde über die zweite Urne in dr Thea ihrem Grab?«, wollte Paula wissen.

Trudi sah Paula stirnrunzelnd an. Franziska hatte doch darum gebeten, die Sache geheim zu halten.

»Ach weißt du, ich hab mich entschlossen, es so zu machen, wie du's mir empfohlen hast. Ich werde den fremden Gast bei Thea und Konrad wohnen und die Sache auf sich beruhen lassen. Ich glaube, dass Thea es so gewollt hätte«, antwortete Franziska, denn sie hatte beschlossen, Theas Geheimnis für sich zu behalten.

»Sag amol, von was schwätzed ihr eigentlich?«, fragte Karl neugierig.

Franziska wurde einer Antwort enthoben, weil es in diesem Moment an der Tür klingelte.

»Ich gehe schon«, sagte Mathias und stand auf. Wenig später betrat er mit dem unerwarteten Besucher das Esszimmer.

»Ich war gerade in der Gegend«, erklärte Stefan und überreichte Franziska eine einzelne Teerose.

»Sie kommen wie immer gerade richtig zum Essen«, lachte Franziska. Die Frage, ob Stefan mit ihnen essen wollte, hielt sie für überflüssig. »Mathias, holst du bitte noch einen Stuhl aus der Küche und du ein Gedeck und ein Glas, Julia? Wenn wir alle ein bisschen rücken, haben wir sicher noch Platz für einen weiteren Gast an unserem Tisch. Ohne Herrn Buchholz und seine Entscheidung hätten wir heute schließlich gar keinen Grund zum Feiern. Vor einigen Tagen hätte ich ja, in Erinnerung an die böse Fee aus Dornröschen, noch Bedenken gehabt, ausgerechnet Herrn Buchholz als dreizehnten Gast an meinem Tisch willkommen zu heißen, aber ich glaube, inzwischen sind keine bösen Wünsche mehr von ihm zu erwarten.« Sie füllte das Sektglas, das Julia inzwischen gebracht hatte, reichte es Stefan, erhob ihr Glas und prostete ihm zu. »Auf gute Hausgemeinschaft«, sagte sie. »Und auf Thea und ihr Café.«

»Auf Thea und ihr Café!«, erklang es im Chor und alle erhoben ihre Gläser.

Kuchenrezepte aus *Theas Café*

Theas Apfelkuchen

Zutaten
- 250 g Mehl,
- 1 Messerspitze Backpulver,
- 125 g Margarine,
- 65 g Zucker,
- 1 Ei,
- 1 kg Äpfel,
- ¾ l Apfelsaftschorle,
- 2 Päckchen Vanille-Pudding,
- 2 Päckchen Vanille-Zucker,
- 150 g Zucker,
- 1–2 Becher Schlagsahne,
- 10 EL Eierlikör.

Zubereitung
Mehl, Backpulver, Margarine, Zucker und das Ei zu einem Knetteig verarbeiten und diesen kühl stellen. Die Äpfel raspeln, abdecken und zur Seite stellen. Vom Apfelsaftschorle etwas abfüllen und damit den Vanille-Pudding samt Vanille-Zucker und Zucker anrühren und mit dem restlichen Apfelsaftschorle kochen. Die geraspelten Äpfel unter die heiße Puddingmasse geben. Eine Springform mit dem Knetteig auslegen, die Apfel-Puddingmasse daraufgeben und bei ca. 180 Grad etwa eine Stunde backen. Den fertigen Kuchen über Nacht auskühlen lassen.

Am nächsten Tag die steifgeschlagene Sahne darauf verteilen und mit dem Eierlikör bestreichen.

Handschriftlicher Vermerk von Thea für Franziska
Dieser Kuchen hat den großen Vorteil, dass Du ihn schon am Tag vorher backen kannst (musst) und er trotzdem frisch schmeckt. Der Boden ist aus einem unerfindlichen Grund auch am dritten Tag noch knusprig. Vorsicht: Der Kuchen kommt – vermutlich deshalb – auf der Tortenplatte leicht ins Rutschen!

Franziskas Käsesahne-Torte

Zutaten für den Teig
- 150 g Mehl,
- 1 Ei,
- 50 g Zucker,
- 1 Prise Salz,
- 100 g Margarine.

Zutaten für die Füllung
- 2 Eier,
- 150 g Zucker,
- 1 Prise Salz,
- 1 Päckchen Vanille-Zucker,
- 500 g Sahnequark,
- abgeriebene Schale und Saft einer Zitrone,
- 6 Blatt Gelatine,
- 4 EL heißes Wasser,
- 1 kleine Dose Mandarin-Orangen (300 g),
- ¼ l Sahne.

Für die Garnierung
- 50 g Borkenschokolade.

Zubereitung
Aus den Zutaten einen Mürbeteig zubereiten und 30 Minuten zugedeckt in den Kühlschrank stellen. Dann den Teig in eine Springform geben. Keinen Rand arbeiten. Im vorgeheizten Ofen bei 220 Grad etwa 20 Minuten backen. Danach den Tortenboden auf einem Kuchendraht abkühlen lassen.

Für die Füllung Eier, Zucker, Vanillinzucker und Salz in einer Schüssel schaumig rühren. Quark, Zitronenschale und -saft zugeben. Kräftig schlagen. Gelatine zusammengerollt in einen Becher geben. Mit kaltem Wasser bedeckt 5 Minuten einweichen, ausdrücken und in heißem Wasser auflösen. In die Quarkmasse rühren. Von den abgetropften Mandarin-Orangen-Schnitzen 12 zum Garnieren zurücklassen. Die übrigen halbieren und unter die Quarkmasse mischen. Sahne in einer Schüssel steif schlagen und unterheben.

Abgekühlten Tortenboden wieder in die Springform geben. Rand glatt mit Pergamentpapier auskleiden. Quarkmasse einfüllen und die Oberfläche glattstreichen. Für 2 Stunden in den Kühlschrank stellen.

Die Torte nach der Kühlzeit aus dem Kühlschrank nehmen, auf eine Tortenplatte geben, auf der Oberfläche 12 Stücke andeuten. Auf das breite Ende je einen Mandarinenschnitz legen, vor die Schnitze je ein Stück Borkenschokolade geben. Torte bis zum Servieren wieder in den Kühlschrank stellen.

Variation
Zwischen Tortenboden und Füllung kann man auch noch einen dünnen Biskuitboden legen. Die beiden Tortenböden verbindet man mit einer Schicht Aprikosenmarmelade.

Anstatt den abgekühlten Tortenboden wieder in die Springform zu geben, kann man ihn auch auf eine Kuchenplatte legen und mit einem verstellbaren Tortenring arbeiten.

Paulas Schwarzwälder Kirschkuchen

Zutaten

- 200 g Margarine,
- 200 g Zucker,
- 125 g Mehl,
- 1 Teelöffel Backpulver,
- 1 Teelöffel Zimt,
- 5 Eier,
- 125 g Haselnüsse,
- 100 g Mokkaschokolade,
- 1 Glas Sauerkirschen.

Zubereitung

Fett, Zucker und Eigelb schaumig rühren, die übrigen Zutaten dazufügen (Haselnüsse gemahlen, Schokolade gerieben), zuletzt den Eischnee.

Die Hälfte des Teigs in eine größere Springform füllen, die andere Hälfte mit den Kirschen mischen, daraufgeben und bei 180–200 Grad backen.

Paula sagt:

»Was hoißt da, i hätt des a bissle ausführlicher beschreibe könne? Isch doch alles klar, oder? Wenn de drei Kinder hasch, na pressiert's halt meischtens. Ach so, oins no: Manchmal krieg i koi Mokkaschoklad oder i bin z' faul zum Reibe und nehm stattdessen Schokotröpfle aus em Päckle. Na geb i für de Mokkagschmack oifach an Teelöffel Kaffeepulver in de Teig.«

Fräulein Häuslers Gugelhupf

Zutaten
- 350 g weiche Butter,
- 300 g Zucker,
- 2 Päckchen Vanillezucker,
- 1 Prise Salz,
- 5 Eier,
- 1 Päckchen Citro-Back,
- 3 Esslöffel Rum,
- 500 g Mehl,
- 1 Päckchen Backpulver,
- 100 g gehackte Mandeln,
- 100 ml Milch,
- 200 g Schokotröpfchen.

Zubereitung
Butter, Zucker, Vanille-Zucker und Salz schaumig rühren, die Eier dazugeben und rühren, bis eine hellcremige Masse entsteht. Die restlichen Zutaten dazugeben und ca. 1 Minute rühren. Die Schokotröpfchen in Mehl wälzen, untermischen und das Ganze in eine gefettete Gugelhupfform füllen.

Im vorgeheizten Backofen auf der untersten Stufe bei 175 Grad ca. 60–70 Minuten backen.

Fräulein Häusler sagt:
»Essed Se doch no a Stückle, Herr Carstens! Oder schmeckt's Ihne net? ... Na also! Sie sen so schlank, da macht's doch nix, dass so a Stückle ogfähr 600 Kalorie hat. Hen Se sich jetzt verschluckt? Ach, des dud mr leid. Kommed Se, trinked Se no a Tass Kaffee, na rutscht's besser.«

Trudis Hefezopf

Zutaten für den Teig
- 500 g Mehl (speziell für Hefegebäck),
- 100 g Butter,
- 75 g Zucker,
- 2 Eier,
- 1 Prise Salz,
- ¼ l Milch,
- 1 Würfel Hefe,
- abgeriebene Zitronenschale,
- 125 g Rosinen.

Zum Bestreichen
- 2 Eigelb,
- 50 g Mandelplättchen,
- 50 g Hagelzucker.

Zubereitung

Das Mehl in eine Schüssel sieben und in der Mitte eine Mulde eindrücken. Die Hefe in eine Tasse hineinbröckeln, mit einem Teil der lauwarmen Milch glattrühren, in die Mehlmulde geben und daraus einen weichen Vorteig machen, anschließend zudecken und in der Wärme eine halbe Stunde gehen lassen.

Die zerlassene Butter, die Eier, den Zucker, das Abgeriebene einer Zitrone, Salz, die übrige Milch und die Rosinen zum Vorteig geben und zusammen mit dem Mehl zu einem glatten Teig kneten. Zugedeckt noch einmal in der Wärme bis zur doppelten Höhe gehen lassen.

Den Teig in drei gleich große Teile teilen und mit bemehlten Händen zu etwa 30 cm langen Strängen rollen. Daraus einen Zopf flechten und aufs gut gefettete Backblech setzten. Nochmals etwa 10 Minuten gehen lassen (nicht zu lange, damit der Zopf schön »reißt«), mit Eigelb bestreichen, die Mandeln und den Hagelzucker zwischen die Zopfstränge streuen und im vorgeheizten Backofen bei etwa 225 Grad eine knappe halbe Stunde backen.

Trudis Rosenkuchen

Zutaten für den Teig
- 500 g *Mehl (speziell für Hefegebäck),*
- 1 *Ei,*
- ½ *Würfel Hefe (oder 1 Päckchen Trockenhefe),*
- 100 g *Zucker,*
- *Zitronenschale (oder 1 Päckchen Citro-Back),*
- 1 *Päckchen Vanillinzucker,*
- 100 g *Butter,*
- ½ *Teelöffel Salz,*
- 1 *Becher Sauerrahm.*

Für die Füllung
- 50 g *gemahlene Haselnüsse oder Mandeln,*
- 2 *Esslöffel Zucker,*
- *etwas Zimt,*
- 2 *Löffel flüssige Butter,*
- *Rosinen nach Geschmack.*

Zubereitung
Die Hefe in der Mitte des Mehls mit lauwarmer Milch (ungefähr eine kleine Tasse) quellen lassen. Die Zutaten zugeben und kneten, dann den Teig gehen lassen, bis er sich verdoppelt hat.

Den Teig auf dem bemehlten Brett noch einmal durchkneten und dann 2 cm dick ausrollen. Zuerst mit der flüssigen, aber nicht zu heißen Butter bestreichen, dann mit der Nuss-Zucker-Zimt-Masse bestreuen. Zu einer Rolle formen und 3–4 cm dicke Stücke schneiden. Diese aufrecht in eine Springform setzen und nochmals gehen lassen.

Bei 180 Grad etwa 45–50 Minuten im Ofen backen. Nach dem Backen mit Zucker glasieren.

Tipps von Trudi
Alle Zutate müssed handwarm sei, also rechtzeitig aus em Kühlschrank nehme. De Deig muss mr knete, bis 'r Blase wirft, na wird 'r schee locker. Und er muss wenigstens zweimal gange, sonsch wird's nix. Also, na schaff's gut!

Zum Weiterlesen

In Ihrer Buchhandlung

Anne Kuhn
Kehrwoche im Paradies
Roman

Der beliebte und engagierte Pfarrer Johannes lebt mit Ehefrau Elsa und den drei Kindern in einer evangelischen Gemeinde nahe der Landeshauptstadt. Beide zusammen sind ein perfekt eingespieltes Team in einem atemlosen Alltags-Mahlwerk. Das Idyll beginnt zu bröckeln, als in diese vermeintlich heile Welt zwei Gelegenheitsarbeiter und eine schöne Künstlerin eintreten …

312 Seiten.
ISBN 978-3-8425-1112-5

www.silberburg.de

Unsere Bestseller

In Ihrer Buchhandlung

Elisabeth Kabatek
Laugenweckle zum Frühstück
Roman

Pipeline Praetorius (31) lebt in Stuttgart. Sie ist Single. Und arbeitslos. Zwischen Bewerbungsstress und Scherereien mit der Arbeitsagentur stolpert Line auf der Suche nach Mister Right von einer Katastrophe in die nächste.

320 Seiten.
ISBN 978-3-87407-809-2

Elisabeth Kabatek
Brezeltango
Roman

Die quirlige Beziehungskomödie geht in die nächste Runde – flott, frech und romantisch. Auch im zweiten Roman rund um Pipeline Praetorius schlägt das Katastrophen-Gen wieder zu und schickt Line und Leon auf eine turbulente Achterbahn der Gefühle.

336 Seiten.
ISBN 978-3-87407-984-6

Silberburg-Verlag
www.silberburg.de